CORNELIA NAUMANN
Der Abend
kommt so schnell

CORNELIA NAUMANN
Der Abend kommt so schnell

Roman

Bisherige Veröffentlichungen im Gmeiner-Verlag:
Königlicher Verrat (2016), Die Portraitmalerin (2014)

Besuchen Sie uns im Internet:
www.gmeiner-verlag.de

© 2018 – Gmeiner-Verlag GmbH
Im Ehnried 5, 88605 Meßkirch
Telefon 07575/2095-0
info@gmeiner-verlag.de
Alle Rechte vorbehalten
1. Auflage 2018

Lektorat: Claudia Senghaas, Kirchardt
Herstellung: Mirjam Hecht
Umschlaggestaltung: U.O.R.G. Lutz Eberle, Stuttgart
unter Verwendung eines Fotos von: © Christian Zimmer, Gießen 1909
Druck: GGP Media GmbH, Pößneck
Printed in Germany
ISBN 978-3-8392-2199-0

In meinem Ende liegt mein Anfang.
Maria Stuart

Nichts ist schwerer und erfordert mehr Charakter, als sich in offenem Gegensatz zu seiner Zeit zu befinden und zu sagen: »Nein!«
Kurt Tucholsky

PROLOG

Der Mann im schwarzen Hemd lauerte im Morgengrauen. Die Moldawanka lag noch dunkel und ruhig, keine Spur von der hektischen Betriebsamkeit, die mit Sonnenaufgang in den kleinen Läden der Tandler und Kesselflicker, den Werkstätten, Schneidereien, Schmieden und Wäschereien begann.
Er hatte sich sein Opfer ausgesucht. Ein hässliches Balg aus einer armen Trödlerfamilie, die sich am Rande der jüdischen Geschäfte der Moldawanka angesiedelt hatte, zwischen zweifelhaften Geschäftemachern, Wettbüros und Hehlern, weit entfernt von den besseren Vierteln oberhalb des Hafens.
In den letzten Tagen hatte er sich an das Kind herangemacht. Wie alle diese Bälger war auch dieses versessen auf süße Kekse, Datteln und Schokolade. Es verschlang seine Mitbringsel in solchen Mengen, dass er schon befürchtete, es würde vorzeitig an einem Magengeschwür verrecken. Schon am zweiten Tag näherte sich ihm das struppige, magere Ding wie einem alten Freund, nannte ihn Onkelchen und packte mit klebrigen Fingern seine Hand. Er bezwang seinen Widerwillen, ließ es gewähren, streichelte das verlauste Haar und fütterte es weiter. Der Haken war, dass sich das Balg nicht weit von seinen Geschwistern entfernte, das Gaunerpack hielt zusammen wie Pech und Schwefel. Er musste es weglocken, und er hatte richtig gerechnet: Die Angst, mit den Geschwistern die Herrlichkeiten des neuen Freundes teilen zu müssen, war stärker als die Angst vor dem Vater, der mit Schlägen drohte,

sollte sich eines der Kinder mit Fremden einlassen. In dem Gesindel steckt die Gier von klein auf drin, das sitzt in den Genen, dachte er verächtlich, während er den Hintereingang des Trödelladens beobachtete.

Das Kind interessierte ihn nicht. Er wusste nicht einmal, ob es ein Mädchen oder ein Junge war. Es war noch nicht alt genug, ihn zu durchschauen, es war kein jüdisches Kind, keines von den Schwarzmeerdeutschen, es war nicht griechisch und nicht armenisch, sondern russisch, und es war arm, das allein zählte. Er hatte Order, sich nicht mit der Obrigkeit anzulegen. Um einen Pogrom zu entfachen, brauchte es die Dummheit des armen Volkes, das gern bereit war loszuschlagen, und es sollte losschlagen, gegen die Juden, damit es sich nicht mit der roten Brut verbündete.

Er hatte dem Kind etwas Besonderes versprochen, wenn es vor dem Morgengrauen heimlich herauskäme. Seine Katze habe geworfen, hatte er gelogen, und es dürfe sich ein Junges aussuchen, aber es müsse heimlich vor Sonnenaufgang zu ihm herauskommen, denn später seien die Kätzchen fort, sein Bruder wolle sie ertränken.

Wieder sah er zur schäbigen Eingangstür des niedrigen Hauses. Dünne Holzlatten, abblätternder grauer Lack, mehr Schuppen als Haus. Schnell, du blödes Balg, dachte er, gleich geht der Betrieb hier los, dann wird es heute nichts mehr. Aber da sah er, wie die Klinke vorsichtig heruntergedrückt wurde, ein leises Knarzen, schon huschte es heraus, das Balg, über sein schäbiges Nachtgewand hatte es ein mottenzerfressenes Tuch geworfen, und einen Korb hatte es in der Hand. Es blickte suchend um sich und lächelte zutraulich, als es den neuen Freund auf der gegenüberliegenden Seite erblickte. Die verzogene alte Tür fiel mit einem lang gezogenen lauten Seufzer hinter ihm zu. Der Mann zuckte zusammen und beobachtete scharf die umliegenden Häuser, aber die rissigen hölzernen Läden vor den Fenstern blieben geschlossen.

Er setzte sein Wolfsgrinsen auf und hielt dem Kind einladend die Hand hin. Mit der anderen griff er in die Hosentasche und fühlte das Klappmesser. Er packte die verdreckte Hand des Kindes und führte es fort. In einer Seitengasse der Dalnitzkaja würde er es niedermachen, ausbluten lassen, und dann ...

Ob es ein weißes Kätzchen haben könne, fragte das Kind. Er tat, als müsse er überlegen, und zog eine Tüte mit Datteln aus der Tasche. Das Kind schob sich eine nach der anderen in den Mund und ging willig an seiner Hand weiter. Aber plötzlich blieb es stehen. Er zerrte an der Kinderhand, aber wie ein unwilliger Esel hatte der verdammte Bankert die Füße in den plump geschnitzten Holzschuhen in den lehmigen Boden der ungepflasterten Gasse gestemmt und ging keinen Schritt weiter. Ein böser Mann wohne dort, da ginge es nicht hin. Aber die Kätzchen seien genau dort, versuchte er das Kind zu überreden, und er werde es beschützen.

Aber es blieb stehen, störrisch, blickte mit plötzlich erwachtem Argwohn nach ihm und versuchte, die Kinderhand aus seiner zu lösen. Er packte fester zu und zerrte das Kind hinter sich her, murmelte etwas vom weißen Kätzchen, aber es brüllte plötzlich wie am Spieß. Er packte das Balg, schlug ihm auf den Mund und ließ die Hand darauf liegen. Es zappelte und wehrte sich, wie dünn und armselig war sein Widerstand, jeden Knochen hätte er ihm brechen können, aber nun hörte er, wie ein Fensterladen geöffnet wurde. Er sah nach vorn, nach oben, alles blieb ruhig auf der Dalnitzkaja. Das Kind erschlaffte unter seiner Hand, die es wie in einem Schraubstock gepackt hielt. Der Mann drehte sich um und sah direkt in die dunklen Augen einer Frau.

Er erstarrte. Die Augen der Frau leuchteten schwarz vor Zorn aus ihrem weißen Gesicht. Sie sah auf ihn, auf das leblose Kind und wieder auf ihn.

Er pfiff schrill, den ausgemachten Pfiff, viel zu früh, aber vielleicht waren die Kameraden schon in der Nähe und konnten ihm entweder dieses Weib oder das Kind abnehmen. Nichts rührte sich. Unerbittlich fixierte ihn die Frau, Augen wie Kohlen. Sie wusste Bescheid. Sie durchschaute seinen schändlichen Plan. Aber er sah auch, dass sie schwankte: Sollte sie das Kind retten oder ihn angreifen? Blitzschnell zückte er das Messer und hielt es dem Kind an den Hals. Die Frau öffnete den Mund. Wollte sie die gesamte Moldawanka zusammenschreien? Unerbittlich hielt er dem Kind, das sich nicht rührte, das Messer an den Hals und sah der Frau drohend ins Gesicht. Er würde dem verfluchten Balg die Kehle durchschneiden, wenn sie schrie. Die Frau schloss den Mund wieder. Aber es schien nicht nur wegen des Messers zu sein. Sie blickte wie erstarrt an ihm vorbei. Was war geschehen? Waren seine Kameraden gekommen? Aber im Blick der Frau lag keine Angst, sondern ein wilder Triumph. Was zum Henker geschah hinter seinem Rücken? Für den Bruchteil einer Sekunde sah er über die Schulter und lockerte unwillkürlich seinen Griff.

Und auf eben diesen Sekundenbruchteil hatte die Frau spekuliert. Sie stürzte auf ihn wie eine Furie, entriss dem Überraschten erst das Kind, dann wollte sie ihm das Messer entwinden, aber schon hatte er sich gefasst, packte das

Kind am Arm und zielte mit dem Messer auf ihre Brust, genau in dem Moment, als ihn der Tritt der Frau zwischen die Beine traf. Verfluchte Hure! Er stöhnte vor Schmerz, ließ das Balg los und stieß ungezielt zu, wild vor Schmerz, die Frau schrie auf. Sie blutete am Arm, noch einmal traf ihn ihr Blick, voller schwarzer Wut. Wollte sie mit ihm kämpfen?

»Dreckiger Schwarzhunderter!«, zischte sie und wich seinem zweiten, heftig geführten Stoß aus. Aber sie zögerte. Was war ihr wichtiger? Der Kampf? Das Kind? Er spürte, wie sie schwankte. Dann warf sie ihm einen verächtlichen Blick zu, packte das Kind auf ihre Arme, klopfte ihm mit der ermunternden Zärtlichkeit einer energischen Krankenschwester auf den Rücken und rannte davon, nur zwei Sekunden Vorsprung, während seine Kameraden heranstürmten. Er befahl ihnen, sie zu verfolgen, aber er ahnte: Sie war davon. Diese verdammten Juden waren in der Moldawanka zu Hause, sie kannten jeden Winkel, jeden Fluchtweg von Haus zu Haus, von Dach zu Dach, und von Keller zu Keller hatten sie regelrechte Katakomben ausgehoben. Sein schöner Plan war dahin. Aber er sah ihr weißes Gesicht vor sich, den schmalen, entschiedenen Mund, die zornigen Kohleaugen, das wilde schwarze, vor Erregung aufgelöste Haar, das um ihr auffallend blasses Gesicht wehte.

Dein Gesicht erkenne ich wieder, du Hure, dachte er, gekrümmt zusammensinkend, für den Tritt wirst du bezahlen.

I
STREIK!

In einer ungewöhnlich milden Januarnacht des Jahres 1918 lief eine Frau durch München, um zu ihrem Ehemann zurückzukehren. Sie hieß Sonja Lerch. Dies ist nicht der Beginn ihrer Geschichte, aber ihre Gefangennahme wenige Tage später ist auch nicht das Ende, und ihr Tod war nicht das wirkliche, geplante Ende, wie es sich für ihren Ehemann und ihre Freunde darstellte. Sie jedenfalls, Sonja, die eigentlich Sarah Rabinowitz hieß, hätte dieser Vorstellung von Anfang und Ende ihrer Geschichte entschieden widersprochen.

Der schwere Wintermantel schlug Sonja um die Knie und wollte ihren Lauf hindern. Sie genoss den Widerstand. Als der Wollstoff nachgab und wie eine dunkle Gewitterwolke hinter ihr herschlug, empfand sie wilde Freude. Schwere schwarze Hexenflügel. Sie riss die Mütze vom Kopf und stopfte sie in ihre Manteltasche, ohne innezuhalten. Wie Milch fühlte sich diese Nacht an, klar war der mondlose Himmel, und über dem Sendlinger Tor funkelten Sterne, glitzernde überirdische Hoffnungsträger. Der Föhn, der sanft von den Alpen herunterwehte, hatte der Stadt tagsüber frühlingshafte Wärme beschert, und nun diese milde Nacht, in der es sich herrlich laufen ließ. Laufen in ein neues Leben, in eine neue Zeit, von der dieses München noch nichts ahnte.

Sonja lief durch die Hauptstadt jenes eigenartigen bajuwarischen Volksstammes, der sich vor tausend Jahren im Isartal angesiedelt und die Urbevölkerung vertrieben hatte, die Kraft des wilden Gebirgsbaches ausnutzend zu Gewerken, die vor allem über Zölle Wohlstand brachten. Eine trickreiche Mischung aus religiösem Starrsinn, verbunden mit Widerstand gegen die mächtigen Kirchenvertreter, die sich über sie erheben wollten, hatte das Herrschergeschlecht als Sieger beim Kampf um die Salzrechte hervorgehen lassen, sie erst zu Herzögen gemacht, die viel später von Napoleons Gnaden profitierten und sich zu Königen ernennen ließen. Die starke Veste mitten in der Stadt stand ebenso verlassen wie die wehrhafte Residenz, im Vorgriff auf die Königswürde hatten die Herzöge Schloss Nymphenburg vor den Toren der Stadt nach Versailler Mode erbauen lassen, der König bevorzugte aber derzeit ein klassizistisches Stadtpalais und Bauerngüter im Umland.

Die ehemals gegen die Herrscher aufmüpfigen Patrizier der Hauptstadt waren durch Wohlstand und Pflege dubioser Tätigkeiten, die sie Brauchtum nannten, behäbig geworden, sodass die Zugereisten die Rolle der Aufmüpfigkeit übernommen hatten. Sie siedelten in den neuen Stadtvierteln hinter dem paradiesischen, ›Englisch‹ genannten Park, der nach englischer Mode dem Flussverlauf malerisch folgte, statt Bäume und Sträucher ins Korsett des Barocks zu zwingen. Die behäbigen Bürger, denen ein Charivari an der ledernen Hose mehr zählte als die Schönheit der durch den pfälzischen Gartenarchitekten Skell gezähmten Natur, die nichts Nützliches hervorbrachte, hatten dem seltsamen Treiben des ältlichen, durch Erbfolge zugereisten Potentaten zugesehen und ihn mit Verachtung gestraft. Da sie wenig Neigung verspürten, ihn zu stürzen und davonzujagen, hatten sie das Gedenken an ihn ausgelöscht, Bibliotheken, Museen, Gärten, Plätze, die der Kunstsinnige gestiftet, mit Fantasie benamst, um den Namen des Stifters auszulöschen, dafür im nächsten Jahrhundert ihren ersten König davongejagt, der im Liebeswahn einer Tänzerin verfiel, und in einem plötzlichen Anfall von Romantik den nächsten König zu ihrem Liebling erkoren, einen homosexuellen Verschwender, der ihre Steuergelder für kitschige Bauwerke und schwülstige Musik hinauswarf und zum Helden wurde, weil er nicht schwimmen konnte und im See ertrank.

Bis vor wenigen Jahren hatte dem Land, durch dessen Hauptstadt Sonja lief, ein sanftmütiger Prinzregent vorgestanden, der den Anarchismus mit geistesabwesendem Lächeln besah, die Brettlbühnen mied, auf denen seine Untertanen freche Lieder gegen die Obrigkeit sangen, und die Zensur auf vermeintliche Unanständigkeiten beschränkt, sodass eine Künstlerszene gewachsen und erblüht war, die sich, relativ unbehelligt von Zensur und Behörden, ins neue Jahrhundert dichtete, malte, sang, tanzte und spielte, unterstützt von zugereisten, sogenannten landfremden Elementen, die dem Ruf der Freunde in ein freieres Land als Preußen gern folgten.

Durch diese Stadt also lief Sonja, eine jüdische Russin, oder, wie sie korrigiert hätte, eine russische Jüdin, durch Annektion keine jüdische Polin, und es hätte so schön bleiben können, hätte nicht der ehrgeizige Sohn des sanftmütigen Prinzregenten in der Hoffnung auf blühende Landschaften und Ausweitung seiner Landesgrenzen bis nach Frankreich sich auf einen Krieg eingelassen, der die gutmütigen Untertanen wieder daran erinnert hatte, dass sie starrschädelige Anarchisten und Preußenhasser waren. Seit vier Jahren verdienten westfälische Schlotbarone und preußische Giftgashersteller an diesem Krieg, der von einem ›Spaziergang nach Paris‹ unter den blöden einglasverklebten Augen einer borniertn Generalität zur gewaltigen mörderischen Materialschlacht sich weitete, Blut, Geld, Bauernsöhne verschlingend, trauernde Frauen, Waisen, Krüppel und hungernde Kinder hinterlassend. Trauer und Hunger machen wütend, und so hatte es bereits Hungermärsche, eingeworfene Scheiben, Plünderungen und Streiks gegeben.

Sonja lief. Sie begann ihren Lauf am Kolosseum, einem der Münchner Etablissements, die mit ›Wirtschaft‹ nur unzureichend bezeichnet waren. Die Kolosseums-Bierhalle fasste bequem die Einwohnerzahl eines mittelgroßen Dorfes und gehörte mit regelmäßigen Darbietungen der aufmüpfigen Künstler auf einer gut ausgestatteten Bühne noch zu den kleineren Bierhallen. Andere fassten ohne Weiteres die Einwohnerzahl einer mittleren Kreisstadt, um dem Bedürfnis der Menschen nach Bier, Geselligkeit und Unterhaltung zu dienen. Das Kolosseum lag, von der Brauerei geschickt platziert, zwischen den kleinen Werkstätten der Handwerker, der Gerber, Kutscher und Stellmacher, den schäbigen Arbeiterwohnungen der mittleren Manufakturen und kleineren Industriebetriebe, die sich hier, zwischen den vielen von der Isar abgeleiteten Mühlbächen, mit ihren vielköpfigen Familien angesiedelt hatten.

Sonja verließ das Kolosseum inmitten Hunderter abgezehrter Menschen. Halb verhungerte Jugendliche, Soldaten mit erschreckten Augen, Alte mit hungrigen Blicken, wütende Frauen taumelten, weniger berauscht als betäubt von dünn gebrautem Kriegsbier, hinaus ins Freie, von den Worten der Redner aufgestachelt zur sofortigen Tat.

Morgen würden sie losschlagen, sagte einer von ihnen bedeutungsvoll zu ihr, schob sich die Kappe tiefer über die Augenbrauen und schwang sich auf sein Fahrrad.

Wie gut war die Versammlung verlaufen! Klug hatte Kurt Eisner gesprochen, sachlicher als jeder andere, aber mit derart eigensinnigem Witz, dass er den Volkssängern, die sonst im Kolosseum auftraten, Konkurrenz gemacht hätte. Der überzeugte Sozialist Eisner würde einmal Bayerns erster Ministerpräsident werden, davon war Sonja überzeugt. Er war ein unglaublich kluger Kopf, weniger Politiker als Journalist und Philosoph, sie mochte ihn sehr.

Albert Winter, erfahrener Sozialdemokrat und Vorstand der Münchner USPD, grau meliert, hatte feinsinnig die Sitzung eingeleitet, nachdem die Polizei sie nicht wie gewöhnlich verboten, sondern völlig unerwartet für öffentlich erklärt hatte. Er habe in diesem Moment erfahren, lächelte Winter, dass die interne Parteiversammlung der Unabhängigen Sozialdemokraten öffentlich sei. Wie schade! Er hätte sie sonst beworben, Kaisers Geburtstag hätten bestimmt viele zum Anlass genommen, zur Versammlung zu kommen, denn Eisners Vortrag über die Friedensverhandlungen hätte Tausende interessiert. Kaisers Geburtstag! Sonja sah Schreinermeister Winter vor sich, schwer, ruhig, konzentriert wie beim Hobeln eines gewichtigen Eichenbalkens, feines Lächeln, das die in Fleisch und Blut übergegangene Bewegung begleitete, mit der er den Bleistift hinters Ohr schob, bevor er sich setzte. Keine Chance hatten die Polizeispitzel gehabt, die sich wie immer betont unauffällig unter die Versammelten gemischt hatten. Wie ironisch Eisner jeden einzelnen von ihnen begrüßt hatte! Die Anordnung werde ihn nicht hindern die Wahrheit zu sagen. Und diese Wahrheit könnten die anwesenden Herren Überwacher ihren Vorgesetzten mitteilen, sie könnten aus seinem Vortrag gewiss manches lernen. Überhaupt und überall, Eisner hatte vergnügt gegrinst, sei die Stunde gekommen, wo man nicht mehr unter vier Augen zu wispern brauche, sondern frei und offen seine Meinung sagen müsse, die sogenannten ›Vaterlandsparteien‹ täten dies ja auch, wenn auch mehr mit Paraden und Uniformkapellen. Und zum Beweis hatte er, Vorstand der USPD, ausgerechnet das Flugblatt der SPD verlesen. Das war nicht verboten.

Sonja lachte, ohne ihren inzwischen rhythmisch sicheren Lauf zu bremsen. Die Forderungen der Sozialdemokraten gingen absolut in Ordnung, nachdem sie ausgerechnet vom konservativen Zentrumsabgeordneten Matthias Erzberger rechts überholt worden waren! Sie forderten freies und geheimes Wahlrecht, Trennung von Kirche und Staat, Abschaffung der Privilegien des Kaisers und des Adels. Hätten die deutschen Sozialdemokraten diese Forderungen vor 1914 durchgesetzt, wäre es vielleicht nicht zum Krieg gekommen, dachte Sonja, nun wurde es höchste Zeit, dem Beispiel der Russen zu folgen.

Sie lief an dem prächtigen Palais vorbei, in dem der russische Botschafter residiert hatte, und sandte mit den Augen einen kleinen ironischen Gruß zu den geschlossenen Läden hinauf, bevor sie in die Barer Straße einbog. Vorbei, Nikolaus II., Kaiser und Autokrat aller Reußen, hatte abgedankt, mit dem schlimmsten aller Despoten war es vorbei. Die Fenster des ›Hotel de Russie‹ waren mit Holzlatten vernagelt, von hier wurde kein Student mehr an die Ochrana ausgeliefert, Wladimir Iljitsch hatte in Russland die Macht.

Morgen früh würde Sonja zu den Arbeitern sprechen, zweitausendfünfhundert Menschen erwarteten sie. Es liegt an euch, den Krieg zu beenden, würde sie sagen, wollt ihr weiterhin Waffen herstellen? Keine Waffen bedeutet Frieden. Frieden bedeutet Leben. Leben bedeutet Gleichheit in einer gerechten Gesellschaft. Sie würde vom großen russländischen Reich erzählen, von den Arbeitern, die vor einem Jahr gemeinsam mit den Soldaten das Unrechtssystem des Zaren gestürzt hatten, eines Zaren von hochnäsiger Bigotterie, der sich als Herrscher von Gottes Gnaden für unfehlbar gehalten hatte. So schnell konnte es gehen.

Sonja fühlte, wie der Schweiß ihre Stirn nässte und ein schmaler Faden ihre Wange hinunterrann in den Mantelkragen. Viel zu lange hatte sie in der Stube gehockt wie die Sozis im Parlament von Kaisers Gnaden in ihrem Burgfrieden-Graben, viel zu lange hatte sie gehudelt, getuckt, gehockt, umsorgt. Schluss damit. Morgen würde die Revolution auch hier in München beginnen.

Was hatte Eisner gesagt? »Es geht nicht um Fleisch und Brot, sondern um das Leben!«

250 Menschen waren aufgesprungen und hatten begeistert applaudiert. Dass sie noch so aufspringen konnten! Woher kam die Energie nach dem täglichen Dotschenessen, den erfrorenen Kartoffeln, dem verdorbenen Fleisch? Sonja konnte niemandem übelnehmen, wenn er nur für Fleisch und Brot auf die Gasse ging. Für die Armen bestand das Leben aus dem täglichen Kampf um Brot, von Fleisch gar nicht zu reden. Das gab es dafür in den Offizierskantinen reichlich.

Außerdem würde sie die österreichischen Arbeiter erwähnen, die vorgestern landesweit in den Streik getreten waren, um den Frieden zu erzwingen. Sie würde niemanden auffordern, es ihnen gleichzutun, oh nein! Das fehlte noch, dachte Sonja, dass ich den Polizeispitzeln eine Chance biete, mich in Handschellen abzuführen. Nur einen informativen Vortrag würde sie halten, ihre Zuhörer konnten selbst entscheiden, was zu tun war. Streik! Streik würde die Kriegsherren, die sich allmächtig dünkten, Mores lehren! Streik, in München, in Bayern, dann Generalstreik im gesamten deutschen Reich! Wie eine gewaltige Welle würde das Recht über das Unrecht sich ergießen! Sonja brauchte keine Rede auszuarbeiten. Sie wusste genau, was sie erreichen wollte. Der Krieg musste ein Ende haben, dafür würde sie kämpfen. Viel zu lange hatte sie den Mund gehalten, damit war jetzt Schluss. Aber in dieser Nacht musste sie zu ihm, zu ihrem Liebsten, sie musste sich an ihn schmiegen, ihn lieben, Kraft schöpfen für morgen. Morgen! Morgen wird die Welt anders aussehen, dachte Sonja, umgedreht wie ein alter Mantel.

Sonja lief, und es war still in München an jenem Sonntagabend des 27. Januar 1918. Das Kriegsjahr hatte mit hochtönenden Reden vom Siegfrieden über Russland begonnen und Hoffnungen auf einen Frieden geweckt, den Sonja zutiefst verabscheute und als Lüge entlarvt hatte. Wie konnte ein Sieg Frieden bringen, er brachte stets nur Unterjochung und Versklavung der Besiegten hervor. Siegfried, ein deutscher Name, der Freiheit verherrlichen sollte, aber nur klägliches Heldentum benamste. Seit drei Jahren hatte keine Mutter ihr Kind mehr so genannt.

In lockerem Lauf trabte Sonja am streng gegliederten Klenzebau der Pinakothek vorbei. Einige traurige Gestalten hatten es sich unter den Bäumen unbequem gemacht. Die Zeiten der fröhlichen Zecher und frechen Bettler waren vorbei. Schnapsflaschen kreisten als einziger Trost für das Opfer, das die Männer dem Vaterland geleistet hatten. Krüppel, manche an hölzernen Krücken, Zitterer, Blinde, Wahnsinnige. In der Maxvorstadt, bekannt für freche Brettlbühnen und amüsante Etablissements, war es still. Karl Valentin hatte wegen eines Witzes über den bayerischen König Auftrittsverbot, und die anderen hielten vorsichtshalber ihr Maul. Kathi Kobus hatte ihren ›Simpl‹ geschlossen, nur von der Oper und der Residenz her rollten ein paar Droschken. Die Theater spielten Klassiker, die Kinematografen Rührschnulzen und patriotische Durchhaltefilme. Die Pflichtparade zu Kaisers 59. Geburtstag war am Vormittag an der Feldherrnhalle abgehalten worden, den Bayern war der Preußenkönig mit dem Adler auf dem Kopf und der schnarrenden Redeweise ohnehin verhasst. In den Fabriken der Vorstädte brodelte es, morgen würden sie das Wasser zum Sieden und in spätestens zwei Tagen zum Kochen bringen. Alle würden streiken, da war Sonja sicher. Nach vier Jahren würden sie diesen Krieg von unten beenden, da die Herren Generäle das Wort Frieden nicht mal in den Mund nahmen.

Die Tram rumpelte vorüber. Sonja lief, gelöst und leicht war nun ihr Lauf. Schweiß lief in glänzenden Perlen von der Stirn übers Gesicht, ihr blasses Gesicht hatte sich gerötet, als sie über den Elisabethplatz am geschlossenen Milchhäusl vorbeilief. Vereinsamt, mit Brettern zugenagelt, stand die hölzerne Bude des Inskriptionsbüros mit Plakaten, die seit Beginn des Krieges für die Kriegsanleihen warben. Die Begeisterung hatte nach der siebenten Kriegsanleihe sichtbar nachgelassen.

Sonja passierte die Markthalle und lief Richtung Hohenzollernplatz. Der Streik war keine Münchner Spontanidee,

Eisner hatte ihn in Berlin mit den Genossen der USPD im Geheimen beschlossen. In allen Städten des Reiches würde morgen gestreikt werden, ob sich die Gewerkschaften anschlossen war noch die Frage, gerade der Metallarbeiterverband war sehr traditionell und zögerlich. Sonja schlug verärgert nach einer zudringlichen Fliege. Diese Feiglinge! Schlau hatten die Rüstungskonzerne das eingefädelt, ihre Betriebe hatten sie von der Obersten Heeresleitung zu kriegswichtigen Einrichtungen erheben lassen und die Arbeiter in den gut bezahlten Rang von ›Betriebssoldaten‹. Damit hatten die Arbeiter Privilegien, aber auch Angst: Ein falsches Wort, und sie wurden an die Front geschickt. Und ihre Gewerkschaftsvereine? Die mussten bestochen sein, überlegte Sonja, anders ließ sich nicht erklären, warum sie nicht an der Seite der Pazifisten standen.

Die Frauen waren keine Betriebssoldaten. Aber würden sie streiken? Viele dieser Frauen hatten zum ersten Mal selbst verdientes Geld in der Tasche. Wenn die Männer im Feld standen, war die Fabrikarbeit die einzige Chance, die Familie durchzubringen. Dafür nahmen die Munitionsarbeiterinnen sogar die spöttische Bezeichnung ›Kanari‹ in Kauf, denn die giftigen Stoffe verfärbten Haut und Haare gelb, manchmal sogar grün. Gerade die Kanari muss ich überzeugen, dachte Sonja, im Rüstungswahnsinn lag der Grund, dass der Krieg kein Ende nahm. Die Etappen waren durch die gewissenhafte Arbeit der Frauen stets gut versorgt.

Sonja lief nun in einem ruhigen Trab und spürte beglückt ihren gleichmäßigen Atem. Wie die russische Dampfwalze, dachte sie und musste lachen. Es ging voran, in jeder Hinsicht! Nur noch über den Hohenzollernplatz, dann würde sie in ihrem Schwabinger Nest sein, ihrem Dachjuchhe, warm, geborgen, bei ihm, bei dem Mann, den sie liebte. Henryk. Von der Kaserne drang dumpfes Trommeln herüber.

Sie lief durch die Tengstraße und bog in die Clemensstraße ein. An der Ecke neben der geschlossenen Konditorei stand der Ziegelbrenner und rauchte. Wahrscheinlich rauchte er diesen Knaster aus Kräutern und Brombeerblättern, deren Qualm er seiner Frau unmöglich in der Wohnung zumuten konnte.

Der Ziegelbrenner hieß eigentlich Ret Marut, und er würde einmal unter dem Namen B. Traven Weltkarriere machen, aber das wusste er noch nicht, und Sonja würde es nie erfahren. Sie hatte ihn im Verdacht, dass Marut nicht sein wahrer Name war. Es war ihr gleich, seit ihrer Kindheit war Sonja mit Decknamen vertraut. Vor zwei Jahren war Marut über der Konditorei eingezogen und hatte eine Zeitung namens ›Ziegelbrenner‹ herausgegeben, schräg wie die Wände seiner Dachwohnung, ein dünnes, rot eingebundenes Heft, dessen Untertitel ›Kritik an Zuständen und widerwärtigen Zeitgenossen‹ allein ausgereicht hätte, den Herausgeber nach Stadelheim zu schaffen. Sonja bewunderte, wie frech er die Polizei zu hintergehen wusste. Eines stand fest: Der Ziegelbrenner war Anarchist und Pazifist. Seltsame Ansichten hatte er, Kurzgeschichten und Gedichten folgten bizarre Artikel zur Weltlage, die Sonjas Berliner Ehemann als ›knorke‹ bezeichnete. Der Ziegelbrenner passte nach Schwabing zur Boheme, die Sonja liebte und die sich hier seit der Jahrhundertwende angesiedelt hatte. Hungerwinter? Ringelnatz, Mühsam, Valentin reimten im ›Simpl‹ für ein warmes Abendessen. Die Zenzl Mühsam, die auch jeden Tag beim Bäcker anstand, still und bescheiden mit ländlich aufgeflochtenen Zöpfen, war derart abgemagert, dass Sonja sie vorgestern kaum erkannt hatte.

Sonja nickte dem Ziegelbrenner zu, er nahm zum Gruß die Pfeife aus dem Mund, vollführte eine ironische Verbeugung wie vor einer Granddame und wünschte einen »g' schissenen Sonntag«.

Sonja lachte und suchte in der Manteltasche nach ihrem Schlüssel.

Die Wohnung war dunkel und kalt. Einen Augenblick stand sie in der geöffneten Tür, zögerte, ihr Zuhause zu betreten. Ein Geruch nach Sauerkraut und angebrannten Linsen schlich der Tür entgegen. Kalte Asche, ungelüftetes Schlafzimmer, klamme Strohmatratzen lagerten darüber. Sonja fröstelte, fühlte Unbehaustsein. Vertrautes war plötzlich unwirtlich, die Wärme des winterlichen Föhns durchdrang nicht die steinernen Mauern. Der schmale Kanonenofen war kalt, Henryk war nicht da. Plötzlich überfiel Sonja ein schlechtes Gewissen. Sie hatte weder eingeheizt noch fürs Abendessen gesorgt, bevor sie ging. Sie hatte nicht damit gerechnet, dass die Versammlung und die anschließende Vorstandssitzung bis in den Abend dauern würden.

Wo war er? Sonja drehte das Licht an. Auf dem Tisch, der in der winzigen Dachwohnung als Esstisch und Schreibtisch diente, lag das wilde Durcheinander des Homme de Lettres: seine aufgeschlagenen Bücher, Grammatiken, sein Notizheft, seine Schreibmaschine, garniert von einer leeren Teetasse und einem Apfelbutzen. Die Tischdecke war ohne Rücksicht auf Falten zur Seite geschoben, der Krug mit knospenden Kirschzweigen stand gefährlich nah am Rand. Sonja seufzte zärtlich. Es war einem Mann offensichtlich nicht zuzumuten, die Tischdecke erst zusammenzufalten und auf den Stuhl zu legen, bevor er den Tisch in seinen Arbeitstisch verwandelte.

Sie griff nach dem Krug, um ihn auf die Fensterbank zu stellen, stellte entzückt fest, dass sich aus den grünen Knospen schon runde weiße Köpfchen hervorschoben, und dachte, dass der nahende Frühling ein Friedensfrühling würde, und dann würde sie ihm einen Schreibtisch kaufen. Am Krug lehnte ein Zettel. Einen weit aufgerissenen Mund hatte er gezeichnet: ›18.30. Sterbend vor Hunger, schleppe ich mich ins Maxe. Komm nach, Schatz.‹

Sie lächelte. Er hatte es nicht übel genommen, dass sie ihn allein gelassen hatte. Die Uhr zeigte fünf nach acht, also schien er sich im Max-Emanuel-Brauhaus nicht zu langweilen. Und zu essen hatte er auch bekommen. Sie hatte im letzten Kriegsjahr oft gealbert, sie wolle ins Hotel ›Vier Jahreszeiten‹ umziehen, da gäbe es immer was zu essen. Er war mehr fürs ›Adlon‹, und dann stritten sie zum Spaß, wo das Essen besser war, in Münchens oder Berlins Grandhotel.

Sonja stellte die leere Tasse in den Spülstein, warf den Apfelbutzen in den Müllkübel und ging in das winzige Badezimmer. Sie wusch das erhitzte Gesicht mit eiskaltem Wasser, betrachtete sich im Spiegel und war wieder einmal von tiefer Dankbarkeit erfüllt, dass sie in diesem modernen Haus wohnen durfte, komfortabel mit Bad und elektrischem Licht. Weit draußen in Schwabing, klein, unterm Dach – gern für diesen Luxus, von dem sie in Warschau nur hatte träumen können.

Sorgfältig bürstete sie ihre zerzausten dunklen Haare, zog einen Mittelscheitel und steckte sie mit großen Klemmen im Nacken zusammen, wechselte die Bluse, drehte das Licht ab und verließ die Wohnung.

Im Brauhaus war Betrieb. Es roch nach Bratkartoffeln, Bier und Zigarrenqualm. Die Stimmung war auffallend gut. Sonja entdeckte ihren Ehemann in dem gut gefüllten Wirtssaal sofort, groß, breitschultrig, das blonde Haar etwas schütter, er gestikulierte und lachte. Zärtlich lächelte sie ihn an, Liebe überflutete sie wie eine heiße Welle. Heinrich Eugen Lerch, von Sonja liebevoll mal Henryk, mal Genjuscha benamst, war nicht allein. Am hell gescheuerten Wirtshaustisch saß sein Kollege Klemperer mit seiner Frau Eva, eine schweigsame Musikerin mit diffusem Blick durch starke Brillengläser. Sonja nannte sie bei sich ›die Klimperin‹, da sie stets die Arbeiten ihres Mannes in die Schreibmaschine tippte und sich ihren Etüden nicht widmen konnte.

»Meine Frau kommt von Kaisers Geburtstag! Direkt von der Parade!«, scherzte Lerch, und Klemperer wollte wissen, ob der Anblick von so viel Lametta weihnachtliche Gefühle ausgelöst habe. Sonja lachte. Weniger weihnachtliche als revolutionäre.

Und an Eva gewandt, fügte sie hinzu, die Arbeitermarseillaise habe sich ohne Militärkapellen-Tschingderassabum melodiös und überzeugend angehört.

Die Klimperin lächelte wie immer etwas zerstreut, Klemperer wollte sofort wissen, welchen Text sie eigentlich auf »Allons enfants de la patrie« sangen, und Sonja musste gestehen, dass »Marsch, marsch, marsch, marsch« den Refrain einleitete. Der Spott war ihr sicher. Klemperer und Lerch hatten bei ihrem verehrten Professor Vossler in der Romanistik habilitiert und verstanden sich auf der Ebene geistreicher Bonmots bestens. Sonja hatte gedacht, sie seien befreundet, bis Henryk sie einmal aufklärte: Er sei stets auf der Hut, müsse herausfinden, was Klemperer plane, damit sie sich nicht für denselben Lehrstuhl bewerben würden. Obacht, hatte er gesagt, Freund oder Feind, er hört mit. Klemperer sprach, so hatte Sonja einmal zufällig gehört, vom ›Verkehr‹ mit seinem Kollegen, als ob es zu einer wirklichen Freundschaft nicht reiche. Ihr gegenüber war Klemperer aber stets der gleichberechtigte Gelehrte, er respektierte sie als promovierte Nationalökonomin, und das war keine Selbstverständlichkeit. Viele Dozenten der Universität verachteten studierte Frauen. Hinter ihrer Verachtung verbargen sie die Furcht, dass die Frauen sie von ihren Lehrstühlen vertrieben, während sie im Feld standen.

»Allons, enfants! Was trinkst du?«

Sonja entschied sich für ein Dunkles. Die Männer scherzten, lachten und diskutierten über die Friedensverhandlungen in Brest-Litowsk, die, so meinte Klemperer, gut vorankämen. Sonja widersprach ihm. Die russische Delegation werde über den Tisch gezogen.

»Aber es ist doch nichts dagegen einzuwenden, Polen endlich die Unabhängigkeit zu geben«, meinte Klemperer, fast 200 Jahre russische Besatzung seien genug. Lerch stimmte ihm zu, wenn schon kein Siegfrieden zu erreichen sei, warum nicht ein Frieden, der Russland nicht wehtun würde.

»Du bist doch die Erste, die gejubelt hat, dass das Zarenreich bluten muss«, meinte er zu seiner Frau.

»Aber es ist nicht mehr das Zarenreich«, entgegnete Sonja erbost, »die Sowjets müssen jetzt für etwas bluten, was sie nicht zu verantworten haben.«

Lerch hob die Hand wie auf dem Katheder und zitierte Nietzsche, irgendwas über die Unvermeidlichkeit der Nachfolge. Sonja sah in Henryks geliebtes Gesicht und wusste nicht, was sie erwidern sollte. Hatte sie nicht gerade im Kolosseum vor den Massen heftig agitiert, diskutiert,

Zwischenrufe gut pariert, Menschen mit guten Argumenten überzeugt? Wenn sie ihm gegenübersaß, fühlte Sonja sich mattgesetzt. Was sollte sie sagen, die nationale Frage, Mehring, Kautsky, Lenin fielen ihr ein. Die nationale Unabhängigkeit hing nicht so innig mit den Klasseninteressen des kämpfenden Proletariats zusammen, dass sie bedingungslos, unter allen Umständen anzustreben wäre. Außerdem war die Oberste Heeresleitung am Frieden mit Russland nur interessiert, um alle Soldaten von der Ost- an die Westfront zu schicken. Während die armen Kerle und ihre Familien hofften, durch den Separatfrieden kämen sie nach Hause, waren sie längst als Kanonenfutter geplant, um den Erbfeind Frankreich zu besiegen. Aber diesen Zusammenhang verstanden die wenigsten, und wenn sie ihn öffentlich anprangerte, würde sie wegen Defätismus verhaftet.

»Sogar Erzberger nennt den Siegfrieden inzwischen Verständigungsfrieden«, argumentierte sie unlustig. Welche Debatte sollte hier im Wirtshaus geführt werden, sie entbehrte jeder Heiterkeit.

»Ein Separatfrieden kann kein demokratischer Frieden sein. Die Kurländer werden nicht unabhängig, sondern preußisch sein. Außerdem ist es jüdisches Land«, sagte Sonja und blickte zu Klemperer, Rabbinerkind wie sie, er musste doch verstehen, worum es ging. Die Provinzen, die die Oberste Heeresleitung forderte, waren sogenannte ›Ansiedlungsrayons‹. Die antisemitische Herrschaft des Zaren hatte jüdische Ghettos geschaffen, der Westen des riesigen russländischen Reiches bestand zu 50 bis 70 Prozent aus jüdischer Bevölkerung, raffiniert hatten Generationen von Zaren die Juden im polnischen Widerstandsgebiet angesiedelt. Nationalismus, Pogrome und Vertreibungen würden die Folge sein, aber Sonja stand auf verlorenem Posten: Entweder ahnten die verhandelnden Delegationen das nicht oder es war ihnen gleichgültig. Klemperer verstand ebenfalls nicht, oder wollte er nicht verstehen? Auf alles Jüdische reagierte er als Konvertit. Und Henryk war so arglos wie alle, die nur den heiß ersehnten Frieden sahen und nicht begriffen, warum Sonja sich heftig dagegen wehrte.

»Du schreist doch seit vier Jahren nach Frieden«, meinte Lerch. Der Biergenuss machte ihn laut und eine Spur überheblich.

»Ein erpresster Frieden ist nichts als eine Niederlage«, sagte sie leise.

»*Du* bist hier die Sozialistin, dann nimm deinen Trotzki an die Leine!«

Die USPD hatte tatsächlich an Trotzki appelliert, die Friedensverhandlungen so lange hinauszuzögern, bis auch in Deutschland die Revolution den Kaiser vertrieben und man einen annexionsfreien Frieden schließen könne – oder, wie Sonja sich ausdrückte, die Soldaten sich einfach in die Arme fallen würden. Von Eisner selbst war der verwegene Vorschlag gekommen, die russische Delegation zu besuchen. Sonja kannte Trotzki und hätte dolmetschen können. Das wäre natürlich Hochverrat gewesen, vermutlich wäre sie verhaftet worden, bevor sie die Reise auch nur angetreten hätte. Ein geheimer Brief hatte ausreichen müssen, daraufhin verzögerte die russische Delegation die Friedensverhandlungen in Brest-Litowsk immer wieder. Das aber konnte Sonja nicht sagen. Ihr Mann hatte keinen Schimmer, dass seine Ehefrau, die ihm täglich das Essen kochte und die Wohnung versorgte, einen Einfluss auf die Verhandlungen der russischen Delegation hatte. Er wusste auch nicht, dass sie an der Übersetzung von Trotzkis Flugblatt mitgewirkt hatte, das seit Dezember heimlich in der Universität und auf den Straßen von Hand zu Hand ging.

Sonja entschied sich für einen Scherz: »Ja, du hast recht, Henryk. Morgen kaufe ich eine Leine!«

Gelächter. Aber etwas stimmte nicht, wieder einmal war ihr ein Scherz missglückt.

Wütend sah Henryk sie an. »Ja, und vergiss nicht, auch einen Maulkorb zu kaufen – für dich!«

Sonja erstarrte. Sie hatte vergessen, dass sie über *seine* Witze lachen durfte. Sie war sein Publikum, nicht er ihres. Für geistreiche Scherze war allein Henryk zuständig, in der Ehe und beruflich. Seine Studenten und seine Frau durften darüber lachen. Wehe, wer sich in witzigen Bemerkungen versuchte: Er nahm sie stets als gegen sich gerichtet. Schnell, Sonja, Gesicht in Bierkrug tauchen, verstecken, wegducken.

Klemperer meinte versöhnlich, sie kämpften alle gegen den Krieg, man könne ja nicht einmal mehr arbeiten: »Meine Astrée kommt nicht voran. Ich kann kaum einen klaren Gedanken fassen!«

»Ja, es ist ein Elend, wie der Krieg einem die Zeit stiehlt!«

»Woran arbeitest du gerade, Heinz?«

»Woran ich arbeite? Willst du das wirklich wissen?«

»Selbstverständlich«, erklärte Klemperer erstaunt.

»Ich studiere Erlasse über Woll-, Web- und Strickwaren, berechne den voraussichtlichen Bedarf unseres Heeres, ich kämpfe einen heroischen Kampf mit der Reichsbekleidungsstelle um Anerkenntnis unserer Behörde als ›gemeinnützige Kleinhändler‹ und Ausstellung eines ›Hauptbezugsscheins‹, was besagte Reichsbekleidungsstelle bisher abgelehnt hat, weil sie von unserer Stelle offenbar nicht die leiseste Idee eines Schimmers von einem Dunst hat ...«

Klemperer lachte schallend, die Frauen blickten einander verständnisvoll an, und Lerch fuhr, befeuert wie ein Schauspieler von Applaus, fort: »… und ich versuche, Futterstoffe zu kaufen, die nicht mehr vorhanden sind. Letztens forderte ich vorgeschossene Marschgebührnisse wieder an, wobei ich für eine veranlagte Mark 50 Pfennige wiederbekomme und der Kasse der Krankentransportabteilung der sechsten Armee ausführlich nachweisen muss, dass sie einen falschen Paragrafen der Marschgebührnisvorschrift, gleich Dienstvorschrift Nr. 88, angewandt hat, während in Wirklichkeit Tabelle XII einschlägig ist … So schrieb ich eine Stunde, um 50 Pfennig einzutreiben. Hier …« Lerch griff in die Tasche und legte vor seinem inzwischen hemmungslos wiehernden Publikum mit dramatischer Geste eine Münze auf den Tisch: »Es wäre einfacher, sie aus meiner Börse zu bezahlen, aber das geht natürlich unter keinen Umständen. Ihre Astrée, Herr Collega? Ha! Gerade habe ich einen lächerlichen kleinen Versuch über Flauberts Novelle ›Novembre‹ verfasst, während ich mit Argusaugen darüber wachte, dass entlassene Mannschaften ihre Uniformen wieder einliefern, wobei es sich ereignet, dass sie in derselben erscheinen, sodass ich ihnen die Hosen nicht gut vom Leibe ziehen kann …«

»Genau«, rief Klemperer, der sich vor Lachen nicht mehr halten konnte, »was mir mit meiner prunkvollen bayerischen Uniformhose geschehen ist! Ich hatte keine andere, es gab in der Kleiderkammer nichts, also behielt ich sie an. Ihr kennt das Ding mit den Streifen. Ich sitze also im Zug nach Berlin, der nächste preußische Soldat steht vor mir stramm, weil er meine bayerische Kürassieruniform für die eines Offiziers hält …«

»Victor, beim nächsten Mal kommst du zu mir in die Kleiderkammer, dann staffiere ich dich aus, dass der nächste dich für einen General hält!«

Nun lachte auch die zurückhaltende Klimperin rundheraus, und Lerch, nach einem tiefen Zug aus seinem Krug, setzte neu an: »Gestern schickte die Kolonne der alten Kunststadt Bayreuth 0,02 Mark in bar zurück, hübsch säuberlich eingewickelt – Unkosten etwa 4 Pfennig Porto! –, da hieß es nachforschen: Hatte ich 0,02 Mark zu viel angewiesen? Oder hatte die Pfälzische Bank 0,02 Mark zu viel ausbezahlt? Gott sei Dank war es die Pfälzische Bank, der die Summe wiederzuzustellen ich mich beeilte ...«

»Hübsch säuberlich eingewickelt!«, lachte Eva und wischte sich Tränen aus den Augen.

Auch Sonja lachte jetzt. Wie geistreich Henryk war! Mit welchem Witz er die geisttötende Arbeit wegsteckte, er, Dozent der Romanistik, der ehrgeizig an der Münchner Uni seine Karriere betrieb, um einmal einen eigenen Lehrstuhl zu bekommen. Er konnte wahrlich nichts dafür, dass der Krieg ihn ins Kleiderlager des Roten Kreuzes schickte. Wäre Frieden, er wäre längst ordentlicher Professor, seine Arbeit war vor vier Jahren mit summa cum laude ausgezeichnet worden. Voller Liebe lachte sie ihren Gatten an. Vergessen war der Seitenhieb mit dem Maulkorb.

»So leben wir, so leben wir alle Tage«, schloss Lerch, und er konnte es nicht lassen, die Zeile des alten preußischen Marsches zu singen, leise zwar, aber im Wirtshaus waren inzwischen einige Gäste auf die fröhliche Runde aufmerksam geworden.

Ein Mann kam an den Tisch, seinen Bierseidel in der Hand. Er täte gern mit, wenn die Preußen den Geburtstag ihres Kaisers feierten, sagte er finster. Es ginge ja fidel zu im Wirtshaus, während da draußen an der Westfront die Soldaten erschossen, vergiftet, vergast würden.

Klemperer und Lerch sahen einander geniert an. Sein Kollege habe es nicht so gemeint, beschwichtigte Klemperer. Der Mann musterte erst ihn, dann Lerch mit der Gründlichkeit des Angetrunkenen, bis er entschied: »Doch. Was gesagt ist, ist gesagt.«

Und er fuhr fort: »Bayerns Söhne lassen zu Hunderttausenden ihr Leben für euch Preußen! Wer hat uns in den Sumpf des Verderbens geführt? Seien wir ehrlich! Nicht eingebildete Feinde! Nicht die Engländer und Franzosen! Die Schuldigen sind einzig und allein die Preußen! Die Behauptung, dass die gegnerischen Länder den Krieg gegen uns begonnen haben, ist ein Schwindel! Der jetzige Krieg geht nicht um die Interessen Bayerns, sondern um die Macht des Polizei- und Junkerstaates Preußen!«

Er sei nicht satisfaktionsfähig, murmelte Lerch. Es sollte ein Witz sein, aber er kam übel an. Der Mann schlug mit der Faust auf den Tisch: »Raufen will er, der Saupreiß! Sperr deine Ohrwascheln auf: Wir Bayern stehen in keinerlei Interessensgegensätzen zu den Völkern, mit denen wir Krieg führen. Im Gegenteil, wir verdanken zum Beispiel Frankreich im Laufe der Geschichte große Förderung unseres Landes und Volkes. Von den gegen uns im Kriege stehenden Regierungen hat noch keine die Unterdrückung Bayerns als Kriegsziel hingestellt. Wohl aber richtet sich der Krieg – und das mit Recht, meine Herren! – gegen Preußen, das neben dem früheren Russland der korrumpierteste Großstaat Europas ist!«

Wenn er nicht leiser spricht, kommt gleich ein Polizeispitzel und verhaftet ihn, dachte Sonja, die durchaus

Sympathie für manches empfand, was der Mann sagte. Jedenfalls war er keiner dieser Bayern, die Fontane als verbiert und verdummt bezeichnet hatte. Verstohlen sah sie sich um. Der kräftige Wirt am Tresen sah bereits aufmerksam zu ihnen herüber, während er Krug um Krug mit Kriegsdünnbier füllte. Klemperer hob die Hand, um zu beschwichtigen, aber sie wurde gepackt: »Magst auch raufen?«

Oje, bloß keine Wirtshausschlägerei, dachte Sonja, der schmächtige Klemperer und ihr Henryk, zwar groß, aber im Kämpfen völlig ungeschult, das konnte nicht gutgehen. Sie erhob sich, sie musste dem aufgebrachten Menschen zusprechen und ihn zu seinem Platz zurückführen. Sie wusste, wie unruhige Schüler zu beruhigen waren. Der Mann sah die Bewegung, erkannte Sonja, riss die Augen auf und sagte respektvoll: »Ah, Frau Ranowska, entschuldigen'S bittschön, ich wusste ja nicht … Ich mein nicht Sie, die Herren, nicht Sie persönlich, ich mein ja nur den König von Preußen. Entschuldigen'S, Frau Doktor.«

Und weil er den Zeigefinger sah, den sie vor die Lippen hielt, flüsterte er noch: »I bin ja nur ein um sein Land besorgter Bayer. Die Frau Doktor ist viel klüger, die kann euch besser erzählen, wie des alles zusammen passt. Fragt sie, meine preußischen Freunde, wo die fünf Milliarden nach dem Siebziger Krieg hingekommen sind! Habe die Ehre!«

Er verbeugte sich, wobei er etwas Bier vergoss, küsste Sonja die Hand und ging leicht schwankend fort.

Der Nachhauseweg verlief schweigend.

Lerch verbarg seine kalte Wut unter erlesener Höflichkeit. Er bot Sonja den Arm, und sie hielt unglücklich seinen Schritt, während sie fühlte, wie ein Eisberg zwischen ihr und ihm mit jedem Schritt wuchs. Sie schloss die Haustür auf, dieser ließ sie los und stürmte voran, zwei Stufen ein Schritt. Er schloss die Wohnungstür auf, pfefferte seinen Hut auf die Ablage, dass er sofort wieder herunterfiel, eroberte mit drei Schritten das Wohnzimmer und knallte den Schlüssel auf den Tisch.

»Wie lange willst du diese Komödie noch treiben?«

Der Eisberg krachte zusammen. Sonja hob, heiß vor Scham, Henryks Hut auf, glättete ihn und legte ihn auf die Ablage.

»Wie soll ich Klemperer antworten, wenn er mich nach ›Frau Ranowska‹ fragt? Für mich ist es keine Komödie mehr, sondern eine saudumme Farce, nicht einmal einer Tragödie würdig.«

Sonja entgegnete leise, sie habe ihr Pseudonym nur gewählt, um ihn zu schützen. Es sei ihr klar, dass es seiner Karriere schade, wenn sie sich unter seinem Namen bei den Sozialdemokraten engagiere.

»Bei den Sozialdemokraten? Das ginge ja noch an, aber du musstest diese Spalter wählen, die sich Unabhängige nennen und durch besondere Radikalität hervortun!«

»Wir wollen nur den Krieg beenden, unter dem du auch leidest.«

»Schön! Gut! Sonja, es wird dir einleuchten, dass dies nicht länger unter dem albernen Pseudonym ›Ranowski‹ gehen kann ...«

»Ranowska«, verbesserte sie pedantisch, »und es tut mir leid, wenn du den Namen meiner Urgroßmutter albern findest.« Wütend funkelten ihre Augen ihn an.

»Pardon, Ihre Großfürstin zu Ranowskaja!« Henryk vollführte einen bühnenreifen Kratzfuß. »Ich bin bereit, darüber hinwegzusehen, wenn der Spuk mit der heutigen Parteiversammlung ein Ende hat!«

Sie sah ihn fassungslos an. »Ein Ende? Der Streik beginnt doch morgen erst!«

»Ach was! Und wie lange soll er gehen?«

»Bis alle Räder stillstehen!«, sagte sie feurig.

Lerch betrachtete seine Frau. Er liebte ihre Leidenschaft, und es störte ihn, dass sie nicht ihm galt.

»Ihr seid ja wahnsinnig! Du wirst enden wie Rosa Luxemburg, sie kommt seit zwei Jahren nicht aus dem Gefängnis frei!«

»Ich werde nicht enden wie Rosa, im Gegenteil. Was wir in München tun, wird auch zu Rosas Befreiung führen, in einer Republik mit einer demokratischen Verfassung.«

»Bist du völlig irre? Willst du den gewaltsamen Umsturz?«

»Streik ist das friedlichste Mittel, das ich kenne«, erklärte Sonja, »und gleichzeitig das wirkungsvollste. – Genjuscha«, beschwor sie ihn zärtlich und ergriff seine Hand, »ich bin doch keine dumme Gans, ich hab das alles schon mal gemacht, und ...«

»Und bist schon mal gescheitert!«

»Ich habe daraus gelernt. Und ich habe jahrelang stillgehalten, nur für dich. Jetzt agiere ich, für alle Menschen, und wieder für dich. Wollen wir nicht alle Frieden?«

»Ja, aber nicht um den Preis eines Umsturzes!«

»Welchen Preis setzt du ein? Abwarten?«

»Ich brauche Ruhe zum Arbeiten.«

»Die Ruhe des Soldatenfriedhofs? Oder die des Roten Kreuzes, die du seit drei Jahren genießt?«

»Unsinn! Ich denke genauso pazifistisch wie du, aber man kann doch nicht so unüberlegt losschlagen.«

»Dieser Streik ist alles andere als unüberlegt. Er soll zunächst nur eine Woche dauern, ein Warnstreik.«
»Habt ihr die Gewerkschaften hinter euch?«
Sonja schob verächtlich die Unterlippe vor.
»Die SPD wenigstens?«
»Gleich wirst du mich fragen, ob wir die Oberste Heeresleitung hinter uns haben.«
»Sieh dir diesen Eisner an! Niemals kann der einen bayerischen Arbeiter zum Streik bewegen, dieses Berliner Männeken aus der Journalistenbranche! Er spricht doch eine ganz andere Sprache!«
Sonja dachte an die letzte Versammlung, an Eisners beißende Ironie, an seine feinen Witze über die Obrigkeit, die die Arbeiter zu Lachstürmen und schlagfertigen Zwischenrufen hingerissen hatten, und dachte, fröhlich muss die Revolution sein. Aber dann fiel ihr Jakuw ein, der dies gesagt hatte, und ihr Herz krampfte sich zusammen. Fröhlich muss der Sozialismus sein. Das war in einem anderen Leben gewesen, vor tausend Jahren. *Ach Odessa, dort wehen schon Europas Düfte, dort streut der Süden Glanz und Düfte ...* Plötzlich fühlte sie sich wie ein schweres, gepanzertes Tier aus einer untergegangenen Epoche.

»Wie auch immer, es geht mich nichts an, was Eisner tut, aber du musst dich entscheiden«, befahl Lerch.

Entscheiden? Sonja blickte erschreckt.

»Du bist meine Frau, und du wirst nicht rote Fahnen schwingend durch München ziehen«, erklärte Lerch im Haushaltsvorstandston. Er stutzte plötzlich, eilte zum Tisch und schrieb eine Notiz auf ein Blatt Papier.

»Ich schwenke keine rote Fahne.«

»Du willst mich nicht verstehen, nicht wahr? Dann werde ich deutlich: Ich will eine Ehefrau an meiner Seite, keine Pétroleuse, die unter einem Decknamen vor Arbeitern durch die Straßen Münchens zieht.«

»Dann müssen wir uns scheiden lassen«, sagte Sonja kampfeslustig.

Lerch stutzte.

»Ich kann ja in die Pension Berg ziehen«, schlug Sonja vor.

Ihm traten die Tränen in die Augen.

»So wichtig ist dir deine Politik«, murmelte er.

»Henryk, Genjuscha, Liebling!«, rief sie beschwörend. »Wir hatten eine Abmachung bei unserer Hochzeit! Als modernes gleichberechtigtes Paar wollten wir leben. Ich habe dir versprochen, mich zunächst nicht politisch und beruflich zu betätigen, du weißt, wie ich denke und welche Ziele ich im Leben habe. Ich habe mich zurückgehalten, damit du in Ruhe deine Habilitation schreiben kannst. Jeden Stein habe ich dir aus dem Weg geräumt ...«

»Nicht eine Seite hast du getippt«, beschwerte er sich.

»Hast du eine einzige Seite meiner Diss getippt?«

»Also wirklich!« Er sah empört aus. »Das ist doch was völlig anderes.«

Sie lachte plötzlich schallend. »Oh Magnifizenz, Steine wegräumen oder Seiten tippen, das ist hier die Frage! Ich habe weder Lust noch Zeit für eine Frauenrechtsdebatte. Die können wir führen, sobald ich mir das Wahlrecht erfochten habe. – Darf ich dich daran erinnern, dass wir beide Studenten waren? Warum nicht einander die Promotionsarbeiten tippen. Einigen wir uns darauf, dass ich nichts von französischer Syntax und du nichts vom russischen Wirtschaftssystem verstehst.«

Einigen! Lerchs Gesicht wurde grau. Die angetrunkene Hochphase wich einer säuerlichen Gekränktheit, die ihn stets befiel, wenn er sich in eine ernsthafte rhetorische Auseinandersetzung mit Sonja einließ. Studierte Frauen waren von hinreißender Erotik, konnten aber sehr anstrengend sein. Das Eheleben hatte seine Reputation an der Alma Mater erhöhen sollen, zu gegebener Zeit auch Kinder, warum nicht. Eine promovierte, gescheite Gattin, modern, vielseitig interessiert, kein Heimchen. Dieser Krieg hatte alles durcheinandergebracht. Aber er ahnte, dass Sonja auch nach dem Krieg kaum gepflegte Nachmittage mit den Professorengattinnen der Philosophischen Fakultät im Café Luitpold verbringen würde. Diese ordneten sie eher unter die Kategorie ›Flintenweiber‹ ein. Eine Ehefrau mit einem politischen Kampfnamen. Russische Steppenfurie, hatte die Munckerin getuschelt. Er wurde gesellschaftlich unmöglich, Vossler würde ihn fallen lassen. Womöglich musste er als Lehrer in einer Schule Französisch unterrichten ... Schweiß trat Lerch auf die Stirn.

Sonja war ernst geworden. Henryks Stimmungsumschwung war ihr nicht entgangen. Sie war gewohnt, sich auf ihn einzustellen, und hatte dies immer als Seelenverwandtschaft verstanden. Zum ersten Mal regte sich Widerstand in ihr. Einmal musste die heilige Alma Mater Rücksicht auf ihre Politik nehmen. Es war absurd, dass die Professoren in einem monarchischen Unrechtssystem in Ruhe forschen konnten, sich aber für die Freiheit von Forschung und Lehre nicht erwärmen konnten.

»Komm doch mit«, sagte sie versuchsweise.

»Du verstehst nichts! Ich habe ein Stipendium vom bayerischen Staat ...«

»Von der privaten Stiftung eines vermögenden jüdischen Intellektuellen«, korrigierte sie.

Lerch sprang auf, als wolle er sie packen. Er besann sich anders, fiel wieder auf seinen Stuhl zurück und sagte: »Ich will in den bayerischen Staatsdienst! Ich tu das auch für dich, Sonja! Sollen wir ewig in dieser Boheme unterm Dach leben? Wollen wir nicht ein bisschen Wohlstand und ein paar Kinder?«

»Nicht in Knechtschaft«, erklärte Sonja entschieden. »Meine Kinder sollen in einer freien Republik aufwachsen. – Ich bin müde, und morgen muss ich früh raus«, sagte sie abschließend. »Kannst du mich heute Nacht ein letztes Mal ertragen? Morgen ziehe ich dann in die Pension Berg.«

Sie erhob sich, küsste ihn sanft auf die Stirn und ging ins Schlafzimmer, ohne seine Antwort abzuwarten.

Lerch saß eine Weile schweigend. Dann drehte er das Licht aus und folgte ihr.

»Komm«, flüsterte er an ihr Ohr, als er sich zu ihr gelegt hatte, »du willst dich scheiden lassen, aber wir lieben uns, nicht wahr?«

Sie schlang heftig die Arme um ihn, und sie liebten sich leidenschaftlich wie am ersten Tag, immer wieder, als müssten sie sich beweisen, dass sie füreinander geschaffen waren und nichts sie trennen konnte.

Aber noch in der Nacht, als Sonja in Henryks Achsel liebesfeucht in einen traumlosen Schlaf sank, nahm der Albtraum seinen Lauf.

Es war drei Uhr nachts, als ein Polizeispitzel aus Berlin nach München telegrafierte: ›Generalstreik soll Montagmorgen beginnen. Erste Verständigung von Berlin aus mittels verabredetem Telegramm. Vertrauensleute in den Kriegswirtschaftsbetrieben besonders Munitionsfabriken sollen zur Arbeitsniederlegung auffordern. Demonstrationszüge mit Ansprachen geplant, Frauen und Kinder sollen sich beteiligen. Lenin und Trotzki haben Kenntnis und deshalb Wiederbeginn der Verhandlungen auf 29.1. verschoben.‹

Das königliche bayerische Innenministerium war informiert.

Und während Sonja am nächsten Morgen mit der Tram durch München fuhr und vor allen Werktoren der Kriegsindustrie geschickt hinter den Rücken der Polizeispitzel Flugblätter verteilte, die zum Generalstreik aufriefen, ging ihr Ehemann in die Kanzlei eines Scheidungsanwaltes.

Am Montag, dem 28. Januar, sprach Sonja. Sie erinnerte sich an die Rede von Rosa Luxemburg, die hellsichtig vor Kriegsbeginn im riesigen Saal des Kindlbräu den Frieden beschworen hatte. Mehr als 2.000 Menschen hatten Rosa zugehört, und Sonja setzte sich zum Ziel, vor 1.000 Menschen so mitreißend und überzeugend wie die verehrte Genossin zu sprechen. Es musste gelingen, den allgemeinen Streik auszurufen und einen Arbeiterrat zu wählen. Friede konnte nur mit dem Sturz des Kaiserreiches erreicht werden, das musste klar gemeint, aber rhetorisch nur angedeutet werden, sonst hatte sie keine Chance, zu Ende zu sprechen, ohne dass die Polizei eingriff.

Der Saal der Schwabinger Brauerei war grau von Zigarettenrauch. Eisners Ansprache hatte Begeisterung hervorgerufen. Minutenlang hatten die Arbeiter der Kruppwerke frenetisch applaudiert – was sollte sie noch sagen? Nach Eisner zu sprechen war eigentlich unmöglich.

»Jetzt du, Sarah!«, sagte Eisner, »jetzt muss eine Frau sprechen!«

»Was soll ich sagen?«, flüsterte sie nervös. »Du hast schon alles gesagt!«

»Ja! Und du sagst alles noch mal, aus deinem Blickwinkel, mit deiner Meinung, aus ...«

»... aus der weiblichen Perspektive!«, spottete sie.

Eisner grinste nur: »Aus der russisch- femininen Revolutionsperspektive, wenn ich bitten darf, Genossin Ranowska!«

Der Lärm verebbte, als sie ans Podium trat. Ihr Pseudonym war vermutlich nicht mehr lange zu halten. Direkt vor sich sah sie einen jungen Mann, der eifrig die Rede Eisners mitstenografiert hatte, eindeutig kein Journalist, sondern ein Polizeispitzel. Sie holte tief Luft und begann: »Genossinnen! Genossen!«

Der Applaus der Frauen war ihr sicher. Nicht einmal die Genossen redeten sie an, obwohl viele Frauen gekommen waren, und deswegen begrüßte Sonja sie und würde sie immer wieder gezielt ansprechen.

»Wir haben gute Nachrichten. Soeben hat das österreichisch-ungarische Proletariat ein mächtiges Wort gesprochen. Genosse Eisner hat euch berichtet, dass die Arbeiter in den Wiener Betrieben die Arbeit niedergelegt haben. Sie wollten nicht mehr Geld, sie kämpften nicht für den Achtstundentag, obwohl sie alles Recht der Welt dazu gehabt hätten ...«

Beifall unterbrach sie.

»Diese gerechte Forderung wurde durch den Krieg unterhöhlt. Seid gewiss, ihr werdet euch den Achtstundentag noch erkämpfen! Aber die Arbeiter in Österreich streiken für nichts Geringeres als für ihre Freiheit. Sie for-

dern Aufhebung des Belagerungszustandes! Aufhebung der Zensur! Aufhebung der Militarisierung der Betriebe! Aufhebung aller Einschränkungen der Versammlungsfreiheit! Das gilt auch für Streikkomitees, Vereine und … nun ja, eben für alle Parteien, auch für die, die keinen Gebrauch davon machen!«
Gelächter.
»Und nicht zuletzt: Freilassung aller politischen Gefangenen!«
Tosender Applaus antwortete ihr. Sonja hob die Hände, es wurde still.
»Wie haben nun die österreichischen Arbeiter ihre Forderungen durchgesetzt? Sie sind nicht nur in den Streik getreten, sie haben auch den öffentlichen Verkehr eingestellt, und es erschien keine einzige Zeitung, die gegen ihre Handlungen gehetzt hätte. Ja, in Wien hielten die Arbeiter sogar die Brücken besetzt, eine kluge Maßnahme, denn so konnte die Polizei nicht in die Arbeiterviertel eindringen und dort unschuldige Frauen und Kinder gefangen nehmen, um Druck auf die Arbeiter auszuüben!
Genossinnen und Genossen! Damit nicht genug: Die Wiener Arbeiter wählten aus ihrer Mitte einen Arbeiterrat. Sie wählten ihn wie die Genossen in Russland, wohl wissend, dass der Regierung nichts anderes übrig bleiben würde, als mit ihnen zu verhandeln. Und die österreichische Regierung schlottert vor Angst vor der drohenden Revolution, wie der Zar im vergangenen Jahr schlotterte! Sie war gezwungen, den österreichischen Arbeiterrat anzuerkennen! Die österreichische Regierung verhandelt mit den Delegierten!«
Wieder brach Beifall aus, Jubel, Hochrufe auf die Österreicher. »Nieder mit dem Krieg!«, riefen einige.

»Die Wiener Arbeiter wurden von ihren Gewerkschaften und ihrer sozialdemokratischen Partei schmählich im Stich gelassen! Sie konnten sich nur auf sich selbst, auf ihre gewählten Vertrauensleute und den aus diesen Vertrauensleuten gewählten Arbeiterrat verlassen, und es gelang!«
Wieder Applaus. Sonja blickte kurz zu Eisner hinüber. War sie verständlich? Nicht zu kompliziert? Eisner lächelte ihr aufmunternd zu. Gut, dachte Sonja, dann geht's jetzt aufs Ganze. Wenn ich mich ständig verstelle, wird aus diesem Flämmchen kein Flächenbrand werden.
»Arbeiterinnen und Arbeiter! Die Forderungen der österreichischen Arbeiter müssen auch die unserigen sein! Es sind Mindestforderungen! Wir wollen viel mehr! Wir wollen die Macht übernehmen in Deutschland und Frieden schließen. Der Frieden lässt sich nicht durch Separatfrieden herbeiführen. Ja, wir sollen und wollen uns mit unseren russischen Schwestern und Brüdern verbünden, aber zu demokratischen Bedingungen, unter Freunden! Ein Separatfrieden führt nicht zum Ende des Krieges, sondern zu nichts anderem als zu einer weiteren Entfachung!«
Wieder Applaus, auch Zwischenrufe. Der Spitzel blickte irritiert. Eisner machte ihr Zeichen, die sie nicht verstand. Sie hatte sich warmgesprochen, sie konnte die Menschen überzeugen, sie spürte es, und so sprach sie, befeuert von der Zustimmung, weiter: »Nur durch Streik kann diese kriegslüsterne Regierung vertrieben werden! Jeder Betrieb wähle aus seiner Mitte einen Vertrauensmann. Alle Vertrauensmänner und -Frauen konstituieren sich als Arbeiterrat, wie in Russland. Nur mit der Fackel der Revolution, nur im offenen Kampf um die politische Macht könnt ihr, das Proletariat, Volksherrschaft und eine deutsche Republik erkämpfen! Der parlamentarische Weg hat sich als

Phrasendrescherei erwiesen: Die Sozialdemokraten, die euch, dem Proletariat, ihre Sitze im Reichstag verdanken, haben euch im Stich gelassen! Seit vier Jahren bewilligen sie einen Kredit nach dem anderen, Kriegsanleihen, die jeden Einzelnen von uns noch teuer zu stehen kommen werden. Beenden wir endlich außerhalb des Parlaments dieses mörderische Spiel! Wählt jetzt eure Vertreter, die hundertprozentig hinter den Streikforderungen stehen, denn: ›Alle Räder stehen still, wenn dein starker Arm es will!‹«

Sie sangen die Bundeshymne. Eisner sah besorgt aus, als sie vom Podium stieg.

»Sonja, du warst großartig. Aber zu stark, befürchte ich. Für eine Verhaftung ist es schon ausreichend, wenn die Worte Revolution und Republik vorkommen.«

»Ich weiß. Aber ich kann nicht ständig die Schere im Kopf haben. Wenn wir jetzt um den heißen Brei herumreden, wird die Revolution in eben diesem Brei ersticken.«

»Du hast recht. Wenn wir es jetzt nicht schaffen, wann dann? Aber sei übermorgen bei der Versammlung der Rapp-Leute etwas zurückhaltender. Das sind Bayern, bayerische Motorenwerke, weißt du, die sind nicht per se sozialistisch gesinnt wie die Kruppschen.«

Zwei Tage später lief Sonja wieder durch München, wieder kam sie von der Kolosseumsbierhalle im Glockenbachviertel, aber dieses Mal ging sie langsam und mit gesenktem Kopf. Neben ihr gingen Kurt Eisner, Fritz Schröder vom Verband der Angestellten und Theobald Michler vom Buchdruckerverband. Gemeinsam hatten sie die Versammlung des Buchdruckerverbandes besucht. Am Vormittag waren sie beim Schusterwirt in der Neulerchenfeldstraße gewesen, bei der Versammlung der BMW-Arbeiter, die sich gegen den Streik entschieden hatten.

»Dem dümmsten russischen Bauern kann ich eher klarmachen, dass er sich befreien muss, als einem Münchner Gewerkschaftsbeamten«, sagte Sonja zornig, »das Leben hier ist tausendmal schlechter als in Russland unter dem Zaren.«

»Ah geh her«, widersprach Michler erschöpft. Schröder lachte.

»Ich schwöre!«, beharrte Sonja. »In Russland kam der Feind von außen, aber ich hatte Kameraden, auf die ich mich verlassen konnte.«

»Du kannst dich auf uns verlassen, Sonja.« Eisner legte ihr aufmunternd eine Hand auf die Schulter.

»Wir sind zu wenige! Kurt, du bist erst später in diese Versammlung gekommen. Du hättest hören sollen, wie sie zögerten, sehen, wie sie sich wanden, riechen, wie ihnen der Angstschweiß austrat! Hier ist der Feind der Freiheit das Volk selbst, das deutsche Proletariat. Schau, ich arbeite seit Monaten mit euch an der Spitze der Unabhängigen, und angeblich kommen in meine Versammlungen mehr Leute als in die der Landtagsabgeordneten, und das, obwohl wir alle geheim organisieren mussten, weil sie stets verboten wurden. Aber wo waren sie gestern? Wo heute? Brav über ihre Arbeit gebeugt. Zu Taten kann man diese Leute nicht aufwecken, das sind ja keine Menschen mehr! Das sind arbeitende Maschinen, ohne Gefühl, ohne Ehre!«

»Nun mal langsam, Sonja«, meinte Fritz, »bei Krupp hatten wir am Montag einen guten Erfolg, sie haben den Streik beschlossen. Die Buchdrucker sind halt eher, nun ja, keine Proletarier wie die Krupp-Arbeiter, die sind ihrer Tradition stärker verhaftet als die Leute aus dem Ruhrgebiet.«

»Ja, ihre Tradition heißt, seit vier Jahren Lügen gegen uns drucken, statt die Wahrheit zu schreiben«, sagte Eisner böse.

»Stupide und leblos«, schimpfte Sonja, »ein lebender Leichnam ist dieses Volk, das nur die Hungerpeitsche weckt!«

Die Männer schwiegen. Fritz Schröder kickte einen Stein vor sich her.

»Es ist alles meine Schuld«, sagte Michler unglücklich, »ich bin ein schlechter Redner! Die Kollegen haben vermutlich nicht verstanden, was ich ihnen sagen wollte, und das mit dem anonymen Flugblatt war auch keine gute Idee.«

Eisner sah sich um. »Uns folgt keiner«, stellte er fest, »die Herren Polizeispitzel sind auf den Amtsstuben und malen mit säuberlichen Schnörkeln ihre Berichte über uns. Kommt, wir gehen ins Café Stefanie und hören, ob die anderen erfolgreicher waren. Und dann planen wir, morgen ist auch noch ein Tag, und ein sehr entscheidender.«

Das Café Stefanie auf der Amalienstraße war beliebter Treffpunkt von Intelligenz und Künstlern. Es war stets so voll und laut von lebhaftem Stimmengewirr, dass Polizeispitzel keine Chance hatten, Einzelne zu belauschen. Sonja blickte etwas geniert über die Tische. Aber Henryk war nicht da, sie atmete auf und setzte sich auf einen der zierlich gebogenen Kaffeehausstühle.

»Du bist vielleicht kein sehr guter Redner, Theo«, meinte Eisner, »aber du sprichst ihre Sprache.«

»Und das Flugblatt war gut gemacht«, sagte Fritz Schröder anerkennend.

Theo Michler strich verlegen den Bierschaum von seinem Schnurrbart.

»Außerdem hat Sonja nach dir gesprochen, und sie war

so entschieden und deutlich wie immer.« Eisner blickte anerkennend zu Sonja, sah, wie sie löffelweise scheußlichen Kunsthonig in ihren Tee träufelte, und verzog das Gesicht.

»Tut mir leid, dass ich erst so spät kommen konnte. Schlimmer ist, dass die Gewerkschaften sich heute gegen den Streik ausgesprochen haben. Sie wollen sich nicht von unverantwortlichen Personen und anonymen Schriften zu politischen Zwecken missbrauchen lassen.«

»*Was*?« Sonja starrte ihn an.

»Das war ein Zitat aus ihrer Erklärung«, sagte Eisner, »und es ist noch harmlos. Was die Presse über uns schreibt, ist schlimmer: Jüdisch-russische Unterwanderung, landfremde Gesellen, rote Stromer, verantwortungslose politische Abenteurer.«

»Kenn ich alles«, erklärte Fritz, »deswegen sitzen Karl und Rosa im Gefängnis.«

»Aber überall wird gestreikt«, sagte Michler erregt, »ich weiß es von den Kollegen in Nürnberg, da sind Tausende auf der Straße. Was ist hier los?«

»Eben nichts«, antwortete Sonja deprimiert, »nichts ist in München los. Alle Arbeiter sind bestochen. In den Munitionsbetrieben kriegen sie 50 Prozent mehr Brot, einen halben Liter Milch, die doppelte Menge Fett und Hülsenfrüchte und Fleisch noch dazu, also sind sie zufrieden! Und ihre enormen Verdienste legen sie auf die Sparkasse. Wenn nicht Hunger sie zur Revolution zwingt, gibt es keine.«

»Sonja, ich teile deinen Zorn«, sagte Eisner, »aber wir wären nicht wir, die unabhängigen Sozialdemokraten, wenn wir jetzt aufgäben. Wir sind noch lange nicht am Ende! Die Leute hier sind schwer zu bewegen, aber wenn sie sich mal entschlossen haben, sind sie treu. In Berlin sind sie schnell bei der Hand, und ebenso schnell schmeißen sie die Sache wieder hin. Schaut nach Österreich, nach Russland, die Monarchie ist am Ende! Wir sind von Republiken umgeben, wir sind kurz vorm Ziel! Trotzki hat die Verhandlungen in Brest-Litowsk verschoben, um unseren Sieg abzuwarten, dann können wir einen demokratischen Frieden schließen.«

»Wären die Russen nur nicht so naiv! Mir ekelt vor der heuchlerischen Politik der Scheidemänner. Ich hätte nach Russland gehen sollen, wie es meine Pflicht gewesen wäre«, murmelte Sonja.

Dennoch besserte sich ihre Stimmung. Eisners unerschütterlicher Optimismus wirkte ansteckend. Und die russische Delegation würde nicht so dumm sein, den deutschen Offizieren und ihren Erpressungsversuchen auf den Leim zu gehen.

»Das deutsche Proletariat muss sich mit dem russischen vereinigen, dann wird sehr schnell allgemeiner Friede sein«, erklärte sie eifrig, »die Scheidemänner wollen das verhindern, sie verraten die Arbeiter, sie wollen nur diesen Separatfrieden!«

»Sehr richtig, Sonja! Und genau das sagst du morgen bei der großen Kundgebung nach unserem Demonstrationszug! Erkläre ihnen, dass uns allen bei diesem Separatfrieden die Westfront droht! Erst spreche ich von Österreich, dann sprichst du von Russland. Wir werden die Arbeiter der Rappwerke schon ins Boot holen und die der Deckelschen Fabrik, bei Maffei und in der Zigarettenfabrik waren wir auch noch nicht. Wir sagen ihnen, wie vernünftig ihre Kameraden bei Krupp sind, dann werden sie sich anschließen.«

Sonja trank einen Schluck des heißen, übersüßten Tees. Sie stellte das Glas ab und blickte Eisner ernst an. »Du weißt, dass das nicht reicht, Kurt. Wir brauchen die Soldaten.«

Eisner erklärte, das sei der nächste Schritt. Erst einmal der Streik in den Fabriken, der würde die Soldaten mitreißen.

»Sie werden die Gefolgschaft verweigern, wie die Hamburger Matrosen, da bin ich sicher«, sagte er.

Sonja sah das blasse Antlitz des toten Matrosen Vakulenchuk an Odessas Pier vor sich, den Zettel auf seiner Brust, bedachte, wohin die Meuterei geführt hatte, und schwieg. Sie betrachtete Eisner, seine schmalen Schultern, das freundliche Gesicht mit dem schmalen Kneifer vor klugen Augen, den wilden Bart und die lange, hinter die Ohren gekämmte graue Mähne. Die Mischung aus ruhiger Selbstsicherheit und feuriger Überzeugung war ansteckend.

»Wir werden es riskieren«, sagte sie. Eisner nickte. Sie blickten sich an und wussten, von welchem Risiko sie sprachen. Mit dem Unterschied, dass Eisners Gefängniserfahrungen sich auf saubere deutsche Zellen bezogen, nicht auf den Dreck, die Kälte und die brutalen Wachmannschaften der russischen Zuchthäuser.

Sonja schauderte, schnell griff sie nach ihrem Glas, Erinnerungen verscheuchend, da bahnte sich ein junger Mann einen Weg an ihren Tisch. Der Student Ernst Toller war aus Begeisterung für Eisner vor einer Woche von Heidelberg nach München gereist und hatte darauf gebrannt, eingesetzt zu werden. Sie waren dem zugereisten Heißsporn gegenüber etwas reserviert gewesen. Nun berichtete Toller begeistert von seinem Einsatz bei den Arbeiterinnen der

Austria-Tabakwerke. Zwei weitere junge Leute der ›Achtzehner‹, der jungen Sozialisten, die sich jeden Montag im ›Goldenen Anker‹ trafen, begleiteten ihn.

Geweint hätten die Frauen, als er sein Gedicht ›Die Mutter‹ vorlas. Er habe an ihre Verantwortung appelliert, die meisten hatten ihre Männer, Brüder und Söhne im Krieg verloren, der höhere Lohn und mehr Fleisch seien ihnen egal, es müsse endlich Frieden sein.

»Sind die Tabakarbeiterinnen dabei?«, fragte Eisner.

»Sie sind dabei!«, erklärte Toller feierlich. Die Achtzehner schlugen ihm begeistert auf die Schulter.

Sonjas Gesicht hellte sich auf.

»Wir werden zu den Arbeiterinnen sprechen«, sagte sie. »Bei Rapp, bei Deckel, Krupp, überall sind Frauen in der Produktion, und sie haben die Nase voll, schon seit zwei Jahren. Ich gehe zu den Frauen und sage ihnen, dass sie die Ersten sein müssen, die die Arbeit niederlegen, dass sie vorangehen sollen! Die Frauen kann keiner an die Front schicken. Und dann bilden wir einen Arbeiterrat, in dem so viele Frauen sind, dass sie ihn nicht kaputtmachen können.«

Fritz Schröder nickte anerkennend. Viele Arbeiter wagten nicht, sich dem Streik anzuschließen. Sie waren als ›Fabriksoldaten‹ requiriert worden und hatten zu Recht größere Angst, an die Front geschickt zu werden, als im Gefängnis zu landen.

Toller sah sich nach allen Seiten um, dann zog er einen zusammengefalteten Zettel aus der Manteltasche und legte ihn auf den Tisch.

»Ich kenne da jemanden«, murmelte er verschwörerisch, »vielleicht kann der uns heute Nacht tausend davon drucken!«

Eisner blickte skeptisch zu Sonja. Wo hatte Toller schon nach wenigen Tagen in München einen verschwiegenen Drucker an der Hand?

Auch Sonja blickte zweifelnd. Ihre Versuche, das Memorandum des deutschen Botschafters in England, Fürst Lichnowsky, zu drucken und in hoher Auflage zu verteilen, waren schon mehrere Male gescheitert. Sie hatte alle mit Hilfe des Lichnowsky-Dokumentes überzeugen wollen, dass der Kaiser diesen Krieg als Angriffskrieg vom Zaun gebrochen, nicht als Verteidigung gegen das aggressive England begonnen hatte. Auch der letzte Versuch war leider durch Denunziation entdeckt und die Verantwortlichen verhaftet worden. Gott sei Dank hatte der junge Bäckergeselle Oskar Graf sich auf bayerische Art saudumm gestellt, er sprach ihre Sprache, und so hatte die Polizei ihn für einen Deppen gehalten und freigelassen. Toller sprach ihre Sprache nicht, er kannte München nicht. Wenn ihn ein Provokateur angesprochen hatte? Toller kannte ja nicht einmal die Polizeispitzel.

»Auf die Münchner Drucker ist kein Verlass, das habe ich gerade eben auf der Buchdruckerversammlung erlebt«, sagte sie, »es wäre wirklich blöd, wenn wir wegen eines Flugblatts verhaftet werden.«

Eisner pflichtete ihr bei. »Wir werden die Arbeiter mit gesprochenen Worten überzeugen, nicht mit gedruckten Wörtern«, entschied er, »was da geschrieben steht, können wir gut verlesen als neueste Nachricht aus Berlin. Aber überprüfe du deinen Kontakt, Ernst, den können wir sicher noch brauchen. Frag Albert Winter, der kennt sich aus.«

Schröder fügte hinzu: »Oder den Genossen Richard Kämpfer, der ist zuverlässig, und seine Frau, die Hedwig, ist aus München und hat viele verschwiegene Kontakte in der Stadt und im Umland.«

Am Donnerstag, dem 31. Januar, trafen sich die streikenden Arbeiter in der Schwabinger Brauerei. Nach nicht allzu langer Diskussion verabschiedeten sie eine Solidaritätserklärung an die streikenden Arbeiter der anderen Länder, in der es hieß: ›Wir fühlen uns mit Euch eins in dem feierlichen Entschlusse, dem Kriege des Wahnsinns und der Wahnsinnigen sofort ein Ende zu bereiten. Wir wollen uns nicht mehr morden. Vereint Euch mit uns, den Völkerfrieden zu erzwingen, der im Aufbau einer neuen Welt allen Menschen Freiheit und Glück sichert ...‹

Eisner hatte im Auftrag für alle unterzeichnet. Sonja umarmte ihn stürmisch. »Du bist so diplomatisch, und dabei ein Dichter!«, sagte sie begeistert. »Alles steht drin, aber mit Worten, die jeder Polizeispitzel auch gesagt haben könnte! Das mit den Wahnsinnigen ist großartig, Kurt! Auf, gehen wir!«

Es war Mittag geworden, und sie zogen mit 2.000 Arbeitern durch die Stadt, von der Schwabinger Brauerei die Leopoldstraße entlang zum Mathäser, aber mit Schlenkern an den Industriebetrieben im Münchner Norden vorbei, wo sie die Arbeiter zum Streik aufriefen. Es war ein langer Zug.

»Wenn nur alles gutgeht«, seufzte Sonja, »dann kann ich Henryk überzeugen, dass ich richtig gehandelt habe.«

Eisner war erstaunt über ihren Mangel an Selbstvertrauen.

»Selbstverständlich handeln wir richtig, Sonja! Und wenn es erst die Geschichtsbücher zeigen werden!«

»Mein Mann will sich scheiden lassen. Das Opfer muss ich wohl bringen für den Frieden.«

»Scheiden lassen? Warum?«, fragte Eisner.

»Er findet meine Friedenspolitik militant und unvernünftig.«

Diese Ansicht fände er viel unvernünftiger, meinte Eisner, geradezu wahnsinnig unvernünftig und militärisch militant. Sonja lächelte. Gespräche mit Eisner waren stets von Witz und Weisheit geprägt. Politisch waren sie sich völlig einig, und wie sie war es ihm nicht darum zu tun, recht zu haben, sondern zu Ergebnissen zu gelangen. Über ihr privates Leben hatten sie bisher kaum gesprochen.

»Mein Ehemann ist kein Sozialist, eher ein Gegner der Demokratie«, erläuterte sie, »und durch den Krieg haben seine sozialen Anschauungen einen Ruck nach rechts erlitten.«

»Ist das für dich ein Scheidungsgrund?«, fragte Eisner. Sonja sah erstaunt zur Seite. Aber Eisner schritt, die Hände auf dem Rücken zusammengelegt, mit einem freundlichen Lächeln im bärtigen Gesicht weiter.

»Natürlich nicht«, sagte sie, »so wenig wir sozial oder politisch zusammenpassen, persönlich verstehen wir einander doch so gut, so tief ...« Sie brach ab. Stimmte das noch?

»Siehst du, unterschiedliche politische Meinungen sind kein Grund für eine Ehescheidung«, erklärte Eisner.

»Vielleicht nicht«, sagte Sonja traurig, »aber was soll ich tun? Ständig streiten?«

»Kopf hoch, Sonja, wir haben viel vor uns! Ein Mann, der in dieser wichtigen Woche der Entscheidung nicht zu dir steht, ist es nicht wert, dass du um ihn weinst!«

Sie widersprach stolz: »Henryk ist ein Charakter.«

Sie liebt ihn, dachte Eisner, der feinfühlig genug war, ihr nicht zu widersprechen, dabei ist er ihrer Liebe nicht wert. Tolstoianer sei er, hatte dieser Lerch sich gebrüstet, er hatte keine Ahnung! Ein anarchistischer Pazifist ginge Hand in Hand mit seiner Sonja, das Himmelreich im Herzen, den Sozialismus hinter den Stirnen.

Sonja stolperte. Sie steht nicht mehr fest auf den Beinen, alles zu viel, dachte Eisner und streckte schnell die Hand aus, um sie zu stützen. Aber ein großer Arbeiter, der hinter Sonja gegangen war, griff schneller zu, packte sie unter dem Arm, sie dankte und ging weiter.

»Frau Ranowska, Sie finden, dass es uns zu gut geht, hab ich gehört«, sagte der Arbeiter. Er war ein kräftiger Mensch, aber seine abgetragenen Kleidungsstücke schlotterten um seinen Körper. Er war einmal korpulenter gewesen.

Sonja errötete. Sie habe gemeint, dass es den russischen Arbeitern sehr viel schlechter gehe als ihren deutschen Genossen, und dennoch hatten sie entschlossen, die Autokratie des Zaren gestürzt.

»Sie täuschen sich. Sie sind nicht von hier, Genossin, Sie kennen nicht alle Arbeiter. Das soll kein Vorwurf sein, Sie kennen gewiss eine Menge russischer Arbeiter. Sehen Sie, ich komme aus dem Frankenwald, war Arbeiter in der Glashütte. Wir Arbeiter in den Glashütten und Porzellanwerken waren gut organisiert, schon mein Vater war bei der Gewerkschaft, wir haben uns guten Lohn erkämpft und erträgliche Arbeitsbedingungen, zwei Generationen Arbeiterbewegung hat es dafür gebraucht. Wir haben Feste gefeiert, Versammlungen abgehalten, Tanz, ich würde sagen, wir waren solidarisch in unserem Elend und fühlten uns als Teil des internationalen Proletariats. Die Glashüttenbarone konnten uns nicht gegeneinander ausspielen. Aber dann kam der Krieg.«

Sonja ging weiter in dem stummen Zug und hörte aufmerksam zu.

»Wir blieben uns treu, Genossin Ranowska, das können Sie mir glauben! Statt Hurrageschrei gab's bei uns im Juli 1914 Antikriegskundgebungen. Es war ein brutaler Absturz, er traf uns völlig unvorbereitet. Schon mit der Mobilmachung wurden die Porzellanwerke und die Glasfabriken geschlossen. Über 1.000 Arbeiter waren ohne Arbeit, 600 Familien brotlos. Als Monate später die Produktion wieder anging, war es den Unternehmern ein Leichtes, den Lohn zu kürzen, und wir konnten nur verminderte Schichten fahren. Aber die Unternehmer waren nicht unsere Feinde. Sie machten die Lohnabzüge sogar wieder rückgängig, sie brauchten gute Arbeiter für erstklassige Ware. Was unseren Lohn auffraß, waren die Preissteigerungen durch den Krieg. Die Kriegstreiber und ihre Verbündeten, die uns weismachten: Wir lassen das Vaterland in der Stunde der Gefahr nicht im Stich! Jetzt erkannten wir erst unsere wahren Feinde. Die Unternehmer bekamen keine Kohle, und sie bekommen sie bis heute nicht. Darum bin ich hier, statt friedlich Porzellan zu fabrizieren, verdinge ich mich als Kriegstreiber und schleife Kanonenrohre, die ich lieber mit Genuss vernichten würde. Ich hab fünf Kinder daheim, meinen ganzen Lohn schicke ich in den Frankenwald, jeder Groschen, der hier für Unterkunft draufgeht, reut mich.«

Er tippte sich an die Kappe.

»Ist nur, dass Sie's wissen, Genossin, nichts für ungut. Der deutsche Arbeiter ist auch nicht auf Rosen gebettet. Heut sind wir nur Tausende, morgen wird ganz München auf den Straßen sein.«

»Und übermorgen sind wir eine Republik!«, warf Eisner humorig, aber überzeugt ein.

Der Arbeiter drückte Sonja noch einen Zettel in die Hand, dann verschwand er in der Menge. Gut gelaunt gingen sie weiter. Die Demonstration war ein voller Erfolg. Sonja schien, als seien alle Arbeiter Münchens auf der Straße. Als sie am Abend im Mathäser ankamen, war der Zug auf 6.000 Menschen angewachsen. Aber im Mathäser tagten die Rapp-Arbeiter, die noch immer uneins waren, ob sie sich dem Streik anschließen sollten oder nicht.

»Was soll's, gehen wir weiter ins Hotel Wagner.« Eisner wusste immer Rat, er pendelte zwischen den Streikenden im Wagner und den Rapp-Arbeitern im Mathäser und schaffte es, auch diese zu überzeugen. Sonja war voller Bewunderung für ihn. Der Abend klang aus mit kämpferischen Reden, aber Eisner und Sonja wussten trotz aller Euphorie: Wenn sich die Streikenden morgen nicht mindestens verdreifacht hatten, konnte die Polizei den Streik niederschlagen.

In einem ruhigen Moment beim Essen zog sie den Zettel aus der Tasche, den ihr der Arbeiter aus dem Frankenwald gegeben hatte.

›Zeichnet die 8. Kriegs-Anleihe ????????!‹, war der handgeschriebene und vervielfältigte Zettel überschrieben. Der Aufruf war in rührender Naivität an das deutsche ›arme und Arbeitende Volk‹ gerichtet: ›… das wir nur für unsere Großen kämpfen du bist würcklich zum erbarmen siehst du nicht ein das wir keine Feinde mehr hatten euhere Aufopferung kommt unseren Großen zugute und ihr habt auch nach dem Kriege nichts zu hoffen als die Barbaren für Sie zu machen Volk seh es bald ein ehe es zu spät wird …‹, las Sonja den Appell, den jemand ohne Punkt und Komma geschrieben hatte. ›… nieder mit unseren Großen Maul aufreißer und Militärismus unsere Großen üben ihre Barbarei aus auf das arme Deutsche Volk das schon schmachtet Jahre lang für unsere Großen müssen wir aber nicht für unsere Feinde und Vaterland uns gehört nichts aber all die Wohllust unseren Großen diesen Schuften erbarmungslos den Arbeitenden Volk das Essen Geld und die Freiheit berauben ihr Volksverleumder unter drücker Türaney ausüben das ist unser Leben auf der Welt Volk seh es bald ein ...‹

Erschüttert ging Sonja heim. Eine bessere Analyse hätte auch sie nicht geben können, nur in besserer Zeichensetzung und Orthografie.

In den letzten Tagen war sie kaum zu Hause gewesen. Nachts hatte Henryk ihr den Rücken zugedreht und getan, als ob er schliefe. Sollte sie in der Pension Berg übernachten?

»Du kannst bei mir in der Pension übernachten«, bot Ernst Toller an, als sie mit schweren Beinen nebeneinander die Theresienstraße entlanggingen. Sie lehnte ab, er warnte: »Wenn sie dich heute Abend verhaften, fehlt uns morgen die entscheidende Streikführerin!«

»Wer soll mich verhaften, Streik ist nicht verboten.«

Wie oft würde sie in den nächsten Monaten noch an diesen leichtfertig hingesagten Satz denken!

Sie war völlig erschöpft, die Füße schmerzten, als sie die Tür zu ihrer Wohnung aufschloss. Still und dunkel, als sei keiner zu Hause, und doch spürte sie, dass er im Bett lag und dass er wach war. Sie entzündete eine Kerze und setzte sich an den Tisch für eine nächtliche Papirossa, die Überwachheit betäuben.

Auf dem Tisch entdeckte Sonja die Notiz, die Henryk gemacht hatte.

›Du wirst nicht rote Fahnen schwingend ...‹ Dahinter hatte er gekritzelt: ›Futurum als Befehl‹.

›Die Verwendung des romanischen Futurum als Ausdruck eines sittlichen Sollens‹, nannte Henryk seine Untersuchung, mit der er auf den Preis der Samson-Stiftung hoffte. So streitet es sich mit einem Homme de Lettres, dachte sie und schwankte zwischen Lachen und Weinen. Befehle untersuchen statt abschaffen. Wahrscheinlich hätte Henryk dem Arbeiter das Flugblatt, mit roter Tinte korrigiert, zurückgegeben. Man konnte lernen, ›Türaney‹ korrekt zu schreiben. Sie zu bekämpfen, das brauchte niemand zu lernen.

Wie weit hatte sie sich von ihm entfernt! Und doch, als sie sich neben ihn ins angenehm körpergewärmte Bett schmiegte, kamen sie sich nahe, und die nächste Stunde wurde zum Weinen zärtlich.

Am Freitag, dem 1. Februar 1918, schritten drei Männer um acht Uhr morgens durch die Clemensstraße. Der Ziegelbrenner sah sie kommen, ein Ziviler und zwei uniformierte Gendarmen in langen Mänteln mit Koppelschloss, Pickelhaube und Stiefeln, und dachte, nun ist es so weit, hat mich doch einer verpfiffen? Muss kein Politischer sein, vielleicht will dieser grauenhafte Schauspieler sich rächen, weil ich ihn so verrissen habe.

Aber die Schandis gingen an seiner illegalen Druckwerkstatt vorüber und blieben vor dem Haus Nummer 76 stehen. Marut dachte an den Buchhändler, der im Gartenhaus wohnte und den ›Ziegelbrenner‹ verkaufte, und wie er ihn warnen könnte, da sah er die zierliche schwarzhaarige Russin aus dem Haus kommen. Sie wollte an ihren Briefkasten. Sie sah die Gendarmen und wurde noch bleicher als sonst.

Schade, dachte der Ziegelbrenner, der keine Ahnung von Sonjas politischer Tätigkeit hatte, haben sie wieder mal eine, die illegal gehamstert hat, während die Offiziere prassen, und er nahm sich vor, über diese himmelschreiende Ungerechtigkeit einen Artikel zu schreiben.

Sie suchten Frau Dr. Lerch, sagte der zivile Kriminaler höflich. Sofort weg, schoss es durch Sonjas Hirn. Sie verfluchte sich, dass sie nicht auf Tollers Angebot eingegangen und die Nacht bei ihm verbracht hatte, dass sie ihr Pseudonym nicht besser gehütet hatte, dass sie nach der zärtlichen Nacht mit Genjuscha nicht in die Pension Berg gezogen, sondern bei ihm geblieben war.

»Frau Dr. Lerch«, wiederholte sie, als habe sie den Namen nicht richtig verstanden.

Der uniformierte Schandi deutete auf das Namensschild.

»Dritter Stock«, verkündete er.

Ja, geht rauf, wünschte sich Sonja und wollte mit einem freundlichen Kopfnicken unauffällig verschwinden. Aber da wurde der Kriminaler misstrauisch.

»Kennen Sie Frau Lerch?«, hielt er sie auf.

Sie kenne sie wohl, sagte nun Sonja, mutiger geworden, sicherlich sei Frau Lerch im Mathäserbräu oder sonstwo, aber sie müsse nun zur Arbeit, Wiedersehen.

Der Kriminaler fand es seltsam, dass eine Frau im Winter ohne Mantel das Haus verlassen wollte, und bat sie freundlich zu warten. Er gab den Polizisten mit den Augen einen Wink, sich links und rechts von ihr zu positionieren, und klingelte in der Schreinerwerkstatt im Erdgeschoss.

Die Eggersche machte auf, sah Sonja zwischen zwei Polizisten stehen und zog die falschen Schlüsse.

»Jessas, Frau Professor, kann ma helfen?«, sagte sie und deutete Sonjas beschwörenden Blick falsch.

»Ist dies Frau Dr. Lerch?«

»Ja, freili ist das die Frau Professor!«

Zu spät. Sonja blickte wild die Straße entlang, wohin fliehen, wollte losrennen, fühlte sich aber von kräftigen Armen an beiden Seiten gehalten.

»Hilzensauer Josef, Sicherheitskommisär«, stellte sich der Zivile vor, »und dies sind Kriminalmeister Kriechenbauer und Schutzmann Hubwieser.«

Zur Schreinermeistersfrau, die neugierig in der Tür stand, sagte er höflich, aber bestimmt: »Vielen Dank, wir brauchen Ihre Hilfe nicht mehr.« Und als die Eggersche noch immer keine Anstalten machte, den Schauplatz des hochinteressanten Geschehens zu verlassen, sagte er streng: »Gehn S' wieder in Ihre Wohnung, da heraußen gibt's nichts zum Anschauen.«

Die hat genug gesehen, dachte Sonja, fühlte sich einen Augenblick losgelassen und nahm einen erneuten Anlauf, der ebenfalls scheiterte. Der Schutzmann legte die Hand auf den Knauf seines Säbels.

»Im Mathäserbräu, soso«, sagte Hilzensauer, »gehen wir hinauf in Ihre Wohnung, Frau Lerch.«

»Warum?«, fragte Sonja bockig. »Ich habe keine Veranlassung, Sie in meine Wohnung zu lassen.«

Hilzensauer nickte dem Schutzmann Hubwieser zu, der zog ein Schreiben aus der Brusttasche seines Mantels und wollte es laut und umständlich verlesen. Hilzensauer gebot ihm zu schweigen und zeigte Sonja das Blatt, auf dem ›Festnahme‹ stand.

»Es ist Ihnen sicherlich lieber, wenn wir die Angelegenheit in Ihrer Wohnung erledigen.«

Sicherlich, dachte Sonja, der eine Idee kam. »Gehen Sie schon hinauf, ich muss die Post noch herausnehmen, für meinen Mann, Sie verstehen ...«

Leider waren sie nicht so einfältig, wie sie aussahen. Hilzensauer ging hinauf, die beiden Schandis blieben neben ihr stehen, eine geschulte Mannschaft, keine Chance.

Langsam ging Sonja die steinernen Treppen hinauf, die Gendarmen hinter sich, und während sie scheinbar die Post durchsah, spannten sich alle ihre Muskeln. Nach der letzten Stufe zum Parterre bog sie statt nach rechts ins Stiegenhaus nach links ab, rannte die Wirtschaftstreppe hinunter, riss die Tür auf und rannte in den Hinterhof. Schnell, nur schnell zur Hintertür des gegenüberliegenden Hauses, schnell, schnell, durch auf die Destouchesstraße, alles Weitere würde sich finden. Sie musste am zweiten Streiktag dabei sein, heute ging es um alles, Krieg oder Frieden, Arbeiterräte, was wollten ihr diese dummen, lästigen Schandis, sollten sie am Montag wiederkommen. Sonja griff nach der Klinke.

Die überraschten Gendarmen setzten ihr mit wenigen Sekunden Verspätung nach und sahen sie bereits am gegenüberliegenden Haus.

»Himmisakra, der Hof hat an Torl!«, keuchte Schutzmann Hubwieser, schwergewichtig und vom Säbel behindert, aber der jüngere Gendarm Kriechenbauer überholte ihn und lief, an den Mülltonnen vorbei, der Frau nach.

Die Tür war verschlossen. Sonja rüttelte verzweifelt an der Klinke, vielleicht war sie nur etwas verzogen, aber die Tür gab nicht nach. Wild wandte sie sich um, schätzte die Höhe der Mauer zum Nachbargrundstück ab, schaffte sie es, darüberzuklettern? Schon nahm sie Anlauf, da fühlte sie sich gepackt und von zwei schwer atmenden Gendarmen zurück zum Haus geführt.

Nun gut, dieser Punkt ging an die Gendarmen. Sonja ging nun scheinbar widerstandslos das hölzerne Stiegenhaus hinauf bis zur Wohnungstür, an der Hilzensauer wartete. Sie schloss die Tür auf und ließ ihn eintreten.

»Bitte, die Herren!« Eine Geste an der Tür, die beiden mussten auch hinein, dann konnte sie wie der Blitz entfliehen und mit etwas Glück die Türe von außen zusperren!

Sonja war nicht die Erste, die die Gendarmen festnahmen. Und man hatte ja gerade die Gerissenheit dieser Sozis gesehen, wer flieht, hat auch was zu verbergen. Hubwieser zog sorgfältig den Schlüssel ab und behielt ihn mit überlegenem Blick in der Hand.

Sonja protestierte. Das sei Freiheitsberaubung, der Schlüssel sei ihr Eigentum.

Es handele sich in der Tat um Freiheitsberaubung, erklärte Hilzensauer und verlas die Festnahme »wegen aufreizender Reden in den letzten Arbeiterversammlungen«.

»Ich war in keiner Arbeiterversammlung«, log Sonja, aber Hilzensauer sagte, das könne sie dem ermittelnden Kommissar mitteilen, er habe nur die Aufgabe, sie dorthin zu verbringen und ihre Wohnung nach verbotenem Schrifttum zu durchsuchen.

»Auf keinen Fall!«, protestierte Sonja, dies sei die Wohnung ihres Mannes, es seien seine Sachen. Und gleichzeitig war sie unendlich erleichtert, dass Henryks Dienst so früh begann, dass er ihre Verhaftung nicht erleben musste.

Man werde das Eigentum ihres Mannes respektieren, sagte Hilzensauer gleichmütig, nur Briefe an sie und von ihr seien von Belang.

Briefe, dachte Sonja, Flugblätter sucht ihr, und die sind an sicheren Orten.

»Ich verbrenne stets meine Korrespondenz nach dem Lesen, Sie werden nichts finden«, erklärte Sonja trotzig. Aber sie wusste, dass sie gegen die Haussuchung nichts weiter einwenden konnte. Und warum nicht, sollten sie suchen, dann könnte sie in einem unbewachten Augenblick entfliehen, Schlüssel oder nicht. Sie blieb an der Tür stehen, während Hilzensauer als Erstes das Flugblatt auf dem Tisch entdeckte und konfiszierte. Dann sichteten er und Kriechenbauer mit kundigen Griffen die Post auf dem Tisch, öffneten den Schrank, zogen Schubladen heraus, während Schutzmann Hubwieser nach Sonjas Fluchtversuch misstrauisch neben ihr stehen blieb, die Hand wichtig auf den Knauf seines Säbels gelegt.

Nach einem kurzen Blick zum Fenster und der Erkenntnis, dass sie sich nicht zu Tode stürzen wollte, verlegte Sonja sich aufs Bitten. Es sei sehr wichtig, dass sie heute arbeiten könne, sagte sie und ärgerte sich, dass ihre Stimme demütig klang.

»Arbeiten?« Hilzensauer sah nicht einmal auf. »Sie wollen wohl auch heute aufreizende Reden halten?«

»Nein!«, beteuerte Sonja, »Herr Kommissär, ganz im Gegenteil! Ich halte heute eine Friedensansprache. Wollen Sie nicht auch endlich den Frieden?« Sie bemühte sich um Blickkontakt zu dem älteren Schutzmann. »Haben Sie einen Sohn in diesem mörderischen, ungerechten Krieg verloren? Weint sich Ihre Frau die Augen aus?«

Sie ging zu Kriechenbauer, der gerade Fotos aus der Schublade betrachtete. »Haben Sie einen Bruder, einen Freund, der vom Giftgas so geschädigt ist, dass er in einem Lazarett langsam zugrunde geht? Ja, Ludendorff hat Giftgas eingesetzt, das hat mit Kriegsführung nichts mehr zu tun, das ist Mord!«

»Sie hält aufreizende Reden«, stellte Hilzensauer fest, und Kriechenbauer wollte die Fotografien einstecken. Sonja nahm sie ihm aus der Hand und zeigte sie Hilzensauer: »Sehen Sie diese Menschen, halbverhungert, krank, elend? Das sind russische Kriegsgefangene. Keinen Hund würde man so einsperren wie diese armen Menschen, die nichts anderes getan haben, als für das Luxusleben des Zaren ihren Kopf hinzuhalten. Wir müssen den Frieden haben. – Steht Ihre Frau auch stundenlang um zwei armselige Dotschn an?«, wandte sie sich wieder an den gewichtigen Hubwieser, der ihr der Dienstälteste und gleichzeitig der Niederrangigste erschien.

»Wann hatten Sie zum letzten Mal einen kleinen, bescheidenen Sonntagsbraten nach der Messe?«

Es glückte. Sie sah, dass der Mann ihr zuhörte, auch wenn seine Miene amtlich blieb.

»Waren Sie an der Front?«, fragte sie die beiden anderen Schandis, die inzwischen im Regal die Bücher herausnahmen und eines nach dem anderen durchblätterten.

»Nein? Da haben Sie Glück gehabt. Schon in den ersten Monaten hat der Krieg Hunderttausende von Opfern gefordert, junge Männer wie Sie, und es nahm vier Jahre kein Ende, sinnloses Morden, genannt Heldentod. Ja, diese Männer sind Helden, aber nicht Kaiser oder König können stolz auf sie sein. Ihre Mütter hätten sie zu Hause einsperren müssen, dann wären sie nicht in der Blüte ihres Lebens hingemordet worden. Zwei Millionen Soldaten sind seit Beginn dieses Krieges gestorben, ›gefallen‹ sagt man beschönigend, und es wird kein Ende nehmen, wenn wir dem mörderischen, blutigen Treiben kein Ende bereiten! Das

ist doch keine Hetze, das ist eine Mahnung an Ihre Herzen, ein Appell an Ihren Verstand, meine Herren! Gehen Sie mit mir, begleiten Sie mich, nicht auf Ihr Präsidium, sondern auf die Straße! In wenigen Minuten wird ganz München auf der Straße sein! Machen wir gemeinsam Frieden!«
Wo ihr Gatte sei, wollte Hilzensauer wissen, sachlich, scheinbar unbeeindruckt von Sonjas flammender Rede. Die Frage klang harmlos, aber in Sonja jaulten sämtliche Alarmsirenen auf.
»Mein Mann hat mit meinen politischen Aktivitäten nichts zu tun«, sagte sie und merkte, dass ihre Stimme schrill klang und damit wenig souverän.
»Möchten Sie eine Nachricht hinterlassen?«, erkundigte sich Hilzensauer harmlos, während er einige Briefe und Fotografien durchsah.
»Nein, ich möchte mit meinem Anwalt telefonieren«, erklärte Sonja und ärgerte sich, dass sie daran stets gespart hatten. Kein Telefon! In dem Haus mit Garten, von dem Henryk träumte, da würden sie einen Telefonautomaten haben und vielleicht ein Automobil, hatte er gesagt, und sie hatte gelacht und zärtlich seine bürgerlichen Träume verspottet.
»Das dürfen Sie erst nach dem Verhör, Sie könnten ja sonst Ihre Genossen warnen«, erklärte Hilzensauer.
»Könnte ich das? Die sind vermutlich auch bereits festgenommen«, klopfte Sonja auf den Busch, aber Hilzensauer blieb auf geradezu aufreizende Weise gleichmütig. Seine Aufgabe war, Sonja Lerch, die sich Ranowska nannte, in seinem, dem 26. Bezirk, festzunehmen und aufs Präsidium zu bringen. In seinem Bericht würde er auf die Fluchtgefahr hinweisen, diese Studierte war ja mit allen Wassern gewaschen, die schwatzte dem Teufel ein Ohr ab.

Er musste ihr nicht sagen, dass alle Köpfe dieser Sozialistenbande, vor allem dieser Anarchist Eisner, schon die Nacht in den Zellen der Löwengrube verbracht hatten.

»Schreiben Sie: München, den 2. 2. 1918. Die gestern Morgen vorläufig festgenommene Privatdozentengattin Sarah Sonja Lerch wurde heute Vormittag aus Polizeihaft vorgeführt und einer Einvernahme unterzogen. Zur Person. – Sie sind Sonja Lerch?«
Der Kommissar grüßte nicht und sah auch nicht auf. Sonja betrachtete die gelblichen Wände, das hässliche Büromobiliar, die Ärmelschoner des Schreibers, den auf seine Unterlagen gesenkten Blick des Kommissars. Durch die schmutzigen Scheiben konnte sie das backsteinrote Mauerwerk der Frauenkirche erkennen. Das war also, was die Münchner die ›Löwengrube‹ nannten. Nun war sie darin gefangen.
»Dr. Sarah Sonja Lerch, geborene Rabinowitz.«
»Der Doktor Ihres Gatten tut hier nichts zur Sache.«
»Es ist mein Titel, er gehört zu meinem Namen.« Sonja war empört, hart hatte sie sich ihren Titel erarbeitet. Ungefragt erläuterte sie: »Am 30. Dezember 1912 wurde ich in Gießen zum Doktor phil. promoviert und zwar aufgrund der Arbeit über die Entwicklung der Arbeiterbewegung in Russland bis zur großen Revolution im Jahre 1905. Die Arbeit ist 1914 im Verlag Julius Springer in Berlin erschienen. – Warum bin ich hier?«
»Antworten Sie nur auf meine Fragen! Geboren am?«
»3.5.1882 in Warschau. Warum bin ich hier? Sie dürfen mich nicht festhalten!«

»Also Staatsangehörigkeit russisch.«
»Ich bin Deutsche.«
»Preußisch?«
»Am 31. Dezember 1912 habe ich mich in Gießen mit Doktor Eugen Lerch verheiratet.«
»Also preußisch durch Naturalisierung.«
Naturalisierung, das Wort würde Henryk gefallen. Er hat mich naturalisiert.
»Nach der Verheiratung gingen wir nach Berlin. In Berlin betätigte ich mich als Lehrerin. – Warum bin ich hier? Wessen beschuldigen Sie mich?«
»Also: Stand: Lehrerin. Angestellt im preußischen Staatsdienst?«
»Ich gab Privatstunden in slawischen Sprachen. Am 1. Oktober 1913 übersiedelten wir für ständig nach München.«
»Wohnhaft in der Clemensstraße 76, im dritten Stock.«
»Jawohl. Warum bin ich hier?«
»Dort wohnt auch Ihr Ehemann?«
»Ich kam im Jahre 1910 nach München. Hier lernte ich meinen Ehemann kennen. In München schrieb ich nur ab und zu einige Artikel für die ›Münchner Post‹ und für den ›Vorwärts‹ in Berlin.«
»Korrigieren Sie, Schreiber: Stand: Doktorengattin.«
»Wie bitte? Ich habe selbst promoviert.«
»Was ist Ihr Ehemann von Beruf?«
»Privatdozent an der LMU.«
»Also: Stand: Privatdozentengattin.« Die Maschine klapperte, stolperte, klapperte wieder.

Privatdozentengattin, dachte Sonja, grüß Gott Frau Privatdozentengattin, was darf's heuer sein? Wir haben nichts zu verkaufen, die Regale sind leer, aber schaun

S' her, Frau Privatdozentengattin, da wärn noch zwei Dotschn, haben Frost abbekommen, die lass i Eana für ein Markerl, bittschön Frau Privatdozentengattin, i pack's Eana in die Münchner Post, aber lesen S' des Kommunistenblattl net ... Dieser Kommissar musste ihr endlich sagen, was sie ihr vorwarfen, sonst konnte sie das Verhör abbrechen. Aber Verweigern war nicht klug, sie musste hier raus, so schnell wie möglich, da musste sie sich handzahm geben.

»Sie schrieben also Hetztiraden in sozialistischen Zeitungen?«

Sonja riss sich aus ihren Vorstellungen. Obacht, ermahnte sie sich. Er ist zwar nicht die Ochrana, sondern ein königlich-bayerischer Beamter, aber es ist immer ein Fehler, seine Gegner zu unterschätzen. Er musste sie wegen Harmlosigkeit auf freien Fuß setzen, Streik war nicht verboten.

Sanft sagte sie: »Keine Hetztiraden, Herr Kommissar. Ich bin Nationalökonomin.«

»Und Sozialistin.«

Das Klappern brach ab. Der Kommissar sah zum ersten Mal auf, als wolle er sich eine Sozialistin genauer betrachten. Sonja beschaute seine bayerische, bis zur Affigkeit gepflegte Barttracht und stellte sich vor, wie er mit Bartbinde ins Bett stieg und jeden Abend unruhigen Schlaf riskierte, nur um die spitzigen Enden nicht zu beschädigen. Ob er wusste, was Sozialismus war? Sie musste lächeln. Eine Überlegenheit überkam sie, und sie erklärte sanft: »Ich habe schon in meiner Jugend Sympathie für den Sozialismus gehabt.«

Sonja sah den ungläubigen Blick, den der Amtsschreiber seinem Vorgesetzten zuwarf. Für was hatte er in seiner

Jugend geschwärmt? Für Bismarck? Für den ›Kini‹ Ludwig, den Wagnerverehrer, den Neuschwansteinerbauern, für den hier alle schwärmten?

Mit sachlichem Stolz fügte sie hinzu: »Im Jahre 1905 war ich Mitglied des Arbeiterdeputiertenrates in Odessa und als solche an der Arbeiterbewegung beteiligt.«

Odessa. Das Klappern der Schreibmaschine setzte wieder ein. Für einen Moment hatte Sonja sich hinreißen lassen, was ging ihn Russland an, er würde die falschen Schlüsse daraus ziehen. Verhörregel zwei: Gesagtes verwischen, befahl sie sich, sah dem Vernehmenden zum ersten Mal in die Augen und fuhr ungefragt fort, mit gesenkter Stimme, als verrate sie wichtige Details: »Im Jahre 1908 wandte ich mich erst nach Wien, wo ich mich bis zum Jahre 1909 mit Privatstudien und schriftstellerischen Arbeiten beschäftigte. Dann übersiedelte ich nach Frankfurt am Main. Dort hatten sich damals meine Eltern vorübergehend niedergelassen. Gleich bei meiner Ankunft in Frankfurt trat ich als Mitglied der dortigen Sozialdemokratischen Partei Deutschlands bei und zwar durch Vermittlung des damaligen Gewerkschaftssekretärs Albert Rudolph. Ich hielt wissenschaftliche Vorträge über sozialistische Ökonomie für die Mitglieder der SPD.«

»Sie sind aber Mitglied der USPD?«

Das geht dich gar nichts an, dachte Sonja, und nachweisen kannst du es mir nicht. Sie plauderte, als habe sie die Frage nicht gehört: »Nachtragen muss ich, dass ich mich im März 1912 in Paris aufgehalten habe. Mein jetziger Ehemann befand sich nämlich studienhalber in Paris …«

»Zur Sache! Wir haben das Mitgliederverzeichnis bei Ihrer Komplizin Emilie Landauer sichergestellt. Sind Sie Mitglied der USPD, Frau Dr. Lerch?«

Verdammt, sie haben das Kästchen gefunden, dachte Sonja, dabei war es so gut versteckt. Karl Kröpelin hatte es ihr gezeigt, voller Stolz auf seine schreinerische Leistung. Unter dem Gasbehälter im Flur hatte er es befestigt, mit einer schwarz angestrichenen Holzleiste versehen, sodass es wirkte wie ein Postament für die Gaskartusche. Er hätte es gern in leuchtendem Rot bemalt, meinte Kröpelin, mit Porträts auf allen vier Seiten: Rosa, Karl, Ernst und ...«... und Clara natürlich!«, hatte Milli gerufen. Witzeleien, Lachen, Freude über die immerhin mittlerweile 200 Münchner Mitglieder der Unabhängigen. Betty hatte Tee gekocht, Milli hatte Kuchen gebacken mit Hollerbeeren und einem Zehntel Butter, das Sonja schwarz erstanden hatte. Die Winters, Vater und Sohn, die sich politisch so gut verstanden, dass sie neidisch wurde, hatten einen Schnaps mitgebracht, den sie in kleinen gläsernen Krüglein – Stamperl nannte man die, hatten sie sie gelehrt und über ihre Aussprache noch mehr gelacht – zum Tee tranken. Guter Abend, gute Genossen, gelacht und getrunken fast wie in Russland, zum ersten Mal, seit sie in München lebte. Verdammt, wenn die Kieberer nun die überschaubare Menge der Münchner Unabhängigen auf Millis sorgfältig beschrifteten Karteikarten kannten, was sollte sie lügen. Sie würde nur einen Vorwand liefern, sie länger festzuhalten. Und sie musste hier raus.

Der Kommissar klopfte ungeduldig mit dem Stift auf den Schreibtisch.

»Müssen Sie so lange überlegen, ob Sie Mitglied der USPD sind, Frau Dr. Lerch? Ich kann das beschlagnahmte Mitgliederverzeichnis holen lassen.«

Sie dürfen es nicht beschlagnahmen, dachte sie, was soll's. Farbe bekennen. Sie können mir nichts, die USPD ist nicht verboten, noch nicht, und ich muss hier so schnell wie möglich raus, morgen früh muss der Streik weitergehen.

Stolz hob sie das Kinn.

»Vor Kriegsausbruch war ich der festen Meinung, dass es überhaupt nicht zum Krieg kommen könne, wenn die Arbeiterschaft sämtlicher Länder dagegen kräftig Protest erheben würde. Nachdem der Krieg ausgebrochen war, vertrat ich den Standpunkt, dass jedes Volk lediglich einen Verteidigungs-, aber keinen Eroberungskrieg führen dürfe. Ich freute mich, dass der russische Sozialismus gegen den Krieg war. Ich bin überzeugt davon, dass der Krieg lediglich durch die Vereinigung der Proletarier aller Länder im Kampfe gegen den Krieg ein Ende nehmen kann. So trat ich der unabhängigen Sozialdemokratie bei. Es ist die einzige Organisation Deutschlands, die energischer gegen den Krieg protestiert. Aktiv beteilige ich mich in dieser Partei erst seit einigen Wochen.«

»Und schon nach wenigen Wochen hetzen Sie gegen die deutsche Regierung?«

Darauf wollen sie hinaus. Hetzer, Agitatoren, Rädelsführer. Was verstehen sie von der Begeisterung der Massen, von der spontanen Befreiung, dem Rausch der Erkenntnis der eigenen Lage. Sie betrachtete ihr Gegenüber beinahe mitleidig. Was verstand er davon, dieser Untertan des bayerischen Königs, Knecht des Kapitals. Wenn sie nur nicht so dringend hier raus müsste, dann würde es ihr Spaß machen, diesen Königsdiener ein wenig zu agitieren. Aber sie musste ihn von ihrer Harmlosigkeit überzeugen, damit er sie nach dem Verhör freiließ. So sagte sie sanft: »Keine Hetze, Herr Kommissar, ich betreibe nur Aufklärung. Die österreichischen Genossen in Wien proklamierten den politischen Streik, und ich bedauerte, dass diese Bewegung Deutschland noch nicht erfasste. Dann erfuhr ich, dass in Berlin der politische Streik ausgerufen wurde. Da war es doch meine direkte Pflicht, die Münchener Arbeiterschaft darauf aufmerksam zu machen, dass sie jetzt Solidarität mit der Arbeiterschaft von ganz Deutschland ausdrücken müsste. Ich wollte von den Arbeitern erfahren, welche Stimmung in den Betrieben herrscht und ob der Wille zum Generalstreik vorhanden sei.«

»Sie betreiben reichsfeindliche Propaganda!«

»Nein, das tat ich nicht«, widersprach Sonja sehr entschieden. »Ich sprach mit Arbeitern verschiedener Münchener Betriebe und erfuhr von ihnen, dass sie nur auf das Signal von Berlin warteten, um in den Streik zu treten, insbesondere die Arbeiter des Kruppschen Betriebes. Sie seien nicht zu halten, so drückte sich einer von ihnen aus.«

»Das nutzten Sie für Ihre defätistischen Zwecke!«

»Im Gegenteil. Ich machte die Arbeiter darauf aufmerksam, dass der Streik nur dann eine Solidarität mit den Wiener und Berliner Streiks bedeuten würde, wenn er rein politischen Charakter trüge, ohne dass ökonomische Forderungen, zum Beispiel höherer Lohn, gestellt würden.«

»Das wäre ja noch schöner!«

Sonja lächelte. Wie viel dieser Kommissar wohl jeden Monat nach Hause brachte? Vermutlich reichte es auch in seiner Position weder vorn noch hinten. Ob seine Frau hinzuverdiente? Die Zulagen der Munitionsarbeiterinnen waren hoch, ihre Arbeit allerdings lebensgefährlich und kriegsverlängernd. Auch der Kommissar würde feststellen, dass seine Tage als königlicher Stiefelknecht gezählt waren. Hunderttausende streikten bereits in Berlin, in

Essen und Dortmund standen die Zechen still, morgen würde ganz Deutschland streiken! Dann würden sie die Kasernen und Ministerien besetzen, und dann wäre der Kommissar in Stadelheim und sie ... ja, wo? Wo würde sie sein? Hatte Eisner nicht übermütig das Außenministerium vorgeschlagen?

Sonja schlug den leisen, eindringlichen Ton der Lehrerin-vor-unruhiger-Klasse an.

»Von allen Arbeitern bekam ich zur Antwort, dass auch sie den Streik als Protest gegen den Krieg betrachten. Mit ihren bisherigen Löhnen seien sie vollständig zufrieden. Ich fragte bei den Arbeitern, ob sie denn irgendeine große Versammlung veranstaltet hätten, in der diese Fragen bereits besprochen worden seien. Darauf bekam ich zur Antwort, dass solche Versammlungen einen politischen Charakter trügen und dass politische Versammlungen strengstens verboten seien.«

»Und dem wollten Sie zuwiderhandeln, indem Sie die Arbeiter zum Ungehorsam aufriefen?«

Sonja lächelte sanft. Durchschaut. »Nein, Herr Kommissar. Dagegen äußerten die Arbeiter, dass am Montag, dem 27. Januar 1918, eine Gewerkschaftsversammlung abends in der Schwabinger Brauerei einberufen sei, auf der der sozialdemokratische Landtagsabgeordnete Schmitt sprechen werde ...«

»Sie haben diese Versammlung gestört!«

»Im Gegenteil. Die Arbeiter wünschten, man solle bei dieser Gelegenheit über die Streikbewegungen in Wien und Berlin informieren. Weil der Landtagsabgeordnete sich darauf nicht verstand, habe ich mich bereiterklärt, in der Versammlung zu erscheinen, und habe mich auch bei der Diskussion zu Wort gemeldet. Ich vertrat den Standpunkt, dass sich die Münchener Arbeiterschaft der Streikbewegung anschließen müsse, wenn sie bereit seien, dafür einzutreten, dass die Friedensverhandlungen möglichst bald zum Frieden führen. – Ich bin zu Unrecht hier, lassen Sie mich frei!«

»Wie viele Arbeiter waren erschienen?«

»Nach meiner Schätzung ungefähr 2.000 Menschen. Wollen Sie die alle verhaften? Wir sind viele, Herr Kommissar, und wir werden heute Hunderttausende sein und täglich mehr.«

Der Kommissar war nicht überzeugt. »Was taten Sie am Dienstag, dem 28. Januar?«

»Ich ging zu einer Versammlung der Rapp-Motorenwerke in einer Wirtschaft an der Lerchenfeldstraße. Nach meiner Schätzung dürften dort etwa 1.000 Arbeiter gewesen sein. Aus den Verhandlungen sah ich, dass die Rapp-Arbeiter sich noch nicht zum Streik entschlossen hatten, obwohl sich die Majorität durch Abstimmung dafür aussprach.«

»Da hetzten Sie zum Streik auf?«

»Nein. Ich erklärte den Arbeitern, es sei ihre Pflicht, ihre Verantwortung nach beiden Seiten zu erwägen. Wenn sie den Streik aufnähmen, hätten sie die Verantwortung für den Streik, andernfalls müssten sie sich bewusst sein, dass sie die Verantwortung für die Nichtsolidarität der Arbeiterschaft von ganz Deutschland auf sich nehmen. Auch an den Umzügen der Kruppschen Arbeiter in den Straßen der Stadt habe ich teilgenommen.«

»Mittwoch?«

Sie hob die Schultern. »Weiß ich nicht.«

Der Kommissar beobachtete die Frau. Seine Spitzel hatten ihm berichtet, dass sie neben Eisner die entscheidende

Aufwieglerin war. Sie konnte reden wie eine Teufelin, die Arbeiter hatten ihr offenbar zugejubelt, und nun tat sie, als könne sie kein Wässerle trüben. Diese Flintenweiber der Sozis waren von einer widerwärtigen Beredsamkeit. Seit die Weiber zur Universität gingen, war es noch schlimmer. Frau Doktor! Er würde sie hierbehalten, bis sie einknickte, ebenso wie Eisner und Kröpelin und diesen Unterleitner, das waren die Aufhetzer, die Winters und die Landauerschwestern schienen ihm eher brave Sozialdemokraten zu sein. Der Staatsanwalt mochte die Rädelsführer in Neudeck so lange festsetzen, bis der Reichsanwalt sich um die Sache kümmern würde. Das ging nicht nur Bayern an, sie mussten ein Exempel statuieren gegen diese Ungehorsamkeit. Der Krieg war noch nicht gewonnen. Letztlich war es ihm egal, wo die Frau sich am Mittwoch herumgetrieben hatte. Warum holte ihr Mann sie nicht ab, dieser Privatdozent, und sperrte sie ein? Der war nicht an der Front, dieser Drückeberger, das hatte er schon herausgefunden, sondern er hielt sich beim Roten Kreuz in der Kleiderkammer schadlos. Montur sortieren. Typisch, wie sollte so einer seine Frau im Griff haben. Wenn aber dieser Lerch jetzt käme und seine Frau rauspaukte, er würde ihn nicht hindern, schließlich war er der Vormund seiner Gattin, dann würde er sie mit Auflagen entlassen. Sollte sie ihrem Mann Suppe kochen und Strümpfe stopfen, wie es sich gehörte, und sich jeden Morgen auf der Polizeistation melden.

»Kommen wir zum Donnerstag, dem 31. Januar 1918. Im Hotel Trefler haben Sie als geschulte russische Agitatorin die Stimmung angeheizt.«

Er war nicht davon abzubringen. Vorsicht, mahnte sie sich, reiß keinen mit hinein, das wollen sie. Keine Rädelsführer, keine Gefolgschaft, nur klare Abstimmungen. Demokratiespiele. Am Montag musst du wieder vorm Fabriktor stehen, wenn der Kampf heute nicht weitergeht, ist er verloren und die Kriegshetzer haben gewonnen.

»Im Hotel Trefler gab ich meiner Freude darüber Ausdruck, dass die Arbeiterschaft ihre Solidarität mit dem Streik erklärte. Dabei habe ich besonders betont, dass man den Ausbruch des Streiks nicht als von Agitationen der Hetzer hervorgerufen betrachten könne, sondern als Ausdruck des Willens der Arbeiterschaft. Ich fragte die Arbeiter sogar direkt, ob der Streik Ausdruck ihres ureigenen Willens sei, worauf verschiedene Zurufe erfolgten: Wir wollen den Streik! Schluss mit dem Krieg!«

»Aufforderung zum Streik ist Landesverrat nach Paragraf 89.« Der Kommissar blickte säuerlich.

Sie können uns nicht wegen Landesverrats hochnehmen, dachte Sonja selbstbewusst, Streik ist nicht verboten, und sie müssen mir erst mal nachweisen, dass ich dazu aufgerufen habe.

Ruhig sagte sie: »Nein. Einige Münchener Tageszeitungen versuchen den Streik so darzustellen, als ob er von Hetzern, insbesondere von mir und Kurt Eisner, hervorgerufen wäre. Dies ist nicht wahr. Ich habe betont, dass ich als Frau bewusst gegen den Krieg kämpfe. Ich habe gesagt: Für uns Frauen heißt es, unseren Männern die Treue halten, wenn wir dafür kämpfen, dass der Krieg ein rasches Ende nimmt.«

»Sie geben also zu, mit dem Anarchisten Kurt Eisner die Versammlungen beeinflusst zu haben?«

Jetzt machen sie Eisner zum Anarchisten und mich zur Aufwieglerin, dachte Sonja. Langsam und deutlich erklärte sie, mit Blick zum Protokollführer, der wie wild auf seine

Schreibmaschine hämmerte: »Ich betone ausdrücklich, dass ich Gegnerin jeglicher anarchistischer Bewegungen bin, weil ich die Verwirklichung meiner Ideale lediglich von der Arbeiterbewegung als solcher erwarte.«
»Beantworten Sie meine Frage!«
»Selbstverständlich kenne ich Dr. Eisner und den Vorstand der unabhängigen Sozialdemokratie Münchens. Auch sind mir manche Herren bekannt, die in den Versammlungen in den letzten Tagen gesprochen haben.«
»Wer hat außer Ihnen und Eisner gesprochen?«
Bevor Sonja die Frage beantworten konnte, hörte man Lärm von der Straße. Es schienen viele Menschen zu sein, und sie forderten lautstark »Frieden und Brot!« sowie Einlass. Sonjas Herz klopfte. Die Genossen! Sie kamen, sie rauszuholen, also waren doch nicht alle verhaftet, vielleicht nur Eisner und sie.

Der Kommissar versuchte, den Lärm zu übertönen, und wiederholte seine Frage. Aber unten hatte sich ein Sprechchor gebildet. Sonjas Herz machte einen Sprung. Sie ließen sich nicht abwimmeln. Sie würden sie hier rausholen. Man hörte einen Wortwechsel, offenbar ließen sich die Leute aber nicht abweisen. Sonja hörte die überdeutliche Stimme Tollers, der mit Pathos den Polizeipräsidenten zu sprechen wünschte. Dann war wieder Ruhe. Aber offenbar war Ernst Toller mit einigen anderen eingelassen worden. Die schwere Eingangstür fiel zu, auf den hölzernen Treppen hörte man schwere Stiefel.

Der Kommissar, der sich kurz gewünscht hatte, es sei Lerch, der seine Gattin verlangte, stellte nach einem Blick aus dem Fenster fest, dass es leider diese Sozibande war.

»Sie haben ja viele Männer, die Sie hier rausholen wollen«, sagte er süffisant, »würde einer nicht ausreichen?«

Treffer. Er sah, wie sie erbleichte. Sie war ohnehin blass, nun aber wurde ihr Gesicht blau, sie rang nach Luft. Interessant, was war da los?

»Mein Ehemann hat Scheidungsklage gegen mich gestellt, weil er Gegner meiner politischen Tätigkeit ist.«

Die Schreibmaschine klapperte, er brachte den Schreiber mit einer Handbewegung zur Ruhe.

»Das brauchen Sie nicht zu protokollieren, Koller.«

Die Frau protestierte. Er solle dies, genau dies, so wie sie es gesagt habe, zu Protokoll nehmen. Der Kommissar strich seine Schnurrbartenden nach oben und betrachtete die Frau, ihre dunklen Augen, die aus dem weißen Gesicht heraus leuchteten wie Kohlen auf Schnee. Sie hatte keine Frisur, keine gepflegte Kleidung, vermutlich trug sie nicht einmal ein Korsett, sie trieb sich mit Arbeitern auf der Straße herum, sie stellte sich in verrauchten Wirtschaften zur Schau und schwang sozialistische Reden. Wäre sie sein Weib, er hätte sie gepackt, nach Hause geschleppt und eingesperrt. Er gestand sich, dass er ihr vermutlich auch ein paar Ohrfeigen gegeben hätte, aber Scheidung? Mitten im Krieg, wo Mann und Frau aufeinander angewiesen waren? Damit hätte er ihr nicht einmal gedroht. Und dieser saubere Etappen-Ehemann, der den Krieg in der Kleiderkammer des Roten Kreuzes zubrachte, wollte sich scheiden lassen?

»Nun, nun, es wird nicht alles so heiß gegessen, wie es gekocht wird ...«

Nun wurde sie richtig giftig.

»Die Scheidungsklage ist bereits eingereicht, es gibt einen gerichtlichen Termin, und ich wünsche, dass dies protokolliert wird. Mein Mann hat mit meiner politischen Tätigkeit nichts zu tun.«

Sie schützte ihn! Sie schützte einen Mann, der offenbar keinen Finger rührte, seine Frau aus der Löwengrube zu holen.

Der Kommissar klopfte wieder mit dem Stift auf den Tisch und wiederholte: »Wer hat außer Ihnen und Eisner im Hotel Trefler vorgestern gesprochen?«

Sonja lehnte sich zurück und entfernte einen imaginären Fussel von ihrem schwarzen Rock.

»Es ist nicht meine Sache, über die Tätigkeit dieser Herren Aufschluss zu geben. Ich betone aber, dass ich derselben Partei angehöre und mich als Mitglied dieser Partei solidarisch mit meinen Parteigenossen erkläre.«

»Was bezwecken Sie mit Ihrer Agitation?«

»Ich habe nur den Weltfrieden im Auge, Sie nicht?«

»Was ich im Auge habe, ist nicht Ihre Sache, Fräulein …«

»Frau.«

»Frau Lerch, Sie werden angeklagt wegen Landfriedensbruchs nach Paragraf 81. Sie haben dem Reich schweren Schaden zugefügt.«

»Keinen Landesverrat nach Paragraf 89?«, fragte sie süffisant. Er schlug auf den Tisch. Verfluchte Ziege!

»Ich glaube nicht, dass unserer Kriegsmacht durch die Stilllegung kriegswirtschaftlicher Betriebe ein Nachteil erwächst. Die Arbeiterschaft muss um des Weltfriedens willen ihre Stimme erheben. Die Vereinigung der Proletarier aller Länder wird den Weltfrieden automatisch herbeiführen.«

Jetzt benutzte sie seine Amtsstube als Agitationssaal! Der Kommissar erhob sich.

»Ich eröffne Ihnen hiermit, dass gegen Sie im Namen Seiner Majestät des Königs von Bayern Haftbefehl erlassen wird. Sie sind dringend verdächtig des Verbrechens des Landesverrats nach Paragraf 89 R.Str. Es besteht bei Ihren persönlichen Verhältnissen Fluchtgefahr. Sie haben das Recht, Haftbeschwerde einzulegen. – Bringen Sie die Gefangene in ihre Zelle.«

»Ich bin nicht Ihre Gefangene, und ich protestiere gegen die Inhaftierung! Weder habe ich Landesverrat begangen noch bin ich fluchtverdächtig. Setzen Sie mich sofort auf freien Fuß!«

Sie konnte nicht verhindern, dass ihre Stimme schrill wurde. Keif nicht, befahl sie sich, keifende Weiber werden nicht ernst genommen. Er antwortete auch nicht, öffnete die Tür, winkte dem Polizeiposten.

»Ich will sofort meinen Anwalt sprechen!«

Er befasste sich nicht einmal mit ihrer Forderung. Ein müder Wink zum Wachtmeister, der versuchte, Sonja am Arm zu packen und hinauszuführen.

»Rühren Sie mich nicht an! Ich werde sofort meinen Anwalt anrufen.«

Der Kommissar las flüchtig das Protokoll durch, das der Schreiber ihm reichte.

»Werden Sie nicht. Wir haben noch acht Stunden Zeit. Der Staatsanwalt wird entscheiden, ob er Ihrer Haftbeschwerde abhilft oder nicht. Dann können Sie Ihren Anwalt bevollmächtigen. Unterschreiben Sie hier.«

Sonja betrachtete das Formular. Die Buchstaben flimmerten vor ihren Augen. Sie musste, musste hinaus, sie musste heute und morgen neben den Arbeitern stehen, heute war schon Samstag, die nächste Woche würde entscheiden, ob der Streik wie ein Flächenbrand sich als Generalstreik über das Land verbreitete und sie alle diesen entsetzlichen Krieg endlich lahmlegten. Keine Sekunde war zu verlieren, was sollte sie nur tun? Was würde Eisner tun?

Sie besann sich. Sie war kein dummes Mädchen, sie war nicht die ›Privatdozentengattin‹, für die dieser bayerische Kommissar sie hielt. Sie war eine erfahrene Kämpferin, sie würde morgen entlassen werden und weiterkämpfen. Sie verschränkte die Arme.

»Ich habe keinen Landesverrat begangen«, erklärte sie. »Im Übrigen gebe ich über die gegen mich erhobene Beschuldigung keine Auskunft. In der Aufforderung zum Anschluss an den Massenstreik erblicke ich keinen Landesverrat. Ich werde dieses Dokument nicht unterschreiben.«

»Abführen!«

II

GEFÄNGNIS AM NEUDECK, MARIAHILFPLATZ

1

Sonja betrachtete den Riss, der sich vom Boden zum vergitterten Fenster durch das grau verputzte Mauerwerk zog. Sie betrachtete den Riss seit sieben Tagen, immer wieder. Seit sieben Tagen war sie gefangen. Über den Mauersteinen, deren strenge Rechtecke sich undeutlich unter dem zentimeterdicken Putz abzeichneten, hatte der Riss sich Bahn gebrochen und floss am Fenster in feinen Verzweigungen aus, als wollten die feinen Risse den zentimeterdicken achtkantigen Eisenstäben im Fenster trotzen. Oder verzweifelten sie vor der hartkantigen Stabilität der Öffnung? Vielleicht wollten sie als ein Delta von Flüsschen in das Meer des Fensters münden, oder sie mussten den harten Felsen umfließen. Wie mein Leben, dachte Sonja, eine unberechenbare Linie, die sich in Verästelungen auflöst, statt die Mauern zum Einsturz zu bringen. Oder wenigstens gegen das Mauerwerk zu kämpfen. Aber wer bin ich schon, bin ich eine der Trompeten vor Jericho?

Von Wand zu Wand waren es drei Schritte. Setzte Sonja jene lachhaft kleinen Schrittchen der korsettierten Damen, die vor dem Krieg im Jupon, an Knien eingeschnürt, zu den

Militärparaden trippelten, benötigte sie sogar fünf Schritte, um von der Zellentüre zum vergitterten Fenster zu gelangen. Sorgfältig ihre Schritte abmessend, ging Sonja von der Tür zur Wand und stellte sich auf die Zehenspitzen. Das Zellenfenster war klein und sehr weit oben. Sie betrachtete den Ausschnitt des grauen Februarhimmels, der schwer über den Dächern Münchens lastete. Der Föhn war vorbei. Knorrig und bizarr schob sich ein kahler schwarzer Ast zwischen sie und das Himmelsgrau, als könne er nie wieder austreiben, aber mit der letzten Kraft des sterbenden Holzes trotzig die vier schmalen, durch Stäbe eingeteilten Streifen durchbrechen.

Sonja fröstelte. Sie wandte sich ab, begann, auf der Stelle zu laufen, und blickte dabei auf die massive Eichentüre. Der graue Anstrich war verblichen und abgeblättert. Durch eine quadratische Klappe wurde das Essen gereicht. Ein ebenfalls quadratisches, kleineres vergittertes Guckloch war über der Essensklappe auf Augenhöhe eingelassen, und heimtückischerweise ließ diese Klappe sich von außen lautlos zur Seite schieben. Vermutlich war es das Einzige, was im Gerichtsgefängnis am Neudeck lautlos vor sich ging, alles andere war mit Knirschen, Quietschen, Knarren und Knarzen verbunden. Nur diese Klappe war offenbar so sorgfältig geölt, dass Sonja nicht merkte, wenn das Wachpersonal sie beobachtete. Jedes Mal war sie in den vergangenen Tagen zusammengezuckt, wenn sie des Blickes gewahr wurde. Wie lange starrten die Augen sie bereits an? Hatte sie sich gekratzt, in der Nase gebohrt, die Fingernägel der Linken mangels Nagelfeile mit dem Zeigefinger der Rechten gereinigt? Wer hatte ihre Wut gesehen, ihre Trauer gespürt, ihre Verzweiflung gerochen? Hatte sie ohnmächtig gewirkt oder sich verdächtig gemacht?

Sonja lief mit winzigen Schrittchen zur Tür, wendete, lief federnd auf den alten Holzdielen, Blick zum kalten, grauen, durch Gitterstäbe unterteilten Himmel. Würde in diesem Augenblick die Klappe beiseitegeschoben, hätte der Beobachter nur ihre schwingenden schwarzen Haare direkt vor Augen. Sonja wollte das komisch finden, aber es gelang ihr nicht. Mit verbissenem Ernst lief sie weiter auf der Stelle.

Vor ihr hing die hochgeklappte Pritsche an der Wand. Von diesem ›Bett‹ bis zur gegenüberliegenden Wand waren es nur zwei Schritte, und auch die nur, wenn sie, wie es die Vorschrift befahl, die Pritsche nach oben geklappt und mit dem Karabiner eingehängt hatte. Über Tag war es verboten, sich auf das ›Bett‹ zu legen. Sie hatte die Wahl, sich auf den kalten Boden zu legen oder den ganzen Tag auf dem Stuhl zu sitzen. Dabei war der Lehnstuhl ein besonderes Privileg der Untersuchungsgefangenen, Verurteilte mussten mit einem Hocker auskommen. Der ›Spaziergang‹ im Hof war ein eintöniges Herumgehen im Kreis, wobei die Wachleute sorgfältig darauf achteten, dass die Landesverräterin keinen Blickkontakt zu anderen Gefangenen hatte.

Hatte sie die Pritsche am Abend heruntergelassen, konnte Sonja mit den Fingerspitzen den wackeligen kleinen Tisch berühren, der an der gegenüberliegenden Wand vor dem Stuhl stand. Auf dem Tisch lagen Schreibpapier und ihr Füllfederhalter, den sie hatte mitnehmen dürfen. Auch ein Band mit Puschkins Erzählungen, Katzenelsons Gedichte und ein Roman von Victor Hugo waren den Beamten unverdächtig erschienen. Die vertrauten Einbände gaben dem Tisch mit der abgegriffenen rissigen Platte etwas Heimatliches. Ein schmales Regal an der Wand neben dem Bett musste ausreichen für ihre persönlichen

Dinge, der Blecheimer mit Deckel für ihre Bedürfnisse passte gerade neben die Tür. Kein Wasserklosett, aber der einzige nicht einsehbare Platz. Ein abgeschabter Hocker hatte eine Schublade für die Leibwäsche, auf ihm stand eine Emailleschüssel als Waschgeschirr, die jeden Morgen mit Wasser aufgefüllt wurde.

Zwei Bogen Papier durfte sie jeden Tag bekommen. Zwei Blatt holziges, graues Kriegspapier, das bedeutete sorgfältig haushalten. Jedes Wort, das ihr in den Sinn kam, bekam ungeheures Gewicht: War es wert, aufgeschrieben zu werden? Dennoch hatte sie jeden Tag aufs Neue an ihn geschrieben und den begonnenen Brief zur Seite gelegt. Sie hatte das wertvolle Papier nicht zerknüllt, sicher konnte sie es noch einmal gebrauchen, sie musste Papier sparen, für Briefe an die Genossen, für einen Anwalt ...

Was sollte sie ihm schreiben, Henryk, Genjuscha, dem Geliebten? Zu verfahren war ihre Situation, alles schien wichtiger gewesen zu sein als ihre Liebe. Sie war so dumm gewesen, so ungeheuerlich dumm, wieder einmal beschimpfte Sonja sich in Gedanken mitleidlos. Ihr Atem kam nun stoßweise, ihr Herz klopfte, aber sie zwang ihren Körper, weiter auf der Stelle zu traben, dumm wie ein Brunnenesel. Wahrscheinlich war sie die Einzige, die sich hatte festnehmen lassen, alle anderen waren vermutlich so schlau gewesen unterzutauchen. Nur sie hatte unbedingt den geliebten Mann noch einmal sehen wollen, als ob das in diesem Kampf zählte! Hätte sie nur auf diesen Studenten, diesen Toller, gehört! Wäre sie über Nacht bei Toller geblieben, er hatte es ihr angeboten! Aber sie hatte unbedingt nach Hause gewollt, einmal noch, einmal noch will ich ihn sehen ... hoffnungslose Romantikerin. Romantikerin und Revolutionärin, das konnte ja nicht gutgehen.

Genjuscha, die Sollbruchstelle im Kampf um den Umsturz. Sentimentale Idiotin. Einmal noch, nur einmal noch will ich dich sehen, Genjuscha, mein Liebster ...
Die zärtliche Russifizierung seines Namens gefiel Eugen. Nie hatte jemand seinen harten preußischen Namen, den des edlen Prinzen und erfolgreichen Feldherrn, so weich ausgesprochen wie sie. Genjuscha, pflegte Henryk mit unbeholfener Zärtlichkeit zu wiederholen, und wehrte ab, Sonja, bin doch bloß ein kleines Licht, will doch nur ein wenig syntaxen.

Und so hatte er sich verhalten, ein kleines Licht. Hatte sie ein kleines Licht geheiratet? War sie auf das bisschen Esprit eines blonden Goj hereingefallen? Hatten ihre Schwestern sie nicht gewarnt: *Der goj is zum goles nit gewojnt.* Und die Mutter. Cäcilia, die noch durch einen *schadchen* verheiratet worden war, der man Romanlektüre verboten hatte, damit sie nicht auf törichte Gedanken wie eine Liebesheirat kam. Mamme weiß nicht, was Liebe ist, dachte Sonja, aber sie weiß, dass eine Frau darin umkommen kann.

Verraten hatte er sie, schmählich verraten, sein Syntaxen war ihm wichtiger als die Liebe, noch kein einziges Mal hatte er sie besucht.

Vom Turm der Mariahilfkirche schlug es drei Schläge. Gleich würde es Kaffee geben, natürlich keinen echten, nicht einmal Malzkaffee, aber weder das eine noch das andere hatte sie seit drei Kriegsjahren genossen. Auch im Knast gab es bittern Zichorienkaffee, dennoch, er war heiß, sie hätte auch heißes Wasser getrunken, um sich zu wärmen, denn in den feuchten Mauern zitterte sie ständig vor Kälte. Brennstoff war Mangelware, das eiserne Heizrohr neben der Tür war nur lauwarm.

Was hatte sie erreicht? Hatte sie den Kampf schon verloren, bevor sie ihn begonnen hatte? Wieder wollten diese dicken Tränen nach oben in ihre Augen steigen, aber sie ließ es nicht zu, verkorkte die Kehle fest wie eine Flasche. Bloß nicht rauslassen, die Tränen. Kampf um Gerechtigkeit? Um Frieden? Um eine bessere Zukunft? Um Wahrheit? Aber was war die Wahrheit? Um die Liebe ... nicht einmal den Kampf um die Liebe hatte sie gewonnen. Bitter. Ein verpfuschtes Leben. Zu viel gewollt, hätte ihr Bruder Shmuel gesagt und ihre Schulter getätschelt, Soremädchen, krieg Kinder und halt dich aus der Politik raus.

Es war nicht Henryks Schuld. Wahrscheinlich war sie es, die unfähig war zu lieben. Zu viel war geschehen, was Liebe spröde machte wie das rote Gummi einer alten Wärmflasche.

»Besuch.«

Die Aufseherin, die sie mit ›Frau Wachtmeister‹ anreden musste, sah durch die Klappe.

Besuch? Sonjas Herz machte einen Sprung, hüpfte gegen die kalte Wand, wurde zurückgeworfen, landete wieder in ihrer Brust. Genjuscha! Er war gekommen! Er wollte sie sehen! Vergessen der schreckliche Streit, vergessen die Drohung mit der Scheidung, das waren Lappalien angesichts ihrer Situation. Jetzt ging es nicht mehr um solche Kleckereien, er stand zu ihr! Er würde ihr Mut zusprechen, und einen fähigen Anwalt hatte er ihr sicher auch organisiert.

Kräftige schwarze Haare zusammenraffen, mit Haarklemmen an den Schläfen aufstecken, mit zitternden Händen will es nicht gelingen. Einfaches dunkles Kleid glatt streichen, kleinen weißen Spitzenkragen ordentlich um den Hals legen, kleiner Kniff in die Wangen, Lächelversuch, wie seh ich aus? Hoffentlich nicht so zerschlagen, wie sie sich fühlte nach sechs schlaflosen Nächten voller Grübeleien und quälenden Träumen, aus denen sie voller Entsetzen immer wieder hochfuhr.

Die Aufseherin ging durch den kalten, hohen Gang, zur Linken die Gefangene an der Handfessel. Ihre Schritte knallten auf dem Steinfußboden. Zellentür reihte sich an Zellentür, Sonja hörte Klopfen, Rumpeln, Sprechen, Singen, Schnaufen, Stöhnen. Ein plötzlicher unartikulierter Schrei ließ sie zusammenfahren. War dies ein Gefängnis oder eine Irrenanstalt? Sie musste hier raus, so schnell wie möglich, sie war so dumm gewesen, aber nun war alles gut, nun war er da, er würde sie hier rausholen ...

Es war nicht Henryk. Sonjas klopfendes Herz sank als schwerer Stein in ihre Magengrube und blieb dort liegen wie eine kaputte Bahnhofsuhr. Sie betrachtete noch einmal sehr genau die Besucher an den vier Tischen, als könnten sie sich unter ihrem intensiven Blick verändern. Falscher Tisch? Aber nun wurden den Besuchern nacheinander die Gefangenen zugeführt. Genjuscha war nicht darunter. Niemand war darunter, den sie kannte.

Eine magere junge Frau mit weißem Kopftuch, eigentlich ein Mädchen, aber mit dem alten Gesicht der von Kindheit an zu kurz Gekommenen, stand an dem Tisch, an den die Aufseherin Sonja führte. Offenbar hatte sie nicht gewagt, sich auf den Stuhl zu setzen. Sonja kannte diese demütigen Haltungen, diese Gesichter. Aus blassen, ernsten Mädchengesichtern wurden traurige, verhärmte Frauenantlitze, gezeichnet von einem Kriegsleben voller harter Entbehrungen, von erlittenen Ungerechtigkeiten, vom sicheren Gefühl, niemals gleichwertig sein zu können mit den Damen, die in hellen Kleidern schneidige Leutnants in bunten Uniformen begleiteten. Und aus frechen Knabengesichtern wurden harte, holzschnittartige Arbeiter- oder Soldatengesichter, getragen von verkrüppelten Kriegskörpern. Das waren die Menschen, denen Sonja seit Jahren ihr Leben und ihre Arbeit widmete. Für deren bessere Zukunft saß sie nun im Gefängnis, konnte nichts tun. Noch ehe sie die junge Frau näher betrachten konnte, lief diese temperamentvoll auf sie zu. Die Aufseherin bremste den Lauf mit ausgestrecktem rechtem Arm wie eine lebende Bahnschranke ab.

»Keine Berührungen!«, lautete die knappe Anweisung.

Von Berührung war die junge Frau weit entfernt. Respektvoll knickste sie vor Sonja – ja, sie knickste! Vor ihr! Sonja wusste nicht, ob sie belustigt oder beleidigt sein sollte, und dann sagte die Magere mit überraschend selbstsicherer heller Stimme: »Frau Doktor! Ich hab Ihnen frische Wäsche gebracht, Frau Doktor! Wie geht es Ihnen?«

Frische Wäsche. Da lag ein Packen auf dem Tisch. Das war ja großartig, es würde ihr die schreckliche braune Anstaltskleidung ersparen. Wie kam diese Unbekannte dazu, ihr Wäsche zu bringen?

»Wollen Sie mit Ihrem Dienstmädchen sprechen? Sie haben eine halbe Stunde Besuchszeit, die geht Ihnen dann aber von der Zeit mit Ihren Angehörigen ab«, beschied die Aufseherin.

Dienstmädchen! Sonja holte Luft. Sie wollte erklären, dass sie niemals ein Dienstmädchen hatte, dass sie auch niemals eines wollte, dass sie sogar den Schabbesgoj ablehnte, dass sie Arbeit nicht als Dienst, sondern als kollektiven Schaffensprozess verstand, dass ... da sah sie in die beschwörenden Augen der jungen Frau.

Die knickste wieder, diesmal vor der Aufseherin, und wie sie knickste! Wer hatte ihr das nur beigebracht! Es sah aus wie der missglückte Hofknicks eines Schulmädchens vor dem Kaiser.

»Eine volle halbe Stunde!«, rief die junge Frau aus, ohne den Widerspruch zu bemerken. »So lange wird sich Frau Doktor nicht mit mir abgeben. Ich will ihr die wertvolle Zeit für ihre Familie nicht rauben. Bleibt Frau Doktor denn eine Viertelstunde übrig? Wenn sie mit mir eine Viertelstunde spricht, ist die Zeit dann verwirkt, liebe Frau Wachtmeister?«

Das war schlau, darauf wäre Sonja nicht gekommen. Die korrekt und naiv zugleich Angesprochene zeigte sich vom Verhalten der jungen Frau angetan. Mit dem Anflug eines Lächelns erklärte sie streng, dass die Untersuchungsgefangene diese Zeit für einen weiteren Besuch verwenden könne, dass sie aber nicht die ordentliche Besuchszeit verlängere.

Die Dünne knickste wieder und behauptete, sie werde gewiss nur eine Viertelstunde brauchen, um mit der Frau Doktor alles Nötige für den Haushalt zu besprechen. Es sei ja nicht viel, die Frau Doktor sei eine so umsichtige Hausfrau, und sie müsse nur wissen, wie der Herr Professor zu versorgen sei. Sie plapperte mit der törichten Umsichtigkeit eines zu jungen Hausmädchens und konnte die Aufseherin täuschen, aber nicht Sonja.

Wie viel Schläue verbarg sich unter dem scheinbar naiven Geschwafel! Was wusste sie vom ›Herrn Professor‹? Hatte Henryk sie geschickt? Woher kannte er sie? Die dünne Knickserin war hörbar nicht aus Bayern, aber sie hatte die zutrauliche Diktion des Bayerischen angenommen und verstand es, die strenge Frau um den Finger zu wickeln. Sonja bestätigte die Viertelstunde Besuchszeit. Die Beamtin nickte ihrem Kollegen zu, der im Besucherraum Aufsicht führte und zwischen den vier Besuchertischen wie ein gestrenger, aber gutmütiger Lehrer schnauzbärtig promenierte, dann verließ sie den Raum. Ihr Schlüssel drehte sich knirschend im Schloss.

»Ich bin doch die Novacki!«, raunte die Kleine beschwörend, und Sonja antwortete automatisch auf Polnisch, was Frau Novacki hier wolle, woher sie komme.

Die Kleine lächelte bedauernd, fast ein wenig unglücklich. Sie habe zwar einen polnischen Namen, aber Polnisch spreche sie nicht mehr, schon der Urgroßvater sei in die Zeche Carl eingefahren.

Die Novacki. Sonja betrachtete das blasse Gesicht mit den großen Hungeraugen genauer. Da war diese spontane Demonstration im zweiten Kriegswinter gewesen. Mehrere Stunden hatten Frauen und Kinder vor einem Lebensmittelgeschäft an der Leopoldstraße gewartet. Endlich ratterte der hölzerne Laden hoch, die ersten vier oder fünf Frauen lösten ihre Lebensmittelmarken ein und eilten mit ihrer teuer erworbenen Ware nach Hause, keine zehn Minuten später hängte der Ladenbesitzer ein Schild ›Ausverkauft‹ an die Tür. Wollte schließen. Frauen und Kinder drängten sich um ihn, warum schon alles ausverkauft sei, wann es wieder Ware gebe. Barsch erklärte der Mann, es sei aber so, am Abend käme vielleicht noch eine Lieferung.

Das könne nicht sein, hatte eine Frau aus der Menge gerufen, ob er alles zu besseren Preisen an die Offiziere der Etappe verkauft habe? Die Frage hatte provoziert, und noch bevor der unwillige Ladenbesitzer seine Tür schließen konnte, waren die Frauen hineingedrängt, um das erbärmlich Wenige zu kaufen, was ihnen nach ihren Marken zustand: zehn Gramm Butter, zehn Gramm Kunsthonig, ein Achtelliter Milch, ein Eckchen Leberwurst. Sie hatten den Mann beiseitegestoßen, seinen Laden gestürmt, bereit, alles zu plündern, was es gab, und hatten dann stumm und fassungslos vor leeren Regalen gestanden.

Es könne schon sein, dass die Offiziere in der Etappe besseres Essen hätten, aber nicht von ihm, hatte der ängstliche Ladner versichert, alles, was er bekäme, verkaufe er auch hier. Es gebe nichts. Pardon, die Damen. Seine Furcht machte den Kaufmann höflich.

Aus Verstörung wurde Wut. Wie eine schlecht gedrillte Kompanie zogen die Frauen die Leopoldstraße entlang zum Rathaus, versperrten Automobilen und Fuhrwerken den Weg. Aus wütenden Rufen wurden heisere Sprechchöre, Parolen durchaus frechen Inhalts, ältere Kinder wurden ermuntert, recht laut zu schreien. Ein korpulenter Herr drohte den Frauen mit dem Spazierstock und forderte Begeisterung für das Vaterland. Begeisterung, schrie ihm eine der Frauen zu, sei kein Sauerkraut, das man über Winter einlegen könne. Gelächter.

Auf ihrem Weg schlossen sich dem Zug weitere Frauen an, irgendwoher kamen Blecheimer und Deckel, Kochlöffel und anderes Gerät in ihre Hände, mit denen sie weiblichen Krach veranstalteten, der in rhythmisches Trommeln überging. Sonja fühlte sich untergehakt von dieser Novacki, die sie anlachte: Wenn man schon nichts zu beißen habe, solle man wenigstens die Zähne zeigen. Das Erste, worüber Sonja in jenem schrecklichen Kriegswinter 1916 herzhaft gelacht hatte. Spontan hatte sie die junge Arbeiterin zu den Montagstreffen der jungen Sozialdemokraten im ›Goldenen Anker‹ eingeladen, und die Novacki war oft in die Schillerstraße gekommen, obwohl sie lange Schichten zu fahren hatte und der Weg von Krupp in Freimann zum Hauptbahnhof weit und umständlich war.

Die Hungerdemo ging als ›Weiberkrawall‹ durch die Presse, obwohl kein einziger Zeitungsschreiber Zeuge des Geschehens gewesen war. Einige Ratsherren hatten sich auf dem Balkon ihres prächtigen neuen Rathauses gezeigt, herausgelärmt von den Furien auf dem Marienplatz. Etwas ramponiert in ihrer Ratsherrenwürde, hatten sie sich beeilt zu versichern, dass die Inspektoren ihr Bestes täten, die Lebensmittel gerecht zu verteilen. Dennoch flogen Steine des Zorns, einige Rathausscheiben gingen zu Bruch, und die Schlangen vor den Läden blieben lang wie zuvor.

»Ich bin doch die Novacki, Frau Doktor, und ich muss Sie fragen, wie …«

»Genossin, ich bin Genossin Sonja, keine Frau Doktor.«

Die Novacki bekam ganz runde Augen und raunte, sie könne doch die Frau Doktor im Gefängnis nicht Genossin nennen, sie bekäme nur Schwierigkeiten.

»Außerdem sind Sie doch Doktorin, Doktorin über Russland, nich?«

Sonja lächelte traurig. Sie hatte einige Vorträge über Russland und die russische Revolution gehalten.

»Nationalökonomin bin ich.« Sie sei sicher die Einzige in Haft, der Streik ginge doch weiter? Beschwörendes Raunen.

»Oh nein! Eisner …«

»Keine politischen Gespräche«, sagte der Diensthabende streng. Die Novacki sprang auf und knickste wieder, Sonja musste grinsen, diese Knickserei war wirklich ein schlechter Scherz.

»Eisen, Herr Wachtmeister, Eisen!«, knickste die Novacki, sie habe nach dem Plätteisen der Frau Doktor gefragt, sie käme mit den neuen Kohleplätteisen nicht zurecht, und ob sie ihr eigenes …

Der Uniformierte winkte ab, das Frauengewäsch und -gebügel interessierte ihn nicht. Sonja tarnte ihr Gelächter als Hustenanfall. Ein misstrauischer Blick traf die Gefangene. Solch hausfrauliche Anweisungen gab eine, die des Landesverrates angeklagt war? Trugen diese Sozialdemokraten gebügelte Wäsche? Trugen sie überhaupt Wäsche? Er schritt weiter.

»Genosse Eisner muss auch hier im Neudeck sein! Sind Sie ihm noch nicht begegnet, Frau Doktor?«

Kurt Eisner in Haft, verdammt. Die waren nicht blöd, die verhafteten zuerst die Köpfe. Eisner war kein Soldat, die dunklen Verliese des Militärgefängnisses in der Leonrodstraße blieben ihm erspart. War er in der Löwengrube? Oder war er womöglich hier, ihr gegenüber? Unwillkürlich sah sie durch die Gitterstangen des Fensters hinaus auf das schmutzige Gelb des gegenüberliegenden Traktes. Der Gedanke, dass Eisner dort ebenfalls sein Bett nicht hinunterlassen durfte und auf einem wackeligen Stühlchen hocken musste, hatte etwas Tröstliches. Aber Eisner hatte sein Elslein, die liebte ihn und besuchte ihn sicher jeden Tag. Sonja fühlte einen diffusen Schmerz, zuhören, nicht an Henryk denken.

Sie hätten Eisner ausweisen wollen, berichtete die Novacki leise, hätten aber feststellen müssen, dass er die preußische und bayerische Staatsangehörigkeit habe, daher sei er in Stadelheim.

»Sie müssen aufpassen, Frau Doktor, dass man Sie als Russin nicht ausweist!«

Sonja lachte. Sie habe die preußische Staatsangehörigkeit. Die Novacki nickte beruhigt, aber sie hatte den entscheidenden Punkt berührt. Ihren Schreck, der sie durchfuhr, ließ Sonja sich nicht anmerken. Durch ihre Heirat war sie preußische Staatsbürgerin geworden – aber nach der Scheidung? Wenn Henryk sich tatsächlich scheiden ließ? Gerade jetzt? Konnte man sie des Landes verweisen? Nach Russland zurückschicken? Das wäre ...

Sie lachte die Novacki an, aber die sah, dass Sonjas Pupillen vor Schreck, nicht vor Frechheit geweitet waren. Sie brauchte dringend einen Anwalt, Eisner hatte ihr das auch geraten. Er hatte ihr auch abgeraten, in die Scheidung einzuwilligen. Politisches Engagement als Scheidungsgrund, das sei ja noch schöner. Wenn er erst Ministerpräsident des bayerischen Freistaates sei, wenn er das Wahlrecht für Frauen eingeführt habe, dann werde er die Männer einsperren, die den Frauen ihr Recht verwehrten. Wie hatten sie gelacht! Woher hatten sie den Mut genommen, so fröhlich zu sein? Woher die Chuzpe, an eine Republik zu glauben? Drei Tage flammende Reden für den Frieden, drei Tage Streik, nun saß sie hier.

»Dieser Schreiner ist auch in Haft, und ...« Die Novacki nannte weitere Personen, vorsichtshalber nur Vornamen. Himmel, Schreinermeister Albert Winter auch, und er war nur ein engagierter alter Sozialdemokrat. Aber wer international dachte, war bereits ein Vaterlandsverräter. War noch einer der Genossen in Freiheit? Carl Kröpelin? Sie würden sich wohl nicht an den Landauerschwestern vergreifen? Felix Fechenbach? Die jungen Leute? Sie hatten sich fast jeden Montagabend im ›Goldenen Anker‹ getroffen und Eisners Vorträgen erst andächtig gelauscht, dann aber auf eine Weise diskutiert, so offenherzig und klug, dass Sonja das Herz aufgegangen war.

»Was macht die Wirtschaft in der Schillerstraße?«, fragte sie betont gleichgültig, obwohl ihr Herz bebte. Die Novacki sah sie traurig an.

»Alles zerschlagen.« Sie fuhr mit erhobener Stimme fort: »Das ganze Geschirr zerschlagen, Frau Doktor! Diese jungen Mädchen vom Land sind aber auch so ungeschickt!«

Und nachdem der Beamte sich gelangweilt entfernt hatte, fügte sie leise hinzu: »Felix versucht, was er kann. Die Front hat ihn krank gemacht. Streik ist momentan nicht drin.«

Sonja hatte sich so weit vorn gefühlt. Streik in Berlin, Streik im Hamburger Hafen, in München, dann Generalstreik, der erste Schritt zum Frieden, Schluss mit den täglichen Lügen der Obersten Heeresleitung, Schluss mit millionenfachem Sterben, mit mörderischen Giftgaseinsätzen. Und jetzt: Landesverrat. Wer hat dieses Land verraten, dachte sie bitter, das waren Ludendorff, Hindenburg, die Oberste Heeresleitung von Kaisers Gnaden, die gehören vor Gericht, nicht ich.

»Der Frieden wird kommen, Frau Doktor«, meinte die Novacki zuversichtlich, »in Berlin war auch Streik, und in Brest-Litowsk haben die Friedensverhandlungen mit Russland begonnen, es geht voran! Sie werden freikommen, man kann Ihnen nichts vorwerfen, Frau Doktor, wir werden siegen, das schwöre ich Ihnen. Wir werden so weitermachen wie Eisner und Sie, aber sagen Sie mir: Was tun? Wir müssen doch den Krieg beenden.«

»Warum fragst du *mich*?«

»Sie sind Revolutionärin, Frau Doktor!«

»Ich bin keine Revolutionärin«, erwiderte Sonja

unwirsch, »ich bin nicht mal Frau Doktor, sondern Frau Privatdozentengattin.«

Die Novacki betrachtete die Ältere nachdenklich. Gefängnis musste schlimm sein. Die Frau, deren flammende Reden gegen den Krieg und für den revolutionären Umsturz Tausende zum Streik ermutigt hatten, wollte schon eine Woche später nicht mehr darüber sprechen.

»Wir dürfen uns jetzt nicht unterkriegen lassen, Frau Doktor! Ob wir in den Gefängnissen sitzen oder streiken, Hauptsache, es werden keine Waffen mehr produziert. Wir sind viele! Wir lassen uns nicht einschüchtern, nur über Generalstreik im ganzen Reich können wir den Krieg beenden. Das haben Sie selbst gesagt!«

»Ja, und jetzt sitze ich im Gefängnis. Schluss mit Revolution.«

Der Schlüssel knirschte im Schloss. Die Zeit war um.

»Sollen wir das Militär …?«, raunte die Novacki. Sonjas Blick wurde plötzlich wach. Die Kleine hatte offensichtlich einen Blick für das Wesentliche. Mit den Soldaten solidarisieren, sonst geht alles schief, dachte sie, die holen uns hier raus, und dann … nein. Das hatte sie schon einmal getan, und es war schiefgegangen. Keine verkehrten Ratschläge an idealistische junge Mädchen. Schluss.

Die Aufseherin verständigte sich durch einen kurzen Blick mit dem Wachhabenden.

Das Mädchen sah enttäuscht aus.

»Wie heißt du?« Es war ein schnelles, kaum hörbares Flüstern.

»Elisabeth – Friederike, aber alle nennen mich Fritzi«, lächelte die Novacki und ging hinaus.

Elisa. Ein Wimpernschlag, ein Zucken des Augenlids. Sie durften sich nicht die Hände reichen. Elischewa, das war einmal der Kosename ihrer Schwester gewesen, Elisa Rabinowitz. Elisa, Rosa, Sarah und Rachel, die vier Töchter des berühmten Gelehrten und Rabbiners Saul Pinchas Rabinowitz aus Warschau im Russländischen Reich.

※

Sonja steht im geräumigen Studierzimmer in der St. Georgstraße, Berge von Büchern, auf Regalen, auf dem Schreibtisch, auf dem Parkett. Der Vater arbeitet an seiner Übersetzung der ›Geschichte der Juden von den Anfängen bis auf die Gegenwart‹ von Graetz. Er überträgt sie vom Deutschen ins Hebräische, und daran arbeitet er, solange sie denken kann. Der Name Heinrich Graetz war einer der ersten deutschen Namen, die Sonja schreiben und richtig aussprechen konnte. Inzwischen ist Tate beim achten Band angelangt, und es ist kein Ende in Sicht. Sonja ist neun Jahre alt, das Jahrhundert hat noch neun Jahre vor sich, und Graetz ist vor einigen Wochen gestorben, ohne nach dem elften Band sein Lebenswerk vollenden zu können.

- Wann bist du endlich fertig mit dem Graetz, Tate?

Saul Pinchas Rabinowitz lächelt. Wenn er lächelt, zerspringt sein kluges Gesicht in tausend Fältchen, künstlerische Risse einer kostbaren chinesischen Schale.

- Wie kann man je mit der Geschichte der Juden fertig werden, Sorele, die Diaspora hat keinen Anfang und kein Ende.

Sie will wissen, was die Diaspora ist, und er erklärt es ihr geduldig. Sonja ist entsetzt: Dann haben wir kein Zuhause, Tate?

- Warschau ist unser Zuhause. Eigentlich ist unser Zuhause überall.

- Auf der ganzen Welt, Tate?
- Auf der ganzen Welt, Sarah. Rabinowitz nennt seine Kinder stets beim Synagogennamen.
- Auch in Amerika?
- Auch in Amerika. Aber ich zeig dir mein Zuhause, Sorele, wolln wir mal mit der Eisenbahn fahren, nach Tavrig, wo ich geboren bin?

Sie nickt, das klingt verlockend, bisher ist sie nur Straßenbahn gefahren.
- Zu Oma und Opa?
- Nu, Sorele, die sind ja leider schon lange tot, aber da sind noch viele liebe Tanten und Onkels und Nachbarn, die sich auf dich freuen. Und deine Cousins hast du noch nicht kennengelernt. Wir werden Sukkot mit ihnen feiern.

Sonja fährt mit Tate nach Kaunas. Lange sind sie unterwegs, erst von Warschau nach Suwalki, und dann nach Wilna, wo sie Freunde des Vaters besuchen. Wilna ist groß, ein Gewirr von gepflasterten Gassen und staubigen Gässchen am großen Fluss Vilnia, nicht so groß wie Warschau, aber viel belebter. Sonja hat den Eindruck, dass in jedem mehrstöckigen Haus hundertmal mehr Menschen leben als in Warschau.

Der Freund des Vaters hat eine große Studierstube, in der die Männer lange sitzen und reden, und es stört sie nicht, wenn kleine Kinder um ihre Füße wuseln und die größeren die Bücherschränke durchwühlen. Sie disputieren über die Zukunft des jüdischen Volkes. Das versteht Sonja, und als sie ihm am Abend eine gute Nacht wünscht, meint sie erleichtert: Tate, nun bist du aber fertig mit der Geschichte des jüdischen Volkes!

- Warum, Sorele, fragt der Vater erstaunt.
- Weil du mit der Zukunft begonnen hast!

Das hört Ida, die Hausfrau, bekommt einen Lachanfall und kann sich gar nicht mehr beruhigen, und sie streicht Sarah über die Haare, dann stehen ihr plötzlich Tränen in den Augen, und sie murmelt, die Zukunft könne nur in den Wurzeln liegen.

Sonja schaut. In Palästina, Töchterchen, dahin gehen wir eines Tages.

Der Tate und Sarah aber fahren nach der herzlichen Verabschiedung, versorgt mit Idas Proviantpaketen, als müssten sie nach Sibirien, weiter nach Tauroggen, das Rabinowitz zärtlich Tavrig nennt, an verträumten tiefblauen und moosgrünen Seen vorbei, durch ausgedehnte lichte Kiefern- und Birkenwälder. So weiß leuchten die Stämme in der tief stehenden Herbstsonne, dass Sonja geblendet ist und ihren kleinen Strohhut tief in die Stirn zieht.

Nach zwei weiteren Stunden sind sie da. Am Bahnhof wartet ein lustiges Pferdewägelchen hinter drei schnaubenden fuchsroten Pferdchen, die sie die schnurgerade Bahnhofstraße entlang zum Markt und durch den ganzen Ort ziehen.
- Siehst du, Sorele, dies ist mein Schtedl.

Es sei nur ein Dorf, keine Stadt, meint Sonja kritisch, als sie dieselbe Chaussee zur Jura über die hölzerne Brücke und durch die Altstadt zum Marktplatz zum dritten Mal entlangfahren, wie der Cousin es will, der ist schon fünfzehn und will zeigen, wie gut er seine Troika dressiert hat. Der Cousin lacht, dreht sich um und fragt Rabinowitz, ob die Kleine kein Jiddisch verstehe.

Da wird Sonja zornig, und sie schreit den Jungen auf Jiddisch an, dass er ein dummer Schmock sei, wenn er denke, dass sie ihn nicht verstehe.

- Na, dann weißt du ja auch, dass ein Schtedl ein Dorf oder eine Stadt sein kann, meint der Junge gleichmütig, wir haben 6.000 Einwohner und fünf Synagogen, und dann feuert er wieder seine Füchse mit Peitsche und Hoho an, bis sie die Ohren anlegen und der Staub über alle fällt wie gesiebter Puderzucker.

- Jankele, mir wird schlecht, lass uns etwas langsamer fahren, bittet der Vater, und Jankele schaut besorgt nach hinten und lässt die Pferdchen sofort in Schritt fallen, denn sein Vater wird ihn zum dreiwöchigen Stallmisten verdonnern, wenn der sehnlich erwartete Bruder in den Wagen kotzt.

In Tavrig diskutiert der Vater nicht über das jüdische Volk, weder über dessen Vergangenheit noch seine Zukunft. Er geht mit allen anderen in die Synagoge und will nicht, dass Sonja ihn begleitet.

Das macht nichts, denn alle Frauen bleiben zu Hause, und die Cousine, schon sechzehn Jahre alt, ist aufgeregt, weil die Heiratsvermittlerin kommt.

Sie reden ungeniert über alle jüdischen Männer aus Tauroggen, die eine Frau suchen, und bei manchen Namen kichert die Cousine aufgeregt, bei anderen zieht sie die Nase kraus, bei einem gewissen Schlomo wehrt sie mit wilden Gesten heftig ab. Es sind viele Männer, die infrage kommen, und alle scheinen an Cousine Rebekka interessiert. Sonja fragt, warum Rebekka nicht mit ihnen zum Tanzen geht. Sie könne dann selbst entscheiden, welcher sie am besten unterhält. Sonja weiß das, weil ihre große Schwester Elisa auf diese Weise ihren Noah kennengelernt hat, mit dem sie nach Palästina auswandern wollte, aber mittlerweile ist sie von diesem Plan abgekommen.

Die Heiratsvermittlerin, eine alte Frau mit scharfem Blick und langen grauen Strähnen, die unter einem schwarzen Tuch auf ihre mageren Schultern fallen, sieht Sonja missbilligend an. Die Hausfrau beeilt sich zu versichern, dass dies ihre kleine Nichte aus Warschau sei, Schefers Tochter.

Schefer, meint die Heiratsvermittlerin, soso, Schefer sei zurück, an welchen Mann er denke, wolle er seine Sarah einem tüchtigen Mann aus seinem Schtedl versprechen. Sonja wird blass und verspricht laut und hastig, dass sie niemals heiraten wird.

Die Sarah sei erst neun, erklärt die Cousine, ein wenig eifersüchtig, weil das Gespräch sich nicht um sie dreht, und sie sei aus Warschau, dort werde sie heiraten.

Einen dieser Maskilim, meint die Heiratsvermittlerin und zischt missbilligend durch die letzten Zähne, die ihr geblieben sind, was für eine Welt ist das geworden, in der jeder heiraten kann, wen er will, und die Bräuche unseres Volkes nichts mehr wert sind, weil es keine richtigen Jüdinnen mehr gibt.

Asoj wi di zajtn, asoj die laitn, seufzt die Heiratsvermittlerin.

Der Vater lacht, als Sonja ihm von der Heiratsvermittlerin erzählt.

- Sie hat nur Angst um ihr Gewerbe, die alte Schnepfe, sagt er – ja, er sagt wirklich »alte Schnepfe«, und darüber muss Sonja so lange kichern, dass er ihr zärtlich über die Haare streicht und sie auf die Wange küsst und meint, sie sei eine echte Jüdin, auch ohne Heiratsvermittlerin.

- Muss ich heiraten, Tate?

Schefer Rabinowitz betrachtet seine Tochter nachdenklich.

- Willst du nicht einmal so leben wie Mamme und ich, mit vielen Kinderla?

- Ich will keine Kinder, wenn sie nach Sibirien verbannt werden.

Rabinowitz seufzt. Der Tochter macht es zu schaffen, dass ihr fünfzehn Jahre älterer Bruder Shmuel nach Sibirien verbannt wurde. Sie war erst vier bei seiner Verhaftung und hat die Nöte, Tränen und Schikanen viel zu früh mitbekommen.

- Shmuel hat für seine Überzeugung gelebt. Das hat dem Zaren nicht gefallen.

- Hat der Zar ihn nach Sibirien verbannt?

- Ja, und Shmuel hat noch Glück gehabt, der Zar hätte ihn auch ins Gefängnis werfen können. So kann er mit seiner Frau in einem kleinen Holzhaus wohnen. Und in ein paar Jahren kommt er zurück.

- Er muss sich zu Tode arbeiten.

Wer so etwas sage, fragt der Vater verärgert.

- Jankele.

- Jankele soll besser lernen und ein gescheiter Mann werden, dann redet er nicht so viel Unsinn daher.

Jankele kümmere sich lieber um seine Pferde, meint Sonja.

- Er wird keine Frau finden, wenn er dumm bleibt, sagt der Vater streng, ein Mann muss die Thora lesen und verstehen können, auch wenn er Kutscher wird.

- Und das kommunistische Manifest?

Sonja hatte ihn einmal sagen hören, es sei für einen Mann mindestens so wichtig, sich mit Marx zu beschäftigen wie mit der Thora. Schefer Rabinowitz lacht schallend.

- Schlaf jetzt, Sorele, und versprich mir, dass du keinen dummen Mann heiraten wirst.
- Ja, Tate. Ich glaube, ich werde nicht heiraten und die Thora und das kommunistische Manifest selber lesen.

Am nächsten Tag beginnt der erste Tag des Laubhüttenfestes. In Tavrig feiern sie Sukkes anders als in Warschau. Onkel und Tante holen lange Stangen aus der Scheune und bauen eine große Hütte, was sehr komisch ist, denn sie können sich nicht einigen, welche Stange wohin gehört. Alle Kinder kichern und verstecken sich, während die beiden streiten, welches Rohr in welches gesteckt werden soll und wie es im vergangenen Jahr gewesen sei und warum wieder einmal keiner die Stangen markiert habe.

Sonja findet den Streit nicht komisch, sie ist zutiefst erschrocken. Nie hat sie erlebt, dass ihre Eltern streiten. Wenn Cäcilia mit einer Handlung des Vaters nicht einverstanden ist, bittet sie ihn ins Schlafzimmer, schließt die Tür und beginnt, ihm einen langen Vortrag zu halten. Die Kinder können das Gemurmel hören, aber nicht verstehen. Dann wird es still. An diesen Abenden müssen Rosa, Rachel und Sonja ohne Gutenachtkuss ins Bett, und am nächsten Morgen sind die Eltern auffallend sanft und zärtlich mit den Kindern, grundlos um alle möglichen Nichtigkeiten besorgt, die Schulkleidung, das Frühstück, alles wird mit aufmerksamer Besorgnis und unzähligen Fragen gereicht. Einmal war es Rabinowitz an einem solchen Morgen eingefallen, seine Töchter auf dem täglichen Schulweg zu begleiten, und es war unsagbar peinlich gewesen.

Die Kinder in Tauroggen aber sind an laut streitende Eltern offenbar gewöhnt, ja, sie haben die Chuzpe, den Streit komisch zu finden.

Sie gehen am Teich spielen, bis Jankele mit den Zweigen aus dem Wald zurückkommt, und dürfen das mittlerweile stabil errichtete Gerüst mit den Zweigen bestecken. Dann gehen sie an den Fluss und schneiden Weidenzweige für den Lulaw, den Pflanzenstrauß, den sie mit drei Myrtenzweigen und einem Dattelpalmenzweig zu einem Strauß binden.

Eine Woche wird sie neben dem Lulaw vor der Hütte stehen, dieses exotische Gewächs, das von Griechenland seinen Weg über Odessa nach Tauroggen gefunden hat und bis zum Sukkot in einer kostbaren silbernen Schale verwahrt wird. Am Abend sitzen alle in der duftenden Hütte unter Tannen- und Birkenzweigen, und zwischen den Zweigen können sie in der Nacht die Sterne sehen, und das Haus ist abgesperrt und darf nur zum Kochen betreten werden.

Die Männer kommen vom Gottesdienst zurück mit Weidenzweigen, und am siebten Tag, dem großen Fest, gibt es mit den Zweigen in der Rechten und der großen gelben Cedratzitrone in der Linken einen großen Umzug. Siebenmal ziehen sie tanzend und lachend um die Synagoge, rufen »Hosanna«, klopfen mit den Weidenzweigen auf die Erde und beten für Regen und eine gute Ernte. Musiker begleiten sie mit immer schnelleren Weisen, und dann dürfen die Kinder an der Etrog, der großen Zitrone, riechen. Sie duftet köstlich.

Spät in der Nacht versiegt das Gekicher und Geplapper der Kinder in der Laubhütte. Rabinowitz kommt und streicht seiner Tochter über das Haar. Gute Nacht, Sorele, gute Nacht, ihr Kinderlach.

- Erzähl uns eine Geschichte, Tate.

Schefer überlegt einen Augenblick, dann beginnt er.
Alexander war ein König, den wir den Großen nennen,

weil er sich alle Länder unterwarf. So kam er bis zum Paradies, aber dort wurde er nicht eingelassen.

- Öffnet mir die Tür, forderte Alexander.
- Dies ist das Tor zu Gott, sagte man ihm von der anderen Seite.

Alexander war nicht unbescheiden. Aber fand sich würdig genug, um zu erbitten ein Zeichen, dass er bis zum Tor des Paradieses gelangt sei.

Da wurde ihm die Figur eines Auges zugeworfen.

- Was ist die Figur eines Auges, Tate?
- Das ist wie deine Puppe, Sorele, sie ist die Figur eines Kindes.

Als Alexander in seinen Palast zurückkehrte, ließ er Weise zu sich rufen und zeigte ihnen das Auge und fragte sie, welche Bewandtnis es damit habe.

Die Weisen beratschlagten und rieten dem König, er solle das Auge auf die Schale einer Waage legen, um sein Gewicht zu kennen.

Da wurde Alexander böse und sagte: Die Figur ist sehr klein, sie wird nicht schwerer sein als ein halber Schekel.

Aber die Weisen bestanden auf ihrem Vorschlag und empfahlen, das Auge auf die eine und den goldenen Schekel auf die andere Waagschale zu legen. Dann werde der hochehrwürdige König sehen, wer wen überwiege.

Da ließ Alexander eine Waage holen und legte die Figur des Auges auf die eine und den Schekel auf die andere Schale. Und die Figur des Auges überwog den Schekel. Der König legte hinzu einen weiteren Schekel, aber die Waagschale mit dem Auge blieb unten. Der König, erstaunt und verärgert, legte so viele Schekel hinzu, wie auf die Schale passten, aber die Waage rührte sich nicht. Unverändert blieb die Schale mit dem Auge unten. Da sprachen die Weisen:

- Oh König, selbst wenn du alle deine Goldschätze, deine prächtigen Wagen und Rüstungen, deine Paläste auf die Waagschale legtest, wird das Auge sie stets überwiegen. Da staunte der König und sagte: Erklärt mir doch, ihr Weisen, wie dies kommt.
Sonja meint, sie wüsste, warum.
- Du Naseweis.
- Weil das Auge immer nach dem Gold schielt.
Rabinowitz drückt einen Kuss auf Sonjas Stirn.
- Genau so ist es, meine kluge Tochter. Die Weisen sagten: Es ist das Auge des Menschen, das niemals satt wird. Stets verlangt es nach irdischen Gütern, nach Gold und Silber und immer mehr.
Aber der König wollte einen Beweis, dass es so ist. Da nahmen die Weisen etwas Erde und bedeckten damit das Auge, und was denkst du, was geschah, Sorele?
- Es ging nach oben.
- Richtig, es bekam seine natürliche Schwere. Und die Weisen sprachen zum König: Zeit seines Lebens kann der Mensch nicht genug bekommen. Stets strebt sein Sinn nach Gold. Sobald aber die Erde seinen Kopf bedeckt, hat jegliches Streben nach irdischen Gütern für ihn aufgehört.

Die Beamtin klapperte hörbar mit dem Schlüsselbund.
Sonja schreckte zusammen. Den Duft der Tavriger Sukka in der Nase, im Herzen die Stimme ihres Vaters, im Geist die Weisheit des Märchens, sah sie in ihre schreckliche kleine Zelle und schlich wortlos hinein wie ein geprügelter Hund. Sie sah so elend aus, dass die strenge Frau

aufmunternd sagte: »Heut gibt's Rübenpudding zum Nachtisch.«

Angewidert verzog Sonja das Gesicht. Die Beamtin zischte empört: »Andere stehen stundenlang Schlange, um auch nur zwei hutzelige Dotschen zu ergattern! Sie brauchen nur zu warten und bekommen alles gebracht.«

»Ich habe dafür gekämpft, dass niemand anstehen muss, deshalb bin ich hier«, sagte Sonja mit frisch erwachtem Kampfgeist, »es ist kein Schicksal, sondern ein von den Mächtigen gewollter Krieg, der uns in diese Lage gebracht hat, Frau Wachtmeister.«

»Unterlassen Sie Ihre sozialistischen Reden, sonst muss ich Sie melden.«

»Ja, ein Gespenst geht um in Europa, von dem man besser nicht spricht.«

Ein misstrauischer Blick traf Sonja, dann schloss sich die Tür hinter der Aufseherin.

Sonja trat vor das vergitterte Fenster. Der Abend kam so schnell. Dunkelheit hatte sich über die Stadt gesenkt, und die elektrische Lampe an der Decke wurde schon am Nachmittag abgestellt. Das Licht der Hoflaterne warf einen schwachen Schein auf die Wand über der Pritsche. Vielleicht reichte es aus, um ein wenig zu lesen.

Aber die Wörter verschwammen vor Sonjas Augen zu einem unverständlichen Buchstabengemenge, ihre Gedanken ließen sich nicht ablenken und wanderten wieder in die Vergangenheit.

Für Rebekkas Hochzeit darf Sonja mit der Mutter zum Schneider ins Nowe Miasto. Sie freut sich auf die Frage,

die sie immer in der Fretastraße stellt, vor dem erhabenen Bürgerhaus, das aussieht wie ein griechischer Tempel. In seiner Fassade kämpft Samson mit dem Löwen.
- Wer hat hier gelebt, Mamme?
- Das weißt du doch.
- Samson?
Cäcilia betrachtet ihre zehnjährige Tochter mit einem Seufzen und einem Lachen.
- Der Dichter Hoffmann.
- Hat er uns komische Namen gegeben?
- Uns nicht, aber unseren Vorfahren.
Sonja wartet gespannt, dass Mamme die Namen nennt. Sie tut es nicht immer. Heute offenbar nicht. Geldfisch, Brantwain, Zweyfuß. Die Kleine hüpft in Dreiecksprüngen über die kleinen Pflastersteine, sie sind der Fluss, in den sie nicht fallen darf, und singt. Dreibein, Alfabet, Kerschesaft ...
Die Mutter packt sie am Arm.
- Ein jüdisches Mädchen springt und singt nicht, schon gar keine albernen Namen. Hör sofort auf, Sarah, sonst gibt es kein Kleid zur Hochzeit.
Sonja schweigt erschrocken. Auch das Hüpfen lässt sie sein. Einen letzten scheuen Blick sendet sie hinauf zu dem spannenden Löwenkampf an der Fassade. Einmal hat Tate ihr eine Geschichte von Hoffmann vorgelesen über geheimnisvolle Galoschen, die jeden, der sie über seine Schuhe zog, in eine längst vergangene Zeit versetzte. Sonja ist fasziniert von Hoffmanns schnurrigen Geschichten, sie hat das gesamte Buch gelesen und ist bereit, dem Dichter die grausligen Namen zu verzeihen. Eigentlich, denkt sie, sind es ja nicht die Namen selbst, die sind sehr komisch, sondern die dumme Idee des preußischen Königs, den

Juden Namen zu geben. Immer wollen sie uns taufen, hat Elisa einmal wütend gesagt, taufen, bekehren, bekämpfen, uns anders haben, als wir sind, warum können sie uns nicht in Ruhe lassen, die Gojim. Es kann doch jeder nach seiner Façon selig sein, hatte der König das nicht selbst postuliert? Der Vater hatte gelacht und gesagt, Elsalein, zwischen dem, was ein König sagt, und was er tatsächlich meint, klafft ein Abgrund.

Hoffmann hat ihnen Namen gegeben ohne Zwangstaufe, denkt Sonja, sie können sie ablegen, wenn sie ihnen nicht gefallen. Tate hat seinen Namen auch geändert, der Name Raschkes hat den russischen Behörden offenbar nicht gefallen, da hat er sich Rabinowitz genannt, mit Zwang, aber ohne Taufe.

Sonja darf sich den Stoff selbst aussuchen und wählt einen weißen Kattun mit feinen grünen Streifen, zart wie Eichenlaub im Mai.

- Eine gute Wahl, Fräulein, befindet der Schneider, der mit seinem Maßband in seltsamsten Verrenkungen um sie herumturnt und dem Lehrmädchen Zahlen zuruft, die sie umständlich in ein großes schwarzes Buch einträgt. Er empfiehlt eine passende grüne Schärpe, die um die Taille geschlungen und am Rücken mit einer großen Schleife gebunden wird, und ein Kapotthütchen. Cäcilia genehmigt die Schleife, ist aber zu Sonjas Bedauern gegen das Hütchen. Schön gescheitelte offene Haare, aus dem Gesicht hochgesteckt mit einer Schleife seien der angemessene Schmuck für ein Mädchen.

- En passant, für die Frau Mutter hätte ich eine elegante cremefarbene Seide für ein Jupon à la mode, meint der Schneider, vielleicht mit einem feinen Spitzenkragen, beste Ware aus Brüssel.

Sonja spürt, wie die Mutter überlegt. Sie will ihr albernes Hüpfen wiedergutmachen und redet ihr eifrig zu, die cremefarbene Seide anzuschauen. Schließlich gehen Mutter und Tochter zufrieden nach Hause. Der Auftrag lautet auf ein festliches Seidenkleid, ärmellos mit Jäckchen, nach dem neuesten französischen Schnitt, und ein Mädchenkleid mit Schleife, Mutter-Töchter-Rabatt. Im Kaffeehaus bei der neuen Synagoge gönnen sie sich ein Stück Torte und eine Tasse Schokolade und schwatzen wie Freundinnen, aber Sonja wagt nicht zu fragen, warum ein jüdisches Mädchen nicht singen darf. Wenn sie im nächsten Jahr aufs Mädchengymnasium geht, wird sie doch Musikunterricht haben?

Rebekkas Hochzeit ist das Ereignis Tavrigs. Sonja hat den Eindruck, dass die ganze Stadt gekommen ist. Dicke Frauen stehen mit hochroten Köpfen in der Küche, formen Klöße groß wie Melonen in breiten Händen, füllen Pierogi mit Pilzen, es riecht nach gefillte Fisch, gebratenen Gänsen und Bigos. In den Terrinen schwimmen handtellergroße Fettaugen auf der roten Suppe.

Rebekka lässt sich nicht blicken, um die Warschauer Mischpoke zu begrüßen.

Sie hatte den ersten Weinkrampf wegen eines zu engen Kleides, dann einen Nervenzusammenbruch wegen des Schleiers, der ihr plötzlich nicht mehr gefiel, und auf dem Wagen, mit dem Jankele ihre Aussteuer zum Haus des Bräutigams fahren will mit ihr als Galionsfigur obenauf, will sie keinesfalls sitzen. Dreckig sei er, völlig verdreckt, eine Schande, und diese Schindmähren seien keine Pferde, sondern Esel. Der zweite Weinkrampf. Also steht Jankele und schmückt den Wagen, striegelt und bürstet zum hundertsten Mal die Schimmel, aber die sind jung, und daher nicht strahlend weiß wie das Brautkleid, sondern grau wie die wenigen Haare neben der Glatze des Onkel Benje, der gerade gut gelaunt vom Bahnhof kommt. Ganz offensichtlich hat er am Bahnhofsbuffet einige Wodka gekippt.

Aber irgendwann ist alles wunderbar, eine strahlende Braut im weißen Kleid mit besticktem Musselinschleier auf den sorgfältig gelockten braunen Haaren schlägt die Augen nieder beim Anblick ihres schüchternen Bräutigams, und sie versprechen dem Rabbiner, einander treu zu sein, zertreten ein Glas, das sich gottlob zertreten lässt, sonst hätte es Unglück gebracht. Unzählige Mazeltovs erklingen, ein Geiger und ein Klarinettist spielen wilde Rhythmen, nach denen alle Hand in Hand übermütig um das Brautpaar herumtanzen. Dann setzen sich alle an die lange Tafel auf dem Hof und essen.

Aber sie sind noch nicht bei den gebratenen Gänsen angelangt, deren Duft verführerisch aus der Küche über den Hof zieht, als ein Junge, erhitzt vom Lauf, hineinstürzt und dem Brautvater etwas ins Ohr flüstert. Er will nicht einmal ein Pierogi nehmen, gleich rennt er wieder fort.

Rebekkas Vater, rot im Gesicht vor Aufregung um seine Tochter, wird grün wie Gras. Hilfesuchend schaut er erst zu seinem Bruder Schefer, dann zu seinem Sohn. Jankele versteht. Ohne ein Wort rennt er hinaus, schließt das Hoftor, schafft Pferde und Wagen in die Scheune, verriegelt alles sorgfältig und lässt den bösartigen weißen Ganter aus dem Verschlag auf den Hof.

Schefer legt seine Arme um seine Frau und sagt leise: Geh nach oben, Cillaliebes. Verriegele die Türen hinter dir und den Töchtern. Es ist mal wieder so weit.

Mal wieder so weit. Was ist mal wieder so weit?, denkt Sonja. Aber nun kommen alle Frauen, die Kleinen auf dem Arm, die größeren Kinder treiben sie vor sich her wie eine Herde Gänse. Die Klappe zum Dachboden wird geöffnet, die Frauen und Kinder klettern in festlichen Kleidern und hochhackigen Schuhen mühsam die Leiter hinauf, ziehen sie zu sich nach oben, verschließen die Klappe, schieben einen schweren Schrank darauf. Die Braut weint. Kinder schreien, weinen, werden mit Marillenpierogi gestopft, alles muss vollkommen still sein. Tate, Tate, schreit Sonja, wo ist Tate.
Cäcilia beruhigt ihr Mädchen: Die Männer verstecken sich im Wald. Wenn die – wer sind die? Sonja hält das Schwesterchen Rochele an der klebrigen kleinen Tatze, das Cousinchen auf dem Arm. Zarte grüne Streifen zerlaufen in Knittern, cremefarbene Seide bräunt sich fleckig, eng drückt sich Sonja an die Mamme. Wenn die das Haus anstecken, kommen die Männer aus dem Wald und löschen. Wer sind die, warum wollen die das Haus anstecken? Psst. Sei ruhig, Sarah, sagt eine, kennt sie die Pogrome nicht, fragt eine andere, es klingt mitleidig und hämisch zugleich, und Cäcilia hebt den schönen Kopf über dem Brüsseler Spitzenkragen: Nein, Pogrome kennen meine Töchter nicht, kommt nach Warschau, da weht der Wind der Haskala.

Sonja findet eine Dachluke und beobachtet den Weg. Hitze flimmert über den Furchen wie Wasser. Von der Silhouette der Stadt nähert sich eine Staubwolke. Es sind Männer, einige zu Pferde, auf struppigen, mageren kleinen Pferdchen, keines sieht so gesund aus wie Jankeles glänzenden Füchse oder die fetten Grauen, deren Kraft nur Rebekka nicht sieht. Den Reitern folgen Frauen zu Fuß, rotbackige

Gesichter, blaue Augen, sie drängeln, als gebe es etwas umsonst.

Und es gibt umsonst. Sie schlagen gegen das Tor. Macht auf, Juden, wir wollen mitfeiern. Wir haben euch ein Schwein mitgebracht. Etwas wird über das Tor geschmissen und landet klatschend im Hof. Rebekka schluchzt laut auf und hält sich schnell den Mund zu. Wieder donnern Schläge gegen das Tor. Eurer Judenbraut haben wir auch was mitgebracht. Komm, Judenweib, hol dir dein Geschenk!

Die Frauen sitzen stumm, halten die Kinder fest und blicken einander nicht an vor Scham. Lass sie nicht hereinkommen, Gott, lass es nicht zu, bitte, betet Sonja.

Wieder knallt etwas auf den Hof, wütend zetert der Ganter und schlägt mit den Flügeln, dass es faucht. Keiner öffnet, da zerhauen sie das Tor mit kräftigen Axthieben. Einer steht da, Sonja sieht ihn genau: Groß ist er und dick, hat einen gutmütigen Bauernausdruck im Gesicht und schlägt gleichmütig und ohne Hast auf das Tor ein, als bereite er Feuerholz vor. Schließlich gibt es nach, und nun gibt es das Hochzeitsmahl für die ungeladenen Gäste. Tapfer zwickt der Ganter die Frauen in die Waden, aber der mutige Wächter wird eingefangen und elendig erdrosselt.

Die Frauen tragen Rebekkas Hochzeitsmahl heraus, zanken schrill um Brust und Keulen, während die Männer den Wodka suchen und dabei immer wütender werden, denn es ist kein Wodka da. Jankele und sein Vater haben Wein und Wodka eilig versteckt, aus Angst, es würde schlimmer, wenn die Horde sich auch noch betrinkt. Ein Fehler, wie sich herausstellen wird.

Atemlos sitzen die Frauen in der Hitze des Dachbodens, die unruhigen Säuglinge an bebenden Brüsten, einige halten den Kleinkindern Mund und Augen zu. Andere beten mit geschlossenen Augen, lautlos bewegen sie die Lippen. Brandgeruch. Eine Fackel wird in die Scheune geschleudert. Die Pferde wiehern ängstlich. Aber das Schrecklichste sind die Schreie, die sie nun hören, gellende, lang anhaltende Hilfeschreie zweier Menschen.

Die Frauen reißen die Augen auf und blicken einander entsetzt an. Wer ist in der Scheune?

Die Männer unten reiten auf ihren scheuenden Pferden auf dem engen Hof umher, gebärden sich wie die Kosaken und schlagen mit Peitschen und Stöcken auf alles ein, was sie treffen können. Blumentöpfe fallen von Fensterbrettern, Scheiben gehen zu Bruch, aus Säcken rieseln Getreidekörner in den Staub. Grölendes Gelächter, Hufgetrappel, Schnauben. Die Frauen sind mit ihren Schätzen beschäftigt, raffen Geschirr und Silberbestecke zusammen, machen sich mit Säcken vom Hof.

Sonja schleicht zur anderen Dachbodenluke trotz der Gebärden ihrer Mutter: Das ist nichts für kleine Mädchen.

Aus der Scheune züngeln gierig hohe Flammen, der heiße Sommerwind ist zum Komplizen der Mordbrenner geworden.

Nie wird Sonja den Anblick der brennenden Fackeln vergessen, die sich endlich aus dem brennenden Gefängnis befreien können. Nie wird sie die unmenschlichen Schreie vergessen, mit denen sie auf den Hof rennen. Und niemals wird Sonja die höhnischen Zurufe vergessen, mit denen sie bedacht werden: Hephep, da rennt die Unzucht! Brenn, Juda, brenn! Hephephep!

Sonja will in den Hof stürzen, den beiden helfen. Aber sie wird zurückgehalten. Wenn wir helfen, brennen wir alle.

Aber wir müssen doch etwas tun! Wir müssen sie retten! Wir müssen die Kinder retten. Sei endlich still.

Es sind die Pferde, die dem Pärchen, das sich heimlich nichtsahnend im Heu vergnügt hat, helfen. Sie wiehern schrill und galoppieren panisch aus der Scheune hinaus. Mit rauchendem Fell und angelegten Ohren rasen sie zwischen die Reiter. Es stinkt bestialisch nach versengten Schweifhaaren. Die Pferde drehen sich, steigen, Reiter stürzen, Hufeisen treffen auf Menschen, Wehrufe, Verwünschungen, Drohungen, dann sind plötzlich alle weg. Die menschlichen Fackeln erreichen ungehindert das Wasserfass und stürzen sich hinein. Es zischt und stinkt nach verbranntem Fleisch.

Die Männer stürzen aus dem Wald herbei, die Frauen schieben den Schrank zur Seite, öffnen die Dachluke und steigen schweigend hinunter.

Auf dem Hof liegt ein totes Schwein, seine blutigen Innereien hängen im Fenster. Die Scheune ist nicht zu retten, der Hochzeitswagen mit der Aussteuer dahin, die Heuvorräte für den Winter ebenso. Schweigend räumen alle auf. Die Braut wirft ihr Hochzeitskleid auf das Schwein, steht im Hemd, schneidet sich Strähne für Strähne die Haare ab und sieht ihren Bräutigam nicht an.

Am nächsten Tag bekommt Schefers Bruder eine Rechnung über entstandenen Schaden.
- Tate, Tate, warum? Die anderen haben doch den Schaden gemacht.
- Ja, Sorele.
- Aber das ist doch ungerecht!
- Viele Dinge auf der Welt sind nicht gerecht.
- Wo war die Polizei?

- Die war dabei, Sorele.
- Ich habe keine Polizisten gesehen.
- Die ziehen keine Uniformen an, wenn sie Juden angreifen.
- Warum wehren wir uns nicht?
- Es sind nicht alle so.
Das stimmt. Die Nachbarn kommen. Mit Tränen in den Augen streicheln sie die Braut, umarmen die Familie Rabinowitz, räumen das Schwein fort, schrubben den verunreinigten Platz, waschen das Fenster. Sie gehen fort und kommen nach zwei Stunden mit den beiden grauen Pferden am Halfter, zwei Gänsen und einem Teil des Silbers und Geschirrs zurück. Den tapferen alten Ganter will keiner essen. Die Kinder begraben ihn im Garten, sprechen ein Kiddush und ritzen in einen großen Stein: dem Helden Joshi.
Sonja streichelt über die elastischen weißen Federn des Ganters.
- Du warst mutig, Joshi. Warum sind die Menschen so feige?
- Dein Bruder ist auch mutig, sagt Jankele. Sonja denkt an Shmuel, an die Hausdurchsuchungen, an die Männer der Ochrana, die in Mänteln mit Pelzkragen vor ihrem Haus in Warschau patrouillierten. Ihr ist nicht so richtig klar, weshalb Shmuel nach Sibirien verbannt wurde.
- Er hat zum Kampf gegen die zaristischen Antisemiten aufgerufen, sagt Jankele. Wir sind nicht feige, aber wir müssen den richtigen Zeitpunkt abwarten.
- Ich find's feige, ihr seid in der Überzahl und wehrt euch nicht, sagt Sonja, die erfahren hat, dass von den 6.000 Einwohnern Tauroggens mehr als 3.000 jüdisch sind.
Jankele schüttelt entschieden den Kopf.

- Wir haben eine Verantwortung! Hätten sie die Kinder erschlagen sollen?
- Sie hätten die Lunte nur ins Haus statt in die Scheune zu werfen brauchen, und wir wären alle verbrannt. Wir hätten die Kinder besser im Wald beschützt, während die Männer kämpfen.

Jankele betrachtet seine Cousine, die schwarzen Augen, die so träumerisch, aber auch kämpferisch schauen können. Mit entschiedenem Gesichtsausdruck und dichten, böse zusammengezogenen Brauen verkündigt sie eine klügere Taktik.
- Eine Dummheit, statt Frauen und Kinder die Männer im Wald.

Gerade mal zehn und hat nicht unrecht, die Kleine.
- Wirst schon sehen, Sore, wir werden uns wehren. Aber das braucht eine Strategie. Wir wollen nicht alle nach Sibirien verbannt werden.

Sonja meint zornig, dass Jankele und die anderen Feiglinge diese Strategie studieren, während die Mutigen in Sibirien ausgepeitscht werden oder in den Gefängnissen verhungern.

Er habe Respekt vor Sonjas Bruder, meint Jankele, aber: Wer zu früh losschlägt, schadet der Bewegung.

Hatten sie zu früh losgeschlagen? Zu unüberlegt? Womöglich war der Beginn des Jahres 1918 noch nicht reif gewesen für den Generalstreik, der den Krieg beenden und den Umsturz einleiten sollte. Kriegsverdrossenheit brachte noch kein revolutionäres Bewusstsein hervor, das Meckern in den Schlangen vor den Geschäften gebar keine Marats, aus Plündern entwickelte sich kein Aufstand. Hätte sie sich rechtzeitig an Jankeles Worte erinnert! Hätte sie damals schon ... sie hätte es wissen müssen! Es war doch schon einmal schiefgegangen, vor zwölf Jahren. Hätte sie bloß ... hätte, hätte, hätte, äffte die Spinne höhnisch, die ihr Netz in der Zellenecke sorgfältig ausbesserte und die Fliege belauerte, die gegen das geschlossene Fenster brummte.

Sicherstellen, dass alle mitmachen, auch die nicht für euch sind und die nicht gegen euch sind. Zu früh sein bedeutet tot sein.

Sonja schlief nicht. Sie blickte in das Stückchen sternenlosen Himmel, der sich hinter dem Eisengitter abzeichnete, und dachte an Jankeles Brief, der sie fünf Jahre später erreichte, als sie sich auf ihr Abitur im Mädchengymnasium vorbereitete.

Liebe Cousine Sarah, stand darin, nun ist es so weit, und Du musst diesen Brief, den Dir ein vertrauter Genosse überbringt, sofort nach dem Lesen verbrennen. Wir Juden werden nicht länger vor Pogromen flüchten. Palästina ist was für Reaktionäre. Wir werden uns, unsere Familien und unser Land verteidigen, nicht nur mit unserer Klugheit, auch mit unseren Händen. Die Zeit der Ansiedlungsrayons wird bald vorbei sein, und unser Volk wird siedeln, wo es ihm gefällt. Wir nennen uns Bundisten. Im Geheimen haben wir einen jüdischen Arbeiterbund gegründet mit dem Ziel, eine sozialistische Welt zu erschaffen, ganz im Sinne von K. M. Aber wir sind auch Realisten: Wir haben Waffen besorgt und bilden uns darin aus, und beim nächsten Pogrom werden die Antisemiten und die Kosaken sehr dumm dreinschauen. Übrigens trainieren auch die Frauen. Ich konnte doch nicht auf mir sitzen lassen, dass mein Cousinchen mich für einen Feigling hält. Nun wünsch ich Dir ein erfolgreiches Abitur, und danach will ich Dich als Bundistin in unseren Reihen begrüßen. Ich frag Dich nicht, ob du mich heiraten willst, denn die freie Liebe unter Genossen ist ein erstrebenswerteres Ziel.

Er hatte mit Jakuw, nicht Jankele unterschrieben, er war 20 und volljährig geworden. Bei der Erinnerung an den Bund und die Zeile über die freie Liebe lächelte Sonja wehmütig.

Dann schlief sie ein.

2

»Wir müssen raus aus dieser Bruchbude!«
Fritzi war endlich zu Hause angekommen. Vom Gefängnis in der Au nach Freimann im Münchener Norden hinaus, erst mit der Tram, dann zu Fuß, brauchte sie fast zwei Stunden durch den sonntäglich stillen Abend. Fritzi hatte an diesem Abend vier Stunden gebraucht, denn sie war durch Giesing gelaufen. Das ›Glasscherbenviertel‹ hatte einen schlechten Ruf. Arbeiter wohnten hier, Handwerker, Fuhrleute mit Bettstellen für Tagelöhner, arme Menschen mit großen Familien in kellerlosen niedrigen Häusern mit kleinen Fenstern, feucht und dunkel. Menschen, denen vier Kriegsjahre hart zugesetzt hatten, die hungerten, froren, trauerten, tranken. Aber die auch wütend waren und durchschaut hatten, dass die Kriegsziele nicht ihre waren. Was kümmerte die Giesinger Näherin Elsass-Lothringen, das der bayerische König als Kriegsbeute erwartete? Was kümmerten den Tagelöhner die Golddukaten, die der König für jeden bayerischen Soldaten im preußischen Heer bekam?

Alle Räder stehen still, wenn dein starker Arm es will, summte Fritzi leise die alte Bundeshymne vor sich hin. Erst als sie sicher war, dass ihr kein Polizeispitzel folgte und niemand sie beobachtete, der sie hätte denunzieren können, hatte sie kleine unscheinbare Handzettel in Giesing ausgelegt.

›Von Frauen an die Frauen!‹, stand darauf. ›Wir wollen nicht länger zusehen, wie man unsere Männer und Söhne hinschlachtet! Wir wollen auch nicht länger dulden, dass sich die Väter unserer Kinder die Hände mit dem Blut ihrer Menschenbrüder beflecken müssen! Wir fordern Frieden! Frieden für alle!‹

Ein Druckergenosse der ›Münchener Post‹ hatte heimlich in der Nacht die Flugzettel gedruckt. Fritzi war besonders stolz auf die Formulierung ›Frieden für alle‹. Auch die Feinde, so hatte sie argumentiert, wollten Frieden, auch die französischen und englischen Frauen litten unter dem Krieg.

Wegen dieser Handzettel konnte die Polizei sie ins Gefängnis bringen. In eine Zelle neben Sonja. Das wäre fatal, weil sie der bewundernswerten Sozialdemokratin dann nicht mehr helfen konnte. Und sie musste die Genossin vieles fragen, sie hatte doch Erfahrung mit der russischen Revolution. Warum hatte Sonja so ausweichend geantwortet?

Fritzi hatte keine Angst. Sie vertraute darauf, dass sie schneller rennen konnte als diese schnauzbärtigen bayerischen Polizisten, die ihre riesigen Bierbäuche behäbig vor sich her trugen wie einen Schmuck. ›Gwampert‹, nannten die Bayern das, jede Barttracht hatte einen anderen Namen, und von beidem sprachen sie wie von Trophäen.

Fritzi hatte nach dem missglückten Streik das Bedürfnis, etwas zu tun. Vom Frieden träumen? Das war vorbei, sie mussten handeln. Für die kommende Woche hatte Felix Fechenbach, der inoffizielle Leiter der inoffiziellen Gruppe junger Sozialisten, einen Weckruf verfasst: ›Frauen und Mädchen! Weint nicht zu Hause: ›Wir wollen Frieden!‹– Schreit es hinaus! Dann wird Euch ein Echo der Frauen aller an dem großen Menschenschlachten beteiligten Länder antworten: ›Wir wollen Frieden!‹«

Eine Kollegin, die als Postbotin arbeitete, würde morgen in Schwabing die Flugblätter unter die Post mischen. Fritzi fand den Weckruf nicht so eindeutig. Die klaren Aufrufe des vergangenen Jahres hatten ihr besser gefallen. Felix war eher ein Dichter, er sah sehr gut aus, hatte große braune Augen und konnte wunderbare Gedichte schreiben, aber politisch war er ihr zu blumig.

Es gelang Fritzi, alle Flugzettel in Briefkästen einzuwerfen, auf Fensterbänke und Türschwellen zu legen, ohne Aufsehen zu erregen, und als sie endlich in die Freimanner Baracke mitten in die Diskussion zwischen ihrem Vater und ihrem Bruder stieß, war sie müde.

»Wir müssen raus aus dieser Bruchbude!«, wiederholte Peter.

»Wo willst du denn hin? Und wer soll das bezahlen?« Der Vater sah erschöpft aus. Er hatte eine Sonntagsschicht gefahren, zwölf Stunden Rohre auf Lafetten montiert in der Geschützfertigung, schwere Arbeit, die Kraft und Präzision in der riesigen, schlecht geheizten Halle erforderte.

»Peter hat recht«, unterstützte Fritzi ihren Bruder. »Krupp hat uns eine Arbeitersiedlung wie in Essen versprochen, mit Strom, fließend Wasser, Gärten und Geflügelställen hinter dem Haus! Stattdessen hausen wir seit zwei Jahren in diesen Bretterbaracken. Es ist unerträglich im Winter, wir wohnen in einem Raum, müssen uns das Klo mit zwanzig Leuten teilen, ich bin es leid.«

Der Vater erinnerte daran, dass sie Kohle umsonst bekamen.

»Ja, weil wir unendliche Mengen verbrennen, um die Bude auch nur halbwegs warm zu bekommen! Wenn wir in ein Steinhaus ziehen, brauchen wir nicht einmal die Hälfte ...«

»... die wir bezahlen müssten! Krupp wird die Siedlung bauen, er hat es versprochen. Der Zweck der Arbeit soll das Gemeinwohl sein ...«

»... dann bringt Arbeit Segen«, echoten Peter und Fritzi, die den Kruppschen Spruch schon hundertmal gehört hatten. Novacki warf seinen Kindern einen misstrauischen Blick zu und fuhr fort: »Krupp muss alles Kriegsnotwendige tun, das geht vor. Wenn der Krieg erst gewonnen ist ...«

Der Vater hustete. Es klang wie das heisere Bellen eines alten Kettenhundes und tat Fritzi weh. Peter tippte sich an die Stirn und sagte: »Gewonnen, ja! Von den Engländern gewonnen! Oder von den Russen!«

»Die Russen geben schon klein bei, euer sozialistischer Trotzki tritt uns gerade halb Russland ab«, erwiderte Novacki. »Wenn der Krieg aus ist, wird Krupp sein Versprechen halten.«

»Jaja, dein Krupp, der Retter der Menschheit!«, höhnte Peter. »Wenn der Krieg aus ist, baut er keine Siedlung mehr! Weißt du, was er dann tut? Er wird das Werk in Freimann schließen, weil keiner mehr die dicken Bertas und die Geschütze und all das Zeug brauchen wird. Entlassen wird er uns alle, und die Baracken abbauen! Auf der Straße werden wir stehen, und nach Essen können wir nicht zurück, da sind längst andere! Und wir können nichts dagegen tun, nichts.«

Fritzi betrachtete ihren Vater. Seit dem Tod der Mutter war er nicht mehr derselbe. Während Peters zorniger Tirade hatte er sich Schnaps ins Glas gegossen und in einem Schluck, wie Wasser, hinuntergekippt. Sein Gesicht war faltig und grau vor Erschöpfung, trüb wie Regenpfützen seine Augen, und von der Zukunft erwartete er nichts mehr. Novacki war mit neuem Mut nach München gegangen, fort aus der schädlichen Luft des Kohlepotts, fort von den ständig schwarzen Gardinen und Kleidern, die die Frauen wuschen und wuschen, ohne sie jemals sauber zu bekommen. Wegen der Frau und den Kindern war er nach Bayern gegangen, in der Hoffnung, es dort besser zu haben. Natürlich war es gut, nicht mehr untertage als Hauer mit Hammer und Meißel Kohleflöze zu schlagen, in der ständigen Angst vor Schlagwetter. Zum Steiger hatte er es nie gebracht, also lockte ihn das Kruppsche Angebot, auf Geschützfertigung umzuschulen und im neuen Werk in München zu arbeiten. Aber es war zu spät. Ungerecht und heimtückisch war das Schicksal, das ihm die Frau genommen hatte. *Er hätte an der Staublunge sterben müssen, nicht die Frau.* Hart hatte auch sie gearbeitet, im Haus, im Garten und in einer Wäscherei. Sie war den schlimmen Husten nicht mehr losgeworden, auch in Bayerns reiner Luft nicht. Ihre Lunge war voller Gift von den Kokereidämpfen, die von der Zeche Zollverein unablässig herüberwehten. Monate war sie dahingesiecht, bis der Tod gnädig seine dürre Hand über ihre Augen gelegt hatte. 35 Jahre, und schon dahin.

»Die Metallgewerkschaft ist stark, wir werden unsere Arbeitsplätze auch in Friedenszeiten behalten«, sagte Novacki. Peter lachte auf.

»Meinst du etwa deine Gewerkschaft, die bei der Kriegserklärung ›Bange machen gilt nicht‹ gebrüllt hat?«

Aber Novacki hatte keine Lust, länger mit seinem aufmüpfigen Sohn zu streiten. Er wandte sich seiner Tochter zu.

»Wo warst du?«

Fritzi erzählte von Sonja Lerch, die sie im Gefängnis am Neudeck besucht hatte.

»Ha! Die russische Steppenfurie!«, schrie Peter, aber der Vater fuhr ihm über den Mund: »Du bist ruhig!«

An Fritzi gewandt, sagte er ernst: »Hör zu, Mädchen, das ist kein Umgang für dich. Dieser Eisner, das ist ein Zeitungsschreiber, der kann Meinung machen, das ist ein Intellektueller, keiner von uns Arbeitern, der kann leicht zum Streik aufhetzen. Der und diese Russin haben uns beinahe ins Elend gebracht.«

»Vier von uns sind ausgesperrt worden, zehn entlassen, und zwanzig haben sie zur Strafe an die Front geschickt«, ergänzte Peter.

»Ihr habt die Hosen voll, ihr und eure lächerliche Metallarbeitergewerkschaft!«, rief Fritzi. »Ihr seid ja schuld, dass diese Leute im Gefängnis sitzen! Wir waren mehr als 8.000 Arbeiter! Wärt ihr solidarisch gewesen ...«

»... hätten wir jetzt Bürgerkrieg!«, sagte Novacki, von Husten unterbrochen, »das kann doch keiner ernsthaft wollen! Friederike, lass die Finger davon, du bist ein Mädchen. Heirate einen anständigen Arbeiter, der eine Familie ernähren kann, und misch dich nicht in die Politik ein, das steht Frauen nicht zu!«

Fritzi betrachtete ihren Vater. Hatte sie richtig gehört? Was redete er da?

Sie arbeiteten alle drei, und es reichte gerade zum Leben. Kein Arbeiter konnte Frau und Kinder ernähren. Daher gab es ja die Kruppschen Kinderkrippen, die angeblich vorbildliche Sozialfürsorge: doch nur, damit alle Familienmitglieder in den Werken arbeiten konnten, sogar die Kinder, schon mit acht oder neun Jahren, wenn der Verdienst der Armutslöhner nicht ausreichte. Und er reichte nie aus, denn mit der Kopplung des Wochenlohns an den Kohlepreis, unberechenbaren Abzügen bei geringeren Fördermengen und plötzlichen Teuerungswellen bei Lebensmitteln war an jedem Freitag Schicht im Schacht. Arbeit ein Gebet. Das Gemisch aus Ungleichheit und zu niedrigen Löhnen war ebenso giftig wie die Dämpfe, die den Schächten entstiegen.

»Das sind bürgerliche Fantastereien, Papa«, erwiderte Fritzi sanft. »Wen soll ich heiraten? Wer könnte mich ernähren, wie du sagst, mich, eine Arbeiterin?«

»Der Wastl! Der ist total versessen auf dich!«, spottete Peter. Mit dem Kollegen aus der benachbarten Baracke pflegte er am Samstagabend eine Maß zu leeren.

»Hat der die Frau Doktor eine russische Steppenfurie genannt?«

»So nennen sie doch alle! Ein grässliches Mannweib, redet von nichts anderem als ihrem Freund Trotzki!«

Fritzi mutmaßte, dass Peter keine einzige Rede der Genossin gehört habe. Sie stritten heftig.

Novacki schüttelte den Kopf und betrachtete seine missratenen Kinder. Er fühlte sich zu schwach, den Sohn zu schlagen, um ihm zu zeigen, wer Herr im Haus war, und diese Rotzgöre von Tochter einzusperren, bis sie Vernunft annahm. Der Krieg, der Vater aller Dinge! Dieser verdammte Krieg hatte jegliche Ehre und Moral verdorben. Die Weiber waren frech und ordinär geworden, weil sie Männerarbeit verrichteten, und die jungen Burschen gingen stenzen und hielten sich für tolle Hechte, dabei waren sie erbärmliche Feiglinge.

»Der Krieg könnte längst gewonnen sein, wenn es nicht so viele Taugenichtse und Drückeberger gäbe wie dich«, sagte er erbost.

Bruder und Schwester wechselten Blicke und schwiegen.

»Ich kann mich freiwillig melden, wenn du es willst«, sagte Peter tonlos. »Ich hab mich nicht aus Feigheit gedrückt, sondern wegen Mutter.«

Novacki kippte noch einen Schnaps hinunter.

»Ruhe jetzt, meine Schicht beginnt um vier Uhr früh«, erklärte er, streifte seine Hose ab und ließ sich ungewaschen und im Hemd auf sein zerwühltes Lager fallen.

»Fräulein, morgen ist die Stube ausgekehrt und mein Bett gelüftet, haben wir uns verstanden!«

Novacki drehte sein Gesicht zur Wand und starrte auf die Maserung der groben Fichtenbretter. Er hatte alles falsch gemacht, wie sein Großvater. Auf verlockende Angebote waren sie hereingefallen. Das erste hatte Großvater Novacki aus Masuren nach Westfalen gelockt, das letzte ihn nach Bayern. Goldene Berge hatten sie ihnen versprochen, vor fünfzig Jahren ebenso wie vor drei Jahren. Ein Paradies, hatte es geheißen, Spitzenverdienst, konzerneigene Siedlung mit komfortablen Wohnungen, Seen, Berge, alles billiger als die teuren Preise im Revier. Da war es auch mal billig gewesen, bevor die Schächte abgeteuft waren und Tausende von Kumpels mit ihren Familien versorgt werden wollten. Die westfälischen Bauern hatten sich das Geschäft nicht entgehen lassen, und ein Heer von Zwischenhändlern erst recht nicht. Die kleinen Krautgärten hinter den Siedlungen hatten wenig gebracht. Von dem selbst gezogenen Gemüse hinter den Häusern wurden viele krank, und die Ärzte warnten davor, die kleinen Kinder damit zu füttern.

Nun hatte er die Frau verloren. Noch einmal würde er nicht heiraten, von der Zukunft hatte Novacki nichts zu erwarten. Den Kindern gehörte die Welt, aber er hatte sie ins Elend geführt, kein Wunder, wenn sie Taugenichtse wurden.

Novacki schluckte und ballte die Fäuste unter der schäbigen Decke. Da spürte er eine Hand an seiner Wange, sachte wie ein Vogelflügel.

»Schlaf gut, Papa.« Fritzi ging in die Küche und bemühte sich, den Abwasch so leise wie möglich zu erledigen.

3

›Ich liebe Dich‹, schrieb Sonja mit großen Buchstaben über die ganze Seite. Sie mussten doch einander gut sein, gerade jetzt, sie brauchte ihn, die Einsamkeit in dieser Zelle war unerträglich. Das Licht der Straßenlaterne am Abend reichte nicht für Victor Hugo oder Puschkin, quälend lang hatte die Nacht sich hingezogen, bis sie in einen unruhigen Schlaf gefallen war, aus dem sie erst schlotternd vor Kälte, dann mit rasendem Herzen erwacht war. Sie hatte das bittere heiße Getränk zu sich genommen, die Scheibe Brot zur Seite gestellt.

Ihm schreiben, aber wie? Sinnlos lasen sich die Wörter, leer, papieren. Aber diese drei Worte, uralt, abgedroschen, phrasenhaft, drückten ihre grenzenlose Sehnsucht aus. Ohne nachzudenken, malte sie an den Buchstaben herum, gab ihnen eine Hohlform, schraffierte Schatten und merkte während des trostlosen Kritzelns plötzlich, dass die Sache Gestalt angenommen hatte. Wie in der Schule damals, dachte sie, begann an der rechten Seite und schrieb ihr Liebesgeständnis auf Jiddisch darunter, und nun noch einmal auf Russisch, in den schönen kyrillischen Lettern, die sie liebte, die wohllautende vokalreiche Sprache, und wenn es hundertmal die Sprache der Besatzer, Antisemiten und Schwarzhunderter war.

Sorgfältig malte sie, schraffierte Schatten hinter die Lettern, wie albern war das, aber es lenkte ab, was sollte sie sonst tun. Aber plötzlich hatte sie eine Idee.

Sie griff nach dem zweiten Blatt Papier, überlegte einen Moment, dann schrieb sie in ihrer sorgfältigsten Schrift: ›Verehrter Herr Professor!‹

Sie überlegte wieder.

›Erschrecken Sie nicht, dass ich an Sie schreibe. Ich kenne niemanden außer Ihnen, von dem ich meine, dass er Mut haben wird, meinem Mann gut zu bleiben wie vorher ...‹

»Besuch.«

Wieder diese Aufregung, dieser Schweißausbruch, wieder die Hoffnung, es wird Henryk sein, wer auch sonst, Genjuscha, ihr Mann, endlich! Er wird sie inzwischen genauso vermissen wie sie ihn. Haare kämmen, Kragen richten, Händezittern. Sonja nahm das Blatt Papier und rollte es zusammen.

»Was ist das?«

»Ein Brief für meinen Mann.«

»Zeigen Sie her.«

Es war Sonja peinlich, aber die Schamgrenze wurde ja an diesem scheußlichen Ort ständig überschritten. Jeder konnte ihre Zelle durchwühlen, jederzeit, ein Intimbereich existierte so wenig wie eine sinnvolle Beschäftigung, das war das Entsetzlichste von allem. Hunger und Kälte, Schmerzen, Folter und Grausamkeiten konnte sie erdulden, aber die Überwachung bis zur seelischen Nacktheit war demütigend, die Verdammung zum Nichtstun schikanös. All das peinigte ihren Verstand, ließ sie gegen Wände anrasen bis zur blutigen Selbstaufgabe.

Die Aufseherin vermutete einen geheimen Code.

»Sie dürfen das nicht übergeben«, sagte sie sachlich.

Sonja war es gleichgültig. Was brauchte sie das alberne Gekritzel! Wenn sie ihn nur sehen durfte, dann konnte sie ihm sagen, wie sehr sie ihn liebte!

»Konfiszieren Sie den Zettel«, schlug sie vor. Für die Aufseherin klang es wie eine Provokation.
»Ich kann Ihnen wegen ungebührlichen Verhaltens die Besuchszeiten streichen«, erklärte sie giftig. Sonja starrte sie an. Bloß das nicht! Genjuscha nicht sehen! Das würde sie nicht ertragen.
Sie entschuldigte sich, es sei nicht so gemeint gewesen. Dies sei ein Liebesbrief, das sehe die Frau Wachtmeisterin doch, nur ein Liebesbrief, ein Gekritzel, nichts weiter.
Es seien Hieroglyphen, meinte diese misstrauisch, eine Geheimschrift.
Ja, eine Anleitung zum Bombenbauen, Schlüsselrasslerin, dachte Sonja, aber sie biss sich schnell auf die Lippen. Ironische Bemerkungen verstand in Bayern keiner, hatte sie festgestellt, und im Gefängnis am allerwenigsten. Klar, wer Streiks anzettelte, baute auch Bomben, das lief in den Köpfen ab. Aus Pazifismus das Kriegsende einleiten? Unvorstellbar in diesen verhetzten Gehirnen, unvorstellbar, dass der Krieg gewalttätiger war als jedes Attentat. Unweigerlich würde die Schlüsselrasslerin sie wieder in ihre Zelle führen wie ein ungehorsames Kind, den Zettel zur Direktion tragen, und sie hätte ein zusätzliches Verfahren am Hals wegen Vorbereitung eines Anschlags.
Sonja erklärte so höflich und demütig sie konnte, dass eine Schrift Jiddisch, die andere Russisch sei, Bedeutung dasselbe wie auf Deutsch.
»Schon recht. Kommen Sie.«
Sonjas Herz gebärdete sich wie ein wild gewordener Specht in seiner Baumhöhle.
Umso größer war die Desillusion, als sie hinter dem Besuchertisch wieder nicht Henryk sah, sondern die

Novacki, mit gestärkter Schürze und frisch gewaschenem Kopftuch, Knicks vor der Wärterin.

»Ich bring Ihnen wieder frische Wäsche, Frau Doktor.« Knicks.

»Danke.«

Sonja fiel nichts ein, was sie die Kleine fragen konnte. Aber Fritzi war der Schatten der Enttäuschung, der über das Gesicht der Gefangenen flog, nicht entgangen. Sie erzählte von den Bayerischen Geschützwerken, von der Arbeit dort, von den Kolleginnen, senkte die Stimme bei dem Namen ›Fechenbach‹, und da verstand Sonja erst, dass die Novacki nicht naiv drauflos plauderte, sondern ihr verdeckt etwas hatte mitteilen wollen. Nun hatte sie nicht aufgepasst! Was war mit Felix Fechenbach? Sie mochte den jungen Genossen sehr, er war gewandt, unbestechlich, intelligent, dabei auch ein charmanter Bursche. Sollten sie dieses Land endlich in eine Republik mit einer Verfassung revolutionieren, dann hätte Felix eine große politische Karriere vor sich … Fragend sah sie die Novacki an. Zu spät.

»Ist es schwer, so viele Jahre zur Schule zu gehen?«, wechselte Fritzi das Thema mit Blick auf den Beamten, der in ihre Richtung schritt. Eigentlich hatte sie fragen wollen, ob es schwer sei, Menschen für eine Sache zu begeistern, und wie sie es anstellen solle.

»Kommt darauf an, Knickserin«, erwiderte Sonja, »meinst du, weil es so lange dauert oder weil du viel lernen musst?«

»Ich stelle es mir schwer vor, dieses ganze Wissen aufzunehmen«, meinte die Novacki, »muss man dafür nicht sehr klug sein, so wie Sie, Frau Doktor?«

»Du sollst mich nicht Frau Doktor nennen.«

Die Novacki lächelte nur. Ihre Augen waren grün, stellte Sonja überrascht fest, wunderschöne grüne Augen. Ihr Gesicht war nicht unscheinbar, sondern sie selbst machte es dazu, mit ihrem streng im Nacken gebundenen grauen Kattuntuch, das einmal weiß gewesen sein mochte. Es verdeckte die halbe Stirn und ließ weder Ohren noch Haare sehen.

»Niemand wird dumm geboren«, sagte Sonja überzeugt. Die Kleine machte runde Augen.

»Aber ihr seid viel klüger ...«

»Ihr?« Sonja verstand nicht.

Die Novacki holte tief Luft. »Also, die Juden meine ich, die sind viel klüger, sogar die Mädchen gehen aufs Gymnasium, und jetzt sogar zur Universität, das darf von uns keiner.«

Sonja sah die Arbeiterin erstaunt an.

»An wen denkst du, Knickserin? An die Rabbiner? An die Rothschilds, Mendelssohn, die Oppenheims?«

Fritzi nickte. Sie wusste nicht, was ein Rabbiner war, aber die Familiennamen kannte sie, so wie sie auch Krupp und Thyssen kannte.

»Das sind die Männer. Fast die Hälfte aller jüdischen Frauen im Zarenreich sind Analphabetinnen. Dabei sind die meisten schon immer ökonomisch aktiv gewesen!«

Sonja sah Fritzis irritierten Blick und erläuterte: »Sie haben Geschäfte! Entweder betreiben sie selbst eine Nähstube, eine Wäscherei oder einen Laden, oder sie arbeiten als Näherinnen, Wäscherinnen oder Verkäuferinnen.«

»Aber da müssen sie doch rechnen und schreiben können!«, wandte Fritzi ein.

»Genau! Das bisschen erledigte die Ehefrau des Lehrers, der die Jungs im Cheder unterrichtete. Immer gerade so viel wie nötig, um einen Geschäftsbrief zu schreiben, die Ware zu addieren oder zu subtrahieren, den Wochenbericht für den Chef zu schreiben. Es wurde gelehrt, was den Herren nützlich war, nie bekamen die Frauen einen Überblick, verstehst du?«

Fritzi verstand. Aber diese jüdischen Frauen schienen mehr Freiheiten zu haben als die deutschen Proletarierfrauen. Die hatten zwar alle die Volksschule besucht, aber danach sollten sie Hauswirtschaft lernen und heiraten, und genau das erwartete ihr Vater auch von ihr.

»Die jüdische Frau ernährt durch ihre Geschäfte ihre Familie, damit der Mann ungestört die Tora studieren kann«, erklärte Sonja. Wieder bekam die Novacki runde Augen. Das klang anstrengend.

»Ist es auch«, bestätigte Sonja, »aber es hat zu großer Selbstständigkeit geführt. Meine Mamme ...« Sonja brach plötzlich ab.

Da steht die schöne Cäcilia, das lange, schmale Gesicht ist tränenüberströmt.

- Ich geh wieder zurück nach Oshmene.

Stumm und verstört drücken die Schwestern sich fort. Sie begreifen nicht, warum Mamme sie verlassen will. Auch Sonja hat die Mutter noch nie weinen sehen. Warum will sie zurück in ihr armseliges Schtedl, das die Hälfte des Jahres im Schlamm versinkt, wo ein paar armselige Jiddn vor sich hin wirtschaften auf ihren Krautäckern? Was kann so schlimm sein, dass sich eine Frau dorthin zurücksehnt, in diese gottverlassene Gegend, wo die Armut regiert mit ihrer Hungerarmee, tödlicher und hinterhältiger als der Zar und seine gesamten Kosaken zusammen?

- Ich kann nicht mehr, weint Cäcilia, ich weiß nicht, wo ich das Schulgeld für euch hernehmen soll und wovon die Miete bezahlen, nicht mal die Hirse fürs Frühstück ... Wir haben nichts mehr, und ich weiß nicht, woher ich es noch heranschaffen soll.

Sonja ist erschrocken, nie hat sie darüber nachgedacht, woher das Geld für die Familie kommt. Zum ersten Mal sieht sie, dass ihre schöne Mamme nicht mehr schlank ist, sondern abgemagert, dass sie graue Ringe unter den Augen hat, und durch ihre prächtigen schwarzen Haare, die sie elegant zu einer Rolle im Nacken einschlägt und feststeckt, ziehen sich silberne Strähnen. Tate arbeitet ständig, ja, er ist derart überarbeitet, dass er über seinen Büchern am Schreibtisch einschläft.

Nun erfährt Sonja, dass die Tantiemen seit einem Jahr nicht mehr kommen, und vorher auch nur sehr unregelmäßig, und dass vorwiegend die Geldsendungen von Shmuel aus Pinsk, der dort nach der Verbannung eine gute Stellung bei einer Bank bekommen hat, die Familie ernähren. Warum kümmert Tate sich nicht um das Geld, das ihm zusteht? Er kann es nicht, er ist zu klug, um geschäftstüchtig zu sein.

Sonja wird es ihm sagen, und er wird mit dem Verlag sprechen. Aber nun weint Mamme nicht mehr, sondern zischt sie böse an, dass sie alles tun könne, bloß nicht den Vater mit diesen Alltagsdingen belästigen.

- Soll er die Alltagsdinge erst merken, wenn du fort bist in Oshmene?

Da weint die schöne Cäcilia wieder, und Sonja nimmt sie in die Arme und wiegt ihre Mutter wie ein Kind und

verspricht ihr, morgen die Stellung als Lehrerin anzutreten und nicht ins Ausland an die Universität zu gehen. Was muss sie im Ausland studieren, Unsinn ist das, sie hat doch das Lehrerinnenexamen bestanden, und sie weinen gemeinsam über diese albernen Jungmädchenideen. *Godek, godek*, gut bezahlte Stellung, summt Sonja unter Tränen, und am Nachmittag kann sie private Stunden geben.
- *As a man is zu gut far de welt, is er schlecht far sajn wajb*, schluchzt die Mamme. Und Sonja wiegt und weint und wiegt das Mamme-Kind, bloß den Tate bei seinen Studien nicht durch den Alltag stören.

»Viele russische Frauen haben sich ihr Auslandsstudium erkämpft, manche sind sogar von zu Hause geflohen, bevor man sie verheiratete. In jüdischen Familien werden Kinder früh verheiratet. In Russland haben die Mädchen keine Chance, an einer Universität zu Lernen geschweige denn zu lehren.«

Vor allem jüdische Mädchen, fügt sie in Gedanken hinzu.

Die kleine Schwester Rachel kommt nach Hause, die Eltern sind nicht da, Sonja kocht heute. Eine Stunde früher kommt Rachel und weint, will gar nicht wieder aufhören zu weinen.
- Ich geh nie wieder in die Schule, nie wieder!
- Was ist geschehen, Rochele?
- Nie wieder! Die sind alle doof, ich hasse sie, und die mich auch. Ich geh da nie wieder hin.
- Rokhel, wir müssen alle zur Schule gehen, um zu lernen.

Die kleine Schwester schnieft, gelber Rotz läuft ihr aus der Nase, die Wangen sind verschmiert. Sonja holt einen Waschlappen und wischt der Kleinen sorgfältig über das

Gesicht, aber die Tränen kann sie nicht wegwischen, sie fließen unaufhörlich, und immer wieder schluchzt Rachel, dass sie nicht mehr zur Schule gehen wird, nie wieder.

Endlich, nach einem Glas Limonade, die es eigentlich nur am Schabbes gibt, erzählt Rachel. Die Lehrerin hat ein Mädchen zur Aufsicht bestimmt, nicht etwa die beste Schülerin, sondern die Größte, die sich am besten durchsetzen kann, die Blonde mit den weißen Schleifen in den Zöpfen. Sie soll aufpassen, während die Lehrerin zur Rektorin muss. Die Rechenaufgaben hatte sie vorher an die Tafel geschrieben, und die Klasse soll die Aufgaben abschreiben und lösen.

- Ich habe nicht abgeschrieben, weint Rachel.
- Natürlich nicht, Rochele, beruhigt Sonja die kleine Schwester, da würdest du ja nichts lernen.
- Ich kann die Aufgaben! Ich habe sie nicht alle erst abgeschrieben, wie wir sollten, sondern während ich sie abgeschrieben habe, hab ich sie ausgerechnet, und dann hab ich das Ergebnis gleich dahintergeschrieben.
- Das ist doch gut, Rochele, wenn du so schnell rechnest.

Rachel sieht sie an, schnieft und sagt leise: Aber das durfte ich nicht.
- Warum nicht?
- Weil die Lehrerin gesagt hat, dass wir erst alle Aufgaben abschreiben sollen.
- Na gut, du hast es eben anders gemacht. Es kommt doch auf das richtige Ergebnis an.
- Nein! Die meschuggene Nadja hat gesagt, ich muss es genau so machen, wie die Lehrerin befohlen hat, und dann hat sie mir das Heft weggenommen.

Das findet Sonja ein starkes Stück. Sie will wissen, wie die Lehrerin das fand.

- Weiß ich nicht.
- Weißt du nicht? Wieso?
Wieder herzzerreißendes Schluchzen.
- Ich hab die doofe Nadja geschlagen, weil ich mein Heft zurückwollte.
- Oje, Rochele, Schlagen ist nie gut. Mit Schlägen setzt du dich ins Unrecht.
- Aber die hat mich Zydowska genannt!
Sonja zieht Rachel auf den Schoß und streicht ihr übers wirre Haar.
- Ich bin keine Zydowska, weint Rachel.
Da fasst Sonja die kleine Schwester an den Schultern und schiebt sie ein Stück von sich, damit sie ihr in die Augen sehen kann.
- Doch, Rachel, du bist eine Zydowska. Wir sind alle Zydowski, Tate ist Rabbiner und Gelehrter, und wir sind stolz darauf, jüdisch zu sein. Du bist eine Jüdin, und Zydowska ist kein Schimpfwort. Du kannst die Rechenaufgaben so lösen, wie du es dir überlegt hast. Sei stolz darauf, jüdisch zu sein.
Rachel ist nicht überzeugt.
- Kann ich besser rechnen, weil ich eine Zydowska bin?

Die Novacki lachte herzlich.
»Das hat Ihre Schwester getröstet«, stellte sie fest.
»Die jüdische Tradition stellt die Klugheit über die Tapferkeit«, meinte Sonja.
»Alle Menschen sollten die Schulen besuchen. Eine gute Bildung schützt vor Ausbeutung, leider nicht vor Diskriminierung.«

»Das werden wir ändern in unserer neuen sozialistischen Republik«, flüsterte Fritzi.
»Jeder soll studieren können, der Grips im Kopf hat, nicht nur, wer von Adel ist oder sonst wie privilegiert. Und die Frauen erst recht. Außerdem darfst du seit zehn Jahren Abitur machen, Knickserin, du bist doch aus Preußen.«
»Ja, ich weiß, aber es geht nicht um die Gerechtigkeit, Frau Doktor. Ich meine, wir Arbeiter sind wirklich dumm, wir sind nur fünf, sechs Jahre zur Schule gegangen, was haben wir schon gelernt? Schreiben, Lesen, Rechnen, den Katechismus, Gedichte. Das Abitur bestehen? Trau ich mir nicht zu.«
»Wenn du länger zur Schule gehst, lernst du lernen«, erwiderte Sonja. »Eine gute Schule lässt dich nicht auswendig lernen, sondern gibt dir das Zeug zum Lernen, wie dem Schreiner den Hobel.«
»Haben Sie so unterrichtet?«, fragte die Novacki gespannt.
»Natürlich.«

Sonja steht vor der Klasse, ihr erster Unterrichtstag in Warschau. Zwanzig Augenpaare sehen sie an, in ihnen liegen Erwartung, Neugier, aber auch Langeweile. In einigen Gesichtern sieht sie prüfende Blicke: Eine falsche Reaktion, und die Schülerinnen werden sie gnadenlos fertigmachen, hin ist der Respekt. Jede kommt aus einem gut situierten Elternhaus, in dem Bildung einen Wert darstellt, sonst wären diese Mädchen nicht aufs Mädchengymnasium geschickt worden. Es ist das Gymnasium, in dem auch Rosa Luxemburg Abitur machte, und mittlerweile

ist Sonja stolz darauf, an dieser Schule eine für Frauen gut bezahlte Stelle bekommen zu haben. Wenn nur diese Schülerinnen nicht wären ... ob die überhaupt lernen wollen? Ist diese da faul, jene mit den Zöpfen dumm? Will das Dickerchen in der ersten Reihe nur ein wenig Bildung für die Konversation mit einem Offizier, oder hat sie den brennenden Ehrgeiz, Ärztin zu werden? Werden die sie alle respektieren, ihre jüdische Lehrerin, oder ist sie hier auch nur eine Zydowska?
Sonja holt tief Luft.
- Bonjour Mesdemoiselles.
So beginnt ihr erster Tag, und schon nach dem ersten Monat weiß Sonja, dass sie nicht Lehrerin sein will. Sie wird unterrichten, um das Einkommen der Familie zu sichern. Aber sie hasst es, sie hasst das Gekicher, das Haargeziepe, das Mädchengetue, jede Modezeitschrift ist wichtiger als ihr Unterricht. Noch mehr aber hasst sie die süffisanten Blicke der männlichen Kollegen, den Samowartratsch im Lehrerzimmer, das Geschwätz, das bei ihrem Eintreten verstummt.

»Ich stelle es mir schön vor, Kindern etwas beizubringen«, meinte die Novacki.
»Da war so viel anderes«, murmelte Sonja.
»Da war die erste Revolution«, sagte Fritzi aufgeregt. Endlich wird sie erfahren, was die bewunderte Genossin im russländischen Reich getan hat. Ist sie verbannt worden?
Aber plötzlich blickte Sonja böse und verschlossen, und es war nicht wegen des Aufsehers, der stand weit weg am Fenster und sah gelangweilt auf den Nockherberg hinaus.

Die Situation war absurd, das Gespräch lächerlich. Saß sie hier an einem Kaffeehaustisch zum Plaudern?
»Ach was, Revolution!«, zischte sie. »Erst diffamieren sie dich, dann demütigen sie dich, dann degradieren sie dich, dann verfolgen sie dich, als Frau, als Jüdin, da denkst du nicht an Revolution, Knickserin, du hast ja keine Ahnung! Nichts weißt du vom Leben, nichts.«
Statt einer Antwort zog die Novacki an ihrem Kopftuch. Ohne den Blick von Sonja zu wenden, ohne den Knoten zu lösen, zog sie es langsam über eine Schulter. Eine Flut, ach was, ein Wasserfall roter Haare ergoss sich über ihre schmalen Schultern, umrahmte das blasse Gesicht wie ein Porträt, das in einem plötzlichen Einfall des Malers seine Vollendung erfährt. Wie ein blank gescheuerter Kupferkessel leuchtete der Schopf sogar im stumpfen Gefängnislicht. Sonja starrte die unerwartete Metamorphose an.
»Hex Hex Feuerkopf morgen kommst du in den Topf«, murmelte die Novacki. Sonja räusperte sich.
»Jud Jud spuck in Hut sag der Mama das tut gut.«
»Fussig fussig Hexenweib dass dich heut Nacht der Teufel reit …«
Die Frauen schwiegen und sahen aneinander vorbei. Als ihre Blicke sich wieder begegneten, brachen beide in trauriges hysterisches Gelächter aus, das sie mit Blick auf den aufmerksam gewordenen Wächter zu unterdrücken suchten. Sie prusteten einander an.
Schnell begann Sonja: »Drei antisemitische Jinglchen begegnen einem Jiddn auf der Gasse und reden ihn an: ›Gutn Morgn Rebb Isaak!‹, ›Gutn Morgn Rebb Jakob!‹, ›Gutn Morgn Rebb Abraham!‹
›Sie irrn sich alle drei, ich bin nicht Isaak, nicht Jakob, nicht Abraham. Ich bin Shaul, wos ist ausgegangen zu

suchen die drei Esel vun sei Tate, und nu hab ich se gefunde, ich hab se gefunde!‹«

Der Aufseher, der sich den heiteren Frauen misstrauisch näherte, verzog angewidert das Gesicht.

»Alle hassen das ostjüdische Gebaren, das Jiddische, alle hassen es«, flüsterte Sonja, »sie wollen uns steif machen wie ihre Hemdkragen und Uniformen und Korsetts, weil sie Aufstand wittern in unserer Lebensfreude.«

»So einen Witz hätt ich nicht mal zu Ende erzählen können, die hätten mich schon vorher verhauen. Da hab ich mich lieber verhüllt.«

Die Frauen schwiegen. Verständnis füreinander umfing sie wie ein Zelt im Regen.

»Unreife Zeit für Denkarbeit«, meinte Sonja. »Ich wollte studieren, etwas von der Welt sehen. Plötzlich packte mich die Angst, mein Leben als Lehrerin in Warschau zu beenden. Ich hatte etwas von meinem Gehalt gespart, ich musste fort.«

»So kamen Sie nach München, Frau Doktor?«, fragte Fritzi neugierig.

»Du sollst mich nicht Frau Doktor nennen, rote Knickserin. Nein, ich wollte nach Wien.«

Wien! War etwa in Wien auch Revolution? Fritzi betrachtete Sonja bewundernd. Diese Genossin war weit herumgekommen, vieles hatte sie von der Welt gesehen, von dem eine kleine Arbeiterin keinen Schimmer hatte.

Wien, Silvester 1899. Sonja steht im Prater vor dem Riesenrad. Sie hat das Schuljahr überstanden. Mamme arbeitet nun in der Bibliothek, und heimlich hat Sonja mit Shmuels Hilfe und der seines Freundes, eines Verlegers, Ordnung in Tates Tantiemen gebracht. Dabei ist sogar noch ein Übersetzungsauftrag für sie herausgesprungen, eine gesamte Kulturgeschichte der jüdischen Frau hat sie ins Russische übertragen. So ist sie ohne schlechtes Gewissen nach Wien gefahren.

Ein neues Jahrhundert beginnt! Welch ein Fest! Die Menschen tanzen Walzer vor der Rotunde, fahren mit der Schnackerlbahn nach ›Venedig‹, lassen sich auf Gondeln durch die Kanäle fahren, das Riesenrad dreht sich, und sie wird den astronomischen Preis von 20 Kronen zahlen und eine Stunde anstehen, um die Stadt von oben zu besehen. Sie hat gut geplant, es ist jetzt 23 Uhr, und mit etwas Glück ist sie genau um Mitternacht dort oben, 65 Meter über Wien.

Sie lächelt Ernst zu. Erst vor wenigen Wochen hat sie ihn kennengelernt, den ernsthaften jüdischen Mathematikstudenten, der ihr so jung, so unberührt erscheint. Dabei ist er zwei Jahre älter als sie. Kein dummer Mann, Tate.

Ernst Müller lächelt nicht. Er hat Bauchschmerzen wegen Höhenangst, die er nicht zugeben will. Für ihn als Wiener ist das Riesenrad ein abgeschmackter Familiensonntagsausflug, den er nie geliebt hat. Gut, er wird diesem jüdischen Mädchen den Gefallen tun, weil sie so zart ist, so russisch, so dunkel und rätselhaft mit ihrer milchweißen Haut und den riesigen braunen Augen. Er ist noch keinem Mädchen begegnet, das so ist wie sie. Genau genommen ist er noch keinem Mädchen begegnet außer seinen Cousinen, wenn er von der unglücklich verlaufenen Schwärmerei für eine inzwischen verheiratete Dame absieht.

- Ich habe gerade die ersten Kapitel der Metaphysik von Aristoteles gelesen, es war eine sehr glückhafte Erfahrung, sagt er.
- Wie schön, erwidert sie höflich, werden Sie die folgenden Kapitel auch noch lesen?
- Ich hoffe doch sehr, dass es dazu kommt. Aber die geringe Stundenzahl bei der eingehenden Interpretation ... Haben Sie Professor Stöhr schon kennengelernt?

Nein, Sonja kennt ihn nicht, bei allem Wissensdurst auf die neuen Fächer der Psychologie, der deutschen Literatur und der Ökonomie hat sie erst einmal Interesse an dieser Stadt, diesem faszinierenden Wien mit seinen herrlichen Bauten und großzügigen Ringboulevards, seinem großartigen Burgtheater und der Oper, den Museen ...

- Stöhr ist eine ins Umfassende strebende Persönlichkeit, unterbricht der junge Student ihre Träumereien, obgleich von humorvoller Schlichtheit. Ich habe Sinnesphysiologie und indische Mystik bei ihm studiert, und in diesem Semester werde ich mich mit der griechischen Philosophie auseinandersetzen.
- Ich dachte, Sie studieren Mathematik und Physik?

Müller lächelt und betrachtet die junge Frau herablassend. Sie ist von bezaubernder Zartheit, und dabei nicht dumm. Aber die Eingleisigkeit ihrer Frage ... es muss etwas dran sein, dass die Konstitution der Frauen für das Studium zu zart, das Hirn zu klein ist.

- Selbstverständlich. Aber man muss ja ein Studium Generale absolvieren, um etwas von unseren abendländischen und orientalischen Wurzeln zu verstehen. Einer meiner Mithörer ist übrigens Wolfgang Schultz, kennen Sie ihn?

Sonja kennt seinen Mithörer nicht und geht entschieden einen Schritt vor, weil sie spürt, dass sich der Hintermann ihr Gespräch zunutze machen und das abgelenkte Pärchen überholen will.

- Er ist der Mann mit dem wallenden Wotansbart! Ernst Müller freut sich über seine kühne Beschreibung.

- Er hat vor, ein Buch über die Gnosis zu schreiben. Ein kluger Kopf trotz eines gewissen Hanges zu arischer Philosophie ... Oh! Ist Ihnen kalt?

Sonja wagt in der Schlange nicht zu sagen, dass sie keineswegs friert, sondern sich nicht abdrängen lassen will. Ist ja auch albern im Vergleich zu einem Menschen, der die indische Mystik studiert. Sie sollte gelassener sein. Aber wenn sie Ernst Müller gewähren ließe, hätten sich schon fünfzig Menschen an ihnen vorbeigeschoben, er merkt es nicht einmal oder es ist ihm gleichgültig, vermutlich ist er schon hundertmal auf dem Riesenrad gefahren. Aber sie will, will, will einmal in ihrem Leben den Beginn des einzigen Jahrhundertwechsels, den sie erleben wird, auf dem Riesenrad im Prater verbringen. Vielleicht war es keine so gute Idee, das teure Abenteuer ausgerechnet mit Müller zu wagen? Hätte sie besser Bernhard Wachstein fragen sollen? Ob es mit ihm unterhaltsamer gewesen wäre? Ach, Wachstein ist Spezialist fürs Hebräische, beim Diner hatte er den ganzen Abend über das Hohe Lied doziert, nur um ihr, der Tochter des berühmten Gelehrten Rabinowitz, zu imponieren. Tate, macht Intelligenz die Männer anstrengend?

Ernst Müller ist nie langweilig, natürlich möchte sie mehr über die indische Mystik und Aristoteles erfahren, nur vielleicht nicht gerade in diesem Augenblick.

Er legt ihr mit besorgtem Blick einen Schal um die Schultern, ein Prozedere von grandioser Umständlichkeit, das den Drängler augenblicklich ermuntert. Sonja tritt scheinbar versehentlich, aber äußerst gezielt mit einem Absatz ihrer neuen Stiefelchen auf die Gamaschen des dicken Dränglers. Mit einem Wehlaut bleibt er hinter ihr, und es ist Sonja ein Genuss, sich mit wortreichen Lügen zu entschuldigen. Der wird's nicht noch mal versuchen, denkt sie befriedigt, der hält mich jetzt für einen Bauerntrampel, und sie hört Ernst Müller interessiert zu, der von seinem Chemiestudium erzählt, das Bestandteil der vorgeschriebenen Kollegien sei, und von seiner verhauenen Mathematikprüfung und vom neu gegründeten jüdischen Turnerbund, in dem heuer sogar Frauen turnen, mit Begeisterung, soweit er wisse, und vom Café Börse, in dem ungemein schräge Vögel verkehrten, sie müsse ihn auf eine Schale großen Braunen begleiten, und von der zionistischen Toynbeehalle, deren Eröffnung bevorstehe, und ob sie schon ›König der Schnorrer‹ von Israel Zangwill gelesen habe.

Eine Sekunde lang durchfährt Sonja der Gedanke, dass dieses Riesenradfahren dekadent ist, aber in der nächsten Sekunde durchfährt sie wohlig der Gedanke: und wenn schon. Man kann doch Zionist sein und trotzdem Riesenrad fahren, oder? Jankele würde das anders sehen, aber der hatte auch wenig Glück, sein ›Bund‹ ist schon wieder aufgelöst worden. Fast alle sind von der Geheimpolizei verhaftet worden, manche haben sie nach Sibirien geschickt. Jankele konnte fliehen, aber sie weiß nicht, wohin. Wo er wohl ist, ihr freizügiger Cousin?

Sonja schaut auf die rot gestrichenen Waggons, die herunter- und wieder hinaufschweben und findet diese Wiener Zuckerbäckerwelt an der Donau so friedlich, auf dekadente Weise schön, ja, gerade in der Dekadenz liegt der Zauber dieser Stadt, der Hauptstadt dieser friedlichen k. u. k.-Monarchie mit seinem alten gemütlichen Backenbartkaiser in seinem gelben Schloss, der ohne ein Netz von Geheimpolizei auskommt, weil die wenigsten seiner Untertanen ihm nach dem Leben trachten. Gleich wird sie Wien von oben beschauen, in das neue Jahrhundert hineinschweben ... was?

- Peer Gynt, wiederholt Ernst. Ibsens Schauspiel habe ihn in seiner moralischen Krise tief beeindruckt.

- Moralische Krise, wiederholt Sonja und überlegt, wie oft sie das in den letzten Wochen gehört hat. Es scheint Mode zu sein, moralische und andere Krisen zu durchleben. Ob das an diesem Freud liegt, der seine Praxis in der Berggasse hat? Vom Fenster ihrer winzigen Studentenbude unter dem Dach kann sie direkt in die Beletage auf seine berühmt gewordene Couch blicken.

- Ach ja, das Leben besteht aus Kämpfen und Krämpfen, seufzt Ernst. Nur noch drei Waggons, denkt Sonja, den vierten könnten wir bekommen, ein bisschen mehr Kampf und weniger Krampf täte ihm nicht schlecht.

Sie hat Ernst bei Münz kennengelernt, einem Redakteur des ›Wiener Volksblattes‹, eine der vielen europäischen Zeitungen, die Tates regelmäßige Berichte über die Pogrome im Russländischen Reich abdrucken. Münz hatte ihr eine Freude machen wollen und junge Leute eingeladen, darunter Wachstein und seinen Neffen Ernst, diesen stillen jungen Mann. Er hatte gerade erst Matura gemacht und das privat, er hatte nie eine Schule von innen gesehen. Ein in seiner Scheuheit rührender Mann, völlig anders als die Männer, die sie bisher kennengelernt hat. Er hat ihr sogar gestanden, dass er heimlich Gedichte schreibt und Paul

Heyse bewundert. Und der soll Zionist sein? Jedenfalls ist er keiner dieser üblichen Studenten. Die einen pöbeln sie an, machen zotige Bemerkungen und obszöne Bewegungen. Sie halten alle Studentinnen, die vor einem Jahr erstmalig an der Uni zugelassen wurden, für Freiwild. Die anderen sind diese entsetzlichen Couleurstudenten, deren einziges Ziel ist, möglichst viele Schmisse vorweisen zu können. In die Vorlesungen kommen sie nur, um ihre ekligen blutdurchtränkten Verbände herzeigen zu können, und einer hat tatsächlich voller Stolz erzählt, dass er sich Salz in die Wunden hat reiben lassen, damit auch ein besonders schöner Schmiss entsteht. Sie hat es zunächst nicht verstanden, inzwischen weiß Sonja: Ein Schmiss ist eine Narbe, möglichst quer über die Wange verlaufend, und die Studenten fügen sie sich nicht bei Duellen im Morgengrauen zu, sondern ›pauken‹ in den Fechtböden ihrer Häuser. Grässliche Hohlköpfe, sie geht ihnen aus dem Weg.

Leider sind einige Professoren nicht viel anders. Sie halten die Öffnung der Philosophischen Fakultät für Frauen für einen gravierenden Fehler und demonstrieren dies in Wort und Buch täglich. Hartnäckig beginnen sie ihre Vorlesungen mit »Sehr geehrte Herren«. Ob sie etwas tun soll? Die anwesenden Studentinnen begrüßen? Sonja kichert voller Vorfreude, das wäre ein großer Spaß. Aber sie spürt, dass sie den Mut nicht aufbringen wird. Der Universitätsbetrieb ist einschüchternd, oft will sie etwas fragen, dann bleibt sie stumm, aus Angst, dass es dumm klingen könnte.

Endlich! Sie sind an der Kasse, Sonja will die Geldbörse aus ihrem Korb ziehen.

Ernst lässt das nicht zu und zahlt 40 Kronen, ohne mit der Wimper zu zucken, scherzt, ob ein Flascherl Wein inkludiert sei, und das mürrische Gesicht der Frau an der Kasse erstrahlt in einem Lächeln, als er noch ein erfolgreiches Silvestergeschäft wünscht. Ernst hat eine Wirkung auf Frauen, denkt Sonja, er sieht gut aus, und plötzlich ist sie stolz auf ihren Begleiter. Lieber ein kluger, manchmal anstrengender Mann als ein dummer, großspuriger. Ein dummer Mann bekommt keine Frau, Tate, nicht?

Endlich, endlich kommt der Waggon, mit klopfendem Herzen steigt Sonja ein. Sie ist überrascht, wie groß die Kabine ist, außer ihnen passen noch zehn Menschen hinein. Eine einfache lange Holzbank in der Mitte, wie in der dritten Klasse der Eisenbahn. Zahnräder knirschen und rasseln, dann hebt der Waggon sich sanft in die Höhe, und es macht Spaß, mit den anderen Passagieren in Ahs und Ohs auszubrechen.

Sonja betrachtet das unausgeprägte Profil von Ernst mit einer gewissen Zärtlichkeit. Er ist keiner von diesen Couleurstudenten, er hat Respekt vor ihr. Gerade spricht er von der zionistischen Vertiefung, die ihn gepackt habe, von einem Kollegen, der Sanskrit studiere, für einen Mathematikstudenten geht es ein wenig durcheinander, und während sie weiter nach oben schweben, wünscht sich Sonja, dass er ein kleines bisschen romantischer wäre. Kann er nicht eine Minute schweigen, schauen, ihre Hand nehmen und … Gut, da sind diese anderen Menschen, und es gilt als anstößig, aber es wäre so schön, wenn er sich darüber hinwegsetzte, wenigstens könnte er etwas Gefühlvolles sagen …

Gut, dann muss sie das tun, so voll ist ihr Herz beim Anblick der Lichterstadt unter ihnen, denn mittlerweile sind sie auf den höchsten Punkt des Riesenrades hinaufgeschwebt, und, oh Wunder, die Kabine hält an. Weit geht der Blick, wo hören die Lichter Wiens auf, wo fängt der

Sternenhimmel an? Ist dies die festliche Beleuchtung der Donauschiffe? Und dort, erkennt sie dort das Lichtchen des Türmers auf dem Steffl?

Sonja ergreift Ernsts Hand, murmelt, wie wundervoll es sei, so sanft nach oben zu schweben, in ein neues Jahrhundert hinein ...

Ernst drückt ihre Hand, sehr verlegen, wie ihr scheint. Sie zieht die ihre wieder zurück, und er räuspert sich und sagt, es handele sich ja bestenfalls um einen Locus memorialis. Wer das Riesenrad verließe, sei nicht zu einem anderen Menschen geworden, weil das Jahrhundert gewechselt habe.

- Nur eine astronomische, keine historische Tatsache vollzieht sich unter dem Geläute der Silvesterglocken.

Sonja interessieren die Glocken der Kirchen nicht.

- Natürlich nicht, stimmt sie ihm enttäuscht zu, es sind die Ereignisse der Menschheitsgeschichte, die bedeutsam sind, nicht die Daten der Jahreswechsel, aber ist es nicht ein unfassbar schönes Gefühl, auf dem Riesenrad in ein neues Jahrhundert zu schweben?

- Das jüdische Volk zählt nach Jahrtausenden! Gerade haben wir doch schmerzlich erfahren, wie wenig der Wechsel der Jahrhunderte unser Geschick verändert, meint Ernst und sieht trostlos nach unten.

- In unserem geschichtlichen Leben zählt ein Jahrhundert niemals mehr als eine qualvolle Verlängerung von Leid, Elend und Demütigung, seitdem wir als Fremdlinge über die ganze Welt verstreut sind.

Oje. Sonja verstummt und starrt in den sternenklaren Nachthimmel. Der Goluss und der Zionismus, das ist das Letzte, worüber sie in der Silvesternacht reden will. Wenn sie wieder unten ankommen, mag sie tanzen gehen, italienische Nacht ist in ›Venedig‹, dem neuesten, romantischen Teil des Praters. Da wird der trübsinnige Ernst wohl nicht einkehren wollen. Sonja kennt solche Stimmungen, manchmal ist Tate nach nächtelangem Arbeiten grau, erschöpft und bar seines üblichen Humors. Aber diese Depressionen dauern nur wenige Tage, dann findet er wieder in seine positive Lebensart hinein. Hatte der freundliche Münz Sonja nicht gewarnt? Morbid seien sie, die Wiener, die russische Seele sei gegen das Wiener Gemüt ein ungarischer Volkstanz.

Und sie hat doch im Korb verbotenerweise eine Flasche Krimsekt hinaufgeschmuggelt! So romantisch hat sie sich ausgemalt, wie sie Ernst überraschen wird. Mit so vielen Mitschwebenden hat sie nicht gerechnet, und nun ... Sonja kämpft mit den Tränen. Was für eine dekadente Idee, hätte Jankele gesagt, hast du nichts Wichtigeres zu tun, lass uns diskutieren, wie wir den nächsten Pogrom bekämpfen, vergiss die bürgerlichen Attitüden. In der Assimilation liegt der Tod ebenso wie im Zionismus, nur der Proletarier zählt, und wichtig sind die nächsten Schritte zum Sozialismus.

Ach, Jankele. Aber nach einem solchen Vortrag würde er unweigerlich nach dem Sekt greifen: Was soll's, trinken wir auf Bakunin, fröhlich soll er sein, der Sozialismus, also gib her! Wo ist Jankele bloß? Womöglich ist er ...

Sie greift mit zitternder Hand nach ihrem Taschentuch, da hört sie eine freundliche Stimme neben sich: Fräulein, lassen Sie sich nicht entmutigen. Sehen Sie, die Diaspora hat doch einen immensen Zivilisationstrieb in uns hervorgerufen. Und mit wem hat das Jahrhundert begonnen? Mit Heinrich Heine, der behauptet, der erste Mann des Jahrhunderts zu sein, am 1. Jenner 1800 geboren!

Sonja blickt überrascht auf und sieht hinter einem Kneifer zwei freundliche, intelligente Augen. Neben dem jungen Mann, dem sie gehören, sitzt ein älterer Herr und pflichtet ihm bei: Und Moses Mendelssohn hat uns reif gemacht für die Geistesgeschichte dieses Jahrhunderts! Charles Darwin, James Watt, Edison, Alexander von Humboldt, Helmholtz!

Sonja schnäuzt kräftig in ihr Taschentuch. Und Marx, Bakunin, Tolstoi, Kropotkin und Vera Sassulitsch, denkt sie und lächelt getröstet.

Ernst Müller blickt irritiert.

- Auch für diese neue Welt des Naturerkennens haben wir Juden uns gerüstet, erklärt er steif, auch in ihr können wir uns als Bürger mit Bürgerrechten legitimieren, die wir uns hart erarbeitet haben. Aber um welchen Preis?

Die Frau, die neben den Männern sitzt, stößt den jüngeren an und murmelt etwas, und sie murmelt es auf Jiddisch! Sonja lacht und fühlt sich plötzlich wie zu Hause. Die Frau hat ihren Sohn ermahnt, seine guten Manieren nicht zu vergessen und sich vorzustellen, bevor er junge Mädchen anredet.

Der junge Mann besinnt sich nun auf seine Erziehung, steht auf, macht eine Verbeugung, die im schwankenden Waggon komisch schief ausfällt, und ungeachtet der neugierigen Blicke hinter ihnen stellt er sich vor: Josef Meisl, Student der Jus! Meine Eltern, Esther und Samuel Meisl aus Brünn.

Nun haben sie Gesprächsstoff. Ernst vergisst seinen Zukunftspessimismus, denn er ist auch aus Brünn. Er ist mit seinen Eltern vor einigen Jahren nach Wien übergesiedelt, und schon sprechen sie über Brünn und finden viele Bekannte und Verwandte, und die Kultusgemeinde, und die Kommunalpolitik ...

Sonja lächelt. Wie schön ist die Silvesternacht geworden. Aber plötzlich hält die Kabine wieder an. Sie sind nicht am höchsten Punkt angelangt, aber jemand im Waggon zieht seine Taschenuhr hervor und stellt fest, dass es nur noch fünf Minuten bis 1900 seien, und Esther, die Sonja in ihrem feinen dunkelblauen Kostüm mit Samtkragen wohlgefällig mustert, zupft ihren Gatten am Ärmel. Der zieht unter der Sitzbank einen Korb hervor, der er eine Flasche Champagner entnimmt.

- Es wird auch für fünf Menschen reichen, wir wussten ja nicht …, entschuldigt sich Esther, und da wagt Sonja, ihren Korb ebenfalls hervorzuziehen und zeigt die Flasche Krimsekt, und unter dem Gelächter der Meisls wickelt sie auch die beiden Gläser aus dem Leintuch. Der russische Sekt wird ausgiebig bewundert. Sonjas Herz ist plötzlich leicht, die Welt ist schön, ihr Traum ist in Erfüllung gegangen, auch wenn dieser Ernst ein scheuer Mensch ist. Unter den zwölf Schlägen der Wiener Kirchen und dem nun einsetzenden Pfeifen der Lokomotiven, den Böllerschüssen und dem grandiosen Feuerwerk von Schloss Schönbrunn stoßen sie an, einige Passagiere in der Gondel stehen auf, reichen sich die Hände und wünschen sich gegenseitig und dem Kaiser ein gutes neues Jahrhundert. Ernst wagt es, Sonja zu umarmen, und murmelt ein mazel tov in ihr Ohr, was derart kitzelt, dass sie quiekt. Es stellt sich heraus, dass einige Passagiere Flaschen mit den unterschiedlichsten Inhalten dabeihaben.

Ein Selberbrennter macht die Runde, sein Besitzer ist ein Bauer aus der Wachau, und er lässt nicht locker, bevor jeder einen Schluck genommen hat. Da springt der Mann auf, dem Sonja auf die Gamaschen getreten ist, und schreit, er werde aus keiner Flasche trinken, die ein Jud am Mund gehabt habe, und es lebe der Antisemitismus, und während die Familie Meisl und ihre neuen Freunde erstarren, nimmt der Bauer einen großen Schluck und meint gleichmütig, dann eben nicht, das Riesenrad sei zu schön und die Gondel zu klein und die Fahrt zu kurz für den Antidingsbums.

Samuel Meisl lacht gutmütig und fragt Gamasche, warum er auf einem jüdischen Riesenrad ins neue Jahrhundert fahre, ob er nicht wisse, wer der Betreiber sei, und da alle lachen, sogar seine Gemahlin ihn schmollend am Janker zupft, setzt Gamasche sich kleinlaut wieder hin.

- Es ist, seit wir diesen Lueger zum Bürgermeister haben, erklärt Meisl leise und entschuldigend, da traut sich das auf einmal auf die Gassen. Unser Kaiser denkt da gottlob anders, er hat jüdische Familien geadelt und eine schöne Summe für unsere neue Synagoge gespendet.

Die Silvesternacht endet dann doch in ›Venedig‹ bei den Gondolieri und den italienischen Sängern bei Tanz und viel Freude, wie Sonja es sich gewünscht hat. Als sie endlich mit ihren neuen Freunden zu den Fiakern geht, graut schon der Morgen, und Sonja ahnt nicht, dass sie ihren künftigen Schwager kennengelernt hat.

Ernst Müller ist regelrecht fröhlich geworden, und er bleibt es auch im nächsten Semester. Sonja macht die ersten Bergtouren ihres Lebens mit ihm, und während sie wandern und baden und Fahrrad fahren, träumen sie davon, wie es wäre, nach Palästina auszuwandern. Sonja weiß nicht, was sie dort tun soll, aber Ernst ist sicher: Eine Landkommune ist das neue Leben, das mit diesem Jahrhundert beginnt. So vieles können sie anbauen, so reich ist das Land, und die Kinder müssen unterrichtet werden. Sie wird Sprachen unterrichten, er Mathematik und Naturwissenschaften. Sonja fängt Feuer. Tate hat schließlich als Sekretär der ›Freunde Zions‹ die ersten Siedlungen organisiert, die Baron Rothschild in Palästina erbauen ließ: Rishon-le-Zion, Gedera und Rosh Pinahat.

- Ein völlig neues Leben!, sagt Ernst begeistert und überrascht Sonja bei einem Fahrradausflug durch den Wienerwald damit, dass er sich für einen Landwirtschaftskurs eingeschrieben hat. Sie bleibt stehen, es ist ein heißer Tag, und sie lehnen die Fahrräder an eine alte Buche, sie ist zu Tränen gerührt von seinem Engagement. Was soll sie sich länger über den Wiener Antisemitismus und die russischen Pogrome aufregen, es macht sie nur unglücklich. In Palästina wird es so etwas nicht geben, schön wird das selbstbestimmte Leben im Gelobten Land werden, das hatte doch schon Leon Pinsker versprochen.

- Hast du ›Neuland‹ von Theodor Herzl gelesen?

Nein, aber sie verspricht ihm, es zu lesen. Die Siedlungen müssen aber sozialistisch organisiert sein, fordert Sonja, während sie eine Decke im Schatten unter dem Baum ausbreitet und die Jausenbrote auspackt, und Ernst verspricht: kollektiv organisiert, alles wird allen gehören.

Er zieht ein schmales Büchlein aus seiner Packtasche, setzt sich, schlägt es feierlich auf, schaut Sonja bedeutend an und liest vor:

- Es ist allein des Menschen würdig, dass er selbst die Wahrheit suche, dass ihn weder Erfahrung noch Offenbarung leite. Wenn das einmal durchgreifend erkannt sein wird, dann haben die Offenbarungsreligionen abgewirtschaftet. Der Mensch wird dann gar nicht mehr wollen, dass sich Gott ihm offenbare oder Segen spende. Er wird durch eigenes Denken erkennen, durch eigene Kraft sein Glück begründen wollen. Ob irgendeine höhere Macht unsere Geschicke zum Guten oder Bösen lenkt, das geht uns nichts an; wir haben uns selbst die Bahn vorzuzeichnen, die wir zu wandeln haben. Die erhabenste Gottesidee bleibt doch immer die, welche annimmt, dass Gott sich nach Schöpfung des Menschen ganz von der Welt zurückgezogen und den letzteren ganz sich selbst überlassen habe. Er lässt das Buch sinken. Sonja sieht ihn fragend an.

- Es ist von einem gewissen Steiner Rudolf. Ist es nicht großartig? Er hat Goethe völlig neu entdeckt, eine Umorientierung der gesamten Philosophie! Sogar zur Landwirtschaft hat Steiner seine eigene Theorie, komplett neue Ideen, denk nur, wie kann man sich philosophisch mit Bäuerlichem beschäftigen! Er tut es, es ist das Größte, was ich je gelesen habe.

Sonja denkt, dass das Judentum keine Offenbarung verheißt und sie darum schon einen Schritt weiter seien. Aber das ist vermutlich eine ihrer Anmerkungen, die Ernst dumm findet und lange und gründlich kommentiert, so lange, bis sie verstummen wird, also schweigt sie lieber und verteilt Brot, Käse und Limonadenflaschen malerisch auf der karierten Decke.

Sonja und Ernst treffen sich nun beinahe täglich nach den Vorlesungen. Sie schwärmen und planen sehr konkret, und als Sonjas Schwester Rosa zu Besuch kommt, findet sie eine veränderte Schwester vor, die voller Begeisterung ihr neues Leben in Palästina plant.

- Ein neues Jahrhundert, eine neue Lebensweise! Wir müssen umsetzen, was wir denken, es darf nicht alles graue Theorie bleiben, sagt Sonja.

Rosa betrachtet Ernst Müller genauer und findet ihn ein wenig schwärmerisch. Aber er überzeugt sie: Er lernt bereits Hebräisch, das im österreichischen Lehrplan nicht

vorgesehen ist, und er hat sich um eine Stelle als Lehrer in Jaffa beworben. Und ganz offensichtlich sind die beiden sich sehr zugetan, obwohl keiner von Heirat spricht.
- Wollt ihr auch heiraten?, fragt Rosa ganz direkt, nachdem Josef Meisl ihr einen Antrag gemacht hat.
Sonja umarmt die Schwester herzlich und wünscht ihr alles Glück der Erde.
Nein, sie will nicht heiraten. Die bürgerlichen Normen bedrängen sie. In Palästina werden sie im Kollektiv leben, sie wird alles nicht nur mit Ernst, sondern mit allen teilen. Und Ernst mit allen. Und Ernst muss sie mit allen teilen.
- Liebe ist kein Besitz, erklärt sie der älteren Schwester. Rosa schaut.

Aber dann fahren Sonja und Rosa in den Semesterferien nach Hause. Es ist Ostern 1903, Sonjas 21. Geburtstag steht bevor. Dieser Frühling zu Hause in Warschau verändert Sonjas Leben von Grund auf. Nichts wird je wieder so sein wie früher, die Bäume werden nie wieder grün werden, die Vögel nie wieder ihren übermütigen Balzgesang anstimmen. Die Erde hat ihren Schlund aufgetan, sie ist nichts als Mord, Verderben und Unglück.

Der Schlüssel knirschte im Schloss, die Aufseherin kam. Fritzi erhob sich.
»Komm bald wieder, Knickserin.« Sonjas Stimme klang flehentlich, und Fritzi versprach es.
Der Schlüsselbund rasselte auffordernd. Ende der Besuchszeit. Ein letzter Blick auf Fritzis rote Mähne, Sonja ging zur Tür.

»Der Abend kommt so schnell«, murmelte Sonja, dann schloss sich die Eisentür hinter ihr.

Der trostlose Gang, die Treppe hinauf, Zelle 130, Knirschen, Tür aufhalten, die Wachtmeisterin trat zurück, den Schlüsselbund im Schloss in der Hand haltend, die Gefangene könnte sich ja des Schlüssels bemächtigen, reingehen, guten Abend, Frau Wachtmeister, Tür zu, Knirschen. Ritual seit Hunderten von Jahren, alle Gefangenen dieser Erde, schuldig? Unschuldig? Egal. Demut kommt auch von Mut. Ja? Interessant, das wäre was für Henryks Sprachforschung. Herzschmerz, wie ein Krampf, Sonja sank auf den Hocker. Wie war das im Französischen? Courage! Was hat *courage* mit *humilité* zu tun! Courage, Sonja. Uchenje svet, Lernen ist Licht. Sie besah den Brief, den sie begonnen hatte. Doch, sie würde an Henryks Doktorvater schreiben. Ihre Schuld, wenn Henryks Karriere den Bach runterging. Vossler musste ihn weiter protegieren, vielleicht konnte sie ihn dazu bewegen.

»Verehrter Herr Professor«, begann sie, »erschrecken Sie nicht, dass ich an Sie schreibe. Ich kenne niemanden außer Ihnen, von dem ich meine, dass er Mut haben wird, meinem Mann gutzubleiben wie vorher. Und ich bitte Sie flehend, tun Sie es, es kann doch Ihnen nicht schaden. Laden Sie ihn ein, sprechen Sie mit ihm, wenn auch für seinen Beruf nichts zu machen wäre …«

Ein heißer Schreck durchfuhr Sonja. Wenn Vossler nun Klemperer für die Professur favorisierte? Das konnte, durfte nicht sein! Vossler war zwar ein typischer Akademiker alten Schlages, ein konservativer Mensch, aber er liebte auch la dolce vita, und die liberalitas bavarica. Er würde seinen Schüler doch nicht für die politischen

Taten seiner Frau büßen lassen? Henryk – er würde so einsam sein, die Kollegen würden ihn schneiden, allen voran Klemperer, dem er nicht traute.

Betty Landauer fiel ihr ein. Kluger Blick aus jüdischen Augen über der runden Nickelbrille: Was ist eine Professur gegen den Frieden.

Sie hat es gut, dachte Sonja, sie ist sich mit ihrem Albert Winter so einig. Vielleicht ist ihre Freundschaft nicht so aufregend wie meine Liebe zu Henryk, aber sie kämpfen Seite an Seite für den Frieden und einen sozialistischen Staat.

Sonja schluckte die aufkommenden Tränen hinunter und schrieb weiter: »Er soll nur sehen, dass er einen Menschen hat, der ihm gut ist. An mich denke ich nicht. Ich habe nur Frieden gewollt. Er wird auch für uns kommen, die armen Menschen, denen das Friedensverlangen zur brennenden Sehnsucht und Religion wurde.

Schicken Sie meinen Mann zu Prof. Foerster, er wird ihm vielleicht mich nicht so übel nehmen, vielleicht ihm etwas Gutes erweisen.

Und nun: Ich habe lange gekämpft, ob ich Sie darum bitten soll. Aber ich dachte mir: Sie werden schon sehen, von wem der Brief ist, und dann vielleicht gar nicht annehmen. Haben Sie ihn, dann können Sie auch meine Bitte unbeantwortet lassen, ich werde dann nicht wieder schreiben. Ich möchte Sie bitten, mir mitzuteilen, was mit meinem Mann geschehen ist. Er kann mir nicht schreiben. Aber ich leide so sehr darunter, nur deshalb. Aber die Wahrheit nur ...«

Gute Güte, wie melodramatisch, sie strich das ›nur‹ durch und fügte es nach ›Aber‹ mit einem zierlichen Bogen ein, ärgerte sich, weil es nach Schüleraufsatz aussah und wollte es zusammenknüllen, ach was, Sonja, vor Profes-

sor Vossler sind alle Schüler, und Papier ist knapp.« Aber nur die Wahrheit über ihn, nichts, was nicht richtig ist. Ich habe kein Recht, Sie um etwas zu bitten. Nur als Mensch, den Sie kannten, spreche ich zu Ihnen. Aber wenn Sie mir diesen Brief übel nehmen, dann lassen Sie meinen Mann es nicht fühlen. Er weiß davon nichts.
Wenn Sie mir französische, italienische, engl. Lesebücher, Wörterbücher und Grammatiken leihen würden, wäre ich glücklich. Ich bin in Einzelhaft, könnte lernen. Aber keine Bücher. Alles muss mit der Post offen geschickt werden.«
Wie enden? Sie zögerte einen Augenblick, dann beendete sie den Brief: »In Dankbarkeit und Verehrung« und setzte ihre Unterschrift darunter, bescheiden, ohne schwungvolle Kringel, nicht einmal ihren Titel benutzte sie.

Sie betrauern Hunderte Verletzte und Tote in Kischinew. Es sind keine fiesen Gemeinheiten mehr wie damals in Tavrig. Es sind mörderische Banden, die die Juden aus ihren Häusern vertreiben, erschießen oder mit blanken Säbeln vom Pferd aus erschlagen. Frauen wird Gewalt angetan, nicht einmal vor Kindern machen die Horden halt. Jankele schickt eine Postkarte, es ist die Zeichnung eines kleinen Jungen mit weit aufgerissenem Mäulchen, Kulleraugen und Löckchen. Unterm Arm trägt er seinen Ball, aber in der anderen schwingt er eine Pistole. Der Umhang des Revolutionärs weht über seinem kurzen Höschen, am Jäckchen trägt er den Davidstern.
Rabinowitz schüttelt den Kopf, als er die Karte sieht: Das sind also die, die uns beschützen wollen? Wir sollten uns vor ihnen in Sicherheit bringen.

Sonja wird böse. Der ›Bund‹ sei kein Kindergarten, sondern eine ernst zu nehmende sozialistische Organisation. Die Karikatur zeuge von der intelligenten Selbstironie der Bundisten.
- Ich dachte, du willst mit Ernst nach Palästina? Sonja schweigt. Es ist schwierig.
Rabinowitz warnt.
- Ein Sohn in der sibirischen Verbannung hat mir gereicht, Sarah. Ich konnte ihn nicht freikaufen, ich kann auch dich nicht loskaufen. Nimm dich in Acht, versprichst du mir das?
Sonja verspricht es, fährt aber am nächsten Tag zu Jankele nach Kischinew. Keiner aus der Familie kann sie zurückhalten.
- Wie kann ich Pessach feiern, während sie unser Volk ermorden, schreit sie, Ernst wird es verstehen.
Ernst ist auf dem Weg nach Warschau, will die Familie Rabinowitz kennenlernen. Will er um ihre Hand anhalten? Rosa holt Ernst vom Bahnhof ab. Ob Ernst versteht? Er sieht Rosa an, als habe er soeben einen Edelstein entdeckt, der bisher nicht geschliffen war und plötzlich in hellem Glanz erstrahlt.
Und Sonja trifft Jankele, er liegt verletzt im Hospital von Kischinew, mit einem turbanähnlichen Verband um den Kopf, den Arm in einer Schlinge, blutdurchtränkt, schwach, aber stolz.
- Wir haben es ihnen gezeigt, flüstert er, wir wehren uns. Wir haben Pistolen, Gewehre und Knüppel. Weißt du noch, wie du uns beschimpft hast, dass wir uns nicht bewaffnen?
- Du darfst nicht so viel reden, Jankele, sagt Sonja, bleich vor Entsetzen.

Auf ihrem Weg vom Bahnhof hat sie die aufgebahrten Toten gesehen. Auf dem großen Bahnhofsvorplatz und die ganze lange Straße entlang, vom Bahnhof zum Krankenhaus, Kischinew ist groß mit 100.000 Einwohnern, die Hälfte davon jüdisch. Entsetzlich zugerichtete Leichen sieht sie, Männer mit ausgestochenen Augen, nackte, blutverschmierte Frauen, verstümmelte Kinder. Dazu die schrecklich Verwundeten, für die kein Platz mehr im überfüllten Spital ist. Sie liegen davor, auf den Stufen, manche auf der nackten Erde, ein Wimmern und Stöhnen, das ihr den Magen zusammengezogen hat. Ein Anblick, der Jankele im Hospital erspart bleibt. Wer hat gesiegt? Sonja weiß es nicht, ihr ist elend. Gewalt erzeugt Gegengewalt, Jankele.

- Kann sein, gibt Jakuw zu, aber es muss einmal Schluss sein, das sind ja nicht unsere Nachbarn, denen tut es leid, sie bringen uns Kuchen und weinen und gehen zur Polizei, Anzeige erstatten.

- Wer ist es dann?

- Es sind von der Ochrana gelenkte Kosaken, flüstert Jankele, hast du in deinem Wien mitbekommen, dass die Sozialrevolutionäre den Innenminister Ssipjagin ermordet haben?

Das weiß Sonja. Der Zar hat einen neuen Innenminister ernannt namens Plehwe.

- Plehwe ist einer der Furchtbaren. Er war Leiter des Polizeidepartments, ein erfahrener, schrecklicher Agent der politischen Spionage. Der weiß, wie man foltert. Weißt du, womit er angetreten ist?

Mit Kosaken, sagt Sonja naiv.

- Sein Wahlspruch lautet: Die Revolution in jüdischem Blute ersäufen. Darauf hat der Zar ihn eingeschworen,

der hat panische Angst vor der Revolution, und darauf hat Plehwe seine Leute eingeschworen, die Polizei, die Ochrana. Die Revolution in jüdischem Blute ersäufen. In Kischinew wütete der Mob drei Tage, und kein Polizist ließ sich sehen, auch kein Militär. Die Moldawier sind für ihren Aberglauben bekannt, dieses Bessarabien ist eine abgelegene Region, und die Saat geht auf.
- Welche Saat? Jankele spricht manchmal in Bilderrätseln.
- Es gibt hier einen Steuereintreiber namens Kruschewan, der wollte sich beim jungen Zaren beliebt machen. Vor fünf Jahren gab er ein Hetzblatt mit dem Titel ›Der Bessarabier‹ heraus, und er hetzte so erfolgreich gegen die Juden, dass er dafür staatliche Subventionen bekommt! Die alten widerlichen Märchen der Ritualmorde, jedes Jahr zu Ostern ...
Jankele versagt die Stimme vor Erschöpfung. Sonja streichelt seine Hand.
- Sieh mal in meiner Jacke. Sonja greift in die Tasche der blutverschmierten Jacke, die über der Decke liegt, und findet eine zerlesene Broschüre.
- Protokolle der Weisen von Zion. Schon hat sie die ersten Seiten überflogen und schüttelt sich vor Ekel. Sie klappt es wieder zu und betrachtet die eigenartige Anhäufung von Symbolen auf dem Titel: ein russisches Kreuz, ein Davidstern, ein Drudenfuß.
- Er hat dieses Pamphlet in Umlauf gebracht, dieser Kruschewan.
- Hat er es geschrieben?, fragt Sonja, der von dem antisemitischen Mist graut, von der ›jüdischen Weltverschwörung‹, von der sie gerade gelesen hat. Das Pamphlet will den Eindruck erwecken, es sei tausend Jahre alt und gerade von tüchtigen Forschern entdeckt worden.

Jankele kennt den Verfasser nicht. Jedenfalls hat Kruschewan diese Broschüre gedruckt und verbreitet, einmal wieder Dumme gefunden, die an die Brunnenvergiftung durch Juden glauben, an jüdische Ritualmorde, Zinswucherer und Hostienschänder. Ein älterer Mann im Bett neben Jankele mit blutigem Kopfverband stöhnt.

- Der ist schlimmer dran als ich, flüstert Jankele, dem haben sie die Ohren abgeschnitten.

Der Mann öffnet die Augen und sagt: Beim Militär hatte ich Nathan der Weise von Lessing in meinem Tornister. Als wir mal eine Pause machten, las ich darin. Da kam der Major, riss mir das Buch aus der Hand, schrie mich an, was für eine Sprache das sei, und als ich sagte deutsch, schrie er noch mehr, dann sei ich ein Umstürzler, wie viele wir seien, wo dieser Lessing wohne. Ich sagte, Lessing sei seit über hundert Jahren tot, da schlug er mich und schrie, ich würde lügen wie alle Juden, ich sei ein Umstürzler und Intellektueller, und ich sollte ihm diesen Lessing herbeischaffen, sofort.

Sonja und Jankele schweigen. Die Dummheit ist nicht mehr komisch, sie gebiert Ungeheuer.

- Es sind die Dummheit und der Neid, die den Antisemitismus zeugen, flüstert der Verletzte.

- Ja, und die Korruption in einem Unrechtsstaat, sagt Jankele. Dummheit und Neid können wir nicht ausrotten. Wenn wir dieses Unrechtssystem nicht stürzen, werden wir niemals Frieden und Gleichheit haben. Mach mit beim Bund, Sarah, wir brauchen mutige Frauen wie dich.

Sonja denkt, dass sie gar nicht so mutig ist, wie Jankele denkt. Und mit Waffen kann sie nicht umgehen.

- Keine individualistischen Terrorakte, sagt Jankele entschieden, der Mut besteht nicht darin, Bomben auf die zaristischen Unholde zu werfen. Bringt nichts. Was wir brauchen, sind Verteidigungseinheiten, gut organisiert, wir brauchen Waffen aus dem Ausland und Leute, die uns daran ausbilden.

Am nächsten Tag ziehen alle sozialrevolutionären Verbände schweigend durch Kischinew. Poale Zion neben den russischen Sozialdemokraten, zwischen ihnen die entschlossenen jüdischen Gesichter der Bundisten, die Gewerkschaften, die Sozialrevolutionäre. Mit schwarzen Bändern zeigen sie ihre Trauer und ihre Verbundenheit. Sonja geht neben Jankele, den sie immer wieder stützen muss, und sie halten gemeinsam das Band, das alle Menschen durchzieht, und dann beginnt Jankele auf Jiddisch zu singen, ein Lied, das Sonja noch nie gehört hat:
Brider un Schwester vun Arbejt un nojt,
alle wos senen zeseit un zerspreit.
Zusamen! Zusamen!
singt Jankele beschwörend und drückt Sonjas Schultern, und dann fallen viele Stimmen, manche zitterig, manche selbstbewusst, ein:
A schwu'e, a schwu'e ojf leben un tojt!
Sonja laufen die Tränen über die Wangen, so schön ist das Lied. Es ist eindringlich, in Moll, alle schwören, Freiheit und Gerechtigkeit zu erkämpfen und die Tyrannen zu besiegen. Ein Akkordeon begleitet sie auf einmal aus der Mitte der Menschen.
- *Kejn herr un kejn schklav*, singt Sonja, wie schön ist das Jankele. Dessen Gesicht ist weiß wie der Vollmond vor Erschöpfung, aber er singt und lächelt Sonja zu und sagt feierlich: Nun hast du geschworen, nun bist du eine von uns, Sarah.

In dieser Nacht lieben sich Sonja und Jankele, oder eigentlich liebt sie ihn. Er ist geschwächt, er liegt auf dem Rücken und lässt sich ihre Liebkosungen gefallen, und Sonja reitet ihn behutsam, sanft, freut sich, ihn in sich zu spüren, und als sie seinen Höhepunkt spürt und seine Hände um ihre Hüften greifen, da stöhnt sie auf und gibt sich seinen Stößen hin, bis ein nie gekanntes Gefühl durch ihren Körper strömt und sie in Zuckungen sich über ihn verströmt. Aber gleichzeitig verbreitet sich verwirrenderweise ein Abgrund von Traurigkeit in ihr aus, so muss der Tod sein, wenn er seinen schwarzen Mantel ausbreitet, dabei ist sie lebendig wie nie zuvor. Unter ihren geschlossenen Lidern quellen Tränen hervor.

- Jakuw, Jakuw, stöhnt sie, das mit dem Jankele ist in diesem Augenblick vorbei, und der Cousin lächelt und streichelt sie und meint, das sei nun die freie Liebe, so frei wie sie im befreiten sozialistischen Russland künftig leben würden.

- *Doigkejt*, verstehst du, murmelt er schläfrig, lieber frei sein in der Diaspora als ausgebeutet von Rothschild im gelobten Land, und dann schläft er ein.

Doigkejt, verstehst du, sagt Sonja zu Ernst, als sie zu Herzls Begräbnis inmitten der jüdischen Studentenverbindungen auf den Döblinger Friedhof gehen, der Zionismus ist mit seinem Tod am Ende.

Doigkejt, wiederholt Ernst gedehnt, als lutsche er ein übel schmeckendes Bonbon. Seit wann sprichst du Jargon.

- Das ist kein Jargon, Sonja reckt sich stolz auf, das ist unsere Sprache.

Ernst widerspricht erregt: Die Sprache unseres Volkes ist Hebräisch. Er plagt sich gerade mit einem Hebräischkurs, Sonjas Vater, der verehrungswürdige Schefer, hat ihm

dringend geraten, Hebräisch zu studieren statt Landwirtschaft, sonst werde es nichts mit Erez Israel.
Wegen mir brauchst du es nicht zu lernen.
Chaim Weizman blickt scharf zu ihnen hinüber, Mark Wischnitzer legt den Finger auf den Mund, Schlomo Kaplanski greift nach Sonjas Arm. Ja, schon gut. Stumm hört sie der Trauerrede zu. Viele weinen. In der Toynbeehalle beim Tee streiten sie weiter.
- Willst du nach Uganda, fragt Sonja provozierend, da brauchst du kein Hebräisch zu lernen. Und in Erez Israel darfst du 20 Stunden täglich auf Rothschilds Feldern schuften, da kommst du nicht zum Reden.
Ernst wird sauer. Erez Israel irgendwo auf der Welt, das geht nicht, nur in Palästina, da seien sich alle einig, aber Sonja lacht und erklärt, wenn sich darin alle einig wären, hätte Herzl die Idee nicht in die Welt gesetzt.
- Ein Glück, dass er gestorben ist, über das Ugandaprojekt hätten sich alle zerstritten. Sagt sogar Schlomo, und der ist Poale Zion.
Ernst findet, dass Sonja nicht mehr dieselbe ist. Sie ist schmal geworden, was Fanatisches habe sie, so ... unweiblich. Ernst ist eingeschnappt, eigentlich, weil Sonjas Schwester Rosa so weiblich-anschmiegsam an Meisls Seite sitzt mit einem ernsthaften verlorenen Lächeln, aber das kann er Sonja nicht sagen.
Sonja spürt Ernsts Unaufrichtigkeit, der Vorwurf trifft dennoch. Unweiblich! Ob Ernst nach Kischinew noch männlich wäre? Leicht wirft sie hin, sie werde nach Bern gehen.
Doigkejt, in der Schweiz. Ernsts Stimme trieft vor Hohn.
In Bern ist der Sitz des Bundes, aber das kann Sonja nicht sagen. Sie wird aus dem Ausland heraus operieren

wie damals ihr Bruder, Waffen, Munition, aufklärende Literatur nach Russland schaffen, für den Zehnstundentag agitieren, bis die Zeit reif ist für die große Revolution, dann wird sie nach Russland gehen. Adieu, Ernst.

Doigkejt, murmelte Sonja und klebte den Briefumschlag zu, und dann sang sie die Schwue, Tränen machten ihre Wangen glänzend. Sie sang alle sechs Strophen, und als die Aufseherin entsetzt in die Zelle stürzte, um sie zur Ruhe zu bringen, war Sonja bereits eingeschlafen. In dieser Nacht schlief sie bis in den frühen Morgen. Es sollte die letzte sein.

4

Es war kalt, das Feuer im Ofen war erloschen, und es war keiner zu Hause, als Fritzi bei der Baracke neben dem Werk in Freimann ankam. Hatte der Vater Sonntagsschicht? Eigentlich war sie sicher, dass er frei hatte. Und Peter schien seinen freien Sonntag zu genießen. Er hätte wenigstens den Ofen anmachen können, bevor er ins Union geht, dachte Fritzi und schaufelte Kohle in den Ofen. Aber bevor sie das Feuer entfachen konnte, klopfte es und Wastl kam aufgeregt herein.

»Sie haben Peter erwischt!«

»Erwischt? Wobei?«, fragte Fritzi erschrocken. Sie befürchtete, Peter habe geplündert. Denn alle, die sie kannte, gingen auf Hamsterfahrten oder plünderten wahllos, wenn es nichts mehr zu kaufen gab. Irgendwas ließ sich immer tauschen.

Peter habe für den Streik agitiert.

»Aber der Streik ist doch beendet!«

Wastl drückte sich unklar aus. Also vielleicht nicht direkt der Streik, aber Peter habe gegen den Krieg agitiert, mit dem Vertrauensmann, diesem Reck, habe er Flugblätter verteilt, und da hätten sie beide an die Front geschickt.

»Aber der Streik ist doch niedergeschlagen!«

»Der Streik ja! Aber der Umsturz nicht!«

Novacki trat herein, grau vor Verzweiflung. Wastl verzog sich.

»Das hat uns dieser Eisner eingebrockt.« Novacki sprach heiser und böse. »Die fackeln nicht lange, ver-

stehst du jetzt, Tochter? Landesverrat, ha! Die Anführer sitzen mit warmen Ärschen im Neudeck, so ein Prozess kann dauern! Aber die einfachen Männer, denen wird kein Prozess gemacht, nicht mal kurzer! Die Arbeiter sind alle Requirierte, ab an die Front!«
Fritzi schlug die Hände vors Gesicht und weinte.

Ein Transport sei abgegangen, erzählte der Vater leise, mindestens 20 Genossen, die sich beim Streik engagiert hatten, seien an die Westfront geschickt worden, alle in Fesseln.

»Aber Peter hat doch gar nicht …?«

»Er hat Flugblätter verteilt, wie du, und er hat sich dabei erwischen lassen. Ist in Deutschland eine Revolution möglich, stand drauf, und wegen einem solchen Schwachsinn muss er sich nun im Schützengraben zuschanden machen lassen.«

Fritzi zog ihre Arbeitssachen an, nahm die lederne Schürze und ging hinüber zur Spätschicht. Stopfen, rollen, aufstellen, stopfen, rollen, aufstellen. Immer dreißig Stück auf einen Wagen, verzurren, den Wagen an die Rampe fahren, die einzige Abwechslung, beliebteste Tätigkeit für zwei, sodass intern streng ausgemacht war, wer wann den Karren zur Rampe fahren durfte. Warten, bis der Transporter kam, frische Luft, verbotenerweise eine rauchen, egal ob die Chose in die Luft fliegt, na sollse doch, murmelte die Vorarbeiterin, ob nu hier oder beim Feind, wem liegt was dran.

Bisher hatte Fritzi nie darüber nachgedacht, womit sie ihren Wochenlohn verdiente. Es war ein verdammt guter Verdienst, natürlich nicht so gut wie der von Novacki oder von Peter, die Frauen verdienten viel weniger als die Männer. Sie betrachtete die Granaten auf dem Karren plötzlich argwöhnisch.

»Was geschieht eigentlich mit den Granaten?«, fragte sie die Ältere, die an die Wand gelehnt stand, bleich, grünliche Haare, staubiger langer Rock, geflickte Bluse: Jette, Name wie Aussehen.

»Die kommen in die Geschütze.«

Geschütze, Reichweite 200 Meter, von Deutschland nach Frankreich, oder nach Russland.

»Und dann?«

»Und dann – du stellst Fragen, Küken! Dann werden sie abgeschossen, jeder Schuss zehn Russ!«

»Mit den Hülsen?«

Die Arbeiterin blickte unsicher. »Weiß nich. Egal.«

»Ich meine, Jette, sammeln die Feinde die auf und bringen sie in ihre Fabriken, und da sind Frauen, die sie neu stopfen, genau so 'ne Frauen wie wir?«

Jette nahm einen tiefen Zug und musterte die Junge misstrauisch.

»Du meinst, die Russenweiber stopfen sie wieder, und die Russen schießen sie zurück, und dann ...«

»Genau.«

Jette drückte ihre Zigarette aus und blickte sich nach allen Seiten um. Dann ging sie zu Fritzi und zischelte: »Ist Landesverrat, darüber nachzudenken, weißte.«

»Kann nicht schon Landesverrat sein«, sagte Fritzi unsicher.

Die Arbeiterin hustete und flüsterte: »Ich hab gehört, dass die Russenweiber die nur zur Hälfte füllen. Dann fliegen die nur ... na ja, vielleicht nur 30 Meter, weißte ...«

»Dann treffen sie unsere Männer nicht!«

Fritzi und Jette blickten sich an, dann zischte Jette: »Nur

ejn Leffelche wenjer, vastehste, Novacka, bist doch eijentlich auch ne Polackin, dat is dat Ende vom Krieje ...«

Ein Löffelchen weniger. Der Gedanke wuchs wie eine wundervolle rosa Wolke zwischen ihnen, schwebte über die grauen Hallen der Geschützwerke, ein Morgenrot über den Dächern Freimanns und seiner schäbigen Baracken ...

»Was gibt's da zu ratschen? Das gibt Lohnabzug!«

Das war die Stimme des Vorarbeiters.

Die rosa Wolke zerplatzte. Ohne sich anzublicken, zogen die Frauen den leeren Karren wieder in die vom Arbeitslärm tosende Halle.

5

»Ein Paket! Was wollen Sie nur mit all den Büchern, wir haben doch eine Gefängnisbücherei!« Argwöhnisch betrachtete die Schlüsselrasslerin die dicken Bände. »Wozu wollen Sie Italienisch lernen, in Italien hilft Ihnen auch keiner!«

Sie schloss die Zellentür wieder. Sonja griff nach der italienischen Grammatik. Von Vossler! Er hatte ihr geantwortet! Nun würde alles gut, vielleicht noch nicht für sie, aber für Henryk, Vossler hätte ihren Brief sonst nicht beantwortet.

›Sehr geehrte Frau Doktor‹, schrieb Vossler, und Sonja lächelte. Als konservative Magnifizenz war Vossler vermutlich ein entschiedener Gegner des Frauenstudiums gewesen, dennoch hatte er Respekt vor ihrem erworbenen Titel, da war er durch und durch Akademiker.

›Über das Schicksal Ihres Herrn Gemahls glaube ich Sie beruhigen zu können.‹

Ein Chor sang in Sonja, wie wundervoll.

›Nachdem er sich von Ihren politischen Anschauungen losgesagt und jede Verantwortung für Ihr politisches Auftreten abgelehnt hat …‹

Sonja ließ den Brief sinken. Hatte Henryk sich losgesagt? Verantwortung abgelehnt? Wie hatte er das getan? Es klang nicht beruhigend, auch wenn Vossler es offenbar beruhigend meinte.

›… wird es niemandem einfallen, ihn Dinge, an denen er kein Teil hat, entgelten zu lassen. So denkt man wenigstens im Lehrkörper der Universität, und diese Anschauung ist in der letzten Sitzung des Akademischen Senates einstimmig zur Geltung gekommen. Für seine wissenschaftliche Laufbahn dürfen Sie ohne Sorge sein. Er kommt des Abends öfters zu uns zu einer Tasse Thee u. ich habe auch ihn nach dieser Seite hin völlig beruhigt. Er hat sich in seine Arbeiten über Syntax, insbes. über das romanische Futurum, vertieft und wird darin einigen Ersatz (wer lebt denn heute nicht von Ersatz!) und Ablenkung finden. Seien Sie überzeugt, dass ich mich seiner immer annehmen werde u. ihn fördern u. ihm helfen werde, so gut ich es kann. –

Seine Stellung im Landeskommitee hat er freilich, wie Sie wohl wissen werden, niederlegen müssen; ob nur vorübergehend oder dauernd, ist wohl noch nicht entschieden. Er meint u. wünscht, dass es für immer sei.

Zu Prof. Foerster aber werde ich Ihren Herrn Gemahl nicht schicken. Foerster kann ihn nur kompromittieren u. ihm gar nicht helfen. Foerster ist ein homo politicus, Ihr Mann ist reiner Gelehrter und Mensch. Foerster will die Welt beglücken u. hat darum für den einzelnen Menschen von Fleisch und Blut kein Herz. Er ist, wie die doktrinären Idealisten sind: Sie denken an ihre abstrakten Ideen u. vielleicht an ihren eigenen Ruhm, nicht oder wenig oder erst in letzter Hinsicht an ihren Nächsten.‹

Der Schlag saß. Sonja spürte, wie ihr das Blut aus dem Gesicht wich. Das feine Briefpapier zitterte in ihrer Hand. Foerster? Vossler meinte nicht seinen Kollegen Foerster, er meinte sie. So dachten die Magnifizenzen über sie. Idealismus hatte für die Herren nicht mit Ideal zu tun. Eine doktrinäre Ideologin, die ihre abstrakte Idee verfolgte, die sich als Politikerin Ruhm zu erwerben hoffte, statt sich um ihre Aufgaben als Ehefrau zu kümmern, abstrakt und unmenschlich, ein intellektuelles Mannweib, das die wahre Berufung der Frau verleugnete und idiotischen sozialistischen Ideen hinterherlief.

›Außerdem hat Foerster in der Welt, in der Ihr Mann sein Glück machen will u. seine Befriedigung sucht, in der Welt der Gelehrten u. besonders der Philologen, keinerlei Autorität ...‹

Nein, er hatte sogar in die Schweiz fliehen müssen vor den Behörden. Wer fliehen musste, verlor zu seiner Reputation noch den Respekt, als habe er sein ›Schicksal‹ frei gewählt. Verfolgung durch die Soltadeska der Herrschenden hatte in der Grammatik dieser Herren keinen Platz. Armer kluger Foerster, als Pazifist verschaffte man sich in der Welt der Kriegführer keine Autorität. Aber sie sich auch nicht, und das wusste sie seit Odessa, warum hatte sie nur ...

Sonjas Hals verengte sich so sehr, dass sie aufspringen musste. Der Brief schwebte in eleganten Windungen, die seines Absenders würdig waren, auf den Zellenboden. Den Zellenboden, der so glatt und sauber war, dass er sie nicht an die dreckstarrende stinkende Massenzelle von Odessa erinnerte. Sonja widerstand der Versuchung, laut zu schreien, und lief wieder minutenlang auf der Stelle, rhythmisch sich einhämmernd, dass es nicht um sie gehe, nicht um ihre lächerliche kleine Person, dass Vossler ihr nur einen Seitenhieb versetzt hatte, es ging um Henryk, um ihren Genjuscha, ihren geliebten Mann, den sie unmöglich gemacht hatte, Schande über sie! Niemals hätte Rosa sich so verhalten, stets hatte sie bescheiden lächelnd neben ihrem Josef gestanden und nur geredet, wenn sie angesprochen wurde, und das kam in den jüdischen Gelehrtenkreisen niemals vor. Kinder Küche Koscher. Vossler war der

Einzige, der Henryks wissenschaftliche Reputation wiederherstellen konnte, die sie leichtsinnig durch ihre Politik gefährdet hatte.

Sonja lief die Zelle auf und ab, bis sie sich imstande sah, den Brief aufzuheben, der sie weiß und bösartig vom Boden anstarrte wie ein Mahnbescheid, von dem man hoffte, er würde sich in Luft auflösen, wenn man ihn nur lange genug ignorierte.

Es geht nicht um mich, es geht nicht um mich. Ihr Puls normalisierte sich, ihre Hände wurden warm und zitterten weniger beim Lesen im Stehen.

›Heute Abend wird Ihr Mann wieder bei uns sein. Natürlich beunruhigt auch ihn die Frage, was aus Ihnen wird. Mir scheint, dass jedes von Ihnen nunmehr sich sein besonderes Ziel gewählt hat u. den Weg dahin allein gehen muss. Die Trennung mag sehr schmerzlich sein, aber da hilft nun nichts. –

Ich schicke Ihnen zunächst die italienische Grammatik von ...‹

Amo amas amat. Präteritum ... sowieso sowieso. Was aus Ihnen wird. ... Futurum. Sonja bemühte sich, keine Gedanken aufkommen zu lassen.

Beunruhigen. ... inquietare, inquietarsi. Er ist beunruhigt, sie ist beunruhigt.

Er ist beunruhigt ... nicht ängstlich? Nicht besorgt? Preoccupato, Preoccupato per que. Nur beunruhigt? Wie, um was ist man beunruhigt, um einen entlaufenen Hund? Oder eine Gattin im Gefängnis?

Den Weg dahin allein gehen muss. Solo. Solitario. Io sono solitario. Wohin soll sie gehen, solo? In den Gerichtssaal, während er überall hingehen kann. Kann, können, gekonnt. Potere, essere in grado di. Sei nicht ungerecht, Sonja, du hast es so gewollt, du wolltest dich scheiden lassen. Dividere, Scioliere, Divorziata. Scheiden, sich scheiden, geschieden. Separsi. Welch wundervolle Sprache, die auch die schrecklichsten Dinge schön dahersagt, kennst du das Land, wo die Zitronen blühen, dahin will ich mit dir oh mein Geliebter ziehen ...

Migrare. Ziehe, zog, gezogen. Reise, reisen, gereist. Futurum, ich werde reisen, du wirst reisen ...

Es schlug sieben Uhr. Sonja durfte das Bett herunterlassen, warf sich darauf und weinte. Weinen. Piangere. Piangere lagrime.

Betty hatte Sonjas Hymne gehört. Babette Landauer, Kassierin der Münchner USPD, die älteste der drei Landauerschwestern, Sonjas Paradebeispiel für die ›Braven‹, die sie zur Weißglut brachten mit ihrem Ordnungssinn, ihren Bedenken, ihren Einwänden, wenn sie die russische Leidenschaft vermisste.

Babette Landauer konnte kein Jiddisch. Sie entstammte einer jüdischen Familie aus Ansbach, die der Markgraf einst als Schutzjuden ins Land gelassen hatte, um goldstuckierte Schlösser für sich und seine Mätressen zu finanzieren. Die drei Schwestern Mathilde, Babette und Emilie verstanden sich als unzertrennliches Kleeblatt Tilli, Betty und Milli. Das sportliche ›Betty‹ wollte zu Babettes ernsthaftem Gesicht mit großen dunklen Rehaugen hinter einer schmalen Nickelbrille nicht recht passen. Betty war die jüdischste der Schwestern und wäre Sonja am nächsten gewesen, hätte diese es zugelassen. Aber Sonja war verheiratet. Nach den Versammlungen und Vorstandsbesprechungen war sie stets zu ihrem Ehemann gehetzt, um ihn

zu versorgen, oder sie hatte sich um den Haushalt kümmern müssen, Russischunterricht gegeben und andere Jobs angenommen, da er sie offenbar nicht ernähren konnte. Ein Mann ist wie ein Kind, dachte die lebenskluge Betty und hatte insgeheim beschlossen, als Buchhalterin ihr Auskommen zu finden und sich nicht zu verheiraten.
Die Shwue!
Mir schwern zu hitn a blutikn hass
zu merder un rojber vun arbeiterklass,
dem kaiser, die herscher, die kapitalistn.
Mit schwern sej alle varnichtn, varwistn,
sang Sonja, und dann kam wieder der wundervolle Refrain:
Himl un erd wet uns hern,
ejdes die lichtige stern.
A schwu'e, a schwu'e
vun blut un vun trern.

Betty konnte kein Jiddisch, aber die Eltern Landauer. Wenn sie etwas vor den Mädchen zu besprechen hatten, was diese nicht verstehen sollten, hatten sie sich des Jiddischen bedient, und Betty hatte aufmerksamer hingehört als ihre Schwestern. Emilie und Mathilde hatten sich die Ohren zugehalten oder waren kreischend geflüchtet vor dem grässlichen Jargon, in dem die Eltern plötzlich redeten.

Betty lauschte Sonjas überraschend schöner klarer Singstimme mit zunehmendem Respekt, und sie verstand. Die Genossin war mehr als eine gehetzte Ehefrau, die nach den Versammlungen ihren Mann füttern musste. Sie hatten eine Aktivistin des Bundes in ihren Reihen, des jüdischen sozialistischen Arbeiterbundes. Daher also Sonjas umfassendes Wissen über politische Zusammenhänge, ihre klugen Vorträge, ihre spontan gehaltenen, mitreißenden Reden. Daher ihre Vorbehalte gegen die Bolschewiki, wenn sie auch nach außen die russische Revolution vehement befürwortete und gegen Angriffe stets verteidigte als die einzige Form einer neuen Weltordnung. Sonja war Bundistin, Agentin der in Russland verbotenen und verfolgten sozialistischen Partei, die Lenin mit Misstrauen betrachtete. Daher also Sonjas schon verzweifelt zu nennende Gegenwehr gegen den Friedensschluss von Brest-Litowsk! Daher ihr guter Kontakt zu Trotzki, den sie stets an seine jüdischen Wurzeln erinnern konnte! Wenn die Russen diesen Vertrag unterschrieben, schädigten sie vor allem die jüdische Bevölkerung. In Scharen würden die Juden aus dem ›befreiten‹ Polen fliehen. Eine polnische Nation würde Juden verfolgen und sich an den russischen Besatzern rächen. Wo kam Sonja her? Warschau? Das war die besetzte polnische Hauptstadt, die Stadt Rosa Luxemburgs. Betty kannte die Grenzen der jüdischen Ansiedlungsrayons nicht genau, aber es war klar, dass Kaiser Wilhelm II. die preußischen Landesgrenzen über die Provinz Posen hinaus erweitern wollte. Was wusste ihr Mann vom Bund, dieser große Preuße, wenig Haare, viel Brille, den sie nur einmal im Café Stefanie gesehen hatte? Vielleicht hatte er keine Ahnung vom konspirativen Leben seiner Gattin? Vielleicht war Sonja darum so ängstlich bemüht, ihn in allen anderen Beziehungen zufriedenzustellen?

Zart klopfte Betty gegen das Heizungsrohr. Wir werden siegen, morste sie, einfach die Zahlen des Alphabets, das würde Sonja verstehen. Eine Weile blieb es still.

Dann kamen Sonjas Klopfzeichen.

6

Fritzi zuckte zusammen. Sie war am Auermühlbach mit dem Wäschepaket unterwegs, ein schmaler Weg, der unter dem Nockherberg am Bach eng und dunkel sich entlangwand, wie eine Schlucht mitten in der Stadt. Zum ersten Mal benutzte sie diese Abkürzung zum Gefängnis, und es reute sie bereits. Diese Au unterhalb der großen Bierhallen, dem Kindlkeller und dem Bürgerbräu, aus denen Tausende betrunkener Männer strömten, war Fritzi nicht geheuer. Da pfiff einer, offenbar beim Bieseln, vor sich hin ... Fritzi blickte strikt vor sich auf den Weg nach unten.

»Entschuldigen Sie, Fräulein, wollte Sie nicht erschrecken.«

Warum tust du's dann, dachte Fritzi verärgert und blickte den Mann nicht an, der pfeifend zwischen den Bäumen den Trampelpfad heruntergekommen war. Hatte der ihr aufgelauert? Nur schnell voran, weiter vorn würde sich der Weg zum Mariahilfplatz öffnen. Jedenfalls trug der Mann keine Lederhose, und betrunken schien er auch nicht zu sein.

Verstohlen sah Fritzi sich um. Am Bach war kein Mensch. Dunkel standen die kahlen Bäume am Nockherberg, armselig die niedrigen Häuser am anderen Ufer des Baches. Ein Tier raschelte im Laub. Vom Paulaner zog der intensive Geruch nach Maische herüber.

»Ich bin ein Landmann von Frau Rabinowitz«, erklärte der Mann verschwörerisch. Fritzi musste sich anstrengen, ihn gegen das Rauschen des Baches zu verstehen.

Rabinowitz?

»Meinen Sie die Frau Doktor?«

Der Mann blickte irritiert, erklärte aber schnell, genau die meine er, die Frau Doktor Rabinowitz und er seien Landsleute, man müsse sich doch helfen.

Ein Russe. Sah so ein Russe aus? Fritzi blickte kurz zur Seite, ohne stehen zu bleiben. Er war wohl Anfang vierzig, sehr groß, denn er sah von gut einem halben Meter auf sie herab. Gut sah er aus, schlank und irgendwie dunkel, mit schwarzem Hut, der sein Gesicht beschattete, ein Schnäuzer, ein markantes Profil mit einer großen, hervorspringenden Nase, sehr männlich.

Ob sie schweigen könne, wollte der Mann wissen und packte Fritzi plötzlich am Ellbogen. Erschreckt blieb sie stehen. Aber da kam das Waisenhaus in Sicht, sie würde die frommen Schwestern zusammenschreien, wenn er ihr etwas antun wollte.

Der Mann blickte ihr beschwörend in die Augen. Er sei Russe wie Frau Rabinowitz, er wolle ihr helfen. Und dafür müsse sie ihm helfen. Sie solle Frau Rabinowitz ausrichten, dass Hilfe nah sei, man wolle sie befreien.

»Befreien!« Unwillkürlich hatte Fritzi das unerhörte Wort hervorgestoßen. Der Mann legte den Zeigefinger auf den Mund.

Wie sollte man jemanden aus diesen Mauern befreien? Fritzi ging schnell weiter und erblickte das gelb gestrichene Gebäude des Gerichtsgefängnisses mit den dicken senkrechten Eisenstäben vor den Fenstern. Seltsam, dass der Anblick eines Gefängnisses Erleichterung auslösen konnte. Sie ging noch schneller, fast lief sie, der Mann musste mithalten. Frau Rabinowitz könne ihm vertrauen, sagte er leise, er meine es ernst, und er bitte, dies zu bestellen. Er zog ein schmales Päckchen aus der Brusttasche und reichte es Fritzi. Ein kleiner Gruß an die Frau Rabinowitz.

Fritzi starrte auf die drei kleinen Mohren, die das Papier schmückten. Schokolade! Wo gab es die noch? Seit drei Jahren hatte sie Schokolade nicht einmal in den Auslagen der Geschäfte gesehen, nicht einmal zu Wucherpreisen. Welch eine Kostbarkeit! Ja, der Mann musste es ernst meinen, wenn er der Frau Doktor eine solche Kostbarkeit schenkte. Der Mann legte die Tafel Schokolade auf die Wäsche.

»Bald! Bald wird es so weit sein! Die Befreiung ist nahe!«, murmelte er verschwörerisch, und als Fritzi endlich den Blick von ihrem Korb lösen konnte, von dem gelbrot-blauen Papier, und den Fremden fragen wollte, von wem sie der Frau Doktor Grüße bestellen sollte, war er verschwunden. Fritzi eilte zum Gefängnistor. Der Mariahilfplatz lag verlassen. Die letzten Strahlen der tief stehenden Februarsonne waren gewichen. Es war kein Markttag, kein Mensch querte den zugigen Platz. Nur einige Frauen warteten vor dem Tor, ihre Sprechkarten in der Hand, dass man sie zu ihren gefangenen Angehörigen ließe, und ein paar Kinder spielten mit ihren Reifen.

Fritzi packte den Korb mit einer Hand fester und schob die Schokolade unter die Wäsche.

Warum starrte ständig dieses Grau hier herein, alles grau, Wände, Flure, Türen, der Himmel, warum konnte nicht wenigstens eine Wolke über den Märzhimmel ziehen, dachte Sonja. Eine Wolke, wie ein Kamel.

»Da, sieh nur! Ein Elefant!«
Das war Malas Stimme, ganz deutlich. Sonja schrak zusammen.

Sie hockten auf der Pritsche, Mala und Huschnusch, Hand in Hand die Freundinnen, schwangen frech die nackten Beine vor und zurück, wie es der Lehrer immer mit scharfen Haselrutenschlägen bestraft hatte. Sie blinzelten ihr zu. Ach, liebste Mala, ach liebe, liebe Huschnusch!

Friede Düwell legte lachend ihren linken Arm um Mala, klopfte auf den rechten Platz: Komm, Sarah, sieh zum Himmel und sag Mala, das ist doch kein Elefant, Elefanten können nicht fliegen.

Sie liegen auf der Gruebisbalm, die Freundinnen, über ihnen schwimmen die Wolken über das Buochserhorn und spielen mit dem Weiß des Gipfelschnees. Unter ihnen räkelt sich der Vierwaldstättersee in unergründlichem Alpentürkis. Ins Bienensummen mischt sich entferntes Glockengeläut der grauen Kühe, die mit samtenem Augenaufschlag auf der Rigi grasen. Sonja legt sich zwischen die Freundinnen. Wie warm sie sind, wie gut ist es, Freundinnen zu haben. Alles teilen. Alles gemeinsam machen. Alles erfahren wollen in dieser neuen Zeit. Benommen von Nähe und Geborgenheit, blinzelt Sonja in den Himmel.

- Sag!, fordert Mala und stößt ihr den Ellenbogen in die Seite. Sonja quiekt und schreit, ein Elefant, Mala, jaja, ein dicker weißer Elefant.

Aber nun bohrt die dünne Huschnusch ihren knochigen Zeigefinger genau zwischen Sonjas zweite und dritte Rippe.

- Elefanten können gar nicht fliegen. Ein Kamel, sag sofort, dass sie wie ein Kamel aussieht, die Wolke.

Sonja kreischt und windet sich wie eine Schlange, denn nun haben sie ihre kitzlige Stelle rausgefunden, und es hilft ihr nichts, dass sie zwischen Lachen und Keuchen sehr logisch anmerkt, dass auch Kamele nicht fliegen können. Atemlos zeigt sie mit ausgestrecktem Arm zum Himmel, an dem sich Elefant oder Kamel gerade auflösen in … Sonja schreit atemlos, der Elefant hat gerade zwei Junge bekommen, seht ihr nicht, und wirklich kann sie tief durchatmen, bis Mala und Huschnusch den Schwindel bemerken. Denn da ist nichts mehr, wolkenlos segelt der Himmel über die Rigi, unberührt von drei Studentinnen, russisch, jüdisch, deutsch, die zum ersten Mal ihre Universitätsstadt Bern verlassen und einen Ausflug auf die Gruebisbalm gemacht haben, einen Ausflug, der nichts kosten darf. Sie schlafen im Strohlager, Bergschuhe haben sie sich geliehen. Investiert haben sie in diese neuartige regenfeste Kleidung, kichernd sind sie in der Sportkleidung des Arbeitersportbundes in den Zug nach Luzern gestiegen.

Sonja trägt stolz eine formlose dunkelblaue Arbeiterjacke, die sie im Berufsbekleidungsgeschäft für kleines Geld erstanden hat. Mala hat sich eine Ballonhose aus Tweed geschneidert. Herrlich, die empörten Blicke der Spießbürger am Bahnsteig hoch erhobenen Hauptes zu erwidern! Großartig, die laut dahergesagten Bemerkungen über die verdorbene Jugend und die unschicklichen Ausländerinnen mit schlagfertigen Bemerkungen und lautem Gelächter zu quittieren. Wie frei fühlen sie sich, wenn sie die Damen in ihren engen Tailleurkleidern beobachten, die ohne männlichen Arm nicht in der Lage sind, die steilen Leiterchen der Eisenbahn zu besteigen.

Und das nennt sich Reisekleidung! Sonette lang anhaltenden Gekichers.

Sonja und Mala bewundern Huschnusch. In ihren derben Wollhosen, Tweedjackett und Arbeiterkappe, unter die sie ihre blonde Mähne gesteckt hat, sieht die Hamburgerin toll aus. Kunststück, meint Mala mit den weiblichen Formen, wenn man eine Figur hat wie Huschnusch.

- Ich hab nicht zum ersten Mal Männerkleidung an, überrascht Friede die Freundinnen und erzählt ihr Abenteuer.

- Als Frau zu einer politischen Versammlung? War doch undenkbar! Verboten! Einmal, in Frankfurt, da warst du noch nicht da, Sarah, da sollte August Bebel sprechen. Ich hab damals bei der SPD-Zeitung ›Volkswacht‹ gearbeitet. Unter den Kollegen erwartungsvolle Stimmung, ich freute mich wie sie auf den Abend.

- Was denn, du willst auch dahin, fragten die entsetzt, unmöglich, das ist verboten – eine Frau in einer öffentlichen Versammlung!

Aber einer wusste Rat, Mala, dein Kerl! Am Abend schlüpfte ich in Alberts Anzug. Das Haar unter der Mütze verborgen, betrat ich den Saal. Wie mein Herz klopfte! Aber niemand achtete auf mich. Es war so selbstverständlich: Alles, was Hosen trug, durfte rein. So lächerlich! Wisst ihr, wie ich mich beinahe verraten hätte?

Sonja hat sich einen Grashalm durch die Zähne gezogen und blickt verwegen. Mala packt die Brotzeit aus dem Rucksack. Fragend schauen sie auf Huschnusch.

- Als Bebel sagte: Ob Zyniker oder Rückwärtsler die Bestrebungen des weiblichen Geschlechts nach der politischen Gleichberechtigung verlachen, ob Dummköpfe sie zu hemmen versuchen, sie werden zum Siege kommen! Und mit den Frauen als Bundesgenossen wird unser Kampf erleichtert und der Sieg beschleunigt. – Da konnte

ich nicht anders, ich begann zu applaudieren und sprang erregt von meinem Stuhl auf. Ach, ihr lieben Freundinnen, mein eigenes Leben stand deutlich vor mir. Ich war doch genau wie diese naserümpfenden Modeaffendämchen im Zug: Tochter reicher jüdischer Kaufleute, in Seidenröcken, Kopf unter einem Wagenrad von Hut, verständnislos vor den Parolen an den Hamburger Häusern abgewendet. Was ist das, SPD?
Wie ich zum ersten Mal das ›Arbeiterecho‹ gelesen hab: Kämpft für den Achtstundentag! Entsetzt hab ich mich gefragt, wer arbeitet denn so lange?
Wie sie mich in der Familie für krank und überspannt hielten, als ich erklärte: Ich werde Lehrerin. Ein Mädchen meines Standes hatte Monogramme auf ihre Aussteuer zu sticken und sonst nichts.
Wie man mir kopfschüttelnd den Aufnahmeantrag für die SPD zurückgegeben hatte: Als Frau in die Partei? Höchstens geheim.
Darum haben Bebels Worte mich ins Herz getroffen.
- Und dann?, fragt Sonja gespannt.
- Haben sie dich rausgeworfen?, will Mala wissen.
- Die haben nix gemerkt, nur geraunzt! Abfällige Bemerkungen über Frauen und Politik gemacht, trotz Bebels toller Rede! Die eigenen Genossen! Dadurch brachten sie mich in die Wirklichkeit zurück: Es musste noch so viel getan werden! Wir Frauen waren rechtlos, auch in der SPD, und wir sind es immer noch. Glücklicherweise kam Clara Zetkin in demselben Jahr nach Frankfurt, um deinen Bildungsverein der Arbeiterfrauen und Mädchen zu besuchen, Mala! Weißt du noch?
- Klar: die großartige Genossin Schriftführerin Huschnusch!

Mala breitet die Brotzeit auf der karierten Wolldecke aus.
- Clara verstand mich, sie teilte meine Ideen. Sie trug auch gern so eine Kappe, sie hatte sie sich in Paris gekauft.
Sonja packt mit triumphierendem Blick eine Flasche Fendant aus.
- Wein! Du bist verrückt!
- Wir müssen morgen einen klaren Kopf haben!
Sonja setzt den Korkenzieher an und lacht: Aber erst morgen! Heute Mut antrinken!
Sie sitzen im Schneidersitz auf der Wiese, essen Malas Stullen, und die Flasche Wein kreist. Sonja erklärt mit gesenkter Stimme: Fanie kommt mit dem Frühzug. Wir werden ihr den Koffer mit dem doppelten Boden geben, alle sozialistischen Broschüren sind darin schon gut verstaut. Am Bahnhof werden wir Zeit genug haben, ihre Wäsche darüberzupacken. Ich habe englische Sprachbücher und Lexika gekauft, denn Fanie heißt jetzt Esther und ist als englisches Fräulein getarnt. Sie kommt von London, um ihre Stelle in Petrograd anzutreten.
- Keine Waffen?, fragt Friede, die Erfahrung mit Schmuggel hat.
Ein Schatten zieht über Sonjas Gesicht, und er kommt nicht von der Wolke, die gerade die Rigi verdunkelt. Sie denkt an Jankele, an Kischinew, an das entsetzliche Gemetzel.
- Waffen, murmelt Sonja, ich weiß nicht.
- Nach dem, was du berichtet hast, werden die jüdischen Arbeiter sich bewaffnen müssen.
Sonja zögert. Sie kennt die Bilder der jungen Revolutionäre, die mit der Waffe in der Hand die bärtigen Alten in ihren Kaftanen, die Mütter mit den zahlreichen Kindern

verteidigen. Es macht sich gut, sieht heroisch aus. Repin malt solche Bilder. Der kleine Bundist mit der Handgranate. Was wäre geschehen, wenn Jankele ein Gewehr gehabt hätte?

Friede drängt mit guten Argumenten.

- Sie werden Waffen brauchen, sich zu verteidigen. Die Schwarzhunderter werden ihre Waffen kaum selbst bezahlen. Sie werden vom Militär des Zaren ausgerüstet, und vermutlich auch vom internationalen Kapital. Nationalistische Bürgerwehren kann der Imperialismus immer brauchen.

Mala versteht Sonjas Zögern. Wer weiß, in wessen Händen die Waffen landen. Wer will das steuern?

Sonja, die sonst eine gute Agitatorin ist, weiß, dass es das allein nicht ist. Sie kann es nicht erklären.

- Ich kann mir einfach nicht vorstellen, einen Revolver oder ein Gewehr gegen jemanden zu richten und abzudrücken, sagt sie.

- Huschnusch, sagt Friede, wie immer, wenn sie ein Argument nicht gelten lässt. Daher hat sie ihren Spitznamen. Stell dir einfach vor, dass du nicht abdrückst, dass du aber mit diesem Ding in der Hand den widerwärtigen Kerl davon abhalten kannst, deine Genossin zu vergewaltigen.

Aber dann umarmt sie Sonja impulsiv. Sie versteht sie, versteht ihre Skrupel. Die Welt verändern ohne Waffen, aus Überzeugung, das Gute muss einfach stärker sein als das Böse.

- Deine gute Seele haben diese Dreckskerle nicht verdient. Die denken gar nicht so weit. Stell dir immer vor, dass du es mit Schweinen zu tun hast.

- Siehst du, und genau das kann ich nicht, sagt Sonja heftig, es sind Menschen, trotz allem. Ich will sie unschädlich

machen. Ich will ihnen ihre verdammte Macht entreißen, ihre Privilegien nehmen, die allein auf Besitz gründen, sie sollen den Abstieg so schmerzhaft spüren, wie die Armen ihren Aufstieg glückhaft erleben. Aber sie sollen gleich sein.
 Friede lacht. Oh Sarah, konvertiere! Werde Priesterin, wenn du glaubst, dass Menschen sich ohne Gegenwehr enteignen lassen.
 - Nein, dafür braucht es die Diktatur der vorher Entrechteten.
 Friede zieht die Augenbrauen hoch: Anhängerin Lenins geworden? Seit wann?
 - Besser eine revolutionäre Minderheit als eine Koalition mit den Falschen, sagt Sonja überzeugt. Das gibt sonst ein Blutbad.
 Sie einigen sich auf Revolver mit Munition zur Selbstverteidigung, so viele, wie sie für das Geld bekommen. Mala sieht zum Himmel und mahnt zum Abstieg.
 - Huschnusch, sagt Friede aufmunternd, noch einen Apfel als Wegzehrung. Und morgen erst mal Volksaufklärung, keine Volksbewaffnung.
 Aber Sonja muss es herausfinden. Wie geht die friedliche Revolution?
 Unmöglich, sagt auch die sanfte Mala, es kann nun einmal nicht friedlich gehen. Und Friede improvisiert eine Kampfeshymne, zu der sie ins Tal zurückwandern: Herbei Töchter der Revolution / säget an des Zaren Thron / Gruebisbalm oh Gruebisbalm / kennt ihr einen schönern Ort / für illegalen Transport.

Der Schlüssel kreischte im Schloss.
 »Jetzt kriegen wir Ärger«, erklärte Sonja den Freun-

dinnen, »die Pritsche darf am Tag nicht ausgeklappt werden.«

Mala und Huschnusch kicherten und fläzten sich auf der dünnen Matratze herum.

»Ihr kennt den Genossen Kurt Eisner noch nicht, er hat es drauf, ich schwöre! Es geht ohne Gewalt, wenn wir nur viele sind. Genauer gesagt, alle. Wir ändern das System über Nacht, indem wir sie überfluten, schipko-schipko, und am nächsten Morgen reibt der Bürger sich die Augen ...«

»Mit wem sprechen Sie?«, fragte die Wachtel misstrauisch. Sonja sah zum Bett. Es war ordentlich hochgeklappt, die Freundinnen waren fort. Schipko.

Sie schüttelte den Kopf und starrte vor sich hin. Jeden Wirbel spürte sie vom Sitzen auf dem Hocker.

»Kommen Sie mit, Sie haben ein Paket.«

War das nun ein Zeichen? Das Paket kam aus Hamburg von Huschnusch. Sonja kamen die Tränen, als sie es in Gegenwart des Gefängnispersonals öffnete. Zwei Packungen ihrer Lieblingskekse, eine Tafel Schweizer Schokolade, und Obst – herrje, an solche Südfrüchte konnte nur Huschnusch kommen, direkt vom Dampfer im Hafen. Es musste sie ein Vermögen gekostet haben. Orangen, Mandarinen, Äpfel, eine Pampelmuse, getrocknete Bananenscheiben, kandierte Ananas. Und natürlich ein Brief, ein lieber Brief, den sie ungelesen mit auf die Zelle nehmen durfte, denn er war ohne Kuvert. Huschnusch wusste das, wie umsichtig sie war, wie lieb, wie solidarisch.

Nachdem alles auf geheime Botschaften, Waffen und Ähnliches untersucht worden war, von einem sichtbar neidischen Personal, das gierig den lang entbehrten Duft einsog, durfte Sonja auf die Zelle zurück und las Friedes Brief.

Er war nicht lang. Friede schrieb von Hamburg, von den Hafenarbeitern und Matrosen, denen es gut gehe. Gemeint war, dass auch sie im Streik standen.

Sonja ließ den Brief sinken und betrachtete den Apfel, den sie in Ermangelung von Blumen auf den Tisch gelegt hatte. Wie schön er war, ein norddeutscher Winterglockenapfel, grün wie Maigras, wie gut er den Winter in Kellerkälte überstanden hatte, ohne Duft und Geschmack zu verlieren. Sie musste hier raus, sie musste die Arbeiter überzeugen, weiterzustreiken. Absurd wie eine Komödie von Gogol, dachte sie, eine Landesverräterin, die nicht mal das Wahlrecht hat. Diese hässliche alte Monarchie ist eine ausgehöhlte Ruine, es kann nicht schwer sein, ihre morschen Mauern einzureißen, wir müssen nur dranbleiben.

Sie nahm den Apfel in beide Hände und roch an ihm. Ach, der Duft von Huschnuschs Freundschaft lag in ihm. Wie gut er sich anfühlte, glatt, makellos und so groß! Ein Apfel, eigentlich um ihn liebevoll mit einem Messer zu zerteilen, zu groß zum Hineinbeißen.

Sonja schlug ihre Zähne in den Apfel und genoss die säuerliche Fruchtigkeit. Unter ihrem kräftigen Biss schien die Frucht nachzugeben, plötzlich hatte sie eine Hälfte in der Hand. Die andere landete in ihrem Schoß.

Wie eigenartig ... unwillkürlich blickte Sonja über die Schulter zur Tür. Dann betrachtete sie das ungewöhnliche Kerngehäuse. Der Apfel war präpariert. In seinem ausgehöhlten Kernhaus steckte ein winziges Klappmesser.

Das war echt Huschnusch. Wohin damit? Schnell ging Sonja zu dem Eimer, in den sie ihre Notdurft verrichten musste. Es war die einzige Stelle, an der sie von der Tür unbeobachtet blieb.

Sie setzte sich auf den Deckel, zog ihren Schnürstiefel aus, lockerte vorsichtig das Flanellfutter am Schaft und schob das Messerchen zwischen Futter und Sohle. Echt Huschnusch! Sollte sie damit die Stäbe durchsägen? Oder die Schlüsselrasslerin ermorden?

Nun, wie auch immer, vielleicht war es Unsinn. Aber Sonja fühlte sich auf wunderbare Weise nicht nur getröstet und verstanden, sondern auch gestärkt.

7

DIESER MANN SEI ein Landsmann. »Er will Sie befreien, Frau Doktor«, raunte Fritzi. Sie schob die Tafel Schokolade über den Tisch, sie war polizeilich geprüft und zugelassen worden. Sonja schob die Schokolade spontan zurück. Sie sah angeekelt aus. Landsmann! Er sei ein Flüchtling wie sie, versuchte es Fritzi und schob ihr die Schokolade wieder zu.

»Flüchtling!« Sonja lachte auf, ein böses Lachen. »Weißt du, vor wem die Russen geflohen sind, die hier in München leben, beschützt und gehätschelt von der Wittelsbacher Dynastie? Nicht vor den Schergen des Zaren wie ich, oh nein! Die sind vor Lenin und Trotzki geflohen, die ihnen ihre jahrtausendealten Privilegien endlich genommen haben! Die Sowjets haben ihnen das gute Leben vergällt, das sie auf dem Rücken ihrer Sklaven lebten, sie haben die Güter verstaatlicht, aus deren Pachteinnahmen sie ihr verschwenderisches Leben in ganz Europa finanzierten, während ihre Pächter in Erdhöhlen hausten und erfroren oder verhungerten! Die Blutsauger haben nichts mehr zu saugen! – Ich will dir was sagen, Knickserin, ich bin eine scharfe Kritikerin von Lenins Politik, aber in diesem Punkt hat er alles richtig gemacht!« Sie schob die Schokolade wieder zu Fritzi.

»Iss du sie, Knickserin, von einem solchen Landsmann will ich nichts geschenkt!«

Fritzi hatte mit leuchtenden Augen zugehört. Vergessen war der Mann, vergessen die Schokolade.

»Haben Sie Lenin kennengelernt, Frau Doktor?«

Wenn sie nicht endlich Genossin sage, würde sie ihr kein Wort erzählen, erklärte Sonja, aber dann lachte sie. Wladimir Iljitsch sei jedenfalls ein origineller, blitzgescheiter Typ, einige Anekdoten wert.

»Er hat einige Jahre in München gelebt. Vor dem Krieg war er auf der Durchreise, weil seine Frau, die Krupskaja, sich in Bern die Augen operieren ließ. Sie hatten einige Stunden Zeit, kontaktierten Genossen und trafen sich im Hofbräuhaus. Es war sehr lustig, wie die Krupskaja die Buchstaben ›HB‹ studierte. Es sei doch phänomenal, meinte sie, dass im berühmtesten Hofbräuhaus der Welt die Narodnaja Wolja verewigt wurde!«

Fritzi verstand kein Wort.

Sonja erklärte, dass im Russischen die Buchstaben H und B für N und W stehen:

Mit jedem Krug ein revolutionäres Bier, meinte die Krupskaja, da könne ja nichts mehr schiefgehen! –Ja, das war ein Jahr vor dem Krieg, da war es noch lustig. Rappoport hat ja schon damals gewarnt, Lenins Sieg sei die schlimmste Bedrohung der russischen Revolution. Lenin würde alle so fest umschlingen, dass sie ersticken. Und Rosa Luxemburg meinte zu Clara Zetkin, auf diesen russischen Bauernschädel müsse man achtgeben. Er habe die Absicht, Mauern umzustoßen. Vielleicht zerschmettere er daran, aber nachgeben? Der? Niemals. – Und so war es auch. Intelligenter Mann, geschickter Politiker. Aber man hätte ihm auf die Finger klopfen müssen«, schloss Sonja.

»Sind Sie darum im letzten Jahr nicht nach Russland gegangen, Frau Doktor?«, fragte Fritzi. Die Genossin könnte im russischen Ministerium für Nationalökonomie eine gute Stelle haben, fügte sie schüchtern hinzu.

»Und alle Expropriationen durchführen, was? Womöglich gemeinsam mit diesem georgischen Halunken, der sich den Kampfnamen Stalin gab!« Sonja lachte verächtlich. Fritzi wartete gespannt.

»Es war vor etwa zehn Jahren, die Bolschewiki brauchten dringend Geld. Da kam dieser Stalin auf die Idee, einen bewaffneten Transport der Staatsbank zu überfallen. Wahrscheinlich hatte er das im Kinematografen gesehen, der große Eisenbahnraub. Da konnte man merken, wie brutal und dumm Stalin und seine Anhänger sind: Die 500-Rubel-Scheine der Staatsbank waren natürlich registriert! Die Versuche, sie im Ausland zu wechseln, scheiterten gründlich. Lenins Ruf war erst mal ruiniert!«

Fritzi fand die Geschichte abenteuerlich.

»Sind Sie nicht nach Russland zurückgekehrt, weil Sie mit solchen Dingen nichts zu tun haben wollten, Frau Doktor?«, fragte sie verständnisvoll.

»Genossin! – Nein, sondern weil ich hier einen Ehemann habe.«

Fritzi betrachtete Sonja erstaunt. Sogar die bewunderte Genossin ließ sich durch einen Ehemann von der Revolution abbringen? Nach der Auseinandersetzung mit ihrem Vater um das Heiraten war Fritzi auf dem Quivive. Sie wollte keinen Ehemann, der ihr die wahrhaft wichtigen Dinge des Lebens verbieten, sondern einen Genossen, mit dem sie gemeinsam streiten würde. Seit an Seit, dachte Fritzi.

»Seit an Seit«, sagte Sonja bitter, »die große Lüge. Bitter habe ich dafür bezahlt. Letztlich bin ich darum hier in München.«

»Ich habe alle Ihre Vorträge gehört, Frau Doktor, auch

den im Lamplgarten! Erzählen Sie mir von 1905, bitte! Waren Sie bei den Sozialrevolutionären, Frau Doktor?«

Sonja sah in das aufgeregte Gesicht der Kleinen und musste plötzlich lachen.

»Genossin! – Nein, Knickserin, wir alle, auch Lenin, waren stets brave Sozialdemokraten! Das reichte im zaristischen russländischen Reich völlig aus, um als Terrorist verfolgt zu werden. Lenin bei der SDAP, ich beim sozialistischen jüdischen Arbeiterbund. Attentate, das war nicht unser Ding. Auf jedes Attentat folgten die schrecklichsten Pogrome ...«

Sonja sah, dass Fritzi sie nicht verstand. Glückliches Mädchen, kennt das Wort ›Pogrom‹ nicht, dachte sie und sagte weich: »Stell dir vor, sie hätten nicht den Genossen Eisner und mich gefangen genommen, sondern der bayerische König hätte behauptet, es seien die Rothaarigen gewesen, die den Streik begonnen hätten, man solle ihre Häuser anzünden, sie schänden und ihre Männer und Kinder erschlagen.«

Fritzi verstand, und Sonja fuhr fort: »Wenn die Rothaarigen immer schuldig sind, gibt es drei Möglichkeiten: Sie verbarrikadieren ihre Häuser, sie flüchten, sie wehren sich, oder ...«

Fritzi grinste. »Oder sie färben sich die Haare.«

»Genau! Mein geheimer Auftrag lautete Odessa.«

Heimlich fährt Sonja von Wien nach Odessa, die Familie soll sich nicht beunruhigen. Der Juniaufstand, ›Potemkintage‹ genannt, ist niedergeschlagen worden, hat aber seine Wirkung nicht verfehlt. Selbst die gemäßigten Kräfte fordern eine Verfassung, Odessa mit der neurussischen Universität gilt als revolutionärer Unruheherd. Es heißt, der liberal denkende Innenminister Witte wirke auf den Zaren ein, der drohenden Revolution mit einem Parlament und allgemeinem Wahlrecht zu begegnen. Er habe einen entsprechenden Ukas erarbeitet. Wird der Zar ihn unterzeichnen?

Tate würde sich aufregen, wüsste er seine Tochter im Herzen des Aufstandes, aber genau da ist Sonjas Aufgabe vorgesehen: Sie soll die jüdischen Studenten als Bundisten gewinnen. Jankele kämpft an der Seite der Arbeiter in Persyp und der Moldawanka. Gemeinsam werden sie einen Arbeiter- und Studentenrat bilden. Im Sommer sind die Schneider, Eisenbahner, Drogisten in den Ausstand getreten, gefolgt von Verkäufern und Ladentöchtern. Sie haben bereits Gewerkschaften gegründet. Nun muss die Macht ausgebaut werden, sie darf nicht niedergeschlagen werden wie in den Potemkintagen, und dafür ist Einigkeit zwischen Bundisten, Bolschewiki und Menschewiki von größter Bedeutung. Dies ist eine gewaltige Aufgabe, und Sonja ist sehr aufgeregt. Ihr Ziel: eine freie Republik Odessa nach dem Vorbild der Pariser Kommune.

Wie schön dieses Odessa ist, wie laut und lebendig der Hafen, wie mild, wie frei die Seeluft und wie frei die Universität! Professoren und Studenten haben sich nach dem Aufstand Autonomie erkämpft, Gouverneur und Stadthauptmann dürfen dem Rektor nicht mehr hineinreden.

Sonja erlebt mit Staunen und Hochachtung, wie die Professoren gemeinsam mit den Studenten für Autonomie und freie Lehre kämpfen. ›Meeting‹ ist das Zauberwort des beginnenden Wintersemesters, ein Meeting folgt dem anderen, Mädchen fordern Zugang zum Studium, Ärzte ein sozialistisches Gesundheitswesen, Juristen dozieren über Marxismus und Gewaltenteilung, in Arbeitsgruppen diskutieren die Studenten die Aufgaben des Parlaments, die Verfassung eines demokratischen Staates, fordern gleiche und geheime Wahlen, Unverletzlichkeit der Wohnung, Abschaffung der Zensur. In kleineren, geheimen Zirkeln beratschlagen sie, wie der Zar zu beseitigen ist. ›Sinnlose Träume‹, hat dieser Zar eine russische Verfassung genannt.

Folgt man den Diskussionen, ist das Zarenregime am Ende, es ist nur noch eine Frage von Wochen, bis die Arbeiterräte regieren. Sonja, ermutigt durch Professoren, überlegt, ob sie als erste Frau Russlands Jura studieren soll und mit Privatstudien beginnt, bis sie die Zulassung erhält.

- Ich könnte zur Gerechtigkeit beitragen, was meinst du?, fragt sie ihren Cousin, der sich gerade als Hufschmied einen Namen macht.

- Oder Medizin, ich könnte Seuchenspezialistin werden und das öffentliche sozialistische Gesundheitssystem mit begründen, die Zustände in Peresyp sind ja unbeschreiblich. Aber eigentlich muss ich meine Nationalökonomie weiterstudieren, denn als Erstes müssen wir die ökonomischen Verhältnisse verändern, um in der russischen Räterepublik ... was hast du denn? Was grinst du ständig? Nimmst du mich nicht ernst?

Jankele meint, sie müssten erst dahin kommen, wohin Sonja sich träume.

Das ist wahr. Und die Wolken ziehen sich schon über ihnen zusammen. Der Stadthauptmann Neidhardt ist ein falscher Fuffziger. Er gibt sich liberal, kungelt aber mit dem Generalgouverneur Kaulbars, einem antisemitischen baltischen Junker, ehemals Befehlshaber der Mandschurischen Armee, die im japanischen Krieg scheiterte. Beiden ist es ein Dorn im Auge, dass Tausende von Menschen zur Universität gehen, um öffentlich zu diskutieren. Sie sehen nichts anderes darin als Zusammenrottungen von Terroristen, und Terroristen sind natürlich Juden. Neidhardt hat den Oberrabbiner ins Amt zitiert und ihn gewarnt, er möge die jüdische Jugend im Zaum halten.

- Der Oberrabbiner ist mir egal, sagt Jankele, er ist ein Feigling, der sammelt in der Gemeinde Bestechungsgelder, nennt sie Pogromsteuer und glaubt, die Obrigkeiten bestechen zu können. Aber Neidhardt ist geheimer Kammerherr und Günstling Plehwes. Der will auch die Revolution in jüdischem Blut ertränken. Er tut liberal, um dann die Meute auf die Juden loszulassen. Wir müssen unsere Selbstwehr gut schulen und bewaffnen. Das mach ich, und du kümmerst dich um die Uni.

Sonja hört einen Vortrag des Professors Bohomolez. Man weiß, dass der Pathophysiologe als Sohn der politischen Aktivistin Sophia Prysetsku im Gefängnis geboren wurde. Alle Studenten und Arbeiter begegnen ihm voller Hochachtung. Bohomolez spricht über die hygienischen Verhältnisse in Peresyp, über die nicht vorhandene Kanalisation, und als er das Elend mit allen Seuchen, die es hervorgebracht hat und noch hervorbringen wird, genauestens beschrieben hat, führt er seine Schlussfolgerung auf beeindruckende Weise fort: Selbst das beste Kanalisationssystem werde nichts helfen, wenn das politische System nicht stimme. Es gebe nicht Richtiges im Falschen, sagt er unter Applaus der tausend Studenten, Arbeiter und Schüler, die von der Stadt in den großen Hörsaal gekommen sind. Und er fordert den Achtstundentag, gerechte gleiche Entlohnung für alle, Enteignung und Vergesell-

schaftung wichtiger Betriebe und eine Verfassung, die die Wahrung dieser Veränderungen garantiere, sonst sei dies alles nichts wert, und in ein paar Jahren seien die Zustände wieder so wie jetzt: unhaltbar.
Alle springen auf, manche heben die geballte Faust in die Höhe.
- Nieder mit dem Zaren!
- Lang lebe die Sozialdemokratie!
- Lang lebe die politische Freiheit!
Sonja ist begeistert und spricht Bohomolez an. Ob es Sinn mache, zunächst Krankenschwester in einem dieser albernen höheren Frauenkurse zu lernen, bis sie Medizin studieren könne.
- Natürlich macht das Sinn, sagt der Professor, und Sie sollten außerdem Nationalökonomie und ein paar Semester Jura studieren, Fräulein ...?
- Rabinowitz, stellt Sonja sich vor. Bohomolez sieht sie begeistert an: Sind Sie mit der großartigen Bakteriologin Lydia Rabinowitsch verwandt, die vor drei Jahren in Odessa die Pest erfolgreich bekämpft hat? Die Pest! Dass es das noch gibt!
Sonja bedauert, aber sie seien nicht verwandt. Diese großartige Frau habe eigentlich auch dem letzten Zweifler vor Augen führen müssen, dass das Frauenstudium eine gute Sache sei, meint Bohomolez. Lydia Rabinowitsch habe in der Schweiz studiert. Schon 1902 sei in Odessa genau wegen der Zustände in Peresyp, die er anprangere und die sich wenig geändert hätten, die Pest ausgebrochen.
- Die Pest! Sonja ist entsetzt, und der Professor redet sich in Rage: Die letzte Pest in Europa, ein Rückfall ins Mittelalter, und durch dieselben Ursachen wie im Mittel-

alter, eine Schande! Wegen dieses mittelalterlichen Despoten und seiner Rückständigkeit hinkt die russische Gesellschaft zwei Jahrhunderte hinterher, und schlimmer: Sie wird, wenn wir sie nicht einschneidend verändern, bald vier Jahrhunderte zurück sein! Frau Dr. Rabinowitsch habe sofort die richtigen Maßnahmen ergriffen, die Kranken in strikte Quarantäne genommen, die Ratten bekämpft, und daher sei die Pest schnell ausgerottet worden.

Siehst du, Jankele, will sie ihrem Cousin sagen, als sie, erfüllt von diesem Gespräch, in die Cafeteria kommt. Sie hat nicht unrecht gehabt, ein vielseitiges Studium anzustreben. Aber Jankele ist fort.

Wo ist er? Die Studentin ist sehr aufgeregt und bringt zunächst keinen Ton hervor. Sie heißt Feigl und hatte eigentlich den Auftrag, niemandem ein Wort zu sagen. Sonja erklärt, sie sei Jakuws Cousine, und wartet geduldig. Endlich erfährt sie bruchstückhaft, dass Jankele nach Petrograd fahren will, um dort ein Attentat zu verüben. Auf wen? Er will einen Verbrecher stellen und erschießen, auch Handgranaten habe er sich besorgt, falls er nicht nahe genug an ihn herankomme. Der Verbrecher sei ein gewisser Kuschewa. Feigl weiß nichts Näheres, sie hat ihm zehn Rubel geliehen.

- Wo ist Jankele? Er sei zum Bahnhof, der Zug ginge gleich. Gleich! Ist er schon im Zug? Die Studentin nickt, Sonja rast zum Bahnhof. Sie muss Jankele aufhalten. Will er zum Sozialrevolutionär werden?

Der Zug steht noch auf dem Bahngleis. Sonja atmet auf. Aber schon kommt das Signal, schon geht der Zugleiter ans Gleis, die Kelle in der Hand, er greift zur Pfeife – Sonja ignoriert die abwehrenden Gebärden des Bahnhofsvorstehers, springt aufs Plafond, öffnet die Tür und ist im Zug. Wo ist Jankele?

Sie geht von Abteil zu Abteil, an reichen Plüschsofas der ersten Klasse durch zur preiswerteren zweiten Klasse, sieht jedem Mann so intensiv ins Gesicht, dass sie obszöne Gebärden herausfordert. Einer klopft auf seinen Schoß, ein anderer schnalzt mit den Lippen, obwohl er in Begleitung einer Frau ist, und in der zweiten Klasse folgt ein Unverschämter ihr sogar und versucht, sie an die Wand zu drücken und zu küssen. Sie befreit sich mit einer Ohrfeige und hetzt auf nassen Stahlblechen über schwankenden Kupplungsbügeln zum nächsten Wagen. Regen und Wind zausen ihre Haare wild durcheinander, sie hatte keine Zeit, eine Mütze aufzusetzen. Schließlich ist sie bei den Holzbänken der dritten Klasse angelangt, das Abteil ist überfüllt wie immer. Familien mit Kindern quetschen sich auf schmale Bänke, Gepäck liegt überall, Säuglinge plärren. Ein junges Paar vom Land hält sich verschämt an den Händen. Aber Jankele ist nicht zu sehen. Sonja windet sich durch spielende Kinder, Gepäck und ausgestreckte Beine schlafender Männer, sieht in lachende, traurige, gleichgültige Mienen, kein Jankele. Wieder raus, nun kommt das letzte Abteil, Wind, Regen, Schwanken, blau ist die Luft dieses Wagens von Knaster. Betrunkene Soldaten, Bauern, zusammengebundene Hühner mit gelben Augen im Gepäcknetz, es riecht nach Schweiß, Wodka und Hühnerschiss. Hier muss Jankele sein, sonst war ihr illegales Aufspringen umsonst.

Ein Gesicht neben dem anderen, geschlossene Augen, warum sehen Menschen ohne Blick völlig anders aus? Ist es Jankele, der dort schläft? Wie kann er schlafen, er ist eben erst eingestiegen, oder stellt er sich schlafend? Sie

zupft den Mann am Ärmel, er fährt zusammen, reißt die Augen auf ...
 Verzeihung.
 Er ist nicht Jankele. Aber der andere ist neugierig, starrt sie an, will sie nicht gehen lassen, macht ihr mit holpernder Zunge zweifelhafte Komplimente, Sonja riecht Fusel, schwer wie Petroleum. Schnell weiter. Aber nach diesem Wagen ist der Zug zu Ende. Wasser läuft in Bahnen vom hinteren Fenster hinab und sammelt sich in winzigen Seen in den Winkeln, bevor der Fahrtwind sie aufpeitscht und davonweht. Endloses schnurgerades Gleis in der flachen Ebene, Gras, Ziehbrunnen, eine Schafherde, graue, schwere Regenwolken. Stetiges Rollen, Fauchen, fort von der milden Küste ins raue Landesinnere. Wie schön ist das Land, wie endlos.
 Die Tür vom Abort klappt. Jemand stellt sich neben sie.
 - Schönes Land, sagt eine vertraute Stimme, wert, es zu sozialisieren.
 Sie sieht ihn nicht an, ihr Herz klopft zum Zerspringen.
 Himmelmarxengels sei Dank, sie hat ihn gefunden.
 - Kommt auf die Sozialisierungsmittel an, sagt sie, wir werden uns nicht unglücklich machen durch Attentate. Wir sind Bundisten, hast du das vergessen? Wir sind Sozialisten, keine Verzweiflungstäter.
 Schweigen. Das graue Band der Schienen zerschneidet weiter die Landschaft, ein Dorf duckt sich unter dem Landregen, Qualm aus Schornsteinen, bemooste Reetdächer, ein Hund rast kläffend hinter dem Zug her, gibt auf, trottet zurück.
 Das Schweigen wird so lang, dass sie schaut. Er weint. Sie greift nach seiner Hand.
 - Wir können uns doch diese Schweinereien nicht gefal-

len lassen! Dieser Hetzer darf nicht noch mehr Unheil anrichten!
- Wer?
- Kruschewan! Er ist in Piter!
Das hat er also vor, jetzt begreift Sonja. Pawel Kruschewan besitzt drei Zeitungen, darunter den ›Bessaraber‹, ein antisemitisches Hetzblatt. Es stehen nur Lügen darin, Lügen und Aufrufe zu Judenverfolgungen. Seit Kruschewan den Pogrom von Kischinew mit seinen ›Weisen von Zion‹ herbeischrieb, hat die Art der Verfolgung eine neue Dimension angenommen. Bestehlen und Quälen ist nicht mehr genug, Häuser werden in Brand gesetzt, Kinder aus Fenstern geworfen oder erschlagen, Mädchen geschändet, Männer, die ihre Familien schützen wollten, ermordet. Wann der Pogrom in Odessa ausbricht, ist leicht zu berechnen: wenn Kruschewan Geld bei den Ministerien bekommt, um sein Blatt auch in Odessa zu verteilen. Vor zwei Jahren hat Kruschewan ein Attentat überlebt, der Student Pinchas Daschewski ist mit dem Messer auf ihn los.
- Ich muss das Werk von Pinchas zu Ende führen, sagt Jankele verzweifelt. Mit dem Messer! Wie konnte er mit einem Messer auf Kruschewan losgehen! Ich werd's besser anfangen.
- Es hat keinen Sinn, Kruschewan zu ermorden, sagt Sonja, begreifst du das nicht? Seine Zeitung wird vom Ministerium bezahlt, daher kann er sie umsonst unters Volk werfen und die Leute zum Mord aufrufen. Wir müssen nicht Kruschewan ermorden, sondern das System, das diese Kruschewans bezahlt.
Jankele stöhnt auf. So lange kann er nicht warten.
- Kruschewan muss unschädlich gemacht werden, bevor

er unser gerade erschaffenes freies Odessa ruiniert! Wir haben so viel erreicht, Sore: Unser Bündnis ist zwischen Studenten, Professoren, Arbeitern und Matrosen, sogar Teile der städtischen Verwaltung sympathisieren mit uns. Sie sind wütend auf die Korruption, die Unordnung, die schlechte Versorgung überall. Der Umsturz steht kurz bevor, wir müssen nur noch die Kosaken auf unsere Seite bekommen, oder sagen wir, so nahe, dass sie nicht auf uns schießen. Wenn Kruschewan in diesen Wochen hetzt, nicht nur mit seinem Dreckblatt, sondern seine Schwarzhunderter bewaffnet, dann war alles umsonst. Dann endet alles wieder in einem mörderischen Pogrom statt in einer neuen Gesellschaft.

Sonja gibt ihm recht. Aber sie haben seit dreißig Jahren Attentate in Russland, sogar den Zaren hat es im letzten Jahrhundert erwischt, nicht dass es ihr leid täte, aber was hat es gebracht? Nur schärfere Gesetze, und unserem Volk haben sie die Attentate in die Schuhe geschoben.

Sie reicht Jankele ihr Taschentuch.

- Aber wir müssen etwas gegen ihn tun, Jankele schnäuzt sich heftig. Sonja macht ihm klar, dass er in Odessa gebraucht wird. Drei Tage im Zug nach Petrograd, dort riskieren, dass es schiefgeht, selbst wenn alles gutgeht, Jankele: Du wirst zehn Tage fort sein, das geht nicht! In zehn Tagen kann viel geschehen.

An der nächsten Station steigen sie aus, misstrauisch beäugt vom Schaffner. Ein kleiner einsamer Bahnhof, mitten im Gouvernement Cherson, wie alle russischen Bahnhöfe viele Werst entfernt vom nächsten Ort. Der Zug nach Odessa geht erst am Abend. Sie beschließen, ins Bahnhofsbuffet zu gehen und Tee zu trinken. Der Wirt bietet frisch gebackenes Brot an, sie könnten es haben, meint er, er schließe bald, es gebe einen Pogrom. Er teilt das mit wie eine Wettervorhersage. Sonja und Jankele sitzen wie gelähmt vor ihren Tassen.

Der Zug nach Odessa kommt vor dem Pogrom oder der Pogrom fällt aus. Erleichtert lösen sie ihre Billets und fahren die Strecke zurück.

Es war nicht Jankeles Idee, dieses Attentat. Durch behutsame Fragen bekommt Sonja heraus, dass Jankele einen Sozialrevolutionär kennengelernt hat, der ihn auf die Idee gebracht hat.

- Eine Mutprobe, was?, grollt Sonja.
- Er heißt Achad, und er ist jetzt einer von uns. Er wird dir gefallen, Sore.
- Kaum, wenn er meinen Cousin auf so blöde Gedanken bringt, dass er in den entscheidenden Tagen verschwunden ist.
- Aber wir müssen Kruschewan etwas antun, sagt Jankele, ungemein erleichtert, dass Sonja ihn von seinem Vorhaben abgebracht hat.

Gewalt gegen die Zeitung findet sie in Ordnung, die rufe zur Gewalt auf.

- Wir könnten seine Druckerei zerstören!

Jankele schaut vom verregneten Land auf seine Cousine und lacht: eine zündende Idee.

Tief in der Nacht sind sie in Odessa und gehen sofort zu zwei Bundisten in der Moldawanka, die Feuer-Iwan kennen. Feuer-Iwan ist professioneller Brandstifter, er arbeitet für ein Kartell, das auf feurige Weise säumige Kunden abmahnt. Feuer-Iwan weiß, wie man riesige Stichflammen erzeugt, um Kunden zu erschrecken, die dann sofort zahlen, ohne großes Unheil anzurichten. Er weiß, wie man winzige, unauffällige Brandherde legt, die ein Haus von innen zerstören, ohne Nachbarhäuser in Mitleidenschaft zu ziehen, und kennt weitere erprobte Varianten. Feuer-Iwan kann jede verschlossene Tür öffnen, und er ist in Natascha, eine Medizinstudentin der höheren Frauenkurse, verliebt und entsprechend revolutionär gesinnt. Sonja erklärt ihm und Natascha, dass sie den ›Bessaraber‹ unbrauchbar machen wollen. Und dass es sich herumsprechen muss, als Gerücht natürlich nur, dass Feuer-Iwan dahinterstecke, damit die anderen Druckereien nicht wagen, Kruschewans Lügen zu drucken.

Feuer-Iwan blickt von Sonja zu seiner Natascha, dann zu Jankele, schiebt ein Streichholz zwischen den Zähnen hin und her, kaut, überlegt.

- Nur aufsperren?

Sonja und Natascha nicken.

- Du bist dabei, Jakuw?

Jankele nickt.

- Kleiner Schwelbrand?

Sonja weiß es nicht. Sie will die Lettern unbrauchbar machen. Wann schmilzt Blei?

- Wir können die Lettern einfach klauen, schlägt Feuer-Iwan vor.

Sonja findet das nicht spektakulär. Es soll nicht aussehen wie ein Einbruch, Iwan, es soll eine revolutionäre Tat sein.

- Revolutionäre Tat, echot Natascha, schiebt das Streichholz beiseite und küsst Feuer-Iwan.

- Also Bleigießen, meint Iwan. Grinsen.

»Odessa war ... wie sagt man, modern ...?«
»Dernier cri«, sagte Fritzi. Sonja lachte.
»So sagen wir Achtzehner«, erläuterte Fritzi. Und als Sonja immer noch etwas verständnislos blickte, ergänzte sie: »Wir Achtzehner im ›Goldenen Anker‹, Sie wissen schon, Frau Doktor, wo ich alle Ihre Vorträge gehört habe.«

»Dernier cri also war Odessa, Neu-Russland, am schwarzen Meer, ein Hafen, eine junge Universität, kaum Adel, in der Mehrheit Arbeiter und kleine Kaufleute, international, und das Beste: kaum Militär! Hier wollten alle studieren, hier wollten wir beginnen mit der Revolution. Mein Cousin hatte mir dort ein Zimmer besorgt, ich hatte mich zum Schein in diese höheren Frauenkurse eingeschrieben, denn die Universität war den Frauen noch verschlossen – oh, das war eines meiner erklärten Ziele: sie für Frauen zu öffnen! Aber, was soll ich dir sagen: Wir rannten offene Türen ein.«

Fritzi hatte mit leuchtenden Augen zugehört.

»Als ich in Odessa ankam, brodelte es in der Stadt. Den eher kleinbürgerlichen Apothekern und Kaufleuten waren die Schneider, Handelsgehilfen, die Schauerleute im Hafen und die Eisenbahner gefolgt: Sie alle forderten den Achtstundentag, unabhängige Gewerkschaften, Versammlungsfreiheit und eine kommunale Duma. Und für diese kommunale Verwaltung hatten sie bereits aus den Betrieben ihre Abgeordneten gewählt – genau wie wir es hier in München geplant hatten. Wie unsagbar dumm ich war, mich verhaften zu lassen!«

»Sie konnten nichts dafür, Frau Doktor! Und die anderen hat's auch erwischt!«

»Hätten wir aus den gewählten Vertrauensleuten einen

Arbeiterrat gewählt, wären wir nicht so schnell angreifbar gewesen.«

»Deshalb hat's die Polizei verhindert«, flüsterte Fritzi, »das wäre ja die pure Anarchie gewesen!«

»Im Gegenteil!«, erklärte Sonja lebhaft, »es wäre eine selbstbestimmte Regierung der gewählten Räte geworden, die Grundlage jeder wahren Demokratie.«

Schlüsselgeklimper brachte die beiden Frauen wieder in die monarchistische Wirklichkeit zurück. Die Sprechzeit betrug nur noch zwei Minuten.

»Das nächste Mal mehr, Knickserin.«

Schnell raunte Fritzi: »Dieser Mann hat davon gesprochen, Sie zu befreien. Er muss auf unserer Seite sein, Frau Dokor!«

»Genossin!«, verbesserte Sonja. »Wie will er das anstellen?«

»Es scheint nicht so leicht zu sein, daher erst einmal die Schokolade, meinte er, als Aufmunterung, Sie sollen nicht aufgeben.«

Aufgeben? Sonja blickte irritiert. Warum sollte sie aufgeben? Sie alle hatten politisch richtig gehandelt, der Vorwurf des Landesverrates war ein Einschüchterungsversuch. Er würde sich nicht erhärten lassen, dazu müsste der Kaiser seine Gesetze ändern. Streik war kein Landesverrat. Schlimm war, dass Genjuscha nicht kam, ihr Mut zusprach, ihre Hand hielt …

Das kann er zum jetzigen Zeitpunkt nicht, sei nicht so egoistisch, Sonja. Bald würde er sie besuchen, falls sie ihn nicht vorher zu Hause überraschen würde, denn diese alberne Anklage würde mangels Beweisen in sich zusammenfallen. Nein, solange Eisner nicht aufgab und die tapfere Betty in der Nachbarzelle, solange Toller noch pathetische Reden schwang, Winter und Kröpelin sogar nach Dunkelarrest trotzig schwiegen, solange würde sie erst recht nicht aufgeben. Und ein Befreiungsversuch ... da müsste dieser dubiose Befreier sie alle befreien, allein würde sie hier nicht rausgehen. Ein seltsamer Gedanke, vermutlich ein Irrer, und ob er wirklich Russe war?

»Würdest du ihm trauen, Knickserin?«

Fritzi war zwar jung, aber sie hatte ein gutes Gespür für die Dinge. Sie hatte das geschärfte Bewusstsein ihrer Klasse.

Fritzi überlegte. War ihr der Mann unheimlich gewesen? Oder war es nur die Situation des einsamen, dunklen Weges am Bach? Nein, ihr hatte sein Blick nicht gefallen, als er sie festgehalten hatte. Diese hellen Augen, nicht grün, nicht blau, eine eigenartige Mischung, wie dieser Kunsthonig, und der hatte ja mit richtigem Honig nichts zu tun, dem konnte man nicht trauen. Was da wohl alles drin war.

»Nein«, entschied Fritzi schließlich.

»Gutes Mädchen.« Sonja erhob sich, die Sprechzeit war beendet.

»Lass dir die Schokolade schmecken. Du hast sie verdient.«

Fritzi ging. Was wollte der Unbekannte von der Genossin Sonja?

Jankele bringt den Mann mit, den er als großen Genossen bewundert, den Sozialrevolutionär, der an einigen Attentaten beteiligt war. Aber er hat sich auf seine jüdischen Wurzeln besonnen und will an der Seite des Bundes kämpfen.

Dies ist Achad, sagt Jankele feierlich. Sonja sieht nicht auf, sie ist sauer. Der Anschlag zur Besetzung des Bahnhofs ist nicht fertig geworden, der Drucker war betrunken, und sie zankt mit dem Genossen.

- Der Alkohol ist der Freund der Reaktion, Genosse, ist dir das bewusst? Er macht dich stumpf und kraftlos, deine Schwäche ist die Stärke unserer Feinde! Deine Unzuverlässigkeit kann uns Kopf und Kragen kosten, sagt sie und sieht den Drucker so wütend an, dass er zusammenschrumpft wie ein welkendes Blatt in der Herbstsonne. Er verspricht und beteuert, noch heute Nacht zu drucken. Sonja entlässt ihn wie einen ungehorsamen Schüler.

Jankele räuspert sich, sie wendet sich um. Dies also ist Achad, der ihren Cousin zu dem idiotischen Attentat auf Kruschewan überredet hat. Auch auf ihn ist Sonja nicht gut zu sprechen. Sie öffnet den Mund für eine bissige Bemerkung und schließt ihn wieder. Achads Blick hält sie fest. Sie taucht in seine Augen, in die Schwarzmeerküste Odessas, in jene großartige Farblinie, die vor einem Sommergewitter entsteht, wenn die vom Wind gepeitschten Baumkronen vor dem Honigbraun des aufgewühlten Meeres unter den gelben Wolken eine explosive Stimmung heraufbeschwören.

Achad reicht ihr die Hand und sagt irgendwas, wie er sich freue, Cousine des Genossen, Bundisten, Revolution, sie hört nur den Klang seiner Stimme, und sein Blick aus diesen honigfarbenen Augen lässt sie nicht los, nicht jetzt bei der Begrüßung, nicht während der Sitzung, nicht später am Abend, als die Deputierten des Arbeiterrates auseinandergehen. Wie selbstverständlich geht Achad neben ihr her, und sie spazieren die Hafenpromenade entlang, als wären sie ein Leben lang nebeneinander gegangen. Der

Himmel über dem Schwarzen Meer färbt sich in prächtigem Orange, und eine Sehnsucht wächst in Sonja, die mit jedem Schritt größer wird, mit jeder passierten Haustüre heftiger, unerträglicher. Sie sprechen nicht. Nach schwierigen Debatten im Arbeiterrat, langen kontroversen Diskussionen, sorgfältig formulierten Beschlüssen gehen sie schweigend nebeneinander her, die Preobrashenskaja hinauf, die Tirapolskaja, den Treugalnajaplatz. Er ist neben ihr, als sie die Tür aufschließt zu ihrer winzigen Wohnung in der Moldawanka, hinter ihr, als sie die dunkle, knarrende Holzstiege hinaufgeht, und sie spürt seinen Blick im Rücken wie einen Sonnenstrahl. Als sie die Wohnung betritt, schließt er die Tür hinter sich, lehnt sich an, ohne die Klinke loszulassen, und schaut sie mit leuchtenden Augen an. Sie macht einen winzigen Schritt auf ihn zu, nur eine Bewegung, da lässt er die Klinke los und nimmt sie in die Arme. Sie lieben sich auf Sonjas schmalem Bett, der sanfte Wind, der stets vom Meer hinauf in die Gassen Odessas weht, bauscht die weißen Vorhänge auf, und Sonja ist Meer und Wind und Krachen der Melonen, die so köstlich zerspringen, wenn sie in das rote Fleisch beißt und der süße Saft über Mund, Kinn und Hals tropft. So viel Leben, so viel Lust, das ist die Liebe.

Sie krallt sich an ihm fest und stöhnt vor Verlangen. Eine Melodie seufzt in ihr Herz. Es ist nicht der kleine Junge von gegenüber, der ständig von seiner ehrgeizigen Mama getriezt wird, auf der Geige zu kratzen. Zu ihrer Liebe weht eine wehmütige Melodie über die Gasse, ein altes jüdisches Lied, von warmen, dunklen Tönen eines Akkordeons. Ihr Leben lang wird Sonja es hören, nie vergessen, sie wird die Weise verfluchen, und es wird Momente geben, wo sie sich eine Schere ins Hirn rammen und die Melodie herausschneiden will. Aber in diesen Stunden in der Kammer liebt sie die Töne, die der Wind über die Gasse in ihre Kammer trägt, um ihr Liebesspiel zu begleiten. Sie liebt diese Melodie, und sie liebt ihn, Achad, jeden Abend werden sie sich hier lieben nach den aufregenden, aber anstrengenden Aufgaben des Tages. Alles, alles müssen die Räte neu erfinden, diskutieren, verwerfen oder beschließen: Demokratischer Sozialismus ist anstrengend. Liebe, das ist die Liebe zu allen Menschen, zu Gerechtigkeit, zu Gleichheit, die Liebe für das Banner der Freiheit. Nun ist die Liebe zu diesem Menschen hinzugekommen. Sonja liebt und nichts kann ihr Angst einjagen. Die Schließung der Universität: eine verrückte Besetzung mit Übernachtungen im Hörsaal. Die Barrikaden: ein Jux. Die Polizei: Dummköpfe, denen man Streiche spielt. Die Kosaken: ein Spiel mit dem Feuer. Der ständige Wechsel der konspirativen Treffpunkte und Buden: ein einziges Abenteuer. Die Ochrana: Erfindung einer urkomischen Geheimsprache. Erst viel später wird Sonja spüren, dass Einsamkeit alles sinnlos macht. Der Mut versiegt, der Verrat raubt dir die Kraft, bis du glaubst, den Verstand zu verlieren.

Jankele schaut eifersüchtig und grinst schmerzlich, als sie ihm erklärt, dies sei die freie Liebe, das müsse er verstehen als ihr Cousin und treuer Genosse und Freund Achads. Liebe ist kein ...

- Kein Besitz, ich weiß, unterbricht Jankele gereizt, dann benimm dich nicht besessen, Sarah. Schiebt die Kappe in die Stirn, die Fäuste in die Hosentaschen und geht zum konspirativen Treffen der Schauerleute in die Kneipe am Hafen.

- Augen zu!, fordert Achad. Sie liegen nackt aneinandergeschmiegt auf Sonjas Bett. Sie gehorcht und spürt, wie er an ihrem Handgelenk nestelt. Jetzt darfst du schauen. Sonja reckt den Arm nach oben. Um ihr Handgelenk schlingt sich ein schmales, hübsch geflochtenes silbernes Armband.

- Du bist verrückt, ein Proletarier trägt keinen Schmuck, sagt sie und betrachtet das fragile silberne Bändchen, dreht den Arm hin und her.

- Doch, wenn es ein Erbstück ist, meint Achad und küsst Sonjas schmales Handgelenk, es ist nur ein kleines Zeichen unserer Liebe.

Sonja entdeckt auf einem der Glieder eine seltsam verschlungene Linie. Das Zeichen der Unendlichkeit, erklärt Achad, gleich, wie du die Linie verfolgst, sie hat niemals ein Ende.

- Wie die Liebe und die Gleichheit unter den Menschen, murmelt Sonja, und er nennt sie Sonjetschka und küsst sie. Ach, das Leben könnte so schön sein.

- Es ist schön, sagt Achad erstaunt.

- Noch nicht, wir haben erst begonnen, die Ungerechtigkeit zu bekämpfen.

- Es wird uns gelingen, murmelt er an ihrem Hals, und ihr sträubt sich der Nackenflaum, und sie lieben sich wieder, unerschöpflich ist diese Lust, sie geht keine verschlungenen Umwege wie die Unendlichkeit, sie hat einen Anfang und einen Gipfel und verströmt sich in einem Ende voller Wonne.

Aber am nächsten Tag warnen die Genossen. Jankele hat von einem Kaufmann erfahren, dass Generalgouverneur Kaulbars die Kosaken in Stellung gebracht hat, um die sozialistische Republik Odessa niederzuschlagen. Auch die Marine hat mobil gemacht. Panzerkreuzer sind vor dem Hafen in Stellung gegangen.

Verdammt, das haben sie nicht berücksichtigt. Sie haben

sich bewaffnet, sie haben den Bahnhof besetzt, sie haben Außenposten vor der Stadt, aber den Hafen haben sie nicht unter Kontrolle. Sonja überlegt. Im Juni war die Besatzung der ›Potemkin‹ auf Seite der Aufständischen. Aber in den letzten vier Monaten ist viel geschehen, inzwischen sind andere Zerstörer in Stellung gegangen. Auf keinen Fall darf ein Bürgerkrieg entstehen, in dem Soldaten gegen Matrosen kämpfen. Eilig wird der Deputiertenrat zusammengerufen. Sonja will zu den Matrosen sprechen. Sie dürfen Odessa nicht beschießen.

Aber wie? Sie kann sich nicht auf einem Ruderboot nähern, beim ersten Versuch, die Matrosen zu agitieren, würden die Offiziere sie erschießen.

Achad regelt die Sache. Er hat herausgefunden, dass die Offiziere zu einem Ball beim Gouverneur im Palast eingeladen sind.

Aber der Wachhabende?, will Jankele wissen. Eine wegwerfende Handbewegung: Mit dem wird man wohl fertig werden.

Ach, wäre Jankele doch ein wenig eifersüchtig gewesen! Das hätte ihn misstrauisch gemacht. Aber die freie Liebe und die Toleranz, und inzwischen hat er Feigl an seiner Seite, ein wildes und revolutionäres Mädchen, das am liebsten alles sofort kurz und klein schlagen will. So ist Jankele damit beschäftigt, Feigl die Taktik der Partisanen zu lehren, vornehmlich im Bett, und hört und sieht nicht mehr so kritisch hin wie in den ersten Wochen.

An einem Donnerstag rudert Achad Sonja hinüber zu dem Zerstörer. Die Matrosen kommen an Deck und hören aufmerksam zu. Sonja spricht von der internationalen Solidarität, von einem Russland ohne despotische Herrschaft,

einem freien sozialistischen Land, in dem ein gewähltes Staatsoberhaupt regieren wird, ein demokratischer Staat, in dem das Militär dem Volk dient und nicht der Vermehrung des Besitzes der herrschenden Klasse.
Achad spricht nicht. Jedes Mal, wenn Sonjas Blick von den Matrosen zu ihm wandert, sieht sie seinen aufmerksamen Blick, seine schönen dunklen Augen, die Eleganz seiner schlanken Gestalt, die lässig an der Reling lehnt. Kommt das Glücksgefühl nur von dieser Liebe, die sie erfüllt? Trotz aller Verliebtheit ist Sonja sicher: Ihr Glück ist der Kampf um eine gerechtere bessere Welt. Nie könnte sie Achad lieben, wenn er nicht an ihrer Seite kämpfen würde. Zu zweit in der Solidarität mit den anderen. Die Liebe zu einem Menschen ersetzt nicht die Liebe zur Menschheit, denkt sie und ist erregt und gerührt zugleich, als die Matrosen ihr zujubeln und einen Rat aus ihrer Mitte wählen. Diese fünf Matrosen, zuverlässige See- und Vertrauensleute, sollen den Kotakt zu den Revolutionären halten. Sie vereinbaren Codewörter und Flaggensignale für den Waffenstreik.

Sonjas Herz klopft heftig, als sie wieder in den Hafen zurückrudern. Seit Kischinew arbeitet sie für den Umsturz, nun ist er zum Greifen nah. Die Petrograder Mordnacht im Januar hat auch dem letzten zarverehrenden Mütterchen gezeigt, wie gleichgültig diesem Nikolaus sein Volk ist, wie er es morden lässt, selbst wenn es mit seinem Bildnis in den Händen nur um Erleichterungen bittet. Es war klug, nicht sofort im Januar loszuschlagen. Die Revolutionäre haben die Kräfte gebündelt, Sonja hat Aufrufe und Waffen in der Schweiz besorgt und über die Grenze geschmuggelt. In den vier großen Städten werden die

Bundisten vereint mit den Sozialrevolutionären und den Sozialdemokraten losschlagen. Morgen wird Odessa in den Generalstreik treten, sie werden den Stadthauptmann Neidhardt gefangen nehmen, sie werden eine provisorische Regierung bilden, und weder Marine noch Militär werden eingreifen.

Sonja sieht auf die kleinen weißen Schaumkronen der Wellen. Das Meer ist ruhig, Odessas Hafen mit der majestätischen Treppe zur oben liegenden Stadt ist geprägt von der üblichen geschäftigen Betriebsamkeit des Überseehandels. Sie ist sicher: Der Umsturz wird unblutig verlaufen. Dieser Januarbittgang in Petrograd war falsch in jeder Hinsicht. Was war schon vom Zaren zu erwarten? Der Anführer, dieser Gapon, von der Ochrana gekauft, denkt sie, denn seit der Blutnacht ist der falsche Pope verschwunden, nicht mehr auffindbar, ein deutliches Zeichen, dass er vom Geheimdienst gedeckt wird. Wahrscheinlich ist er längst in Finnland, an der Grenze, wohin sich die Gefangenen aus Sibirien flüchten und dann zu ihrem Entsetzen auf die Männer der Ochrana stoßen. Die Potemkintage, das war die Generalprobe, jetzt, im Oktober, werden sie es mit gebündelten Kräften schaffen.

Achads Hände greifen um das Ruder. Schön sind sie, kräftig und muskulös, aber keine Protetenhände, woher kommt Achad? Was tut er?

- Aus dem Norden, sagt er unpräzise, er sei auf die Krim gezogen, weil er die Kälte nicht mehr ausgehalten habe.

Rudert weiter, und Sonja denkt gerührt, er ist nach Sibirien verbannt worden und will nicht darüber sprechen. Ihr Leben lang will sie mit diesem Mann über das Schwarze Meer rudern, zwischen jener wundervollen Linie, an der das dunkle Blau des Meeres mit dem lichten Azur des

Himmels über Odessa verschmilzt, und den Stufen der Potemkinschen Treppe, die in der Sonne weiß aufleuchten, und sie will erst an Land gehen, wenn alle Menschen gleich sind. Und sie summt die Marseillaise vor sich hin und lässt die Hand ins Wasser gleiten und beobachtet die kleinen Fische, deren Rücken bei der Jagd an der blauen Oberfläche silbrig aufblitzen.

Sonja griff unwillkürlich nach ihrem Handgelenk, umfasste es, als müsse sie dort, wo das Armband vom Meereswasser nass wurde, eine giftige Schlange abstreifen. Dunkel hüllte sie ein.

Der Abend kommt so schnell wie der Verrat, dachte Sonja und sank zitternd vor Kälte auf die Pritsche. Schlaf wollte nicht kommen. Wie im Lichtspieltheater in der ersten Reihe erschien an der Wand in schemenhaften Grautönen Achads grässliche Silhouette mit dem Kind an der Hand, riesig, grotesk. Und wie sie damals, gebannt von den riesigen, bewegten Bildern des Kinematografen, auf die Leinwand gestarrt hatte, so starrte Sonja jetzt ins Dunkel. Ihr Feind war wiederauferstanden, sie spürte es. Er bewegte sich auf sie zu.

Die Matrosen sind auf der Seite der Revolutionäre, die Post und das Telegrafenamt werden bestreikt.

Wenn wir siegen wollen, reicht das nicht, erklärt Achad und deutet auf den Stadtplan von Odessa, der im geheimen Treff an der Wand hängt. Sonjas Blick folgt der geliebten

Hand, einer schönen, kräftigen Hand, einem ausgestreckten Zeigefinger. Diese schöne Männerhand weiß, was sie will. Und Sonja weiß es auch. Sie will das zaristische Joch abschütteln, und sie will das neue Leben im befreiten Land leben, gemeinsam mit diesem Mann.

Der Bahnhof, sagt sie, natürlich, aber die Bahnleute sind auf unserer Seite, sie werden ebenfalls in den Ausstand treten. Achad schüttelt den Kopf und zeigt auf die Straße, die Verbindungslinie zwischen Hafen und Bahnhof.

- Wenn die Truppen nicht zu Schiff oder per Eisenbahn kommen können, fordert der Gouverneur die Kosaken an, erklärt er und deutet auf die Ausfallstraßen.

Der einäugige Dorek schlägt Straßensperren vor. Achad nickt. Ermutigt zeigt Dorek auf die großen Straßen. Hier, hier und hier, überall, wo die Soldaten zum Bahnhof oder zum Hafen gelangen könnten, muss es eine Sperre geben.

- Wir müssen auch die Kasernen besetzen, schlägt Iwanov vor, die dürfen erst gar nicht heraus.

Doch, aber nur an unserer Seite, sagt Sonja selbstbewusst. Sie hat die Matrosen überzeugt, sie wird auch die Soldaten überzeugen.

Sie beschließen fünf Barrikaden an den entscheidenden Kreuzungen.

Bleibt die Frage der Waffen. Sonja zögert, aber dann lässt sie sich überzeugen. Die Verhaue, die sie bauen werden, können Pferde aushalten, auch die gefürchteten Hiebe mit den Säbeln. Aber Gewehrkugeln? Sie sind sich einig: Als Märtyrer hinter ihren Barrikaden helfen sie der Bewegung nicht. Die Kosaken dürfen nicht durchkommen, der Streik muss so lange durchgehalten werden, bis ... bis? Sonja überlegt. Natürlich, bis der Zar abgesetzt ist, aber sie brauchen entscheidungsfähige Gremien, Arbeiterräte, die sofort die wichtigen Posten besetzen können.

- Wir entscheiden alle gemeinsam, sagt Sonja, wir brauchen keinen Arbeiter-Gouverneur, unsere Demokratie soll keine Schattenduma sein, sondern Menschen, die unsere Beschlüsse umsetzen. Die Genossen jubeln. Es sind inzwischen über tausend Menschen in der Mensa der Universität, und sie verteilen sofort die Arbeit für die Barrikaden, die Funker ins Telegrafenamt, um die Drahtberichte entgegenzunehmen, denn keiner weiß Genaueres über den Erfolg in den anderen Städten. Es gibt Berichte aus Petrograd, aus Warschau, aus Moskau, alle klingen gut: Die Post im riesigen Zarenreich ist blockiert, die Telegrafen in den Händen der Aufständischen. Aber wie lange? Wird der Zar wieder Schießbefehl erteilen? Werden seine Minister ihn ausführen? Wie können sie die Untergebenen an der Ausführung hindern? Sollen sie Neidhardt und Kaulbars gefangen nehmen, bis ihre Forderungen erfüllt sind? Einige schlagen vor, Neidhardt zu ermorden wie im vergangenen Jahr den verhassten Plehwe, der nur ein Jahr im Amt war. Sonja findet diese Attentate sinnlos. Sie will keinen Hass schaffen, sie will keine neuen Märtyrer.

Feigl kommt atemlos herein und meldet, dass die Kasernen in Alarmbereitschaft seien, in Sewastopol sei ein Zerstörer gegen die Meuterer in Odessa in Marsch gesetzt worden.

Was tun?

8

DER KLEINE PLÄRRTE erbärmlich, und es war doch ihre Schuld. Fritzi hatte ihn umgestoßen, sie war einfach zu schnell um die Ecke der Baracke gebogen, und da hatte sie das Kind der Nachbarin regelrecht über den Haufen gerannt.

Dem Kleinen standen Schmerz und Schreck in den Augen, er schrie wie am Spieß, das arme Ding, und war doch so klein und dünn. Sie streichelte die nassen Bäckchen, wischte die Tränen fort, murmelte beruhigende Worte, aber er schrie nur umso lauter. Fritzi hatte eine Idee. Sie zog die Tafel Schokolade unter der schmutzigen Wäsche hervor und zeigte sie ihm. Er schrie umso mehr. Arme Kriegskinder, wissen nicht mal, wie Schokolade aussieht, dachte Fritzi, packte sie aus und schob dem kleinen Schreihals ein Stückchen ins weit offen stehende Mäulchen.

Das Schreien verstummte augenblicklich. Die Augen des Kleinen weiteten sich, welch unerwartet süße Überraschung, braune Spucke vermischte sich mit den Tränen, die an den Mundwinkeln tropften, und er griff gierig nach der Tafel in dem bunten Papier. Fritzi lachte. »Du kleiner Gierschlund! So schlimm war's nun auch wieder nicht! Da hast du noch Stückchen, ist nun alles wieder gut?«

Sie schob ihm noch ein Stückchen Schokolade in den Mund, lachte ihn fröhlich an und ging ins Haus. Abendliche Stille empfing sie. Sorgfältig wickelte sie die Schokolade wieder ins Papier und versteckte sie in der hintersten Ecke des Küchenschrankes. Der Vater hatte bald Geburtstag, da wollte sie ihn mit der Schokolade überraschen, es machte nichts, dass zwei Stückchen fehlten. Es gab gute Nachrichten. Peter hatte geschrieben, eine Postkarte nur, aber es war immerhin ein Lebenszeichen. Er war an der Westfront, unverletzt, und diese Nachricht reichte aus, dem Vater eine der Sorgenfalten von der Stirn zu nehmen. Zur Feier des Tages holte Fritzi einen Krug Bier aus der Schänke der Siedlung, das sie dem Vater zu der dünnen Suppe reichte, die sie aus zwei ergatterten Mohrrüben und fünf Kartoffeln bereitet hatte. Ein Tag ohne Dotschen mit einer guten Nachricht war ein Festtag.

»Unterschreiben Sie hier!« Die Aufseherin reichte ein Schriftstück durch die Klappe. Sonjas Hoffnung wurde bitter enttäuscht: Der Reichsanwalt in Leipzig hatte ihre Haftbeschwerde verworfen. Nun saß sie seit zwei Wochen im Gerichtsgefängnis Neudeck, und nichts geschah, nicht einmal das Ermittlungsverfahren schien weiterzugehen, denn niemand hatte sie bisher verhört. War es ein Fehler gewesen, ihren Anwalt Nußbaum, der ihre Scheidung betrieb, auch für diese Sache zu beauftragen? Ob es Eisner mit dem gewieften Bernstein besser ging?

Sie nahm die verengten Schultern zurück, rollte sie einige Drehungen nach vorn, nach hinten und ließ sich von der Schlüsselrasslerin zu dem hinausführen, was die Gefängnisleitung ›Spaziergang‹ nannte, einem eintönigen Hofgang. Aber darauf verzichten kam nicht infrage, wenigstens konnte sie laufen, frische Luft atmen und wie durch eine unwirkliche Wand die Geräusche der Stadt hören. Manchmal sang ein Vogel oder eine frühe Hummel brummte vorbei.

Als sie durch die Hoftür trat, begegnete sie Kurt Eisner, der gerade seinen Hofgang beendete. Ein Lichtblick! Freundlich reichte er ihr die Hand, sie wollte sie ergreifen, ein Mensch! Ein Mensch mit Güte in diesem uniformierten Einerlei. Ein Mensch, der dachte und fühlte wie sie. Ihre Schlüsselrasslerin und sein schnurrbärtiger Schlüsselrassler verhinderten die Berührung.

Sonja ging hinaus in den Hof. Es regnete. War Eisners Haftbeschwerde auch abgelehnt? Heute Nacht würde sie es vielleicht erfahren, wenn sie mit Betty morste. Sie ging in den unwirtlichen Nachmittag hinaus und zwang sich, eine Runde zu gehen, dann fehlte ihr die Kraft. Fröstelnd lehnte sie sich an die Mauer.

Eine Versinnbildlichung der Obdachlosigkeit, dachte Eisner, der Sonja bei einem Blick aus dem Treppenfenster beobachtete, bevor er eingeschlossen wurde. Tiefes Mitleid erfasste ihn. Eine russische Revolutionärin bei uns deutschen Sozialdemokraten, verheiratet mit einem deutschen Professor, dachte er, hoffentlich hält sie durch, sie schaut jetzt schon aus wie eine Märtyrerin. Da hat sie für ihn geschuftet und gerackert, für ihren Gatten, diesen prachtvollen deutschen Philologen, der sich vor mir einen Tolstoianer nannte, und er veröffentlicht in dem Augenblick, als seine Frau unter Anklage steht, in den Zeitungen eine Erklärung, dass er schon vor einiger Zeit die Scheidungsklage eingereicht habe. Wie ritterlich! Aber sie ist ja nur eine kleine russische Jüdin, und er ein kerndeutscher Mann. Ob sie das überhaupt weiß? Bekommt sie Zeitungen? So wie sie aussieht, weiß sie es, aber sie liebt ihn mit der unerschütterlichen Treue, zu der nur ein Frauenherz imstande ist. Wenn der Genosse Haase kommt, muss er auch Sonja besuchen, das muss ich ihm sagen, nahm sich Eisner vor, in ihrem Liebeskummer kann ich ihr nicht helfen, im Prozess aber schon. Wenn ich freigesprochen werde, dann muss die Anklage bei allen andern auch fallen gelassen werden. Wenn man nur endlich Haftverschonung zugebilligt bekäme! Sonja konnte gern zu ihm nach Großhadern ziehen, da war Platz genug, sie musste nicht zu diesem treulosen Mann zurückkehren. Das war überhaupt eine großartige Idee, befand er, die würde er mit dem Elslein besprechen, das Haus war groß genug, und so könnten sie die nächsten Schritte sorgfältiger planen als diesen verflixten Streik. Der sozialistische Freistaat Bayern war überfällig.

9

ENTSETZT BLICKTE FRITZI auf den kleinen Jungen, der totenblass und mit geschlossenen Augen im Bett lag. Ihre Nachbarin, die Schmiederin, weinte und wusste sich nicht zu helfen. Theochen habe die ganze Nacht erbrochen, alles Schlechte sei doch draußen, was solle sie nur tun, er nähme keinen Kamillentee, nichts, liege da wie tot und werde immer blauer.
»Du musst den Doktor rufen«, entschied Fritzi.
Wer solle das bezahlen, jammerte die Schmiederin.
Nachdenklich ging Fritzi hinaus. Dieser Sozialist, der bei dem Zug von den Kruppwerken mit den Arbeitern gegangen war, war der nicht Arzt gewesen? Er hatte einer Frau helfen wollen, die plötzlich ohne einen Laut auf der Straße zusammengebrochen war. Sie hatten die Frau aufgehoben und in einen Hauseingang getragen, federleicht war sie gewesen, als sei es nur ein Kleiderbündel. Der Arzt war aus dem Zug herausgekommen, hatte an ihrer Brust gehorcht, ihr in die Augen gesehen, und dann hatte er nur gesagt: Hungertod. Er hatte es bitter gesagt, und dann war er weitergegangen, wie einer, der seine Handlung bestätigt sieht: Hier konnte er nicht mehr helfen, aber für den Frieden und eine gerechte Gesellschaft, in der niemand Hungers sterben musste, dafür ging er mit den Arbeitern auf die Straße. Dieser Arzt würde dem Kleinen helfen, wie konnte sie ihn nur finden?
Fritzi zermarterte ihr armes Hirn, dann rannte sie hin-

über zur Schänke, die einen telefonischen Apparat hatte, und fragte nach dem Telefonverzeichnis. Und richtig, die Ärzte hatten telefonische Apparate, und sie fand ihn, den Doktor Schollenbruch, und sie beschwor die Nachbarin, den Kleinen warm einzupacken und zu Schollenbruchs Praxis nach Giesing zu fahren. Dann eilte sie zur Arbeit, besann sich, rannte noch einmal zurück und beruhigte die erstaunte Mutter wegen des braunen Schleims: es sei bloß Schokolade gewesen.

»Schoklad!«, sagte die Schmiederin andächtig, seit drei Jahren hatte sie das Wort nicht mehr ausgesprochen.

»Nur zwei winzig kleine Stückchen«, sagte Fritzi, »davon kann er doch nicht so krank geworden sein!«

»Zwei winzig kleine Stückchen«, äffte die verängstigte Mutter Fritzi nach, »das Kind ist drei Jahr alt, ich hab's mit Wasser großziehen müssen, als meine Milch versiegte, und dann mit Kohlsuppe, wie soll Theos armer kleiner Magen Schokolade vertragen!«

Schuldbewusst senkte Fritzi den Kopf. Sie habe dem Kleinen doch nur eine Freude machen wollen, der Schollenbruch habe ein Herz für die Armen. Sie rannte zur Arbeit, die Schmiederin, das Kind in eine Decke eingehüllt auf dem Arm, zur Trambahn.

»Besuch.«

Sonja konnte nicht verhindern, dass ihr Herz bis in den Hals pochte vor Aufregung. Gesicht waschen, Haare kämmen und frisch aufstecken, die alten schmutzigen Wintersachen abklopfen. Ach, bestimmt sah sie schäbig aus und roch schlecht, sie würde ihm nicht gefallen. Fahle

Haut, schmutzige, zerknitterte Kleidung, strähnige Haare: Gefängnis macht hässlich.

Gestern war Anwalt Nußbaum da gewesen, es gab einen Termin zum Verhör und einen beim Amtsgericht wegen der Scheidung. Ihr Mann habe jetzt einen Vorwand, sie zu besuchen, das habe er bisher nicht gekonnt. Warum? Nußbaum erklärte, dass kein Gericht die Mär von der zerrütteten Ehe und der Schuld des Ehemannes glaube, wenn er seine zukünftige Exfrau ständig im Gefängnis besuche.

Ah ja! Aber warum betrieb Henryk die Scheidung weiter? Hatte das nicht Zeit, bis sie wieder draußen war? Nußbaum nuschelte etwas von taktischen Erwägungen, aber Sonja verstand viel von Taktik, vor allem von Guerillataktik, und die Sprechzeiten waren kurz. Sie wechselte das Thema, er war ihr Anwalt, nicht ihr Seelentröster: Stellten Henryk oder die Partei oder beide zusammen eine Kaution? Alle ihre Freunde wüssten von ihrer Vergangenheit und dass sie in dieser Zelle über kurz oder lang wahnsinnig werden würde. Nußbaum versprach, sich darum zu kümmern.

Und nun kam Henryk, vielleicht mit der guten Nachricht, dass die Kaution beisammen war? Ach was, Kaution, die Nachricht, dass er sie liebte, war viel wichtiger.

Sonja war nicht einmal sehr enttäuscht, wieder in Fritzis erwartungsvolles Gesicht zu blicken. Zu ihrem Erstaunen spürte sie Freude, die junge Frau zu sehen. Gespannt und amüsiert wartete sie auf den Knicks vor der Wachtel und wurde nicht enttäuscht. Sie bat um volle Sprechzeit, obwohl Fritzi bescheiden nur eine viertelstündige Sprechkarte besorgt hatte, und Fritzi lächelte geschmeichelt und schob das Wäschepaket über den Tisch. Woher besorgte sie nur ständig frische Handtücher und passende Unterwäsche?

»Hedwig Kämpfer, Trude Thomas und Mathilde Landauer«, erklärte Fritzi das Rätsel mit verschwörerischem Blick. Die Genossinnen draußen hatten Sonja trotz ihrer Probleme nicht vergessen. Kurz schoss Sonja durch den Kopf, dass dies praktischer und wohltuender war als die eigenartige Liebe Henryks, zumindest war er, wenn er sie schon nicht besuchte, nicht auf den Gedanken gekommen, ihr frische Kleider zu schicken.

Sie sah in Fritzis gespanntes Gesicht und musste lachen.

»Du willst wissen, wie es 1905 weiterging, du verrückte Knickserin? Es ging alles schief!«

»Eine Generalprobe«, beschwichtigte Fritzi, und Sonja lachte noch mehr.

»Hab ich das bei meinem Vortrag gesagt? Hab ich Lenin zitiert?«

»Ja, aber Sie haben auch einen Schauspieler zitiert, einen gewissen Moissi, der das anders sieht mit den Generalproben.«

Was das Mädchen sich alles merkt! Hätte sie in Warschau solche Schülerinnen gehabt, wäre sie vielleicht Lehrerin geblieben.

»Richtig, eine Revolution taugt nicht zur Generalprobe. Der Vergleich mit der Dampflokomotive gefällt mir besser – damals wie heute bei uns in München hat die Feuerung für den hohen Berg eben nicht gereicht. Diese Revolution 1905 ist so schrecklich niedergeschlagen worden. Es gab Tausende von Toten, vor allem Juden, keiner hat sie gezählt. Die Kosaken galoppierten mit gezogenen Säbeln durch die Straßen, aufgehetzt von den Schwarzhunderten ... die Treppe ...«

Alles stand wieder vor ihren Augen.

Nein. Weg, fort.

Die Leere dieses Frühjahrs 1907.
Ihr 25. Geburtstag und sie fühlt sich wie eine Greisin. Mit steifen Gliedern verlässt Sonja den Dampfer, stolpert über die Schwellen der Gangway auf den Hafen, keinen Blick hat sie für die Großartigkeit der auf Pontons schwankenden Galatabrücke, die märchenhafte Tausendundeinenacht-Silhouette Konstantinopels, Minaretttürme und Kirchenkuppeln zwischen Schwarzblau des Meeres und kräftigem Himmelsazur, zwischen Asien und Europa. Blühende Mandelbäume an den Hängen, verwegene Flugmanöver kreischender Möwen und Sturmvögel.

Sonja geht im Tross der Passagiere zum Bahnhof, blicklos, kein Ziel vor Augen, das sich lohnt. Nach Warschau?

Eine leergeräumte Wohnung würde sie erwarten, Wollmäuse, die über den Dielenboden zittern, und zögernde Sonnenstrahlen, die durch beinahe blinde Fenster flirren. Ihre Kindheit ist ausgeräumt, die Eltern mussten ebenfalls fliehen, sie sind auf dem Weg nach Deutschland. Nach Wien?

Ernst ist in Jaffa, Wischnitzer nach Amerika, Herzl ist tot, die Zionisten zerstritten, die lustige Clique in aller Welt. Sie kann auf dieser Holzbank sitzen bleiben, eingehüllt in den Dampf der fauchenden schwarzen Lokomotiven, unsichtbar werden nach dieser Revolution, die die Machthaber mit Hilfe gewalttätiger Antisemiten in ein Pogrom verwandelt haben. In Mord und Verrat hat es geendet, nichts, wofür sich zu kämpfen lohnte.

Doch, findet Jankele, für die Liebe. Er umarmt die Cousine, nimmt ihren Kopf zwischen die Hände: Sore, Cousinchen, das Leben geht weiter, komm mit nach Amerika.

Jakob und Feigl wollen mit dem nächsten Schiff nach Griechenland, und dort so lange arbeiten, bis sie genügend Geld für die Überfahrt in die neue Welt erspart haben. Die

Lokomotive des Konstantinopel-Wien-Expresses pfeift schrill, Sonja steht mit starrem Blick auf dem Bahnsteig. Jankele muss sie in den Zug setzen, ihr den Koffer ins Gepäcknetz heben, Brot und Wasser neben sie stellen, ihr gut zusprechen. Erst als Feigl sie drückt, erwacht Sonja aus ihrer Erstarrung. Drei Monate haben Sonja und Feigl in einer Zelle gemeinsam verbracht, Feigl schwer verwundet von den Hufen der Kosaken beim Sturm der Straße. Drei Monate, in denen sie keinen Schritt allein gemacht haben, sogar zu Verhören sind sie gemeinsam gegangen wie siamesische Zwillinge, nur nicht sich diesen Männern ausliefern, die unter Befragung Vergewaltigung verstehen. Achads Schergen. Bis Sonja ein Gespräch aufschnappte und den seltsamen Blick auf ihr Armband beobachtete. Da wusste sie: Sie wird verschont, weil sie Achads Hure ist. Aber Feigl hob das Armband wieder auf, das Sonja voller Ekel abstreifte und vernichten wollte. Wir werden es brauchen, flüsterte sie, für Jakuw. Wir müssen ihn rausholen. Und sie holte ihn raus, Sarah, die jüdische Hure des Anführers der Schwarzhunderter, der sich nicht mehr blicken ließ.
 - Du hast uns gerettet, Sarah.
 - Aber wofür?
 - Für eine gerechte Welt, flüstert Feigl, und die Tränen laufen über ihre Wangen.
 - Ist Amerika gerecht?
 - Nein, aber es bietet Möglichkeiten.
 Eine Kommune auf dem Land, sie haben da was entdeckt, in Oregon.
 Freie Liebe, lächelt Sonja und weint erst, als das schrille Pfeifen der Lokomotive den Abschied beendet.

Tief atmete Sonja ein. Sie hat das Wesentliche übersprungen. Hat sie die Knickserin enttäuscht?

»Ein Versuch ist schiefgegangen, eine Revolution ist niedergeschlagen worden. Es war *meine* Revolution. Da weißt du nicht mehr, wo du herkommst, wo du bleiben wirst, wo du hinwillst, dein Zuhause gibt es nicht mehr, eine Zukunft auch nicht.«

»Amerika«, flüsterte Fritzi, die an die grauen Koksberge von Essen dachte, in denen sie gespielt hatte, an das ununterbrochene Hämmern der Birne, das rhythmische Schleifen der Fördertürme, die rauchenden Schlote, die Erschöpfung, den Husten, das Sterben. Amerika, da wollten sie einmal hin, die Novackis, die Pawlaks, die Boruckis, die Labitzkis, denn zurück an die Weichsel, nach Masuren, nach Krakau oder in ihre armseligen Häuschen auf dem Lande konnten sie nicht mehr.

»Die Weichsel«, flüsterte Sonja und dachte an den Strand Poniatowka. Manchmal, an milden Frühjahrsabenden, trat ein melancholischer Elch mit bernsteinfarbenen Augen, Wimpern wie ein Stummfilmstar, heraus, mitten in Warschau, folgte dem Flusslauf, zog weiter, wohin? Dem Duft einer schönen Elchin folgend? Der Verlockung frischer Eichenblätter?

Warschau, du Schöne an der Weichsel. Zu spät.

Da ist ihr Versteck unter der Treppe, sie passt gerade so hinein in dieses Dreieck, wenn sie sich sehr klein macht unter dem knarzenden jahrhundertalten Holz, nicht zu sehen für die Geschwister, die die Stufen hinunterkommen.

Sonja liebt es, sie zu erraten, noch bevor sie den ersten Schritt gesetzt haben. Abram, der große Bruder, ist zögerlich, gar nicht wie die wilden Nachbarsjungen. Mit den leichten Schritten eines gehetzten Tiers nähert er sich dem ersten Treppenabsatz, sie kann sein vorsichtiges Schnaufen hören, mit dem er die Treppe begutachtet. Dann huscht Abram die Stufen hinunter wie ein Ritter, der seine Rüstung vergessen hat, auf der Flucht vor dem Drachen.

Elisa hört sie schon von Weitem. Die große Schwester schmettert die Türe zu ihrem Zimmer zu, wirft die Schulmappe runter, rennt noch einmal zurück, um zu holen, was sie vergessen hat – Elisa hat immer etwas vergessen! –, rattert die Stufen hinunter, und noch bevor sie unten ankommt, ertönt Mutters Ruf, sie solle nicht einen solchen Lärm machen, ein Mädchen schreite ordentlich die Stufen hinunter. Sonja weiß, ohne zu sehen, dass Elisa nun einen Flunsch zieht, eine Grimasse, die Cäcilia erst recht nicht sehen darf. Die Augen zusammengekniffen, das Kinn vorgeschoben, verwandelt Elisa ihr Gesicht in das einer alten Schickse und wackelt mit dem Kopf wie eine hirnlose Schlange, bevor sie nach ihrer Schultasche greift und scheinbar zur Haustür eilt. Lautlos kehrt sie aber um und steckt urplötzlich ihren Kopf in Sonjas Unterschlupf. Elisa gelingt es immer, Sonja zu erschrecken. Entweder schneidet sie eine grässliche Grimasse oder sie faucht kätzisch, wiehert wie ein Dragonerpferd oder wedelt ihre Wollmütze in Sonjas Gesicht wie eine fette schwarze Spinne.

Und in Erwartung dieses angsterregenden Spaßes legt Sonja die Arme um die Knie. Wie ein Paket verschnürt sie die angezogenen Oberschenkel mit den Armen und zurrt sie fest, und auch den Atem hält sie fest und erstarrt wie eine Eisblume. Erst wenn Elisa wirklich die Haustür hinter sich zugeknallt hat, lässt Sonja alle Muskeln los, aber nur, um noch ein Stückchen tiefer in ihr nach Bohnerwachs duftendes Versteck zu rutschen, bis sie und die rau verputzte Wand beinahe miteinander verschmelzen. Elisa darf sie entdecken, das geht in Ordnung, aber sonst keiner.

Die kleine Rachel poltert einfach die Treppe runter, stolpert, fällt, brüllt, rappelt sich wieder auf, ab in Mamas Arme. Nun kommt Rosa. Sonja erkennt sie am leisen Klicken der Zimmertür. Rosa ist ein ordentliches Mädchen. Ihr Treppenspiel besteht darin, die knarzenden Stufen zu meiden. Jeder in der Familie Rabinowitz weiß, welche der alten Holzstufen, von denen der braune Lack abblättert, knarzt, manche stöhnen auf, wenn man sie in der Mitte betritt, manche am Rand, manche dulden ein vorsichtiges, langsames Aufsetzen des Fußes, manche ärgern sich über den plötzlichen Überfall und rächen sich mit schaurigem Ächzen. Rosa vermeidet alles. Für sie ist die Treppe ein Lindwurm, den sie nicht besiegen kann, sondern austricksen muss. Umso schlimmer, wenn sie alle Hindernisse umgangen hat, erleichtert auf der letzten Stufe aufatmet und dann ein schauriges Seufzen ertönt. Sonja kann die Töne der Stufen meisterhaft imitieren. In Moll. Rosa erstarrt.

Ist sie wirklich nie dahintergekommen?, fragt sich Sonja und betrachtet die Treppe der neuen Frankfurter Wohnung. Rosa kommt mit einem großen Umzugskarton die Treppe hinunter, und da steht Sonja und knarzt schaurig wie die unterste Stufe. Rosa erstarrt, begreift, was sie all die Jahre nicht begriffen hat, lässt den Karton fallen und will ihre Schwester schlagen, Sonja rast davon, durch das Vorzimmer, in die Küche, wieder hinaus, lacht, quiekt und ächzt, und Rosa immer hinterher, in die Bibliothek, und da wird das Schwesternspiel jäh gebremst.

Die Bibliothek ist Männersache. Rabinowitz hat mit seinen Söhnen Abram und Shmuel bereits einige Regale eingeräumt, jetzt hockt er mit ihnen und seinen Schwiegersöhnen Naum und Josef auf den Bücherkisten und raucht, und Shmuel fragt zum hundertsten Mal, ob der Vater nicht doch zu ihm nach Pinsk ziehen wolle. Nein, das will Rabinowitz nicht, was soll er in Pinsk, lieber wäre es ihm, Shmuel würde mit seiner Familie auch nach Frankfurt kommen: »Wie kannst du deine Kinder diesen Pogromen aussetzen! Schlimm genug, dass sie in Sibirien zur Welt kommen mussten!«

Ein Dauerthema, es führt zu Streit. Sonjas und Rosas Mädchenspiel kommt wie durch eine Notbremse zum Stillstand. Beschämt stehen sie da, die Männer sehen kopfschüttelnd auf die Schwestern, besonders vorwurfsvoll auf Sonja, denn diese haben sie als Schuldige ausgemacht für die Verbannung der gesamten Familie. Wie konnte sie sich mit den Revolutionären einlassen! Nur Rabinowitz lächelt.

- Sorele, Rosotschka, gefällt euch die Wohnung?, fragt er, froh, dass er nicht wieder etwas zu Pinsk sagen muss, wo im Herbst die Wege im Schlamm versinken, der Winter sich in mörderischer eisiger Eintönigkeit ausbreitet, um im Frühjahr und Sommer einer Mückenplage zu weichen, die erst mit dem Frost wieder aufhört. Die sieben Plagen, in Pinsk sind sie manifest, denkt Rabinowitz, eine Prüfung für die Gedanken eines Rabbiners, der die Geschichte des jüdischen Volkes erforscht, sie erfrieren oder ersaufen, oder der Geist versinkt im Wahnsinn. Was seine Söhne,

Krämer und Bankangestellter, nicht verstehen. Sonja liebt Tate dafür, dass er nicht unhöflich sein will. Rabinowitz ist so wenig freiwillig nach Deutschland gegangen wie sie. Die zaristischen Behörden haben die Juden und die Universitäten als Schuldige der Revolution ausgemacht, morden, schikanieren und vertreiben die einen und schließen die anderen. Der Zar hat die Duma zum dritten Mal aufgelöst, das Oktobermanifest von 1905 war nie auch nur das Papier wert, auf das Witte es diktierte. Russland ertrinkt im Blut und erstickt an Dummheit und Ungleichheit unter einem Holzkopf von Zaren und seinem Ochrana-Geflecht, in dem niemand mehr weiß, wer Freund und wer Feind ist.

Einst hat Sonja ihren Bruder Shmuel bewundert und geliebt für seinen revolutionären Geist, aber den hat er leider in Sibirien gelassen, er will nur noch seine Ruhe und ein bescheidenes Auskommen.

Sie werden Warschau nicht vermissen, versichern die Schwestern, und Rosa, die seit einem Jahr mit Josef in Berlin lebt, versichert, dass es in Deutschland keine Pogrome gäbe, sondern Wasserklosetts und Kreuzungen mit Schupos, die den Autoverkehr regeln.

- Und ein Parlament, in dem die SPD nicht verboten ist, fügt Sonja hinzu.

»Ich habe meine Brüder seitdem nie wieder gesehen und meine große Schwester Elisa auch nicht.«

Eine Familie, auseinandergerissen.

»Aber in Frankfurt habe ich es auch nicht ausgehalten, ich wollte in Zürich studieren.«

Mit Blick auf die Aufsicht verschwieg Sonja, dass der Bund sie in der Schweiz zu weiterer Tätigkeit brauchte. Alle Operationen gingen von Bern und Genf aus. »Meine kleine Schwester Rachel auch nicht. Mein Vater ...«

Die Väter. Ach, die Väter ... die haben so ihre eigenen Ansichten. Fritzi versteht.

Nun haben sie es doch erfahren, verdammt. Sonja steht betreten vor den Eltern in Frankfurt. Cäcilia schluchzt fassungslos. »Familienschande« ist noch das harmloseste Wort, das ihr über die zuckenden Lippen kommt, sie fällt ins Jiddische zurück, den Jargon, den sie als aufgeklärte Jüdin der Haskala nicht mehr sprechen wollte, und klagt schrill über die Tochter, die sie an einen Dibbuk verloren habe, einen gewissenlosen Verführer. Eine schlechte Mamme sei sie, die diese verworfene Tochter verdient habe.

Schefer geht im Zimmer auf und ab, schweigt, holt Luft, schüttelt dann den Kopf, schweigt. Verwirft einen Gedanken, Sonja kennt das bei ihrem Vater. Geht zu Cäcilia und streichelt ihr unbeholfen die Schultern, flüstert ihr etwas zu, Sonja hört jüdisches Kind, Enkel, aber Cäcilia schluchzt nur umso lauter auf, und das macht Schefer gereizt. Frauentränen, damit kann er nicht umgehen, er will, dass das aufhört, und sein Zorn über die abwesende jüngste Tochter, die das Unheil verursacht hat, macht sich gegenüber der älteren Luft: »Sarah, das hättest du verhindern müssen!«

Sonja glaubt, sie hört nicht recht. Rachel, ihre kleine Schwester Rochele, um die sie sich immer gekümmert hat, deren Rotznase sie gewischt hat, während Cäcilia gewaschen, gebügelt, geflickt und genäht hat, ist schwanger geworden. Rachel ist mündig, sie ist zweiundzwanzig Jahre alt, und Sonja hat sie mitgenommen zum Studium nach Zürich, Rachel wollte Medizin studieren. Noch vor dem ersten Semester hat sie in Zürich ihr Kind zur Welt gebracht. Sonja ist spät klar geworden, dass sie eine Schwangere begleitet hat, denn Rachel hat eisern dichtgehalten, bis selbst Sonja die Schwangerschaft bemerkte. Erst da gestand Rachel der Schwester, dass das Kind von dem galizischen Medizinstudenten David Grossfeld ist, den sie in Krakau kennengelernt hat.

Das Kindchen ist gesund, David ist ein netter Kerl, und Sonja hat den Eltern nichts gesagt, weil sie findet, dass dies Rachels ureigene Angelegenheit ist. Sie hat sich wieder einmal um Rachels Angelegenheiten gekümmert, Nase geputzt, getröstet, Mut gemacht, neue Wohnung in Zürich gesucht. Mit David gesprochen, mit Rachel gesprochen, eine Heirat nahegelegt, versucht, die bockige Rachel zu überzeugen. Mit David und Kind als Familie in Frankfurt aufkreuzen, das würde die Eltern zwar überraschen, aber dann wäre alles in Ordnung. Sogar Säuglingsausstattung hat Sonja beschafft, obwohl dazu ein Gang zur Fürsorge der jüdischen Gemeinde nötig war, was Sonja große Überwindung kostete. Mit dem Kultus und der Synagoge, ihren Gesetzen, Sprüchen und Riten will die Sozialistin nichts mehr zu tun haben.

Sonja wollte Tate schonen, er hatte genug mitgemacht, und das war ihre Schuld. Alle seine Kontakte zu seiner Zionsbruderschaft, zu Verlagen und Presse hatte er spielen lassen, um sie aus dem Gefängnis in Odessa herauszuholen, und als sie wieder hineinrannte, musste er unweigerlich denken, dass sie verrückt geworden sei. Er wusste doch nicht, dass sie Jankele retten musste! Dann wurde Tate selbst Opfer der Warschauer Pogrome und musste in aller Eile die Übersiedlung nach Frankfurt organisieren, sonst wäre er nach Sibirien verbannt worden.

Verhindern müssen, denkt Sonja, bei Rachel etwas verhindern, die hat ihren eigenen Kopf, die macht, was sie will.

Unberechenbar wie sie ist, hatte Rachel sich geweigert, das Kind anzunehmen, hatte geschrien, ihre blöde Schwester habe sie zur Ehe gezwungen, ausgerechnet Sarah, die immer von der freien Liebe rede.

- Freie Liebe setzt aufgeklärte Frauen voraus, hatte Sonja bissig gesagt.

Nie wird Sonja den Anblick vergessen, wie David, tränenüberströmt, den kleinen Julius auf dem Arm, leise sagt: Es ist auch mein Sohn. Hinaus zur Tür, eine Amme finden.

Nein, das alles weiß Tate nicht, und es ist nicht Sonjas Angelegenheit, ihn davon zu unterrichten. Es wäre Rachels Angelegenheit, verdammt.

- Soll ich meiner Schwester Hüterin sein?, entgegnet Sonja, und da zittert Tate so sehr, dass sie fürchtet, ihn könne der Schlag treffen, aber der Schlag trifft Sonja. Schefer holt aus, und Sonja bekommt die erste Ohrfeige ihres Lebens.

Gott antwortet Frauen nicht, schreit Rabinowitz.

10

NACHDENKLICH FUHR FRITZI von der Au nach Hause. Der Verdienst der letzten Woche war gut, sie gönnte sich die Tram und sah das geschäftige München an sich vorüberziehen. Viel hatte die verehrte Genossin über ihre Familie und die Kinderstreiche erzählt, aber wieder nichts über die Revolution. Was war in Odessa 1905 geschehen? Warum wollte die Genossin nichts erzählen? War ihr das Scheitern der Revolution von 1905 peinlich? Aber die großartige Revolution von 1917 war doch für alle Vorbild, es hätte sie nicht gegeben, wenn 1905 ... oje, dachte Fritzi, das ist ja wie bei uns! Hoffentlich müssen wir nicht nach den niedergeschlagenen Streiks zwölf Jahre auf die Revolution warten, das wäre ja 1930!

In der jaulenden Kurve blickte Fritzi auf den Stachus. Vor dem Pavillon sammelten sich Menschen und lasen in banger Erwartung die neuen Anschläge mit den Namenslisten der Toten. Eine zweispännige Kalesche fuhr in flottem Tempo vorbei, ein graues Automobil schnaufte hupend um die Ecke. Quer über den Platz zog eine Frau mühselig eine Handkarre mit Brennholz und beantwortete das ärgerliche Klingeln der Tram mit einer müden Handbewegung.

Einmal muss es gelingen mit der sozialistischen Republik, dachte Fritzi, wir Achtzehner könnten aus den Erfahrungen der russischen Revolutionäre lernen, hatte Genossin Sonja dies nicht mit ihren Reden erreichen wollen? Aber vermutlich war sie so verschwiegen, weil ihre offenen Reden ihr Gefängnis eingebracht hatten. Fritzi stieg an der Endstation aus und ging in die Kruppsche Barackensiedlung.

Daheim war Besuch. Die Schmiederin saß mit dem Vater in der Küche beim Bier und weinte.

»Was ist geschehen?«

»Vergiftet haben sie ihn«, schrie die Schmiederin, »vergiftet! Hab's nicht mitnehmen dürfen, mein Theochen, ins Spital hat er's geschickt!«

»Aber doch nicht wegen ...«

»Ja doch, wegen der Munition! An die Händ haben wir's, sagt der Doktor Schollenbruch, an die Haar, im Blut, überall! Ich versteh's nicht, Novacki!«

Schlimm, dachte Fritzi, aber dem Himmel sei Dank, nicht wegen der Schokolade.

Die Schmiederin tat einen langen Schluck, der Vater klopfte ihr begütigend auf die Hand. »Theo geht es bald wieder gut, wirst sehen, übermorgen springt er wieder hier rum. Der Schollenbruch ist ein guter Arzt, der tut was für die Armen, jeder weiß das.«

»Ich versteh's nicht, seit Monaten hab ich keine Munition mehr gefüllt, Novacki, ich bin in die Geschützhalle eingeteilt!«

»Was hat der Doktor Schollenbruch gesagt?«

Eine Vergiftung, der Doktor habe dem Theo den Magen ausgepumpt, es war schrecklich. Dann habe er ihn mit dem Krankenwagen ins Spital geschickt.

»Ich hab doch keine Zeit, das Kind zu hüten, und eine Entgiftungskur muss Theochen auch machen.« Und sie auch, sie solle viel Milch trinken, hatte er gesagt.

»Milch! Wo soll ich die herkriegen? Es muss wohl beim Bier bleiben. Ins Volksbad soll ich, so oft wie möglich, baden und immer wieder Haare waschen. Sogar eine Seife hat er mir geschenkt, eine medizinische, sagt er!«

So fordert der verdammte Krieg auch noch unschuldige Kinder als Opfer, dachte Fritzi. Tränen standen ihr in den Augen. Sie versprach, nach dem Theochen zu sehen, sie müsse nach der Au, das sei am Weg. Die Schmiederin wischte die Tränen von den Wangen und ging nach nebenan.

»Gehst du immer noch zu dieser russischen Steppenfurie?«, fragte Novacki verärgert.

»Nenn sie nicht so!«, verteidigte Fritzi die Genossin. »Sie ist eine reine Idealistin, sie will nur den Frieden!«

»Zeitverschwendung«, knurrte Novacki.

Fritzi erklärte kämpferisch, die einzige Zeitverschwendung sei der Krieg. Aber dann sah sie die Angst in den Augen des Vaters, Angst um Peter, und sie schwieg und goss ihm noch ein Bier ein.

Die Schmiederin kehrte zurück. Sie trug ein selbst genähtes Lappenpferdchen mit zerdrückten Wollfäden als Mähne und Schweif in der Hand und gab es Fritzi. Das habe Theochen so gern, es würde ihn trösten im Spital, sie habe es mit der medizinischen Seife gewaschen. Dann strich sie Fritzi über die Haare und murmelte: »Bist ein liebes Mädel, du. Hab schon gedacht, du Hex mit deine rote Haarn hättst mein Theo vergiftet!«

»Warum denn das?« Novacki war empört über den Aberglauben der Nachbarin.

Aber die lachte unter Tränen und zwinkerte Fritzi zu. Die Schokolade sollte ein Geheimnis bleiben. Fritzi hatte der Schmiederin verraten, dass sie als Geburtstagsüberraschung für den Vater gedacht war. Von der Herkunft hatte Fritzi allerdings nichts erzählt. Die Leute glaubten ja immer, die Russen wollten alle Deutschen vergiften. Nach der Einnahme von Lemberg hatte es geheißen, die Russen hätten aus Rache das Münchner Trinkwasser vergiftet.

Fritzi wand sich das Tuch um den Kopf, packte das Lappentier ein und ging hinaus.

Gegenüber dröhnten Hunderte von Maschinen. Kriegsende, Streik, weggehämmert, Sonderschichten, Nachtarbeit, Überstunden, alles gut bezahlt nach dem Separatfrieden mit Russland. Die Geschützwerke hämmerten, als brauche man Kanonen bis in alle Ewigkeit.

Genjuscha, dachte Sonja zärtlich, während sie ihren Mantelkragen hochschlug und tapfer im Regen eine weitere Runde drehte, Genjuscha, komm. Komm, bring mich zum Lachen. Der Mut sinkt ohne Lachen. Weißt du noch, wie damals, als wir uns kennenlernten, unser erster Ausflug, da fing es auch an zu regnen.

- Ich will nichts von Männern, verstehen Sie, erklärt Sonja und erkennt ihre eigene Stimme kaum wieder, spröde, zu schrill, zu laut. Sie dreht dem hochgewachsenen Studenten den Rücken zu und eilt davon.
 - Versteh ich gut, hört sie ihn sagen, wir Männer sind ziemlich auf den Hund gekommen, Uniformen, Schnurrbärte, schnarrende Stimmen – so 'ne Art Primaten mit Lametta.

Sonja grinst, aber sie dreht sich nicht um. Nie wieder wird sie sich auf einen Mann einlassen. Nie wieder wird sie einem Mann vertrauen können. Und wenn er noch so geistreich ist. Die Liebe in Odessa hat sie beinahe das Leben gekostet. Der Versuch, in Ernsts Arme zurückzuflüchten, ist gescheitert. Männer, mit dem Thema hat sie abgeschlossen. Jetzt ist sie in Gießen, einer kleinen Stadt im Hessischen, ein verträumter Ort in einem Herzogtum, in dem die Menschen einen eigenartigen Dialekt sprechen und ernsthaft glauben, dass die ausländischen Studenten ihre Brunnen vergiften. Hier kann Sonja Träume vergessen, Vergangenheit begraben, die Aufmerksamkeit auf Wesentliches lenken, zum Beispiel das Studium der Nationalökonomie und die Frankfurter SPD, eine Partei, in der so wertvolle Menschen wie Mala, Friede und Paul Hertz sind. Paul will die Juristerei studieren, obwohl er kein Abitur hat. Er ist ein kluger Kopf und ein wunderbarer Freund.

Am nächsten Tag steht der Student wieder an derselben Stelle. Er lächelt nur höflich, verbeugt sich, wünscht einen schönen Tag.

Sie will von Paul wissen, wer das ist.

- Der macht mich wahnsinnig, dieser blonde Goj.

Paul rät, mit ihm auszugehen, um ihn kennenzulernen. Sonja lacht.

- Einen schönen Tag machen und danach den Laufpass geben?

Paul Hertz zieht gleichmütig die Schultern hoch: Warum nicht? Entweder wird's ein netter Tag oder einer zum Vergessen. Was soll schon passieren, Sarah, zieh dein schönes weißes Sommerkleid an, du kommst eh zu wenig raus!

Sie wandern nach Wieseck zur Badenburg, die idyllische Lahn entlang. Vor der mittelalterlichen Burgruine schäumt sie über eine romantische Staustufe. Am Lahnufer breitet dieser Student der Romanistik eine Decke aus und holt Bier aus der Wirtschaft in der Badenburg. Sonja packt die Brotzeit aus.

Der Student rezitiert den Hessischen Landboten. Friede den Hütten, Krieg den Palästen. Er zählt die Ministerien auf, was sie das Volk kosten und was sie nicht für das Volk leisten, das des Innern, der Finanzen, des Militärs, den Staatsrat, die Ministerien, die Landstände, und kommt für das Großherzogtum Hessen auf 6.363.436 Gulden. Er liest von der Französischen Revolution und Verfassungen, die nichts taugen: Nichts als leeres Stroh, woraus die Fürsten die Körner für sich herausgeklopft haben. Was sind unsere Landtage? Nichts als langsame Fuhrwerke, die man einmal oder zweimal wohl der Raubgier der Fürsten und ihrer Minister in den Weg schieben, woraus man aber nimmermehr eine feste Burg für deutsche Freiheit bauen kann. Was sind unsere Wahlgesetze? Nichts als Verletzungen der Bürger- und Menschenrechte der meisten Deutschen. Denkt an das Wahlgesetz im Großherzogtum, wonach keiner gewählt werden kann, der nicht hochbegütert ist, wie rechtschaffen und gutgesinnt er auch sei … Er sieht auf und erläutert, dass Georg Büchner vom Jahre 1834 schreibe, nicht von heute.

Sonja hat plötzlich wache Augen. Büchner, nie gehört, ein starker Revolutionär in diesem vergessenen Landstrich. Die Duma des Zaren, denkt sie, leeres Stroh, keine hundert Jahre später. Begierig will sie mehr hören. Der Student, befeuert durch ihre schöne Aufmerksamkeit, fährt fort: Zählt das Häuflein eurer Presser, die nur stark sind durch das Blut, das sie euch aussaugen, und durch eure Arme, die ihr ihnen willenlos leihet, ihrer sind es vielleicht 10.000 im Großherzogtum und eurer sind es 700.000, und also verhält sich die Zahl des Volkes zu seinen Pressern auch im übrigen Deutschland. Wohl drohen sie, ich aber sage euch: Wer das Schwert erhebt gegen das Volk, wird durch das Schwert des Volkes umkommen. Deutschland ist jetzt ein Leichenfeld, siehet es aus, als würde die Bibel Lügen gestraft ...

Sonja betrachtet ihn, wie der Wind sein dünnes blondes Haar durcheinanderbringt, das er mit einer fast ärgerlichen Bewegung wieder nach hinten streicht, wie er feurig Büchners Worte der Revolution wiedergibt, als seien es seine eigenen.

Literatur für ihn, was für mich gelebte Erfahrung, denkt sie. Einen Steinwurf von hier kurt der Despot aller Despoten, Zar Nikolaus II., nach den Anstrengungen der Revolution, nach Tausenden von Toten, die für die Freiheit ihr Leben gelassen haben, bei seinem Schwager, eben jenem Nachfahren, dem Büchner knapp entkam. Wie nahe fühlt sie sich Büchner, der nach Frankreich fliehen konnte wie sie nach Deutschland, ein Land, in dem sie am Fluss neben diesem Studenten sitzen kann, der nur aus Zitaten und geistreichen Witzen zu bestehen scheint, der so fröhlich und lebensbejahend ist, so naiv in seiner belesenen Gescheitheit. Wie wohl er ihr tut! Sie hört ihm zu, lächelt, stellt sich vor, wie der Zar mit Großherzog Ernst Tennis spielt, wie der kleine, geistig beschränkte Potentat sich auf Friedbergs Straßen beim Morgenritt huldigen lässt, und verspürt klammheimliche Freude bei dem Gedanken, dass die geflohenen Sozialrevolutionäre sich mit einer kleinen Bombe rächen. Sie kann es nicht. Sie sitzt auf einer Decke, blickt auf die flaschengrüne Lahn und freut sich über die lässige Art des Studenten, die sich wohltuend vom deutschnationalen Männlichkeitsgehabe ihrer Kommilitonen unterscheidet. Für diese mit Schmissen prunkenden Strammsteher ist Sonja ein Ziel des Spotts, kein Objekt der Begierde, eine ältliche Jüdin mit russischem Akzent. 27 Jahre und ihre Vergangenheit, das macht sie zwischen den zehn Jahren jüngeren Stenzen zu einem Fossil. Nur die Angst vor dem Univerweis hält die jungen Grobiane davon ab, ihr den Zutritt zur Universität zu verweigern. An anderen Unis war es ein großer Spaß, die Tore mit Ketten zu verschließen oder sich in vollem Wichs zum Spalier aufzustellen, um die Frauen zu ›begrüßen‹. Angezischelt wird sie, nach Russland zurück solle sie sich scheren, oder an den Herd, ob sie woanders keinen Mann fände, das Übliche.

Dieser Heinrich Eugen Lerch ist davon weit entfernt, sein Respekt tut Sonja gut. Er ist sechs Jahre jünger als sie, studiert im zweiten Semester Romanistik und Sprachwissenschaften in Marburg und hört Vorlesungen bei Behagel in Gießen. Wie er ihr sofort den Jausenkorb aus der Hand nahm, wie er darauf bestand, dass sie nebeneinander den Weg zur Badenburg gingen, wie er ihr den Vortritt ließ, als der Waldweg schmaler wurde!

Wieder betrachtet sie sein Profil, ein unjüdischeres sah sie nie, von Kopf bis Fuß ein Preuße, denkt sie, aber ein Preuße von der Art Friedrichs des Philosophenkönigs, nicht seiner säbelrasselnden, kriegslüsternen Nachfolger. Er lacht, als sie ihm das sagt, springt auf und macht eine komische Verbeugung als Dankeschön für das Kompliment. Dann setzt er sich auf die Decke, die sie ausgebreitet hat, etwas steif, man merkt, er ist Stühle hinter Schreibtischen gewohnt. Wie Tate, denkt sie, aber Tate ist nicht mehr fröhlich in seiner Wissenschaft, sondern geradezu manisch. Ein Schatten zieht über ihr Gesicht. Tate ist krank, seine Nerven sind zerrüttet.

Lerch sieht ihn wohl, den Schatten. Diese dunklen Augen, dieser schmerzliche Zug um den Mund machen diese jüdischen Studentinnen so interessant, Idioten, die dies nicht erkennen. Er bedankt sich artig für ihr Kompliment, aber der große Friedrich habe Sachsen überfallen und die Philosophie eher als Freizeitbeschäftigung betrieben.

- Ich will davon leben, sagt er selbstbewusst und streicht sich wieder die Haare aus dem Gesicht, ars longa vita brevis.

Ein Idealist, denkt sie, von der Geschichte des jüdischen Volkes in zwölf Bänden auf Hebräisch lässt sich auch nicht leben, aber es imponiert ihr. Er ist ehrlich, das ist das Wichtigste. Ihre geschundene Seele braucht nach Enttäuschung, Gefangenschaft und Flucht einen Menschen, dem sie Vertrauen schenken kann, aber ihr missbrauchter Körper will keinen Liebhaber mit falschen Liebkosungen, und so wendet sie das Gesicht ab, als er das zärtliche Zusammentreffen beim Zusammenlegen der Decke für einen kleinen Kuss ausnutzen will. Schroff erklärt sie, mit der Liebe wolle sie nichts zu tun haben.

Er faltet die Decke zusammen und verbirgt ein Lächeln. Die Haarnadeln haben die abrupte Kopfdrehung übel genommen und die Haare der Frau freigegeben. Eine wilde schwarze Mähne weht um Sonjas vor Ärger gerötetes Gesicht. Er will nicht, dass sie denkt, er mache sich über sie lustig, daher wendet er penible Aufmerksamkeit auf die exakte Faltung der Decke, bis sie in den Korb passt. Er ist auf eine Weise berührt, die er nicht kennt. Als er sich umwendet, den Korb in der Hand, sieht er eine zierliche Frau im weißen Stickereikleid, umweht von schwarzen Strähnen bis fast auf die Hüften, erregt vor Zorn, ob wegen des Kusses oder der vergeblichen Suche nach den Haarnadeln, der Wind macht sich über sie lustig und fährt noch einmal in den weißen langen Rock, der sich duftig zu ihren Füßen bauscht. Eine jüdische Venus, denkt der Mann und hat die langweilige honigblonde Anna in diesem aufregenden Augenblick vollständig vergessen.

Das ist schlecht, denn Anna hat auftragsgemäß während seines Ausfluges die Vorlesung bei Viëtor für ihn stenografiert, ins Reine geschrieben und die Reinschrift auf Lerchs Schreibpult gelegt. Annas Schreibtisch steht neben Lerchs in einem uralten Marburger Fachwerkhaus in der Hofstatt. Anna Pietkowski studiert Romanistik weniger aus Leidenschaft fürs Französische als für Heinz, der sie unter seine Fittiche genommen hat. Denn Heinz' Vater importiert Kartoffelschnaps und Hefe von Vater Pietkowski aus Jarocin, eine gute Geschäftsbeziehung, und wenn die bildungshungrige Tochter in Berlin studieren will, dann wird der Junge ihr helfen, sich in der Fremde zurechtzufinden, und wenn sie ihr Studium ebenfalls in Marburg fortsetzen will, bitte, die Kinder werden erwachsen und wollen die Welt kennenlernen.

Davon weiß Sonja nichts. Unter den ersten dicken Tropfen eilen sie zurück. Sie retten sich auf das überdachte Ausflugsboot, das gemächlich die Lahn flussabwärts schippert, und kommen halbwegs trocken in Gießen an. Artig verabschieden sie sich, Sonja will ja nichts von Männern. Oder doch?

Jedenfalls wird sie in den nächsten Wochen ein viel schlimmeres Problem haben.

Eine Stunde im Regen war lang, zumal in einem Hof, umgeben von senfgelb gestrichenen Mauern mit vergitterten Fenstern, aus denen immer wieder impulsive Geräusche in den Gefängnishof drangen. Sonja hörte Schreie, abgerissene Satzfetzen, Stöhnen, auch lautes Beten. Aber sie lief, Runde um Runde, in durchweichten Schuhen, von ihrem Rocksaum und aus den Haaren tropfte es unablässig, aber ununterbrochen murmelte sie: »Henryk, mein Genjuscha komm!«

Er musste sie doch hören, sie spüren! Sie waren sich doch immer so nah, verstanden sich ohne Worte. Er hatte sie doch gerettet, seine Liebe hatte sie vor ihrem Feind gerettet, damals in Gießen.

Sonja fror. Einmal war sie neugierig gewesen. Einmal wollte sie ihn sehen, den schlimmen Tyrannen, unter Henryks Schutz. Sie hatte geahnt, dass sie plötzlich ihrer Vergangenheit gegenüberstehen würde. Dass sie ihrem Feind genau in die Arme laufen würde, damit hatte sie nicht gerechnet.

Plötzlich sind diese Männer überall in Gießen. Sie tragen steife schwarze Homburger, Stöckchen wie die Sommerfrischler. Sie schnüffeln im Bürgermeisteramt, in der Universität, lautlos, und fahren mit Aktentaschen zum Bahnhof.

Sonja sieht sie von der Bibliothek aus und wird grün wie die Haferfelder der Wetterau. Die Ochrana! Sie verschwindet hinter den hohen Regalen und beobachtet durch den schmalen Schlitz zwischen Büchern und Regalbrett, wie die Geheimdienstmänner zum Dekanat gehen. Bevor sie dort wieder herauskommen, flieht sie nach Frankfurt zu Mala und Friede.

- In den Spazierstöcken sind Degen, und die Hüte, richtig geschleudert, reißen die stählernen Krempen Schlagadern auf, können sogar köpfen.

Huschnusch, meint Friede und liest laut vor: Der russische Zar, der Vertreter des russischen Henkersystems, hat es gewagt, hessischen Boden zu betreten. Dieser Menschenschlächter im Purpurmantel kommt zu uns, belastet mit der Blutschuld seiner Schergen, verfolgt von den Flüchen und dem Hass der Völker, die unter seiner Herrschaft stöhnen. Werte Genossen und Kollegen! Gegen die Anwesenheit dieses Unmenschen ...

- Was ist mit den Genossinnen und den Kolleginnen?, fragt Mala. Huschnusch sieht auf: Nur die Herren dürfen sich empören. Ich hab versucht, an Vera Sassulitsch und alle tapferen Anarchistinnen zu erinnern, aber wie soll ich mich durchsetzen, ich hab immer noch kein Wahlrecht.

- Lies weiter, fordert Sonja.

- Gegen die Anwesenheit dieses Unmenschen auf hessischem Boden müssen wir auf das Nachdrücklichste Protest erheben, müssen kundgeben, dass wir ihm jede Gastfreundschaft verweigern. Um dem Proletariat Gelegenheit zu geben, dem Blutzaren seinen Protest entgegenzuschleudern, findet am Sonntag, dem 11. September 1910, eine allgemeine Protestkundgebung statt.

- Viel Blut und Boden in dem Aufruf, meint Sonja. Aber eine Kundgebung vor dem Friedberger Schloss, dem Sommerdomizil des Zaren, findet sie eine großartige Sache.

Friede erklärt, dass die Protestkundgebung in Langen stattfinden soll.

- Wird der Zar einen Ausflug nach Langen machen?, fragt Sonja. Mala lacht: Der Blutzar in der Hochburg der Sozialdemokraten! Das traut der sich nicht!
- Was sollen wir dann dort?, fragt Sonja ratlos.
- In Friedberg bekommen wir niemals Genehmigung für unsere Kundgebung, sagt Friede.
- Genehmigung, ruft Sonja verächtlich aus. Hat der Zar eine Genehmigung zur Einreise? Haben meine Großeltern und die Eltern des Großvaters gegen Dynastien von Blutzaren gekämpft, damit wir jetzt feige kneifen? Veranstalten wir ein unangekündigtes Meeting!

Aber Mala und Friede sind gegen ein Spontanmeeting, dabei gehören sie zu den mutigsten und intelligentesten Frauen, die Sonja kennt.

- Paul, der Zar will den Zoo besuchen, wir brauchen nicht nach Langen zu fahren! Wir werden vor ihm im Zoo sein: in Katorgaketten. Ich werde mich am Löwenkäfig anketten, wer macht mit? Statt vor Löwen wird der Blutzar sich vor Menschen graulen!

Friede, Mala und Paul sehen sie verständnislos an.

Sie erklärt ihnen die Katorgafesselung: breite, schmerzhafte Eisenringe um die Taille, von denen schwere Eisenketten zu den Ringen an den Fußgelenken hinführen. Daran sind die Menschen aneinandergekettet, wenn sie nach Sibirien verladen werden wie Vieh, Sinnbild der Unterdrückung und einer entmenschlichten Gesellschaft. Sonja blickt die Freundinnen kämpferisch an. Paul Hertz, den sie in der Frankfurter SPD kennengelernt hat, diskutiert ernsthaft: echte Studentenidee, kann nur scheitern, hier kommst du zwar nicht in die Katorga, Sonja, aber wir alle ins Gefängnis.

Fröhlich muss der Sozialismus sein, denkt Sonja und

fährt am 11. September nicht nach Langen zur Protestkundgebung. Sie bleibt in Frankfurt und lauscht im Tivoligarten Jean Jaures, der über die Kulturgemeinschaft des Internationalen Proletariats spricht. Jaures muss Deutsch sprechen und darf nichts Despektierliches über Fürstlichkeiten sagen. Also beginnt er unter dem Jubel der fast 30.000 Menschen mit den Worten, dass zwar die französische Sprache verboten sei, nicht aber die Strahlen der französischen Sonne. Sozialisten aller Länder sprächen ohnehin eine Sprache: die der Freiheit und der Gerechtigkeit. Die feurige Rede des kräftigen bärtigen Sozialisten tut Sonja gut wie Honig. Ein Satz bleibt haften: Man kann die Flut der Worte verhindern, aber nicht die stetig wachsende Bewegung eines Volkes, das die politische Freiheit erobern will.

Ja, ich musste aus Russland flüchten, denkt sie. Aber der Funke der Freiheit lässt sich auch von den brutalsten Kosakenstiefeln nicht austreten, er ist in den Herzen von Millionen Menschen. Die Zeit wird kommen, da ist Sonja sicher, in der diese lächerlichen Popanze umgepustet werden wie Strohhalme. Sie kauft drei Postkarten und stellt sich in die Reihe, errötet wie ein Schulmädchen, als der bärtige Franzose die Postkarten signiert, die ihm seine deutschen Verehrerinnen reichen. Warum er vor einem Krieg warne, fragt sie ihn, es sei doch seit 40 Jahren Frieden. Jaures sagt ernst: Der Kapitalismus trägt den Krieg in sich wie die Wolke den Regen, Mademoiselle.

Und weil sie so erstaunt und feierlich zugleich schaut, schreibt er seine Weisheit auf die Karte, lächelt sie an und wendet sich dem Nächsten zu.

Mala und Friede kommen am Abend zufrieden aus Langen zur Feier in den Tivoligarten.

- Wir haben eine Resolution gegen deinen Blutzaren verabschiedet, sagt Huschnusch und liest vor: Trotz aller Massenverbote der hessischen Regierung nehmen die Versammelten sich aus eigener Macht das Recht, gegen den Aufenthalt des Zaren als des Repräsentanten aller Unkultur laut Protest zu erheben und zu diesem Protest das ganze freiheitlich gesinnte Volk Hessens aufzurufen.

- Aus eigener Macht das Recht, spottet Sonja, ihr hättet mal hören sollen, was Jaures über das Missverhältnis von deutschem Geist und deutscher Revolution gesagt hat.

- Du bist nie zufrieden, Sonja, beschwert sich Mala.

- Sonja will die Revolution, nicht diesen lauwarmen Quatsch, ich kann sie verstehen, sagt Huschnusch, aber wer zu früh losschlägt, schadet der Bewegung.

- Und wer zu spät kommt, den bestraft das Leben.

Kein Anketten im Zoo, kein Spontanmeeting, kein Attentat. Sonja lief und lief, Runde um Runde, im Innenhof von Neudeck, und je erschöpfter ihr Körper wurde, desto besser fühlte sie sich. Den Zaren hatte ja nun die machtvolle Arbeiterbewegung vertrieben, auch wenn Lenin sich dieses Verdienst auf seine Fahnen geschrieben hatte. Es war nicht so, dass ihre Studentenbewegung daran keinen Anteil gehabt hätte. Zu früh? Zu spät? Egal. Komm, Henryk, rette mich, du hast mich schon einmal gerettet, vor meinem schlimmsten Todfeind, dachte Sonja, du wirst mich doch jetzt nicht im Stich lassen.

- Der Zar ist in Friedberg, interessiert Sie das nicht, Fräulein, fragt der große blonde Student, Sie sind doch Russin.

Unglaublich, seine Naivität. Für ihn ist das Ereignis vermutlich so etwas wie Kaisers Geburtstag, morgens Fähnchen schwenken und am Abend gibt's Kaisersuppe. Andererseits ist sie neugierig, und Neugierde wiegt stärker als Angst.

Und sie ist Russin. Jüdische Russin, oder ist sie russische Jüdin? Oder jüdische Polin? Oder polnische Jüdin? Im Völkerfrieden liegt die Heimat.

Sie fahren nach Friedberg, den Schlächter von Kischinew und Odessa anschauen. Ein Schlächter im sportlichen Tweedanzug mit Autofahrermütze, umgeben von Sommerfrischeadel in Weiß, eine Szenerie wie bei Tschechow, von unerträglichem Müßiggang. Warum nicht einen Blick darauf werfen, wie im Theater?

Lerch kauft Postkarten am Bahnhof: zaristische Familie, Großherzog Ernst, das Friedberger Schloss, fünf Bildchen in umrankten Vignetten auf eine Karte gedruckt, fünf Pfennige, der Herr, Briefmarke gefällig?

Die Burg ist abgeriegelt von Militär. Die breite Kaiserstraße, die auf diese Festung zuführt, ist mit einem Willkommensbogen geschmückt. Überall Girlanden von Tannengrün, russische und deutsche Fahnen wehen aus den Fenstern.

Polizisten wachen über die Einhaltung einer breiten Gasse. Menschen haben sich Stehplätze gesichert. Kleine Jungen in blauen Matrosenanzügen mit gestärkten weißen Kragen, Mädchen in weißen Kleidern mit blauen Matrosenkragen und offenen Haaren, Romantik mit der Brennschere gelegt, ein Abklatsch der Zarentöchter. Frauen in weißen Kleidern, um Wespentaillen bemüht, das Korsett will einfach nicht aussterben.

Auch Sonja hat ein helles Sommerkleid angezogen: nicht auffallen unter den sommerlichen Frauen. Das Tüllschleierchen auf dem Strohhut weht dieses Mal nicht nach hinten, sondern verbirgt ihre Augen. Mit Lerch im Gehrock: das perfekte junge Paar, nicht zu erkennen. Wer soll dich erkennen, Sonja, sei nicht so nervös, die Büttel des Schlächters kennen dich nicht. Aber sie ist nervös, denn Bespitzelung und Ausforschungen in Gießen sind vorangeschritten, das Büro des ›Bund‹ wurde heimlich in der Nacht durchsucht, auch die Redaktion des ›Oberhessischen Anzeigers‹. Die Studenten haben gegen eine Liste von ausländischen Studenten protestiert, die die Universität ›aus Sicherheitsgründen‹ an das Innenministerium sandte. Der ›Kladderadatsch‹ bringt Karikaturen von der waffenstarrenden Burg. Davon ist in der festlichen Menge nichts zu spüren.

- Der Zar kommt!
- Sind die Prinzessinnen auch dabei?
- Ich kann nichts sehen!
- Baba, nimm doch des Williche uff die Schuldä!
- Wo ist der unheimliche Rasputin?
- Der ist in Russland, verbannt!

So reden die Leute, neugierig, sensationslüstern, ehrerbietig. Für ihn sind es Sottisen, er macht ironische Bemerkungen. Aber nur Sonja fürchtet, dass er gleich verprügelt wird, die Leute scherzen mit ihm und merken seine Ironie nicht. Weit entfernt von Zorn sind sie, ein Meeting in Friedberg zwischen Schaulustigen und Touristen? Mala und Friede hatten recht, das sieht Sonja nun ein. Die Leute wollen eine Zarenfamilie in der Sommerfrische, einen Zaren zum Anfassen. Von Not, Mord, Katorga, Hunger und Verzweiflung wollen sie nichts wissen.

Hölzerne Kutschräder rattern auf Kopfsteinpflaster. Der Zar kommt nicht im Automobil des hessischen Herzogs, er sitzt im offenen Landauer, von zwei seidig glänzenden Rappen gezogen. Sonja reckt sich und sieht einen kleinen Mann mit sorgfältig gebürsteter Barttracht, ernsthaft blickt der Zar geradeaus, nur Sekunden, schon ist er vorbei ... Sonja sieht auf die Straßenseite gegenüber. Dort steht ein Mann der Ochrana und beobachtet aufmerksam die Menschenmenge. Sie erkennt ihn am steifen Homburger, dem dunklen Gehrock, dem Stockdegen. Nun fahren die Kutschen des Großherzogs und seines Gefolges vorbei, Damenhüte, Winken, Hochrufe, träge zieht eine Staubwolke über die Straße. Die Anspannung des Geheimpolizisten lässt nach. Er lässt noch wachsam seine Blicke in die Menge wandern, plaudert aber mit einem Mann in einem hellbraun gestreiften Gehrock. Ein Undercover des Undercover, denkt Sonja noch, da erkennt sie den Mann im hellen Mantel. Ein Stromschlag peitscht durch ihren Körper. Es ist ihr Feind.

Auf der Kaiserstraße, ihr direkt gegenüber, steht ihr Todfeind Achad.

Er ist korpulenter geworden und trägt einen Schnurrbart nach neuer Mode mit nach oben gezwirbelten Enden, und sein Homburger ist eleganter, oder steht ihm der steife Hut besser als anderen Männern? Sonja zittert. Ihre Knie sind weich wie Quark, sie starrt auf die Männer hinter der ziehenden Staubwolke, gelähmt wie die Maus vor der Schlange. Sie muss fliehen, fliehen. Oder? Nein, sie muss sich auf ihn stürzen und ihn erwürgen.

Das Quarkgefühl weicht Hochspannung. Sonjas Muskeln setzen an zum Sprung, über die Straße will sie rennen,

auf ihn zu, aber in ihre Ohren dröhnt das Lied der Moldawanka, Akkordeon wie Orgel. Ihre Beine knicken ein. Die Kutschen sind in der Einfahrt der Burg verschwunden, die Wache schließt das Tor, die Menge setzt sich in Bewegung. Der schwarze Ochranamann geht Richtung Stadt, und der ... der ... nein, sie wird den Namen dieses *swolotsch* niemals mehr aussprechen, er schlendert langsam auf sie zu. Zwirbelt spielerisch mit dem Spazierstöckchen. Das Lied des Akkordeons gellt in Sonjas Hirn.
- So schöne Mädchen, und diese langen Haare!
- Echte Prinzessinnen!

Zwei Frauen hängen sich bei einem riesigen Mann ein, Sonja versteckt sich neben ihm, so ist sie nicht zu sehen, passt sich dem Schritt der drei an und geht in ihrem Schutz ein kleines Stück die Kaiserstraße entlang. Wo ist er, der *swolotsch*, dessen Name ihr nie mehr über die Lippen kommen wird? Ein vorsichtiger Blick auf die andere Straßenseite, die Menschen gehen schwatzend davon, wo ist er? Wo ist der Mann im hellbraunen Gehrock? Sonja sieht ihn nicht mehr.

Panisch hält sich Sonja neben dem großen Mann, gleich wird es auffallen, seine Begleiterinnen betrachten sie schon mit misstrauischen Blicken. Noch ein Blick über die Schulter. Wenn er jetzt hinter ihr ist?

Viele Menschen sind hinter ihr, lachend, Kleider raffend, Zigarren rauchend, er ist nicht darunter. Sonja atmet auf, da links ist eine Gasse, schnell hinein, dies ist auch der Weg zum Bahnhof. Fort von hier, wie verrückt war sie, allein nach Friedberg zu fahren! Zwischen Mala und Friede wäre ihr nichts geschehen, ja nicht einmal mit Cäcilia, warum hat sie Mamme nicht mitgenommen, ach, Tate lässt sie nicht fort, allein packt ihn die Schwermut, er irrt durch Frankfurts Straßen auf der Suche nach ihr und findet nicht mehr zurück.

Sonja eilt durch die kurze Gasse, jemand ruft ihren Namen, Fräulein Rabinowitz, Schritte, wird sie verfolgt? Schweiß rinnt ihr von der Stirn, sie greift nach ihrem Taschentuch und will ihn abtupfen, verheddert sich im Schleier, ach, der Schleier! Den hat sie ja völlig vergessen. Sie zupft ihn noch tiefer über die Augen, erleichtert, er hätte sie nicht erkannt, der Mode sei Dank, die diese Wagenräder von Hüten mit Tüllschleiern erfand. Etwas ruhiger, aber zügigen Schrittes geht Sonja nun Richtung Bahnhof, aber als sie rechts abbiegen will, sieht alles anders aus. Da ist wieder eine Gasse, Verbindungsgasse heißt sie, was auch immer sie verbindet, vielleicht die Bahnhofstraße? An einem winzigen Platz mit einem Brunnen kommt Sonja heraus, nein, das ist falsch. Ratlos sieht sie sich um. Der Lärm der Menschenmenge ist nur noch schwach zu hören. Sie will den Platz überqueren, da zischt eine Stimme neben ihr: Doch nicht da hinüber, Fräulein, da wohnen bloß Juden.

Sonja strafft sich. An der Kappe erkennt sie den Gymnasiasten.

- Was glaubst du, was ich bin, Grünschnabel? Und eilt in die Judengasse hinein, eine kurze schmale Gasse, ein Schild verheißt eine Mikwe, hinein! Schnell!

- Zwanzig Pfennig, Fräulein.

Sie weiß nun, wovon Tate erzählte, sie hat nicht immer zugehört. In der letzten Zeit ist es schwer, Tates abgerissenen Vorträgen zu folgen, sie wechseln von Klagen über den Zustand der Welt und seines Volkes zu dumpf brütenden Zuständen. Aber Sonja erinnert sich, dass er über diese gotische Mikwe in der Hazefirah schrieb. Drei Stockwerke blickt sie eine gewendelte Treppe hinunter, die erhabene Stille des feuchten Mauerwerks umhüllt Sonja wie ein tröstender Umhang. Langsam steigt sie Stufe um Stufe hinunter, Buntsandstein, grün bemoost, glitschig an manchen Stellen, Licht fällt spärlich durch das runde Oberlicht hinein und spiegelt sich im Wasser.

Tief atmet Sonja durch. Sie steigt alle sechs Treppen hinunter und taucht die Hände in das saubere Grundwasser. Gott sei das Tauchbad Israels, murmelt sie die uralten Worte. Ihr Herzrasen lässt nach.

Ist der *swolotsch* womöglich auf ihren Namen gestoßen? Hat er die Matrikel der Universität gesichtet? Hat er mit dem Zeigefinger ihren Namen auf der Liste der Ausländer erspürt? Soll sie ihn stellen?

Ah, wie er sie hasst, als sie endlich im Prozess gegen ihn aussagte, wie sie endlich Recht forderte für die Opfer der Oktoberpogrome! Nie wird sie den Blick vergessen, den er ihr zuwarf. Aber schon nach drei Monaten war er wieder frei – ihr Pech.

Nein, sie kann ihn nicht stellen. Was soll sie ihm antun? Wem überantworten? In Russland gehört er zum Bund der mächtigsten Männer, seiner mörderischen Willkür setzt niemand Schranken. Hier im Ausland muss er sich zwar an die Gesetze halten. Aber er ist nicht allein, und wenn er mit seinen Männern ... Wer sollte ihn zurückhalten?

Weiß schimmern Sonjas Hände im grünen Wasser.

Sie muss sofort zurück nach Frankfurt, und sie muss dort bleiben, bis der Zar das Land verlassen hat. In Frankfurt ist sie sicher, dort wird er sie nicht finden. In der Matrikel steht nur ihre Gießener Adresse, Friede wird ihre Dachkammer in der Eberlstraße ausräumen, nichts darf mehr darin sein, was sie verraten könnte.

Wie das Wasser der Mikwe die Gedanken klärt und die Gefühle ordnet! Sie wird sich beurlauben lassen für dieses Semester, Tates Arzt wird ihr ein Attest ausstellen. Das Wasser gluckst leise. Noch einmal taucht Sonja die Hände in das klare Wasser, dann erhebt sie sich und steigt langsam die steinernen Stufen der Mikwe hinauf, an den schönen Säulen unter den Bögen der Podien vorbei, umfangen von der Aura des 700- jährigen Bauwerkes. Ein Dom unter der Erde, denkt sie, klar, schön, von erhabener Würde. Unterirdische Eleganz der Gotik, Wasser und Stein mit dem Himmel verbindend, welch großartiger Gedanke.

Sie bleibt auf jedem Treppenabsatz stehen und atmet die Stille des Ortes. Herz und Geist geklärt, denkt sie, nur die Hände, aber geklärt, nun kann ich den Geliebten empfangen, schade, dass ich keinen Geliebten habe. Aber Kraft geschöpft, meinem Feind ins Auge zu sehen. Komm nur, ich werde dich vernichten, und Sonja blinzelt gestärkt ins helle Sommersonnenlicht.

Da steht plötzlich ein großer Mann. Sie schrickt entsetzlich zusammen. Der *swolotsch!*

- Fräulein Rabinowitz, bitte verzeihen Sie, ich wollte Sie nicht ...

Der Student! Sie hat ihn vollständig vergessen in ihrer Panik. Und er entschuldigt sich bei ihr! Er fragt besorgt, ob alles in Ordnung sei, ob es ihr gutgehe, ein Schwächeanfall? Ob er sie auf einen kräftigenden Kaffee einladen dürfe. Sonja betrachtet ihn hingerissen. Linkisch steht er da, etwas verwirrt, scheint es, streicht sich die wenigen Haare aus der Stirn, wie süß. Jeder andere wäre beleidigt gegangen, aber er entschuldigt sich und lädt sie ins Café ein. Was für ein reines, helles Wesen er hat! Er hat sie gerettet. Er wird ihr Geliebter nach dem Tauchbad sein.

Tate, ich bin nicht völlig untergetaucht, und er ist leider ein Goj, aber er ist klug. Ich werde ihn heiraten.
Sie lacht übermütig und hängt sich bei ihm ein: Ja, Kaffee, aber nicht hier. Fahren wir nach Frankfurt! Waren Sie schon mal im Palmengarten?

Sonja lächelte und beendete ihr Laufen. In ruhigen Schritten ging sie ihre nächste Runde. Der Regen hatte etwas nachgelassen. Ich kann mir nicht vorstellen, dass es noch einen Menschen auf der Welt gibt, mit dem ich so von Seele zu Seele, so unmittelbar, so ganz ineinanderfließen kann. Henryk kann sich selbst wohl auch kaum vorstellen, dass sein Wesen von jemandem so gefühlt und so erlebt werden kann wie von mir. In allem verstehen wir uns ohne Worte, nur in sozialen Dingen trotz der vielen Worte gar nicht. Es muss wohl daran liegen, dass sein Empfinden dem meinem sehr verwandt ist, aber nicht sein Charakter und sein Wille. Er will Ruhe, er will gutbürgerliche Verhältnisse haben und keinen Kampf. Darum hängt er so an seiner Dozentur, etwas Stabiles, Positives. Er will nichts, was sein Leben schwerer machen würde. Und genau das wollte ich auch, als ich ihn traf. Er hat eine Abneigung gegen Opfer und Leiden. Ist das egoistisch? Er wollte mich heiraten, er hat darauf bestanden …

An Schlaf ist nicht zu denken. Sonjas Herz klopft aufgeregt, sie sitzt im Nachtzug nach Paris. Zu Henryk!

Seit einigen Wochen ist er in Paris und arbeitet an seiner Habilitationsschrift. Invariables Partizipium. Wie einsam er ist mit seinen Partizipien! Sehnsüchtige Briefe haben sie gewechselt, das Liebesgedicht eines gewissen Apollinaire hat er ihr übersetzt und auf zartgrünem Papier gesandt. Ach wenn du hier wärest, ohne Liebe ist es keine Stadt der Liebe, schreibt er und viel weiteres romantisches Zeug. Sonja wird heiß und kalt. Sie kann sich nicht so schön ausdrücken. Ihre Antworten scheinen ihr kalt und umständlich, ihre Liebeserklärungen geschraubt und unglaubwürdig. Nationalökonomin, keinen Funken Romantik. Aber handeln, das kann sie. Liebe in der Stadt der Liebe? Auf nach Paris!

Heftig klopft ihr Herz, sie sieht hinaus aus dem dreckstarrenden Zugfenster, fast den ganzen Tag und die Nacht hat sie ausgeharrt auf harten Holzlatten der dritten Klasse, ihr Schal dient als Decke, die Tasche als Nackenstütze, in Russland reist man schlimmer.

Im heraufziehenden Morgen, der das Abteil in warmes Orange taucht, fühlt sie sich frei und leicht wie ein Zugvogel. Wie er sich freuen wird! Sie hat das letzte Kapitel ihrer Dissertation über die russische Arbeiterbewegung zügig zu Ende geschrieben. Der letzte Satz ging ihr leicht von der Hand: Dieser blutige Sonntag im Januar machte auch die Arbeiter, die bis dahin an den Zaren geglaubt hatten, zu Revolutionären und bezeichnet den Ausbruch der großen Revolution von 1905. Damit beginnt auch eine neue Ära in der russischen Arbeiterbewegung.

Schluss, etwas abrupt, und schnell dem Doktorvater Biermer die Abschrift eingereicht. Das allein hat sie sich zur Pflicht gemacht, bevor sie von Gießen abfuhr. ›Zur Entwicklung der Arbeiterbewegung in Russland bis zur großen Revolution 1905‹, hat sie ihre Arbeit genannt. Sie wollte nicht flüchten. Liebe und Sehnsucht ja, aber die Arbeit muss abgeschlossen werden. Und Reisegeld! Woher? Sie hat Friedrich Vetters angepumpt. Vetters ist Redakteur der ›Oberhessischen Volkszeitung‹, Kollege und Freund Kurt Eisners und auch einer ihrer wenigen Freunde in Gießen. Sie hat ihn um einen Vorschuss gebeten und einiges dafür versprochen: Extra-Russischstunden für die Töchter, Bericht aus Paris, Interview mit Romain Rolland, eine Reportage, die sie selbst ›Auf den Spuren von Louise Michel‹ genannt hat.

- Jaja, schon gut, Sonja, und wenn du Jaures triffst, grüße ihn von mir. Vetters schiebt lachend 200 Mark über den Tisch. Quittieren? Wir sind Genossen, er sah beinahe beleidigt aus.

Es ist nicht viel Geld, auch wenn es dem Monatslohn einer Kontoristin entspricht. Die Bahnfahrt ist teuer, für ein Hotel wird es nicht reichen – sie wird bei ihm unterschlupfen. Sonjas Herz hüpft wie ein Frühjahrslamm. Unterschlupfen – nein, das klingt nach feuchten Betten und geblümten Gardinen. Sie will sein Praliné sein, sein Betthupferl, das hat sie mal in Wien gehört.

Eine billige Bude unterm Dach, hat Henryk geschrieben, dafür im Quartier Latin, nicht weit weg von der Uni, winzig, aber praktisch. Für Sonja klingt es wild und romantisch. Ob sie vom Bett aus den Pont Neuf sehen kann? Notre Dames machtvolle Türme?

Drei Tage vom Studium ablenken, denkt sie und grinst ihr undeutliches Spiegelbild im schmutzigen Fenster an, und sie sieht sich mit ihm an der Seine spazieren, an den Bücherständen vorbei, in einem billigen Bistro bei diesem grünen Zeug sitzen, wie hieß es doch gleich, Absinth,

man soll blind davon werden, wenn man mehr als einen trinkt, und hinauf auf Montmartre, ach, und natürlich in den Louvre ... falls wir aus dem Bett kommen.
Passkontrolle. Sie sind kurz vor Straßburg. Ihre Hand zittert, als sie in der Tasche nach dem Dokument wühlt, streng wird sie befragt, wohin, warum, in behutsam gelerntem Französisch antwortet sie. Das Uniformgesicht wird freundlicher.
- Bon voyage, Mademoiselle.
- Merci beaucoup, Monsieur.

Sonja zittert, als sie am Gare du Nord aussteigt. Kühl ist der frühe Morgen in Paris, die Stadt lärmt ihr entgegen. Schnuppert wie ein aufgeregtes Schoßhündchen, endlich von der Leine.
- Taxi, Mademoiselle?
Ach, sie kann sich keine Droschke leisten. Aber sie hat den Stadtplan studiert und weiß, welche Metro sie zur Place St. Michel bringt.

Da hat eine Bäckerei geöffnet, Boulangerie, wunderbare Idee, sie greift nach den Francs, die sie in Frankfurt gewechselt hat, und kauft eine duftende, knusprige Stange. Er wird die Tür öffnen, und sie wird sagen: Votre petit dejeuner, Monsieur, und sie wird hinter dem Baguette hervorlinsen, um seine Verblüffung zu beobachten. Zehn Sekunden wird sie ihm geben, vielleicht fünfzehn, bis er sie lachend und zärtlich in die Arme schließen wird, und sie wird die Augen schließen und alles wird aufregend und großartig sein und guttun.

Da ist die Rue de la huchette, Sonjas Aufregung steigt ins Unermessliche, die Concierge, das hat sie ja völlig vergessen, diese Conciergen, an denen kommt niemand vorbei.

Aus der winzigen Loge weht Kaffeegeruch, aber die Dame mit der imposanten Figur ist nicht zu sehen. Warum stelle ich mir die Concierge vor wie eine russische Matruschka, denkt Sonja und schleicht mit der Erfahrung der geübten Revolutionärin lautlos die Stufen hinauf, noch eine steile Stiege, noch eine, hier muss es sein. Hinter dieser fadgrün gestrichenen Holztür mit dem wackeligen Messinggriff, da wohnt er.

Und dann ist es genau, wie sie es sich ausgemalt hat. Henryk ist starr vor Staunen. Sie liegt in seinen Armen, genießt seine Wärme und freut sich unbändig. Sein trockener Geruch, den sie so liebt, nach Büchern, Brillantine, Kaffee, ein wenig Zimt ... da ist noch etwas. Ein fremder Geruch. Sie löst sich irritiert von ihm, spürt: Da ist was. Wo sieht er hin? Warum lächelt er so geistesabwesend durch sie hindurch? Freut er sich nicht? Doch, doch, wie ein Wahnsinniger, versichert er und küsst sie, lange, Sonja erregt sein Kuss. Wenn nun alles so weitergeht wie in ihren Träumen ... wo ist eigentlich sein Bett? Er soll sie sanft dort hinziehen, sie hält die Augen geschlossen, bis ...

Er tut nichts dergleichen. Ihre Überraschung ist so gelungen, dass er erstarrt ist, denkt Sonja beglückt. Die murkelige Wohnung, überall Bücher, winzige Teeküche, ein Tischchen, und es duftet nach Kaffee ...

Sonja zieht das etwas zerknickte Baguette zwischen ihren Körpern hervor. Er nimmt es ihr ab, räuspert sich: Wie schön, du bist da. Welche Überraschung. Seine Stimme klingt heiser.

Zwei Kaffeeschalen?

Oh, wie süß von ihm, deckt er jeden Morgen das winzige Tischchen für zwei, weil er sie so sehr vermisst? Sonja lächelt ihn an, den großen, immer etwas unbeholfen wirkenden Mann, immer etwas geistesabwesend, helfen muss sie ihm, mit dem Alltag zurechtzukommen, dem Mutterlosen, dem Gescheiten, nun ist sie ja da! Sanft rückt sie die Tassen zurecht, sie liebt diese blauweißen Bols aus Milchglas, das ist Frankreich ...

Er hat sich abgewendet und schnell die Tür geschlossen, nicht die Wohnungstür, wie sie erstaunt bemerkt, sondern die zur Schlafkammer. Wie geistesabwesend er ist. Sie lächelt, tritt einen Schritt hinein in das vorzimmerlose Apartment und wendet sich zurück, um die Wohnungstür zu schließen. Und genau in dieser Wendung, sie hat den Messingknauf schon in der Hand, steht die Frau in der Tür.

Die Frau trägt lächelnd ein Baguette in der Hand, hält es vor sich, genau wie ... Sonja erstarrt, sie sieht ihr Spiegelbild. Eine Frau mit dunklen Haaren, rosa angehauchtes Gesicht vor Glück, voller freudiger Erwartung, große braune, fast schwarze Augen. Nein, es ist nicht ihr Spiegelbild, Sonja blickt in fremde Augen, die sich bei ihrem Anblick fragend zusammenziehen. Und die Haare sind auch nicht dunkel, sondern brünett. Die Frau blickt an ihr vorbei, und in diesem Blick liegt keine Frage mehr, sondern Liebe und zärtliche Besorgnis.

Mit zwei Schritten ist Sonja bei der Schlafzimmertür und reißt sie auf. Ein geblümter Morgenmantel liegt zerknüllt auf den Holzdielen, das breite Bett, das den winzigen Raum fast ausfüllt, ist zerwühlt, der Geruch von Lust schlägt ihr ins Gesicht mit der Wucht des Verrats. Sie dreht sich um.

Da steht die Frau, das Baguette in beiden Händen wie ein Schwert, hochmütig funkeln ihre Augen die Fremde an, und zwei Schritte entfernt steht Henryk mit dem Ausdruck eines Menschen, der wünscht, er wäre nicht da.

Sonja merkt, dass auch sie ihr zerknicktes Baguette noch in den Händen hält, sie packt es, von Henryk ist keine Hilfe zu erwarten, und schlägt damit auf die Frau ein, wie könne diese Hure wagen, sich hier einzuschleichen, bei *ihrem* Verlobten, und das Erstaunliche ist, dass die Frau antwortet. Sie versteht nicht nur jedes Wort, das Sonja in Wut und Aufregung auf Polnisch hervorstößt, sondern sie schreit zurück. Sie schreit auf polnisch mit hoher, erregter Stimme, sie sei keine Hure, das sei *ihr* Verlobter, und was die blöde *kosa* sich einbilde, hier hereinzuplatzen und ihren Frieden zu stören, dieser Mann müsse eine Professur erlangen, ohne sie sei er hilflos, er könne keinen klaren Gedanken fassen ohne sie.

Sonja verstummt vor dieser Tirade. Eine Pariser Hure polnischer Abstammung? Durch ihr Gehirn schießt eine vage Erinnerung … Marburg? Sie blickt zu Henryk. Verspricht dieser Mann jeder Frau die Ehe, um sie ins Bett zu bekommen? Henryk hat seine Hände erhoben wie ein Schiedsrichter, der befürchtet, von den Boxern vermöbelt zu werden. Er holt Luft, aber die Frau ist nicht zu bremsen, Sonja auch nicht, Sprachlosigkeit führt zu Gewalt. Baguettestücke wirbeln durch die Kammer, die Waffen sind verbraucht.

Beide Frauen stehen sich atemlos gegenüber. Gerötete Wangen, zerzauste Haare. Wütend wirft Sonja das lächerliche Stückchen Baguette, das in ihren Händen verblieben ist, auf Henryk. Sie trifft ihn am Kopf, er macht nicht mal den Versuch, auszuweichen, nimmt den Treffer, als habe er ihn verdient.

Die ununterbrochene Schimpftirade der Frau hört sich an wie die der Krämerin in Warschau, die ihr Lehrmädchen ununterbrochen schalt. Laut und wütend erklärt die Frau, sie sei viel mehr als die Verlobte des Professors, sie sei seine Sekretärin, seine Muse, seine Assistentin, alles organisiere sie, Habilitationsschrift, Haushalt, *sie* teile sein Leben und keine andere, geht zu Henryk, greift nach seiner Hand, beschwört ihn auf Deutsch, etwas zu sagen um Himmels willen.

Stille. Henryk sieht mittlerweile aus, als wäre er lieber in einem Krokodilssumpf als hier.

Sonja erlebt ein Déjà-vu, wieder zieht ihr jemand den Boden unter den Füßen weg. Da steht der geliebte Mann, tut nichts, sagt nichts, lässt alles geschehen, als ginge es ihn nichts an.

An der Tür steht ihre Tasche, die sie dort hat fallen lassen, sie greift nach ihr und stolpert hinaus. Hannebambel, sagt Mala immer, wenn sie über lächerliche Männer herzieht. In einen Hannebambel hat sie sich verliebt, welche Dummheit, und Sonja läuft die Stufen hinunter auf die Gasse, an der Metro vorbei, immer weiter, und wie immer hilft ihr das Laufen, das wilde Rennen wird zu einem ruhigen, rhythmischen Laufen, das Keuchen zu einem arbeitenden Atem. Die Blicke der Menschen, erstaunt, unwillig, sogar feindselig, ignoriert sie, bitte sehr, bin keine feine Dame, wollte ein Schäferstündchen und stieß dummerweise auf die Ehefrau, seht her, eine Idiotin läuft durch die Straßen von Paris.

Lass es endlich, Sonja, du hast kein Glück mit Männern. Mala macht eine wunderbare Frauenarbeit in Frankfurt, sie braucht eine Nationalökonomin, wir werden unsere Beratungsstelle für Frauen eröffnen. Und wenn der Bund sie ruft, weil endlich die Zeit reif ist, wird sie nach Russland zurückkehren und den Zaren und seine Adelsbande, seine ›echten Russen‹ und ihre Schwarzhunderterbande zum Teufel jagen.

Quai Voltaire, das ist gut, Vernunft kehrt zurück. Sonja lehnt am Geländer, alte grüne Seine, hast viel gesehen und fließt stets weiter. Warum flüchten aus der schönsten Stadt der Welt? Wenn sie so verrückt ist, eines lausigen Mannes wegen nach Paris zu fahren, wird sie ihre Genossen besuchen. Das Exil der Bundisten ist nicht weit, im Quartier, die Adresse hat sie notiert, und sie trifft tatsächlich Gabonsha, die wieder Anna heißt, und ...
- Gabonsha! Nadja! Shmuel! Abram!
Shmuel Kahan nennt sich jetzt Franz Kursky, Abram hat nie Abram geheißen und grinst nur. Namen – Schall und Rauch. Fast ist das Odessaer Komitee vollzählig. Umarmungen, Küsse, Tränen, Geschrei: Sonja badet im vollen russisch-jüdischen Überschwenglichkeitsempfang. Das morgendliche Intermezzo mit Henryk? Wie eine Schürfwunde, die nur noch brennt. Viel gibt es zu erzählen, viele Genossinnen zu betrauern. Tsipe steht noch immer unter Polizeiaufsicht in Homel, die kleine Hinda wurde von Kosakenpferden zu Tode getrampelt, Gitl, Fruma und Esther starben an den Folgen von Haft und Folter. Aber Genia ist in Genf im Zentralbüro, Rokl in London, und viele haben sich in die Schweiz gerettet. Erinnerungen wie Blutflecken auf frisch gefallenem Schnee.
- Wir Bundistinnen, sagt Gabonsha feierlich, komm zu uns nach Paris, Sarah! Schöneres Exil gibts nicht. Sonja lässt sich die Rue de la sante zeigen, in der ihr Bruder Shmuel 1886 mit seinen nardonikischen und bundistischen Freunden gewohnt hat. Sie gehen in ein Bistro, und sie schreibt ihm eine Postkarte nach Pinsk.
- Shmuel, der Buchdrucker?, fragt Abram. Sonja ist stolz, dass man ihren revolutionären Bruder noch kennt. Und so reden sie natürlich über die verkorkste Revolution. Die

es nicht das Leben gekostet hat, sind hier in Paris, in Italien, manche in London, viele wie Sonja in Deutschland und der Schweiz. Russland ist ein Grab.
- Was tun wir hier?, fragt Franz-Shmuel deprimiert.
- Wir warten, bis der Bund uns braucht. Und wir warten nicht schlecht, sagt Nadja fröhlich. Sie arbeitet als Setzerin bei einer sozialistischen Zeitung.
- Warten! Auf wen sollen wir noch warten? Wir sind vom alten Eisen, verstehst du?
- Warum war keiner in Friedberg? Die Gelegenheit war so günstig.
- Günstig?, höhnt Abram, der nicht Abram heißt, ein Hochsicherheitstrakt! Vermintes Gelände!

Bundisten seien keine Attentäter, das habe sie, Sarah, selbst gesagt, meint Franz-Shmuel, und damit habe sie recht.

- Es gibt eine Ausnahme, erklärt Sonja, ihren und Jankeles Todfeind, den hätten sie in Friedberg unschädlich machen können: Allein hab ich's nicht geschafft.
- Wir sind 30 Jahre alt, die Jüngeren reden über Rettiche statt Revolution!
- Selbst die Sozialrevolutionäre haben sich mit dem Zarenregime arrangiert, erklärt Abram, sie reden über Steinersche Landwirtschaft, obwohl sie noch nie eine Hacke in der Hand hielten.
- Oder sie rauchen Marihuana und laufen nackt herum und diskutieren die sexuelle Freiheit, ergänzt Franz-Shmuel.

Sonja trinkt ihren Café au lait und weiß nicht, ob sie lachen soll.

- Das beschäftigt die Menschheit! Die allgemeine Gigantomanie! Das größte Passagierschiff der Welt! Abram zeigt auf die Schlagzeile seiner Zeitung. Sie berichtet von der Jungfernfahrt des britischen Dampfers ›Titanic‹.

Gabonsha findet die Zeit, in der sie leben, auch deprimierend.

- Sei froh, dass es nur vier Schornsteine, nicht vierzig Kanonen sind, meint Nadja trocken. Alle denken an Potemkin und schweigen.

Die Anarchie hat viele Gesichter, findet Sonja und will Proudhons Grab sehen.

So fahren die drei Frauen zum Montparnasse. Weiße elegische Figuren, dicke geflügelte Mesdames, Fotos auf Marmorstelen, fettschenkelige Kinder mit Flügelchen wie Käfer, nachdenklich in Rodinscher Manier blickende, aber komplett angezogene bärtige Herren. Verblichene Wachsblumenkränze. Schließlich finden sie Proudhons Grab, ein Familiengrab mit schlichtem weißem Stein wie ein gotischer Bogen, von Ketten eingefasst, die von Fackeln gehalten werden.

- Eigentum ist Diebstahl, sagt Sonja ergriffen und legt ein Steinchen auf den Marmor. Gabonsha und Nadja lachen sie aus: Du weißt wohl nicht, was Proudhon über die Frauen schreibt? Der Anarchismus ist bei ihm nur für die Männer gemacht, halt dich lieber an Louise Michel!

Das tun sie, besuchen die Place Blanche, die Place Vendome, das Haus, in dem Louise Michel gewohnt hatte. Kein bombastisches Marmordenkmal, nicht einmal eine Erinnerungstafel. Regierungstruppen haben die Kommune blutig niedergeschlagen, an sein Unrecht will der Staat nicht erinnern.

Sonja kauft ein Stück Kreide und schreibt auf das Pflaster: Hier wohnte die Revolutionärin Louise Michel 1830 – 1905.

- Louise ist am Petrograder Blutsonntag gestorben.
- Sie wollte uns mahnen.

Ein Flic biegt um die Ecke, die drei Russinnen fliehen kichernd durch die Straßen von Paris. Natürlich muss Sonja bei Gabonsha übernachten, Ehrensache, so lange du willst, Sarah, und sie kaufen ein paar Flaschen billigen Roten, dazu köstlichen Landkäse und frische Tomaten. Spät in der Nacht erzählt Sonja, was sie nach Paris trieb. Nadja lacht sie aus: Häng dein Herz nicht an einen Goj, der ist es nicht wert. Gabonsha findet Henryks Verhalten feige und spießbürgerlich, das tut Sonja gut. Dann streiten sie über die freie Liebe. Hätte Sarah ihren Besuch ankündigen sollen?

- Freie Liebe ist nicht kleinbürgerlicher Betrug, sagt Gabonsha entschieden.
- Ein Pascha, findet Nadja.
- Freie Liebe gilt für Mann und Frau, befindet Gabonsha, was wäre bitte schön anders gewesen, wenn Sarah angekündigt gewesen sei? Hätte er die andere für ein paar Stunden wegjagen sollen?

Lieber zu dritt, meint Gabonsha, wenn in diesem Moment ein schöner Mann reinkommen würde ... Goj, Pascha oder Genosse, wir vernaschen ihn! Sie kichern langanhaltend. Nach dem dritten Glas Wein findet Sonja, dass Henryk nicht zu ihr passt, nach dem vierten, dass er mit seiner Wer-auch-immer-Polin glücklich werden soll, nach dem fünften heult sie laut und anhaltend und will sofort zu ihm.

Gabonsha und Nadja packen sie ins Bett, und am nächsten Tag schlendern sie ausgiebig durch den Louvre, gehen in den Hallen Fischsuppe essen und verabschieden Sonja

tränenreich am Nachtzug. Die Revolution wird kommen, verspricht Franz, sie brauchen uns Bundisten. Und wir werden diesen ...
    Sprich seinen Namen nicht aus!
    ... diesen *swolotsch* aus Odessa finden und vor Gericht stellen.
    - Welches Gericht?
    - Ein sozialistisches, mit vom Volk beauftragten Richtern.
    - Bleib bei uns, bittet Gabonsha, und sie meint nicht Paris, sondern den Bund, und Sonja verspricht feierlich, dass sie Bundistin bleiben wird, was auch immer geschehen mag.

Der Zug dampft kohlefressend von Frankreich nach Frankfurt, und Sonja beschließt, ihr Leben zu ändern. Sie wird mit Mala über ihre Mitarbeit beim Bildungsverein für Frauen und Mädchen der Arbeiterklasse sprechen. Diese Rechtsberatungsstelle für Frauen, die Mala in Frankfurt eröffnen will, Beschwerdekommission für Dienstmädchen, ledige Mütter, Witwen – für alle Frauen, die sich keinen Anwalt leisten können, da fühlt sie sich gebraucht. Der Verein der proletarischen Frauenbewegung hat dank Malas Agitation schon an die 1.000 Mitglieder und kann nicht mehr so leicht durch Behördenwillkür verboten werden. Ich werde zügig meine Dissertation verteidigen, denkt Sonja, dann kann ich eine feste Stelle bekommen und in Frankfurt bei den Freundinnen bleiben. Frankfurt ist eine lebendige Stadt, und von der Mitte Deutschlands kann sie gut weiter für den Bund arbeiten, aufgelebt ist ihr politisches Denken, das nach Odessa in depressive Lethargie gefallen war. Die Verliebtheit hat auch nicht zu vermehrter Aktivität geführt.
    Realistisch bleiben, ermahnt sie sich. Das Richtige im Falschen? Ach, Monsieur Jaures, wir Frauen müssen kleine

Brötchen backen vor dem Umsturz. Aber Sonja hat nicht mit Heinrich Eugen Lerch gerechnet. Eine Woche später steht er mit einem riesigen Strauß roter Rosen vor ihrer Tür und bittet um ihre Hand.

»In fünf Minuten Ende des Hofganges!«
Ich muss an Mala schreiben, dachte Sonja, sie weiß von der Scheidung noch nichts, ob sie Henryk zu sich einladen kann? Er hat doch bald Semesterferien, es täte ihm gut, bei Mala und Albert in ihrem schönen Garten zu sein, da wird er nicht leiden, und sie muss mir dann schreiben, wie es ihm geht. Ja, das ist gut.

Sonja ist zum ersten Mal in Berlin. Das Haus, in das Henryk sie führt, ist ein fünfstöckiges Mietshaus mit Gründerzeitfassade, nicht sehr verschieden von den Häusern der Jahrhundertwende in Warschau und Wien. Aber während das Rabinowitzsche Haus von ständigem Getrappel, Gelächter, Getuschel und Gekreisch der Kinder schier barst, ist diese Berliner Beletage das Ruhigste, was Sonja je erlebt hat. Friedhofsruhe, denkt sie.

Der Flur ist mit einem langen Kokosläufer belegt, der jeden Schritt schluckt. Ein Dienstmädchen nimmt ihr den Mantel ab. Sonja dreht verlegen ihre Kappe in den Händen. Eine Dame hätte selbstverständlich ihren Hut aufbehalten, aber Sonja ist keine Dame, das Dienstmädchen ist fort, wohin damit? Henryk lächelt, nimmt ihr die Kappe ab und hängt sie mit der größten Selbstverständlichkeit an den

Haken der riesigen eichenen Garderobe, an einen beweglichen goldenen Messinghaken von derart herrschaftlicher Gewichtigkeit, dass Sonja nie gewagt hätte, ihre alte schwarze Batschkapp daran aufzuhängen.

Er führt Sonja durch den langen Flur in ein kleines Zimmerchen.

- Es ist Elses Empfangszimmer, sie besteht darauf, flüstert er und zwinkert Sonja zu. Else ist die zweite Frau seines Vaters, seine Mutter starb, als er noch zur Schule ging. Auf dem Parkettboden liegt ein gelber Wollteppich, so gelb, dass man selbst in Socken vermutlich Flecken hinterlassen würde. Die Wände sind bis in Augenhöhe mit gelbem Seidenstoff bezogen, den schließt eine blaugelbe Rosenbordüre ab, darüber sind die Wände bis zur Stuckleiste gelb gestrichen. Ein zierliches Sofa und zwei Sesselchen mit Krallenfüsschen, Louis-Seize-Reminiszensen, stehen auf dem Teppich, auch sie geblümt in Blau und Gelb. Gelb, eigentlich eine sonnige freundliche Farbe, hier wirkt sie wie die Judenhüte des Mittelalters, giftig und stumm wie antisemitisches Meublement. Ein Tischchen steht in der Mitte, darauf blinkt ein silbernes englisches Teeservice, das mehr der ständigen Beschäftigung und Kontrolle des Personals dient als dem Teeservieren. Das hohe Fenster ist mit gelben, aufwendig gerafften Gardinen verhängt. Ein Blumenständer prunkt mit einem bombastischen Arrangement aus Seidenblumen.

Wahnsinn, denkt Sonja, sind wir in Charlottenburg oder in Kreuzberg? Eben ist sie mit Henryk durch den Betrieb des Kottbusser Tores gegangen, Proleten überall, Menschen, die Sonja vertraut sind, in Arbeitsdrillich, Lederkappen, mit müden Augen, dazwischen unterernährte Straßenkinder in geflickten Hosen, Hausfrauen, die keine

Dienstboten und Kindermädchen haben, mit Körben und Taschen und den Rangen im Schlepptau. Aber sein Vater, dessen Drogerie im Parterre von Weinhefe bis Waschsoda alles anbietet, was diese Menschen für ihr tägliches Leben benötigen, hat einen Hang zum Royalen. Oder seine Frau?

Am Fenster, halb verdeckt zwischen Gardinen und Seidenblumen, steht Henryks Vater. Kaisertreue, sorgfältig gepflegte Barttracht mit weit über die rosigen Wangen abstehenden Enden, Vatermörder, Weste, Uhrkette. Neben ihm die Gattin, ein wilhelminisches Pummelchen mit komplizierter Hochsteckfrisur, drei gezierte Löckchen, mit der Brennschere auf die Stirn getrullert, Bluse mit Stehkragen und eigenartig hochgeklappten Schulterklappen, offenbar die neue preußische Mode, hier sieht alles aus wie eine Uniform.

- Else, Vater, darf ich vorstellen: Das ist Sonja.

Sonja versucht dem Teppich auszuweichen, es gelingt nicht, versinkt drei Schritte in Gelb und reicht erst der Dame, dann dem Hausherrn die Hand. Ein Dienstmädchen mit weißem Schürzchen bringt ein silbernes Tablett mit vier winzigen Gläschen auf hohen Stielen.

- Ich hoffe, Sie nehmen einen Aperitif, äußert der Hausherr. Sonjas zustimmender Dank ist kaum hörbar in diesem Toile-de-Jouy-Imitat einer vergangenen Epoche.

Sie nippen an der Fingerhutmenge in winzigen Schlückchen und bleiben schweigend mit den Gläschen in der Hand stehen, bis das Mädchen wieder erscheint und verkündet, dass das Essen aufgetragen werden könne, wenn Frau Else ...? Fragender Blick, Nicken, Knicksen.

Sonja folgt Henryk durch die Flügeltür, die das Dienstmädchen mit einer Hand öffnet, mit der anderen Hand balanciert sie die eingesammelten Stielgläser auf dem Tablett.

Sie sind im Wohnzimmer. Hier ist es nicht mehr blumig, sondern von gediegener Schwere. Die Fenster sind umrahmt von schweren dunkelbraunen Samtvorhängen, mit Posamenten gerafft. Das wenige Licht, das zwischen dem Samt ins Zimmer könnte, wird von cremefarbenen Stores geschluckt. Vor jedem Fenster steht akkurat ein schwarzer Blumenständer mit einer Palme. Ein Wald im Dunkeln, Sonja fragt sich unwillkürlich, ob die teuren Exoten jeden Monat frisch kommen oder ob es Fälschungen aus Seide und Gummi sind. Der Boden ist mit einem gewaltigen persischen Teppich belegt, darauf steht ein Tisch, mit weißem Damast bedeckt und zwei riesigen silbernen Kandelabern.

Sonja betrachtet den Tisch. Die gesamte Familie Rabinowitz einschließlich Elisas und Naums ungezogener Kinder und Mischpoke aus Tavrig und Oshmene könnte hier ohne weiteres Chanukka feiern, aber es gibt nur vier Gedecke. Wo sind Henryks Geschwister? Hans ist zwölf, die Schwester, die er zärtlich Clärchen nennt, ist neun Jahre alt. Der Hausherr nimmt am Kopfende Platz, seine Gattin mehrere Meter von ihm entfernt an der anderen Seite. Henryk und Sonja dürfen einander gegenübersitzen, auch die Breite des Tisches ist immer noch eine gewaltige Entfernung. Die Köchin bringt eine riesige Platte mit einer dunkelbraun gebratenen Gans herein, die der Hausherr persönlich tranchiert mit der Bemerkung, es sei ja Martinstag. Kurios, dass Sankt Martin mir kosheres Essen serviert, denkt Sonja, erleichtert, dass es keinen Schweinsbraten gibt. Hat Genjuscha etwas gesagt? Oder hat er mit Bedacht den Martinstag gewählt für diesen Tag? Zärtlich betrachtet sie, was sie von ihm durch die üppig verzierten Kandelaber sehen kann, und erwidert sein aufmunterndes Lächeln.

Das Dienstmädchen legt Klöße und Rotkohl auf die Teller, bringt sie zum Hausherrn, der gibt ein Stück Gänsebraten hinzu. Dann geht sie wieder zur Anrichte, gießt mit einem aufwendigen Löffel, wie Rüschen geformt, dunkelbraune Soße über das Ganze und stellt den Teller vor jeden hin, ein Vorgang von gewichtiger Bedeutung, der seine Zeit braucht. Henryk lockert die Sache ungefragt auf, indem er um den Tisch herumgeht und Rotwein in die Kristallgläser füllt. Es scheint, dass er diese Aufgabe seit Jahren versieht. Der Vater kostet mit leisem Schmatzen, während der Sohn wie ein gelernter Oberkellner abwartet, ob der Wein mundet. Endlich ist alles erledigt, Else trinkt keinen Wein, das Mädchen verzieht sich mit der Platte und der halben Gans in den Hintergrund, man speist.

Ob sie in Berlin lebe, möchte Else wissen.

- Nein, in Gießen, gnädige Frau.

Was sie dort täte?

- Ich studiere Nationalökonomie.

Das werde ihr im Haushalt sicher zustattenkommen, erklärt die Hausfrau leicht irritiert.

In Berlin sei das Frauenstudium inzwischen ebenfalls erlaubt, bemerkt der Hausherr und macht aus seiner Missbilligung keinen Hehl.

- Vater, bitte. Henryks Stimme klingt beschwörend. Sonja verzichtet auf die Bemerkung, dass das Frauenstudium seit vier Jahren in ganz Preußen üblich sei. Man speist und schweigt eine Weile. Henryks Geschwister essen in der Küche mit dem Personal.

- Kinder stören doch nur bei einem festlichen Diner, befindet Frau Else und lächelt den Sohn des Hausherrn schmallippig an. Dann will sie wissen, woher Sonja stammt.
- Aus Warschau.
- Das hörten wir, ja. Und Ihre Familie?
- Ich bin jüdisch.

Alle am Tisch, auch das im Hintergrund wartende Dienstmädchen, scheinen schlagartig dieselben Bilder vor sich zu sehen, giftig wie das Gelb des Boudoirs. Schmierige Kaftanjuden vor verdreckten Gebrauchtklamottenläden im Scheunenviertel, im Gebet wiegende schwarze Bärte, keifende dicke Weiber, bombenwerfende Terroristen, rote Fahnen schwingende Flintenweiber, kurzhaarige, nach Borschtsch stinkende Studentinnen in mottendurchlöcherten Pelzmänteln, geldgierige Spekulanten mit goldenen Uhrketten. Das Schweigen ist derart beredt, dass es Sonja den Appetit verschlägt. Sie will von diesem Tisch nichts mehr essen, will fort, fort von diesem preußischen Hochmut, fort, bevor jemand eine antisemitische oder, was noch schlimmer ist, eine entschuldigende Bemerkung macht, so eine moderne Flapserei, Sie sind Jüdin, na macht ja nichts.

Da fängt sie Henryks beruhigendes Lächeln ein. Er ist ja nicht so. Was kann er für diese Frau, nichts, und der Vater, na, der ist, wie Väter eben sind. Und Henryk hat keine Mutter mehr, der arme. Nur sein liebevolles, etwas trauriges Lächeln hindert sie, sofort aus diesem Haus zu flüchten.

»Das war der erste Irrtum«, flüsterte Sonja im Regen, »wär ich mal Sarah geblieben, Sarah Rabinowitz statt Sonja Lerch, eine klägliche Metamorphose.«

Sie ging eine weitere Runde, und noch eine, zwang sich zur dritten. Regenwasser drang durch die Ledersohlen. Es sind die Erinnerungen, die dich fertigmachen, nicht die Zukunft, dachte Sonja.

Sie flüchtet, sobald es der Anstand zulässt: nach dem Nachtisch, eilt die Reichenberger Straße an den Industriegebäuden entlang über den Skalitzer Platz auf die spitzen Türmchen des Hochbahnhofs Kottbusser Tor zu, dass er ihr kaum folgen kann. Sie hetzt die eisernen Stufen hinauf, das gusseiserne Geflecht dröhnt unter ihren Absätzen. Tief atmend steht sie auf dem Bahnsteig, sieht durch die verschmutzten Scheiben auf das Menschengewimmel hinunter.

- Wäre ich ein Mann, weißt du, dann hätte ich um deine Hand bei ihm angehalten, dann wär's mir egal, Henryk. Aber ich bin eine Frau.
- Lass ihnen Zeit, sie gewöhnen sich dran, bittet er.
- Jüdin, Sozialistin, Russin und Studentin? Daran gewöhnen sie sich nie. Das müssen sie auch nicht.

Sonja steigt in die Stadtbahn und denkt, nicht seine Familie, sondern er muss sich daran gewöhnen.

Den bayerischen König davonzujagen ist das Einfachste von allem, dachte Sonja auf dem Weg durch Neudecks lange, kalte Korridore. Der Sturz des Zaren müsste den Mächtigen in die Hosen gefahren sein. Aber die bürgerlichen Standesdünkel, die kriegen wir nicht aus den Hirnen, die Plüschgeneration, die wird uns zu Fall bringen in ihrer brutalen Wohlanständigkeit, nicht die Aristokratie.

Sie lächelte wehmütig bei dem Gedanken, wie Henryk in ihrer Mischpoke empfangen wurde. Sie hatten nach der Heirat den Sommer bei Rosa und Josef in Berlin-Halensee gewohnt, bis sie zum Wintersemester die Wohnung in München in der Clemensstraße mieteten.

- Mürbteig muss kalt angerührt werden, sonst wird er brandig, belehrt Cäcilia ihre Töchter, habt ihr das vergessen? Eben im Unterschied zum Hefeteig, der nur in Wärme aufgeht. Mürbteig im Winter, Hefeteig im Sommer.

Cäcilia teilt Rosa zum Mehlwiegen ein, scheucht Sonja an den Spülstein, die Butter auszuwaschen – gründlich! – und fettet das Blech ein. Dann gibt sie Anweisung, das Mehl zu sieben – sorgfältig! Und 100 Gramm zurückhalten! Den Zucker in derselben Menge, und ein Glas kaltes Wasser bereitstellen. Sonja siebt, das Mehl stäubt in die Küche, der kleine Shaul beobachtet es fasziniert. Mit gespreizten Fingerchen zieht er Streifen durch den weißen Staub. Cäcilia nimmt den Kleinen auf den Arm und knuddelt mit ihm, ihr zweiter Enkel, endlich, nachdem Rosa und Josef sechs Jahre verheiratet sind. Ständiges Umziehen und Suche nach Jobs, aber nun ist Josef Bibliothekar der Jüdischen Gemeinde, und Sonja ist sicher, dass Tate da noch seine kontaktreiche Hand im Spiel hatte. Nun liegt Tate in Frankfurter Erde begraben und Cäcilia ist zu Rosa nach Berlin gezogen und verhätschelt glücklich ihren Enkel.

Rosa knetet und knetet, und Sonja mahnt ironisch: nicht weich werden lassen die Butter.

Dreidreidrei singt Cäcilia, joijoijoi.
- Der Zucker!, schreit sie plötzlich, sodass Shaul erschrocken das Gesicht verzieht. Aber ein Kitzeln der Oma macht aus dem Weinen ein Lachen. Schnell lässt Sonja den Zucker in die Masse rieseln.
- Joijoijoi, singt Cäcilia, *as men sucht chale, farlirt men derwail dos brojt, joijoijoi,* Shaul Josefowitsch, was?
Sie hört ihre Töchter kichern, sieht auf, lacht verlegen, herrscht die beiden aber sofort an: Schnell in die Speis damit, er muss kalt bleiben!
Sonja kriegt sich nicht mehr ein: Wer, Mamme, das Kind? Oder der Teig?
- Was soll eigentlich draus werden, aus eurem Mürbteig, fragt Cäcilia.
Sonja will eine Linzertorte, Rosa eine Sacher. Cäcilia blickt missbilligend: eine schöne Kirschtorte, mit Deckel, das wär's.
Also wird's eine gedeckte Kirschtorte, wer widerspricht schon der Mamme, und es soll Sahne dazu geben. Sie erwarten Sonjas Verlobten, und Sonja setzt alles daran, dass sein Empfang in ihrer Mischpoke das Gegenteil sein wird von dem ihrigen in seiner wilhelminischen Plüschfamilie. Und es gelingt. Cäcilia, die den Goj mit großem Argwohn erwartet hatte, ist in weniger als einer Stunde von Henryks Charme bestrickt. Josef, der den Berliner Schnoddrigkeiten auch nach sieben Jahren Berlin hilflos ausgeliefert ist, taut auf, als Henryk ihn launig mit Berliner Eigenarten vertraut macht. Er tut dies vorwiegend mit Witzen der Berliner Droschkenkutscher, die sich anhören wie dramatisierte Zilleskizzen. Josef lacht, Rosa lacht, weil ihr Mann endlich mal wieder lacht, der kleine Shaul tobt herum und weint manchmal, sodass ihn alle hingerissen trösten.

– Sorele, meint Cäcilia später lobend, bist du so weiblich geworden wie eine gute jüdische Hausfrau, hätt ich nicht von dir gedacht nach Odessa. Schade einziglich, dass du für diesen *marschelik* keinen koscheren Haushalt wirst führen. Schade, ja. Ich bin promovierte Nationalökonomin, hab Revolution gemacht, dafür im Gefängnis gesessen, denkt Sonja. Das alles zählt nichts. Wichtig ist, verheiratet zu sein, einem Mann den Haushalt zu führen, das ist der persönliche Verdienst einer Frau.

Der Schlüssel drehte sich rasselnd und knarzend im Schloss. Sonja sah die Zeitung sofort, auf dem Tisch, ganz offen. Wollte die Schlüsselrasslerin ihr etwas anhängen? Aber die schloss die Zellentür hinter sich, befahl Sonja, zum Fenster zu gehen, und blätterte die Zeitung durch, ehrlich verblüfft, wie es schien. Dann entspannte sich ihr Gesicht.

»Ist ja eine alte Zeitung, dagegen ist nichts einzuwenden«, erklärte die Aufseherin, »und keine sozialdemokratische. Viel Spaß beim Lesen.«

Damit schloss sie die Tür hinter sich.

»Danke«, sagte Sonja überrascht. Es war die Abendausgabe der ›Münchner Neuesten Nachrichten‹ vom 1. Februar, dem Tag ihrer Verhaftung. Seit zwei Wochen in Haft, konstatierte Sonja bitter. Schon zum zweiten Mal war ihre Eingabe auf Haftverschonung abgelehnt worden.

›Trotzki nicht gegen einen Sonderfrieden‹, lautete die Schlagzeile. Hoffentlich hatte Trotzki inzwischen nicht doch den schäbigen Separatfrieden geschlossen.

Sie las gierig, politischer Nachrichten entwöhnt. Ihre Füße waren kalt und nass, von den Haaren tropfte es auf die Rede des Ministerpräsidenten von Dandl zur Frage des Separatfriedens. Sie schlang sich ein Handtuch um den Kopf und las die Lügen über den Krieg, die sich seit vier Jahren ›amtliche Berichte‹ nannten. Am westlichen Kriegsschauplatz Feuertätigkeit wegen dichten Nebels gering, an der italienischen Front lebhafter Artilleriekampf auf der Hochfläche von Asiago, aber vor den österreichischen Feuern seien die Kämpfe zusammengebrochen. ›Unsere‹ U-Boote hatten fünf englische Dampfer im Ärmelkanal versenkt. Die fünf Friedensforderungen der Sozialdemokraten waren im bayerischen Parlament erörtert worden. Sieh mal an, dachte Sonja. Auer hatte über die Kriegswucherer geschimpft. Ob er sich damit Stimmen bei der nächsten Wahl versprach?

Trotzkis Friedensvorschläge, langatmig und entstellend wiedergegeben, weiterblättern, die Aufnahme der Friedensverhandlungen hatten die Wertpapiere der Schifffahrt kräftig ansteigen lassen, Kupfer, Eisen- und Stahlaktien waren ebenfalls gestiegen. Der Krieg ernährt den Krieg, dachte Sonja, wundert mich nicht, dass die Aktiengesellschaften keinen Frieden wollen, er wird sofort eine Inflation zur Folge haben. Die Kriegsanleihen subventionieren alle Güter, die Preise werden mit dem Frieden wie ein Kartenhaus einbrechen.

Die Streikführer waren beim Polizeipräsidenten gewesen, las sie gerührt, und hatten danach einen Demonstrationszug durch die Innenstadt gemacht, vor allem die ausständigen Krupp-Arbeiter. Die Verfahren der Verhafteten, ihr Name war nicht genannt, sollten beschleunigt werden, hatte der Polizeipräsident versprochen. Schnee von gestern, die dachten nicht daran, irgendetwas zu beschleunigen, der Gerichtstermin in Leipzig stand immer noch aus.

Der Interessenverband der Früchte-Großhändler in München hatte seinen Ernährungsbericht von 1917 vorgelegt, es sollte angeblich Spargel, Tomaten, Rhabarber, Blau- und Weißkraut in ›verhältnismäßig großen Mengen‹ gegeben haben. Bitter lachte Sonja auf. Wer hatte wohl an den Lebensmittelmarken vorbei zu Wucherpreisen diese Köstlichkeiten gekauft? Selbst sie hatte ja gegen ihre Überzeugung auf dem Schwarzmarkt Fett und Butter erstanden, um Genjuscha mal den Kuchen zu backen, den er so liebte.

Das Theater am Gärtnerplatz spielte Aschenbrödel, die Studenten der Vaterlandspartei hatten Kaisers Geburtstag gefeiert, Thallmeier auf der Theatinerstraße bot Kristalllüster an – wer hatte Geld für so was? –, der König hatte Kaulbachs Atelier besucht und dem Maler eine Sitzung ›gewährt‹, es stand direkt über den Namen der armen Menschen, die ›für das Vaterland gefallen‹ waren. Der hat Nerven, sie sterben für seine Expansionsgelüste, während er sich malen lässt. Zornig blätterte Sonja die Seite um. Noch bevor sie sich mit dem Schachrätsel ablenken konnte, fiel ihr Blick auf die halbseitige, nicht zu übersehende Anzeige in einem dicken schwarzen Rahmen. Die Bayerischen Motorenwerke gaben bekannt, dass ›morgen wie gewöhnlich in allen Werkstätten des alten und neuen Werkes gearbeitet wird.‹

Sonja sprang auf, wischte das Blatt vom Tisch und ballte die Fäuste. So schnell war alles vorbei. Eine Anzeige der Geschäftsleitung, dahin die Hoffnung auf Frieden und Gerechtigkeit.

Die Gesichter der Arbeiter standen vor ihren Augen, manche fragend, zweifelnd, andere zustimmend, jubelnd, begeistert, nach Frieden rufend, und die Frauen! Ihre Kinder an der Hand und auf den Armen, waren sie entschlossen durch die Stadt gezogen, ohne nach der Streikkasse zu fragen.

Wie mutig sie gewesen waren, und du, Sonja, wie dumm! Odessa hätte dich Vorsicht lehren müssen.

Nein, nicht dumm, nur geschwächt, eine liebende Frau. Sonja hob die Zeitung auf, die durch ihre heftige Bewegung zu Boden gefallen war, und da las sie es, oben, sehr klein, in der rechten Ecke. Es war nur ein Satz.

›Der Rechtsbeistand des Gatten der Frau Sarah Lerch geb. Rabinowitz teilt uns mit, dass Privatdozent Dr. Eugen Lerch schon vor mehreren Tagen Auftrag zur Erhebung der Ehescheidungsklage gegeben hat.‹

Vor Sonjas Augen verschwammen die Buchstaben zu einem schwarzen, unruhigen Meer mit weißen Schaumkronen, die sie hässlich anzüngelten. Ihre Zähne schlugen aufeinander. Noch am Tag ihrer Verhaftung hatte ihr Ehemann nichts Eiligeres zu tun, als die Presse zu informieren, dass die Scheidung eingereicht sei. Wie hatte Vossler geschrieben? Losgesagt. Er hatte sich von ihr losgesagt. Ein hübsches deutsches Wort für Verrat. So hatte Vossler das gemeint, das war die Art, wie Henryk sich von ihr lossagte. Die Liebe verraten, um seine Karriere zu retten. Und Vossler fand nicht einmal etwas dabei! Sonja atmete tief ein. Welcher Dibbuk hatte ihr vorgegaukelt, sie könne falsche Liebe entlarven? Wie blind war sie gewesen!

Sonja legte den Kopf auf den Tisch und weinte die Zeitung nass.

Als das Licht erlosch, empfand sie die Dunkelheit zum ersten Mal als Erlösung. Sie stand auf, schnäuzte sich kräftig die Nase, morste Betty eine gute Nacht, wusch sich das

Gesicht. Wie gut das kalte Wasser war, kalt mussten ihre Gedanken werden.

Morgen schreib ich ihm einen Brief, dachte sie, ich werde ihn nicht anflehen, mir zu helfen. Ich werde mich von ihm lossagen, dann ist er mich los, seinen Mühlstein um den Hals.

11

Fritzi legte dem Kleinen mit schlechtem Gewissen das Stoffpferd in die dünnen Ärmchen. Er drückte das Pferdchen an sich, schaute sie aber erwartungsvoll an und schien ein bisschen enttäuscht zu sein, dass sie keine Schokolade für ihn hatte. Sie schien für ihn zu einer Überbringerin ungeahnter Genüsse geworden zu sein.

Viele Kinder in dem großen Saal sahen neugierig aus ihren Bettchen, manche brüllten laut, andere greinten still vor sich hin. Fritzi kam sich seltsam vor. Sie hätte jedem dieser einsamen, kranken Kinder etwas mitbringen müssen, das war ja zum Erbarmen.

Sie küsste die blasse Kinderstirn. »Theochen, da ist dein Pferdchen, die Mama schickt's dir. Riech mal, sie hat's gewaschen!«

Der Kleine sah sie groß an und verzog das Gesicht. Bitte nicht weinen, dachte Fritzi. Schnell sagte sie: »Ich hab dir eine Geschichte mitgebracht. Euch allen hab ich eine Geschichte mitgebracht!«

Schon war, zumindest in den nächsten Betten, Stille. Erwartungsvolle Augen aus kranken, blassen Kindergesichtern sahen Fritzi an. Sie räusperte sich und erzählte das Märchen vom Sterntaler.

»Und wenn es nicht gestorben ist, dann könnt ihr es heute Abend sehen, wenn ihr zum Himmel hinaufschaut!«

Fritzi hatte nicht gemerkt, dass ein großer Herr in weißem Kittel ebenfalls gelauscht hatte. So jemanden wie sie könnten sie hier öfter brauchen. Dazu hätten die Schwestern keine Zeit, und die Verwandten seien meist viel zu erschöpft.

Das war der Dr. Schollenbruch. Respektvoll sprang Fritzi von Theos Bett.

»Die Mutter sind Sie nicht«, stellte er fest.

Sie sei die Nachbarin, Friederike Novacki.

»Die Schokladbringerin«, lachte er.

Fritzi fand es nicht lustig. Sie hatte entsetzliche Angst gehabt, sie hätte den kleinen Theo vergiftet.

»Mit Schokolade?« Der Armenarzt ging, während er mit ihr sprach, von Bettchen zu Bettchen, strich dem einen über das Köpfchen, sah einem anderen Kind in den Mund, hieß die begleitende Schwester Fieber messen, wechselte Verbände.

»Wo hatten Sie die Schokolade eigentlich her?«

Fritzi druckste rum. Den großzügigen Armenarzt anzulügen kam nicht infrage. Schließlich erzählte sie die ganze Geschichte.

»Sie besuchen die Genossin Sonja Lerch?« Schollenbruch schien beeindruckt. Selbstverständlich kenne er sie, er habe sie schreien gehört – er sagte wirklich ›schreien‹, er meinte ihre Reden während der Streiktage.

»Ich habe sie bei Eisner kennengelernt, draußen in Großhadern. Wir saßen im Garten bei Elses selbstgebackenem Kuchen und diskutierten über die Frauenbewegung. Na ja …« Er sah einem blassen Kind in den Hals.

»Und? Was meinte sie?«, fragte Fritzi.

»Sie fand, es hätte keinen Sinn, für das Frauenwahlrecht in dieser Gesellschaft zu streiten. Sie hielt es für bourgeois.« Schollenbruch lachte: »Ich habe nicht alles verstanden, sie stritt mit Anita Augspurg. Sie erzählte von der Frankfurter Frauenbewegung. Ihre Freundin hatte dort einen Verein für Dienstmädchen gegründet, sie wollten das Gesinderecht abschaffen und gerechte Arbeitsverträge einführen. Die armen Mädchen müssen ja den Herrschaften ununterbrochen zur Verfügung stehen, in Bayern ist es noch immer nicht abgeschafft. Darin war sie sich mit Eisner einig, dass dies und das Frauenwahlrecht eines der ersten Gesetze im befreiten Bayern sein müsste. – Verdammt, dass der Streik schiefgehen musste ... er fing so gut an. Wie geht es Frau Lerch?«

»Nicht so gut. Aber sie leidet weniger unter der Haft, glaube ich.«

»Worunter dann?«

»Sie verzweifelt, weil sie zum zweiten Mal gescheitert ist. Sie hat ja schon 1905 in Russland Revolution gemacht, aber sie will nicht darüber reden.«

»Sie ist nicht gescheitert, grüßen Sie sie von mir! Die Zeit ist reif, der nächste Streik wird erfolgreich sein.«

»Ach, es ist auch wegen ihres Mannes ... der will sich scheiden lassen.«

»So ein Idiot!«

»Er ist Professor an der Uni!«

»Auch Professoren können Idioten sein. Er verliert eine schöne und unglaublich mutige Frau«, sagte Schollenbruch entschieden.

»Aber sie weiß nicht, dass er ein Idiot ist.«

Schollenbruch beendete seinen Rundgang mit einem Lied.

»Bringen Sie mir ein Stückchen von der Schokolade, Fräulein Novacki. Ich lasse sie untersuchen, dann wissen wir, woran wir sind. Und verstecken Sie sie bis dahin gut, damit Ihr Vater sich nicht womöglich vergiftet!«

Fritzi erschrak. Hatte sie die Schokolade sicher versteckt? »Sagen Sie Frau Lerch noch nichts, wir wollen die Pferde nicht scheu machen. Wahrscheinlich ist es wirklich nur ein Landsmann, der ihr eine Freude machen wollte. Das mit der Befreiung halte ich allerdings für ein Märchen wie das vom Sterntaler!«

Schollenbruch reichte Fritzi die Hand zum Abschied: »Grüßen Sie die Genossin von mir!« Erleichtert machte Fritzi sich auf den Weg nach Neudeck.

»Heirat Nummer 211«, murmelte Sonja, »die vorletzte an Silvester 1912, keine Feier, und der Standesbeamte war schon betrunken, er hat alle Namen und Geburtstage verwechselt. Trauzeugen waren zwei sozialistische Journalisten von der ›Oberhessischen Volkszeitung‹, frühere Kollegen von Kurt Eisner. So wurde in einem verrückten Moment aus Fräulein Dr. Sarah Rabinowitz die Privatdozentengattin Sonja Lerch.«

Fritzi lachte herzlich. Der schönste Tag im Leben einer Frau, befand sie. Sie wollte gute Laune verbreiten.

»Heirate, Knickserin«, sagte Sonja, »aber versprich mir, dass du bleibst, wie du bist!«

Fritzi versprach es.

»Bleib dir treu, Knickserin. Revolutionärin und Ehefrau, das passt nicht. Es frisst dir die Kraft. Die Jungfrau von Orléans war in dem Moment tot, als sie sich verliebte. Du musst die Revolution lieben, nichts anderes.«

Sonja laufen die Tränen über die Wangen. Sie sehen Puccinis ›La Bohème‹ in der königlichen Oper, und Mimis

Schicksal rührt Sonja so sehr, dass sie sich auch in der Pause kaum beruhigen kann.

Henryk, dem als echter Preuße Gefühle in der Öffentlichkeit ein Gräuel sind, knurrt, sie solle sich zusammennehmen. Sonja flüchtet zur Toilette, wäscht sich das Gesicht, eine teuer gekleidete Dame lächelt sie verständnisvoll an.

- Es geht zu Herzen, nicht wahr? Ja, die Rosetta hat eine wundervolle Stimme, da haben wir Glück, dass wir sie verpflichten konnten.
- Wir?, stammelt Sonja. Die Dame lächelt überlegen.
- Wir Münchner natürlich! – Hier, nehmen Sie meine Puderdose.

Sonja betrachtet die aufgeklappte Dose, die ihr hingehalten wird, wie ein Kind ein Mathematikbuch. Die Dame lacht silbrig.

- Darf ich? Sie wartet Sonjas Antwort nicht ab, sondern tupft ihr routiniert mit dem Quast Nase, Wangen und Stirn. Befriedigt betrachtet sie ihr Werk und betupft dann selbst ihr Gesicht. Aus dem Spiegel sieht Sonja ein schimmerndes, makellos geglättetes Antlitz entgegen. Unfassbar, ist das *sie*? Oder eine Lüge? Vorsichtig berührt sie mit dem Zeigefinger ihre Nase.

Ein wenig Puder könne Wunder wirken, meint die Dame, während sie ungeniert bei hochgestelltem Bein ihr Strumpfband richtet, zwinkert Sonja zu und verlässt mit elegantem Schwung die Toilette.

Sonja findet Henryk mit zwei Sektkelchen im Foyer. Es scheint ihr, als müsse er sie nicht erkennen, aber er hält ihr einen der Kelche hin, zur Wiederbelebung, wie er meint.

Puderdose und Sekt, denkt Sonja, nun bin ich endlich zur Bourgeois geworden, die sich arme Dachstuben in der königlichen Oper anschaut. Aber es gelingt ihr nicht, sich zu verachten. Ob sie sich derlei großbürgerliche Attitüden leisten können?

Champagner sei Boheme, versichert Henryk, und es sei nicht mal welcher, sondern billiger deutscher Sekt vom Rhein.

Er spricht von Klemperers, ob man am Wochenende eine Bergtour mache. Wie kann er ständig über solche Dinge reden! Sie unterbricht ihn unvermittelt und fragt ihn, wie ihm die Vorstellung gefalle.

- Gut, erklärt er lässig, knorke, dass Vossler ihnen die Karten überlassen habe. Manchmal ein etwas eigenartiges Italienisch in diesem Libretto, nicht? Aber Vossler habe ihn ja gewarnt. Übrigens sei die Oper bei der Uraufführung in Turin durchgefallen, interessant, nicht wahr? Dabei gleitet sein Blick suchend durchs Foyer.

- Rudolfos Dachstube, wie bei uns, flüstert Sonja, die sich energisch weitere Tränen verbeißt, um den kostbaren Puder nicht zu verwischen.

Er betrachtet seine Frau erstaunt. Was Musik ausmachen kann. Er schätzt seine intelligente, moderne Frau, ihre klaren Analysen, ihre sachliche Intelligenz. Er befindet, dass ihr die Oper bekommt. Sie sehe so, nun ja, so ... zart aus.

Zart. Sonja lächelt ihren Ehemann an. Ob solche Puderdosen teuer sind?

Der Gong kündigt das Ende der Pause an. Sonja folgt ihrem Mann die breite, mit rotem Teppich belegte Steintreppe hinauf in die luxuriöse Loge, die sie der erkrankten Frau Vossler verdanken. Das tragische Ende der Boheme übersteht Sonja ohne weitere Tränen, aber mit viel Empathie.

- Weißt du, Henryk, sagt sie nachdenklich auf dem Nachhauseweg in der Tram, ich dachte immer, nur das Schau-

spiel zeigt mir wahrhaftige Menschen, zumal Gorki, du weißt, wie sehr ich Gorki verehre. Aber Pucccini hat auch über die armen Menschen geschrieben ...
- Komponiert, verbessert er oberlehrerhaft, das Libretto folge einer Erzählung von Henri Murger.
Sonja meint, dass Murger offenbar genau gewusst habe, wovon er schrieb, und Puccini habe die richtige ergreifende Musik dazu komponiert.
- Am Ende wirst du noch marxistische Kunst darin sehen, neckt er sie.
- Warum nicht? Diese Oper betrachtet einfache Menschen, sie beschönigt nichts, nicht die Armut, nicht den Betrug, nicht die Krankheiten, an denen die Armen sterben.

Am nächsten Morgen reicht Henryk ihr seine Rezension, die er für die Vossische Zeitung geschrieben hat. Sonja liest sie mit immer stärker werdendem Befremden, denn er lässt kein gutes Haar an der Inszenierung.
- Ich dachte, es hätte dir gefallen?
Er ist schon in Hut und Mantel, auf dem Weg zur Universität und bittet sie um eine Briefmarke, natürlich habe es ihm gefallen.
Sie zieht die Schublade des Schreibtisches auf und reicht ihm die Briefmarke.
- Wieso schreibst du dann hier: bieder, wenig von der Boheme-Romantik zu spüren?
Er leckt die Marke an und klebt sie auf den Umschlag.
- Ich kann doch keine Lobeshymne schreiben, damit bin ich für die Redaktion langweilig.
- Du schreibst nicht deine Meinung, nur damit sie dich interessant finden?
Er grinst und küsst sie.

- Könnte man so sagen. Bis später, holst du mich ab?
Sie begleitet ihn zur Tür wie jeden Morgen. Sie lauscht seinen Schritten nach wie jeden Morgen. Während sie das Frühstücksgeschirr abräumt und in den Spülstein stellt, denkt sie: Er verstellt sich. Wie kann er seine wahre Meinung verheimlichen, nur um interessanter zu wirken?

Sie tritt ans Fenster, zündet sich eine lang gehütete Papirossa an und tut einen tiefen Zug. Fremd scheint ihr plötzlich der Gatte. Sie hatte es gehasst, in Russland ihre Meinung verheimlichen zu müssen. Hinausgeschrien hätte sie es gern auf den Straßen, jeden Tag: Entmachtet den Zaren, Schluss mit der Ungerechtigkeit, Volksregierung! Wie sie die Taktik gehasst hatte, den Mund zu halten, ihre Meinung nur heimlich auf Handzettel zu schreiben und die Hektografien noch heimlicher in der Stadt zu verteilen. Wie sie es gehasst hatte, bei konspirativen Sitzungen geheime Codeworte zu benutzen, weil am Nebentisch ein Agent der Ochrana mithören könnte. Und am meisten hatte sie dieses Flüstern gehasst, dieses Flüstern wegen verräterischer Nachbarn, ein Flüstern, das jeder Rede Energie und Inhalt entriss. Wir sind so revolutionär wie erkältete Löwen, hatte sie einmal wütend gezischelt.

Sonja öffnet das Fenster. Der Rauch zieht in einer blauen Linie hinaus in die milde Frühlingsluft. Die Narodniki und die Bundisten hatten sich verstellen müssen, weil ihnen Haft und Tod drohten, aber Henryk tut es ohne Not, und obendrein fügt er den Sängern, die hart gearbeitet hatten, Schaden zu.

Hätte sie ihm die Briefmarke verweigern sollen? Hätte sie ihn ermahnen sollen, seine Rezension zu überdenken? Sonja erscheint ihre Camouflage aus der goldenen Puderdose plötzlich sehr harmlos. Was würde Henryk alles tun, um interessant zu scheinen? Würde er auch seine Liebe für ein geistreiches Bonmot verraten?

Ihr schauert, es wird wohl nur die kühle Morgenluft sein. Schnell schließt sie das Fenster und beginnt mit dem Abwasch.

»Ja, die Liebe«, murmelte Sonja, »warst du schon mal verliebt, Knickserin?«

Fritzi grinste verlegen. Sie wisse nicht, ob man das Liebe nennen könne, ein Junge in der Kruppschule, na ja, und sie war doch erst acht Jahre alt.

»Ist so eine Sache, das mit der großen Liebe«, meinte sie unsicher. Ob die Frau Doktor ...?

»Genossin. Ja, ich glaube an die große Liebe«, sagte Sonja überzeugt. »Wichtig ist, einig zu sein. An dasselbe zu glauben.«

Dieser Augenblick, der alles umstieß. Die Welt kam ins Wanken. Es war zunächst nicht der Krieg. Auch Henryk ist gegen den Krieg, sie sind sich einig, dass Krieg nicht der Vater aller Dinge, sondern die letzte aller Möglichkeiten sei. Dass Krieg die Wissenschaft, die Forschung und die Kultur verhindere, die Zivilisation, die humanistischen Ideale untergrabe. Dass man ihn vermeiden müsse. Dass die Vernunft und die Intelligenz der neuen Zeit gefragt seien, Verhandlungen und Gespräche statt Säbelrasseln und Kolonialismus. In allen Dingen sind

sie sich einig. Aber dann studiert sie wie jeden Morgen beim Frühstück die ›Münchner Post‹ , und es springt ihr entgegen:
- Erklärung der Hochschullehrer des Deutschen Reiches. Wir Lehrer an Deutschlands Universitäten und Hochschulen dienen der Wissenschaft und treiben ein Werk des Friedens. Aber es erfüllt uns mit Entrüstung, dass die Feinde Deutschlands, England an der Spitze, angeblich zu unsern Gunsten einen Gegensatz machen wollen zwischen dem Geiste der deutschen Wissenschaft und dem, was sie den preußischen Militarismus nennen. In dem deutschen Heere ist kein anderer Geist als in dem deutschen Volke, denn beide sind eins, und wir gehören auch dazu. Unser Heer pflegt auch die Wissenschaft und dankt ihr nicht zum wenigsten seine Leistungen. Der Dienst im Heere macht unsere Jugend tüchtig auch für alle Werke des Friedens, auch für die Wissenschaft. Denn er erzieht sie zu selbstentsagender Pflichttreue und verleiht ihr das Selbstbewusstsein und das Ehrgefühl des wahrhaft freien Mannes, der sich willig dem Ganzen unterordnet. Dieser Geist lebt nicht nur in Preußen, sondern ist derselbe in allen Landen des Deutschen Reiches. Er ist der gleiche in Krieg und Frieden. Jetzt steht unser Heer im Kampfe für Deutschlands Freiheit und damit für alle Güter des Friedens und der Gesittung nicht nur in Deutschland. Unser Glaube ist, dass für die ganze Kultur Europas das Heil an dem Siege hängt, den der deutsche Militarismus erkämpfen wird, die Manneszucht, die Treue, der Opfermut des einträchtigen freien deutschen Volkes.

- Manneszucht, murmelt Sonja. Die Alma mater nimmt seit einem Jahrzehnt Studentinnen auf. Müssen die sich auch

in Krieg und Opfermut und Manneszucht üben? In welchen Zeiten leben wir, wenn sich sogar die freie Wissenschaft dem schmutzigen Geschäft des Krieges unterwirft?
Henryk schweigt.
-Unser Heer pflegt auch die Wissenschaft! – Liebling, du musst Frankreich unterwerfen, um die romanische Syntax erforschen zu können.
Sie schaut auf seine Tasse: Darf ich dir etwas italienischen Kaffee nachschenken, solange es ihn noch gibt?
Liebevoll füllt sie seine Tasse auf aus der kleinen, ungemein praktischen und schicken Espressokanne, die sie bei einer Kurzreise ins Trentino erworben haben. Dann wendet sie sich wieder der Zeitung zu.
Plötzlich schreit Sonja auf. Henryk zuckt zusammen.
- Du! Du hast dieses Schandteil unterschrieben! Sie zeigt anklagend auf seinen Namen.
- Auf Französisch las sich's eleganter, versucht Henryk einen lahmen Witz. La fidelité, l' esprit, la liberté …
- Hast du es ihnen auch noch übersetzt?
- Das war nicht nötig.
- Ah, Vossler hat es in vorauseilendem Gehorsam getan. – Wie konntest du nur, Henryk! Wie konntest du einen solchen schmählichen Wisch von derart erhabener Dummheit …
- Sonja, alle haben unterschrieben.
Sonja sieht noch einmal die Erklärung an.
- Professor Foerster nicht.
- Mein Gott, Foerster!
Es liegt eine solche Verachtung in seiner Stimme, dass sie aufhorcht. Was hat er gegen den klugen Pazifisten Foerster einzuwenden?
Foerster sei Lehrer, degradiert er den Professor. Adelt

sich selbst als Pädagoge und Friedensforscher, das ist so unwissenschaftlich wie ...
... wie die Nationalökonomie? Sonjas Stimme ist schneidend. Sie verehrt Foerster.
Henryk schweigt.
- Die französische Syntax ist wissenschaftlich, die Friedensforschung nicht, höhnt Sonja, die Ökonomie natürlich auch nicht, wenn sie sich in den Dienst der Herrschenden stellt. Wir können ihr leicht wissenschaftliche Akzeptanz geben: Errechnen wir doch den Pro-Kopf-Verbrauch an Fett, den der Soldat im Felde braucht, um ›in selbstentsagender Pflichttreue‹ zu kämpfen. Dann pflegt das Heer die Wissenschaft und nicht umgekehrt – und reziproke Schlussfolgerungen werden die Krönung der deutschen Wissenschaft sein!
- Du bist ja allein in diesem Land, sagt Henryk böse und zitiert aus dem Gedächtnis: Deutschlands ganze Tugend und Schönheit entfaltet sich erst im Kriege.
- Welcher Idiot schreibt das? schreit Sonja.
- Der von dir verehrte Dichter der Buddenbrocks, Thomas Mann.
- Und das dient dir zur Rechtfertigung? Schäm dich, Henryk!
Zum ersten Mal haben sie Streit.
Seit zwei Jahren verheiratet, haben sie sich eingerichtet in ihrer Schwabinger Idylle. Die einen nennen es Armut, die anderen stolz Boheme. Sonjas Leidenschaft ist der Disput, die Agitation ist ihr Element. Aber in der Liebe funktioniert sie nicht. Sie spürt: Sie kommt ihm nicht bei. Der Krieg stört ihn nicht wegen seiner Gewalttätigkeit, seiner Ungerechtigkeit, nicht wegen Mord und Besitzgier. Er stört ihn nur in seiner wissenschaftlichen Karriere, beim

Erforschen der Syntax. Henryk will seine Ruhe, ob in der Monarchie oder in der Republik, ob im Frieden oder im Krieg.
Und sie? Stört sie ihn auch nur?
- Bleib du nur immer der Hauptsatz, Heinrich Eugen! Deine Frau ist der Nebensatz, das ist ja eine tolle Vorstellung von der Ehe, die du hast. Leg dir wieder deine Sekretärin zu.

Damit stürmt sie aus der Wohnung, die Tränen schießen hervor, blind rennt sie los, in den Englischen Garten, nur raus, nur weg von ihm und dieser Idylle, die sich als kleinbürgerliche Lüge entlarvt hat.

»Geht Liebe nur unter Genossen?«, fragte Fritzi ängstlich.

Nein, Sonja war überzeugt: »Liebe geht nur unter Liebenden.«

12

AM 8. MÄRZ, sechs Wochen nach ihrer Gefangennahme, wurde Sonja in den Verhörraum des Gerichtsgefängnisses zum zweiten Verhör gebracht. Sie gratulierte der Schlüsselrasslerin zum Internationalen Frauentag und versicherte sie, froh, dass sich die Sache endlich bewegte, überschwänglich ihrer Solidarität, die Frau Wachtmeister bekomme sicher nicht denselben Lohn wie ihr schnurrbärtiger Kollege. Die Wachtel schwieg.

»Angeschuldigten-Vernehmung in der Voruntersuchung gegen Kurt Eisner, Schriftsteller in Großhadern, und sechs Genossen wegen Verbrechens des versuchten Landesverrates«, diktierte der Herr Untersuchungsrichter, Königlicher Landgerichtsrat Karl Schraub.

Interessiert betrachtete Sonja die unscheinbare Frau, die an einem Tisch in gebührendem respektablem Abstand hinter einer Schreibmaschine saß. Stellvertretender Gerichtsschreiber Hammerl. Der Titel ›Gerichtsschreiberin‹ war nicht eingeführt, obwohl Frauen seit zwei Jahren als Rechtspflegerinnen und Gerichtsschreiberinnen eingesetzt werden durften. Not kennt kein Gebot, dachte Sonja, ob der Herr Gerichtsschreiber an der Front ist?

»Angeschuldigte Sarah Sonja Lerch, ich lese Ihnen nunmehr die Verfügung vom 23. Februar 1918 vor, durch welche die Voruntersuchung gegen Sie eröffnet und die Fortdauer der Untersuchungshaft angeordnet worden ist. Sie haben das Recht, Beschwerde gegen die Haftfortdaueranordnung einzulegen. Wollen Sie auf die Beschuldigung etwas erwidern?«

Sie habe Zahnschmerzen, erklärte Sonja.

Schraub war kein Unmensch. Er fragte nach ihrem Zahnarzt, Frau Hammerl notierte den Namen. Er fragte, ob sie vernehmungsfähig sei. Sonja bejahte und bat um ein Glas Wasser. Sie trank in winzigen Schlucken und erklärte leise: »Ich habe schon am 5. Februar Beschwerde gegen die Haft eingelegt, sie wurde verworfen, ich verstehe nicht, warum.«

Es bestehe Fluchtgefahr, sie könne nach Russland verschwinden, erklärte Schraub. Sonja stellte den Becher ab und fragte entgeistert: »Ohne meinen Mann? Ohne Pass?«

Schraub betrachtete die Frau. Eisner und sie waren zweifellos die gefährlichsten dieser Kommunistenbande. Er war davon überzeugt, dass, wenn sie sich durch die deutschen Linien geschmuggelt hatte, keiner an der russischen Grenze ihren Pass sehen wollte. Sie würde wie eine Prinzessin zu Trotzki persönlich nach Brest-Litowsk eskortiert werden. Denen ging es nicht um Streik, diese landesverräterischen Kommunisten wollten den gewaltsamen Umsturz, das deutsche Reich sollte als sozialistischer Zweigstaat in der bolschewistischen Föderation aufgehen. Wenn er dies beweisen konnte, stand seiner Beförderung zum Oberlandesgerichtsrat nichts mehr im Wege.

Er räusperte sich, klopfte mit seinem Stift auf den Tisch und verlas zügig die Fakten: »Nachdem ich in Warschau am damaligen Wohnorte meiner Eltern ein Mädchengymnasium besucht hatte, hörte ich an der Höheren Frauenschule in Odessa längere Zeit hindurch Vorlesungen teils über Philosophie, teils über Medizin.« Er blickte sie intensiv an. Sie hielt seinem Blick stand.

»Wollen Sie mir ernsthaft erzählen, dass Sie zum Studium nach Odessa gingen?«

Ach, Odessa. Der kurze Traum von Freiheit, bis ... Sonja lächelte mühsam die schmerzhafte Erinnerung fort. Ob dies eine Frage sei, wollte sie wissen.

»Sie wollten dort auf die Barrikaden«, mutmaßte Schraub freundlich.

Sie habe in Odessa studiert, erklärte Sonja. Sie sah zum Fenster hinaus, aus einem Fenster in Augenhöhe hatte sie seit fünf Wochen nicht mehr geschaut. Grau hing der Himmel über den Türmen der Mariahilfkirche. Die Bäume waren noch immer kahl, nur die Vögel ließen sich nicht betrügen und trillerten laut und anhaltend vom Frühling, von der Liebe ...

Schraub klopfte wieder auf den Tisch. »Die neurussische Universität wurde 1906 geschlossen. Sie können dort nicht studiert haben.«

»Die höheren Frauenkurse in Medizin waren von der Schließung nicht betroffen.«

Höhere Frauenkurse. Schraub beobachtete die Frau. Sie hatte in Nationalökonomie promoviert, sie hatte das zaristische Russland verlassen, um im Ausland zu studieren. So eine war wegen dieser sogenannten ›Frauenkurse‹ nach Russland zurückgekehrt? Diese Kurse waren eine Albernheit des Zaren, nirgendwo wurden ihre Abschlüsse anerkannt. Niemals hatte die Rabinowitz wegen dieser zweifelhaften Ausbildung Wien verlassen und war ausgerechnet in die tiefste Ukraine gegangen. Sie war eine Terroristin und hatte in Odessa das Volk aufgewiegelt.

»Sie haben im Verhör vom 2. Februar angegeben, dass Sie im Jahre 1905 während der revolutionären Bewegung in Odessa Mitglied des dortigen Arbeiterdeputiertenrates waren.«

Ein Rausch auf den Barrikaden, ein neues, freies Leben, ein Traum, umweht von Hafengeruch, gegrilltem Fisch, die Liebe in den Zeiten der Revolution, nur noch eine Nacht, dann würde der Zar zurücktreten, und dann ... und dann alles nur ein ekelhafter mörderischer Verrat. Das Lied des Akkordeons dröhnte wieder in Sonjas Hirn, schwoll an zu einem Orgelchoral wie von einem Wahnsinnigen gespielt, schaurige, entsetzliche Lust. Ihr Zahnnerv pochte plötzlich heftig, und der Schmerz nahm ihr Atem und Illusionen. Sie fasste sich an die Wange. Rau sagte sie: »Darüber möchte ich heute keine Erklärung abgeben.«

Schraub machte sich eine Notiz. Diese Frau verschwieg eine wichtige Information. Es war klüger, sie später mit Beweismitteln zu konfrontieren.

»Sie waren ja auch in Wien, nicht wahr?«

»Im Jahre 1908.« Sonja übersprang die unbeschwerten Wiener Jahre mit Ernst.

»Eine schöne Stadt«, meinte Schraub überzeugt, »hielten Sie sich dort länger auf?«

»Einige Monate, studienhalber.«

»Dann übersiedelten Sie im Jahre 1909 zu Ihren Eltern nach Frankfurt am Main, wohin diese inzwischen von Warschau verzogen waren. – Richtig?«

Nicht ganz, dachte Sonja, aber es ist egal. Je weniger sie wissen, desto besser. Was gehen den bayerischen Richter russische Gefängnisse, Sippenhaft, Pogrome, die Vertreibung jüdischer Familien aus Russland an. Sie bejahte.

»Sie studierten an der Universität Gießen und promovierten am 31.12.1912 als Doktor phil. Wie war noch gleich das Thema?«

»Die Entwicklung der Arbeiterbewegung in Russland bis zur großen Revolution im Jahre 1905.«

»Sympathisieren Sie mit der Arbeiterbewegung?«

Ihr Interesse sei akademischer Natur, erwiderte Sonja vorsichtig.

»Sind oder waren Sie jemals Mitglied einer terroristischen Vereinigung?«

Sonja verneinte entschieden. »Ich habe Interesse für die deutsche Arbeiterbewegung.«

»Frankfurt ist ja eine sehr offene Stadt«, bemerkte Schraub, »dort lernten Sie sicher schnell gleichgesinnte Menschen kennen?«

Sie unterdrückte ein Lächeln.

»Bald nach meiner Übersiedelung nach Frankfurt wurde ich Mitglied der Sozialdemokratischen Partei«, gab sie zu, »die im Gegensatz zu Russland hier legal ist.«

»Lernten Sie dort Eugen Leviné kennen?«

Hoppla, dachte Sonja, was weißt du, Tischklopfer, und antwortete schnell: »Ich war mit dem Frankfurter Parteisekretär Albert Rudolph gut bekannt.«

»Streiten Sie ab, dass Sie Eugen Leviné kennen?«

Sie wollte darauf nicht antworten. Nun, auch darauf würde er später zurückkommen, wenn er die Beweismittel vorlegte. Zunächst gab er sich harmlos: »Seit wann leben Sie in München?«

»Im Jahre 1910 hatte ich gelegentlich eines Aufenthalts in München meinen späteren Gatten, der damals hier Philosophie studierte, kennengelernt. Kurz nach meiner Promotion haben wir uns verheiratet und gingen nach Berlin.«

»Warum Berlin?«

»In Berlin arbeitete mein Mann an seiner Habilitation, und ich gab Privatstunden in den slawischen Sprachen, namentlich in der russischen Sprache. Am 1. Oktober 1913 siedelten mein Mann und ich nach München über, wo wir in der Clemensstraße 76/III eine Wohnung nahmen. Seit dieser Zeit wohnen wir gemeinsam in München.«

»Ihr Gatte ist sicherlich ebenfalls Mitglied der Sozialdemokratischen Partei?«

Sie antwortete mit der Gegenfrage: ob ihr Gatte Gegenstand der Befragung sei.

»Haben Sie nach Ihrer Übersiedelung nach München weiterhin Parteiarbeit geleistet?«

Sonja verneinte dies. Sie habe direkte Beziehungen zur hiesigen Sozialdemokratischen Partei nicht unterhalten, habe aber hier und da Artikel wissenschaftlicher oder sozialpolitischer Art, auch in der ›Münchener Post‹, veröffentlicht. Schraub schüttelte den Kopf.

»Leugnen Sie, Mitglied der USPD zu sein?«

Sonja betrachtete den Untersuchungsrichter erstaunt. »Warum sollte ich? Die unabhängigen Sozialdemokraten gründeten sich erst im Frühjahr 1917, als Protest gegen die Unmenschlichkeit des Krieges und den Verrat der Mehrheits-SPD mit ihrer Kriegspolitik, den die Scheidemänner als Burgfrieden beschönigten ...«

»Zur Sache. Sie traten also sofort zur USPD über.«

»Nein. Im Herbst 1917 trat ich der hiesigen Gruppe der U.S. bei.«

»Hatten Sie dort Freunde?«

»Ich hatte bei der hiesigen Gruppe viele Bekannte. Einige Male vor meinem Beitritt besuchte ich die Diskussionsabende, die Kurt Eisner hier im ›Goldenen Anker‹ abhielt. Schließlich trat ich der Gruppe bei, weil mir ihre Bestrebungen mehr dem Ideal der Sozialdemokratie zu entsprechen schienen als die Bestrebungen der alten Sozialdemokratischen Partei. Mit den Grundsätzen des Sozialismus bin ich selbstverständlich vollständig vertraut. Ich bin aus voller Überzeugung Sozialdemokratin.«

»Laut Polizeiberichten haben Sie agitatorische Reden gehalten?«

»Nein, in öffentlichen Versammlungen bin ich als Rednerin nicht aufgetreten, nur ab und zu beteiligte ich mich an den Diskussionsabenden im ›Goldenen Anker‹.«

»Welche Themen wurden im ›Goldenen Anker‹ besprochen?«

»Bakunin und Marx, die Folgen von Amundsens Entdeckung des Südpols, die Gründe für das Sinken der Titanic, die gemeingefährlichen Bestrebungen der Sozialdemokratie …«

Energisches Klopfen auf den Tisch unterbrach Sonja.

»Zur Sache!« Schraub war verärgert.

»Die Themen waren vielfältig, Herr Vorsitzender. Ich beteiligte mich, wenn auf Russland bezügliche Fragen zur Sprache kamen. Öfter wurden die mich interessierenden Fragen der Bolschewikibewegung besprochen.«

»Wurden Sie von den Bolschewiki bezahlt, um für deren Ziele in Deutschland zu agitieren?«

Sonja sah den Untersuchungsrichter Schraub ungläubig an. Sie unterdrückte ein Lachen. Klar, geborene Russin, das bedeutete bombenwerfende Anarchistin. Die russische Dampfwalze. Vom »Bund« hatte Schraub keine Ahnung, vermutlich wusste er nicht einmal von der Existenz des Allgemeinen Jüdischen Arbeiterbundes, geschweige denn wie er von Lenin ausgebootet worden war, und in dieser Unwissenheit wollte sie ihn durchaus belassen.

»Auch in Russland gibt es verschiedene Parteien«, erklärte sie sanft. »Ich nehme einen der Bolschewikibewegung widersprechenden Standpunkt ein, weil ich schon in Russland der Menschewikipartei angehört hatte. Ich möchte hier hervorheben, dass ich grundsätzlich Gegnerin jeder anarchistischen Bewegung bin. Immer wenn ich in den Diskussionsabenden auftrat oder sonst im brieflichen Verkehr mit Parteigenossen stand, vertrat ich den Standpunkt, dass die anarchistischen Ideen von uns zu bekämpfen seien.«

Das habe ich hoffentlich deutlich ausgedrückt, dachte sie und glaubte sich selbst kein Wort. Schraub legte ihr einen Brief vor.

»Sie wurden also von Kerenski bezahlt, um für seine Ziele zu agitieren?«

Sonja las den Brief mit zunehmendem Befremden. Er war noch am Tag ihrer Gefangennahme an Erhard Auer, den Vorsitzenden der Münchner SPD, geschickt worden. Auer war immerhin so kollegial gewesen, ihn zu ignorieren. Daraufhin hatte sich dieser Professor nicht entblödet, ihn vier Wochen später ans Reichsgericht nach Leipzig zu senden. – Himmelmarxundengels, was ging in diesem Menschen vor?

»Er hat sich wahrhaftig die Mühe gemacht, ihn auch noch ans Reichsgericht zu schicken.«

»Kennen Sie den Absender?«

»Ja.«

»Was sagen Sie zu den Vorwürfen des Herrn Professor Hellmann?«

Sonja lachte bitter auf. »Ist das nicht völlig gleichgültig? Sie finden doch hier die Bestätigung, dass ich keine Bolschewika bin! Dieser Herr muss es wohl wissen!«

Sie sah, dass die Schreiberin protokollierte, und wedelte abwehrend mit der Hand durch die Luft.

»Herr Vorsitzender, mir ist nicht erklärlich, wie Professor Siegmund Hellmann dazu kommt, zu behaupten, ich hätte eine erbitterte deutschfeindliche Gesinnung zum Ausdruck gebracht. Er nahm bei mir in den letzten vier Monaten vor meiner Verhaftung russischen Sprachunterricht. Ein einziges Mal ist es zwischen mir und ihm während des Unterrichts zu einem Wortwechsel gekommen, als ich bei einer Konversationsübung zu den Friedensverhandlungen in Brest-Litowsk äußerte, ich betrachte die deutsche Formel vom 28. Dezember 1917 bezüglich Kurlands als annexionistisch. Das ist alles.«

»Setzten Sie den Unterricht fort?«

»Er entgegnete damals, dass wir verschiedene Empfindungen hätten, und wollte deshalb den Unterricht bei mir nicht mehr fortsetzen. Er kam aber dann doch wieder zum Unterricht, ohne dass ich ihn darum gebeten hätte. Ich hatte ihm im Gegenteil gesagt, wegen meiner Person brauche er nicht zu kommen. Sonstige politische Dispute haben zwischen uns nicht stattgefunden.«

»Wovon leben Sie in München?«

»Mein Mann wurde im Frühjahr 1914 an der hiesigen Universität Privatdozent der Philologie.«

»Laut Universitätsgebührenordnung wird ein Privatdozent von den Studenten seiner Seminare bezahlt. Mit dem Kriege, in dem viele junge Männer eingezogen wurden, hat Ihr Mann empfindliche Einbußen hinnehmen müssen. Wovon also leben Sie?«

»Den gemeinsamen Unterhalt bestritt ich bis zum Kriege hauptsächlich aus Zuschüssen, die ich von meinen Geschwistern erhielt. Ich selbst beschäftigte mich auch in

München mit der Erteilung von Sprachunterricht sowie schriftstellerischen Arbeiten.«

»Verfügen Sie über Privatvermögen?«

Sie wollen unbedingt eine Berufsrevolutionärin aus mir machen, dachte Sonja. Ein königlicher Staatsdiener kann sich nicht vorstellen, dass man für etwas kämpft, was einem nichts als Freiheit einbringt. Obwohl sie doch auf dem Feld der Ehre angeblich um nichts anderes als die Ehre kämpfen.

Geduldig erklärte sie: »Auch mein Mann erhielt von seinen Eltern, die in Berlin ein Drogeriegeschäft betreiben, Zuschüsse. Das mir und meinen Geschwistern zustehende elterliche Vermögen ist noch nicht auseinandergesetzt. Der größte Teil dieses Vermögens steckt in Privatschulen, die meine Schwester eingerichtet hatte. Sie betrieb zuerst in Warschau und später in Wilna eine Privatmädchenschule.«

»Sie haben nicht nur Redebeiträge gehalten, Sie sind hin und wieder öffentlich als Rednerin aufgetreten, ist das richtig?«

»Ich bin zum ersten Mal in der Versammlung der U.S. vom Sonntag, dem 27.1., im Kolosseum aufgetreten, aber diese sollte eine interne Parteiversammlung, keine öffentliche Veranstaltung sein. In diesen Tagen waren die Arbeiter in Deutschland von einer starken Bewegung ergriffen wegen des kurz vorher eingetretenen politischen Streikes der österreichischen Arbeiter. So ging auch ich zu dieser Versammlung, in der nach dem Programm Kurt Eisner sprechen sollte.«

»Sie schätzen Kurt Eisner sicher sehr?«

»Ich kenne Dr. Kurt Eisner aus früheren Versammlungen und von den Diskussionsabenden her als Genossen, war aber nicht persönlich befreundet mit ihm.«

»War verabredet, dass Sie nach Eisner eine Rede halten?«
»Nein. Ich wollte der Versammlung anfänglich nur als Zuhörerin beiwohnen. Aber aus der Mitte der Versammlung wurde ich zum Reden aufgefordert, so ergriff ich das Wort.«
»Wer forderte Sie zum Reden auf?«
Sonja lehnte sich zurück und betrachtete den Untersuchungsrichter. Klar, dass er stets auf dasselbe hinauswollte.
»Wie gesagt, einige Mitglieder aus der Mitte der Versammlung.«
»Worüber sprachen Sie?«
»Was ich im Einzelnen damals ausführte, weiß ich nicht mehr. Soviel ich mich erinnere, habe ich dem Sinne nach gesagt, dass die österreichische Streikbewegung eine erfolgreiche Demonstration für den Frieden gewesen sei.«
»Haben Sie zum Streik aufgerufen?«
»Nein.«
Schraub lächelte schmal. »Nennen wir es eine Aufforderung.«
»Eine Aufforderung an die versammelten Arbeiter, auch ihrerseits zum Streike überzugehen und das österreichische Beispiel nachzuahmen, habe ich damals an die Versammlung nicht gerichtet. Ich habe damals in keiner Weise zum Streike aufgefordert.«
Schraub glaubte ihr kein Wort. Er hielt ihr die anderen Tage der Streikwoche vor, die die Polizeispitzel genauestens dokumentiert hatten, und ließ Hammerl notieren:
»Als Rednerin habe ich mich in den folgenden Tagen während der Streikbewegung nur in vier Arbeiterversammlungen betätigt, nämlich:
1. Am Montag, dem 28. Januar, abends, in der Schwabinger Brauerei in der Versammlung der Krupp-Arbeiter.

2. Am Dienstag, dem 29. Januar, abends, bei der Besprechung der Vertrauensleute der Krupp-Arbeiter im Ingolstädter Hof ...«

»Dort war ich nur als Zuhörerin anwesend«, behauptete sie. »Bei dieser Besprechung habe ich keine Rede gehalten, sondern höchstens eine oder mehrere Bemerkungen über den Gegenstand der Geschäftsordnung gemacht.«

3. »Am Mittwoch, dem 30. Januar, beim Schusterwirt in der Neulerchenfeldstraße in der Werkstättenversammlung der Rapp-Motorenwerke.

4. Am Donnerstag, dem 31. Januar, nachmittags, bei der Versammlung der streikenden Arbeiter im Wagnerbräusaal in der Sonnenstraße.«

Sie widersprach nicht, also fuhr er fort: »Auch auf der Versammlung der Buchdrucker vom Mittwoch, dem 30.1., abends, im Kolosseum ...«

»... wohnte ich auf Einladung eines an der Versammlung beteiligten Buchdruckers hin bei, und ja, ich habe auch dort eine kurze Ansprache an die Versammelten gehalten. Aber meine Ansprache bezog sich nicht auf die Streikbewegung, sondern auf den Kampf für die Pressefreiheit.«

»Am Donnerstagvormittag?«

»In der Versammlung der Kruppschen Arbeiter in der Schwabinger Brauerei am 31.1. war ich nur kurze Zeit anwesend, da ich zu spät kam. Geredet habe ich in dieser Versammlung nicht.«

Sie bestritt vehement, in der Versammlung der streikenden Arbeiter der Rapp-Motorenwerke und der Bayerischen Flugzeugwerke im Mathäserbräu vom Donnerstag, dem 31.1., nachmittags und abends, gewesen zu sein. Kunststück, dachte er, auch die gewiefteste Agitatorin kann nicht an zwei Orten zugleich sein.

»Was haben Sie am Donnerstagabend getan? Den Streik für den 1.2. vorbereitet?«

»Sie meinen nach Beendigung der Versammlung im Wagnerbräusaal?«

Das meinte Schraub, und er fühlte sich herausgefordert. Diese Frau war eine harte Nuss.

Sie habe keiner Besprechung über den Streik beigewohnt, erklärte Sonja, vielmehr habe sie mit Bekannten noch ein Café besucht und sich dann zu ihrer Wohnung begeben, in der sie am nächsten Morgen festgenommen wurde.

Schraub reichte es. Seit Wochen verhörte er Landesverräter, befragte Zeugen und Spitzel. Er wusste, dass die Streikführer sich im Café Müllerbad auf der Hans-Sachs-Straße getroffen hatten, ein Ort, an den ihnen diese Dummköpfe von Polizeispitzel nicht gefolgt waren. Die gewieften Kommunisten hatten heimlich verabredet, auf verschiedenen Wegen dorthin zu gelangen. Dort hatte mit Sicherheit die generalstabsmäßige Streikplanung stattgefunden, das war kein Plausch unter Freunden gewesen.

»Sie waren nicht oft zu Hause in dieser Woche«, merkte er an, »das dürfte Ihrem Gatten nicht gefallen haben.«

»Mein Mann hat mit meinen politischen Aktivitäten nichts zu tun.«

Hier war ihre weiche Stelle. Sie wollte unbedingt ihren Ehemann schützen. Leider war hier nichts herauszuholen, denn der Gatte gehörte eindeutig nicht zu der Sozibande, er hatte sich sogar öffentlich von ihr losgesagt.

»Ihr Ehescheidungstermin ist, wie Ihr Anwalt mitteilte, in der kommenden Woche, am 13. März, vor dem Amtsgericht. Das Verhör wird morgen früh fortgesetzt.«

Sie wirkte plötzlich zart, beinahe zerbrechlich. Sie habe wegen der Zahnschmerzen bereits am 28. Februar um Hilfe gebeten. Sie habe Schmerzen, ob sie bitte vor dem Ehescheidungstermin zum Zahnarzt könne? Schraub hatte veranlasst, dass der von ihr gewählte Zahnarzt polizeilich überprüft wurde. Das dauerte.
»Konsultieren Sie den Gefängnisarzt.«
»Er erklärt sich für Zahnbehandlungen nicht zuständig. Er gibt mir nicht einmal ein Schmerzmittel.«
»Ja, wer nicht hören kann, muss fühlen.«
Und wer nichts fühlen kann, der muss gehorchen, dachte Sonja erbittert. Sie ließ es sich nicht nehmen, Hammerl zum Internationalen Frauentag zu gratulieren und fügte schnell, bevor der Richter ihr den Mund verbieten konnte, hinzu: »Frau Hammerl, nicht dem Krieg verdanken Sie Ihren Arbeitsplatz. Der Krieg ist ein undankbarer alter General, der Sie ausnutzt und so schnell er kann an den Herd zurückschickt. Als Richterin werden Sie nur eine Chance haben in einer Gesellschaft, in der alle gleich sind! Forschen, Lehren – und Aufbegehren!«

Irrte sie sich oder wartete die Schlüsselrasslerin neben ihr, bis sie den Satz zu Ende gesprochen hatte? Sonja ließ sich in ihre Zelle führen und stand dort stumm und nachdenklich wegen dieses Professors Hellmann. Sofort nachdem er von ihrer Verhaftung erfuhr, hatte er an Auer geschrieben – ausgerechnet an Auer, wie eigenartig! Was versprach Hellmann sich davon, sie als Menschewiki zu bezeichnen – das reichte doch nicht einmal für eine Denunziation? Und der angebliche Deutschenhass?

Wahrscheinlich geht es nur darum, mich wegzuhaben, dachte sie, ich passte nie zu denen, zu diesen Münchner Akademikernasen mit ihren dünkelhaften Bonmots, so wenig wie Hammerl, die womöglich Jura studiert hat und nun glücklich sein muss, als Schreiberin arbeiten zu dürfen. Kaum bin ich vom Professor getrennt, fallen sie über mich her wie eine gierige Meute.

Januar 1914. Da steht er, groß, lachend, geistreich: Lerch hat seine Habilitation bestanden und einige Kollegen eingeladen. Nicht viele, die Schwabinger Wohnung ist winzig, aber Sonja hat den großen Tisch, der als Esstisch und Arbeitstisch dient, abgeräumt und sie haben ›zwanglos‹, wie Henryk betont, eingeladen, die Klemperers, den hochverehrten Professor Vossler und einige Kollegen von der Uni.

- Ich kann nicht kochen, Genjuschaliebling, sagt sie, was soll ich anbieten, es wird peinlich.

- Ich habe keine Hausfrau geheiratet, sagt er und schließt sie in die Arme, es wird Wein geben und ein paar Krüge Bier, die holen wir vom Union, der leiht uns auch Krüge, und wir kaufen Brezn, machen Weißwürste heiß, es wird urig bayerisch, du wirst sehen.

- Werd ich sehen, meint sie grimmig, eine Russin und ein Preuße kochen Weißwürste, das wird was werden.

Er lacht schallend und hebt ihre Laune.

Aber sie zweifelt: am Abend Weißwürste, da sind sie hin, und er gibt ihr recht und meint plötzlich, wir machen den Dernier Cri und laden zur Brotzeit ein. Wirst sehen, finden alle originell.

Und das finden sie, die Herren Dozenten und ihre Gattinnen, sie kommen am Samstag mit dem Glockenschlag zwölfe und gratulieren. Es wird geistreich gescherzt, einer erzählt den neuesten italienischen Witz, Sonja versteht kein Wort, aber alle lachen, und dann stoßen sie auf den außerordentlichen Professor an. Klemperer hält eine kurze Ansprache: Wie schade, er hätte gern heute schon auf Ordinarius angestoßen. Hört Sonja Neid hinter den flapsigen Worten? Schadenfreude? Worauf Henryk lacht und erklärt, jedes Ding habe seinen Vorteil, seine Ungebundenheit auch, und er schreibe gern für die Feuilletons und die Fachzeitschriften, das mache ihm Spaß, vielleicht mehr Spaß als ungelüftete Hörsäle und gähnende Studenten. Das ist gut gekontert, denn Sonja weiß, wie gern er Ordinarius wäre, dann hätte dieses ungesicherte, lausig bezahlte Honorarleben ein Ende. Ihr bisschen Russischunterricht und die Schulungen und Vorträge für den ›Bund‹, davon können sie die Miete bei Weitem nicht zahlen, nachdem es mit ihrer Anstellung als Lehrerin nicht geklappt hat. Keine verheirateten Beamtinnen in Bayern! Das gibt's nicht mal in Russland.

Und dann erzählt Henryk einen Witz, den sie nicht kennt. Sie denkt, sie kennt inzwischen Henryks gesammelte Witze, er liebt es, Witze zu erzählen, und stets ist er selbst sein bestes Publikum. Sie liebt ihn, wenn er wieder einmal ein Wortspiel entdeckt hat und ihr erzählt, und wenn sie ihn begriffsstutzig ansieht, beginnt er ihr den Witz ausführlich zu erklären, und während sie schaut und schaut, unterbricht er sich, lacht schallend, küsst sie und nennt sie »meine ernsthafte Jüdin«.

Nun aber hat er Publikum, es bildet sich ein kleiner Kreis von Weißwurstzuzzlern und Brezn kauenden Professoren und Dozenten und Dozentengattinnen, die Stühle reichen bei Weitem nicht für alle, und Henryk erzählt vom Bauern, der den Hof geerbt hat, und dessen Bruder in die

Stadt ging als Beamter, aber gern zu Besuch aufs Land kommt und fragt, ob er helfen kann. Der Bauer überlegt. Des Bruders Hilfsbereitschaft ist rührend und gut gemeint, aber der Kleine hat zwei linke Hände, und so schickt er ihn in den Keller Kartoffeln sortieren, eine einfache Tätigkeit, denkt er, da kann der Josef nichts falsch machen. Die kleinen Kartoffeln nach links in den Korb, die großen nach rechts.

Es dauert, das Mahl ist gerichtet, aber der Josef kommt nicht. Der Bauer geht in den Keller, schaut, beide Körbe sind leer, der Josef sitzt auf dem Schemel, eine Kartoffel in jeder Hand, verzweifelt: immer diese Entscheidungen.

Dröhnendes Gelächter, Zuprosten. Sonja hat Henryk beobachtet, seine charmante Mimik, sein gestenreiches Erzählen. Zärtlichkeit und Stolz für ihren Mann erhöhen ihren Herzschlag, und als das Gelächter verebbt, sagt sie: Ja, dann übernimmst du halt die Drogerie deines Vaters.

Schweigen, alle sehen verlegen zur Seite, keiner sieht Sonja an, und sie weiß sofort, das war ein Fauxpas. Eine leichte, lustige Bemerkung, und heraus schlüpft das Gegenteil. Wieder hat sie danebengegriffen, liegt ihr nicht, dieser Austausch von Geistreichigkeiten, diese Tischkonversation, das, was andere Esprit nennen. Alles wird ihr zur Diskussion, ernsthaft und engagiert, schon im Gespräch will sie etwas verändern. Wenn sie einen Sachverhalt darlegt, schauen alle bewundernd oder ablehnend, nehmen ihre Argumente auf, andere greifen sie an, widersprechen ihr, und endlich wendet Sonja die Sache mit dialektischem Schwung zu einem Ergebnis, das als Beschlussvorlage dient.

Bin ich fad, denkt sie, oder gehöre ich nicht hierher. Fremd schauen die Möbel sie an. Vorwurfsvoll und stumm steht die Anrichte mit den letzten kalt gewordenen Weißwürsten, giftig flackert das Feuer im Ofen auf, kalt schauen die Augen des Gatten, befremdet die der Honorationen, die sonst so klug und leutselig sind. Schnell, zu schnell sagt die Klimperin eine höfliche Nichtigkeit, die gebildete bürgerliche Damen sagen, um die Situation zu retten, und Sonja eilt mit schmutzigem Geschirr in die winzige Küche, während die Tränen über ihre Wangen fließen wie ein Wasserfall, den sie ärgerlich erst wegwischen kann, nachdem sie die Teller in den Spülstein gestellt hat.

Sonjas Zahn machte einen Aufstand, sie sprang auf vor diesem grellen Blitz, der sie durchzuckte, wissend, dass ihm wie Donnergrollen das stundenlange stumme Schmerzwühlen folgen würde. Als um fünf Uhr am Nachmittag das Abendbrot durch die Luke geschoben wurde, nahm sie es nicht an, fragte nur nach dem Zahnarzt. Die Klappe schloss sich kommentarlos.

»Bitte, bitte«, stöhnte Sonja, nur ein winziges Tütchen mit Schmerzpulver, das würde doch reichen, die Nacht zu überstehen.

Nichts. Um 19 Uhr wurde Niederlegen befohlen. Das Licht erlosch. Sonja sah der schwarzen Bestie Nacht in den geöffneten Rachen.

Verwundet, dachte sie, aber nicht geschlagen.

Sonja betrachtet sich in dem neuen Kleid. Die Sonne zeichnet kleine Reflexe auf den Boden, leuchtende Reiskörner. Sie ist unglücklich.

Aber es steht ihr doch, das neue Kleid! Das duftige Weiß unterstreicht ihren zarten Teint und lässt ihre schwarzen Haare leuchten.

In duftigen kleinen Wellen kräuselt sich die zarte Spitze um den Hals. Auch der Brusteinsatz besteht aus schmalen Spitzenbahnen und bildet einen reizvollen Kontrast zur verspielten Lochstickerei des Stoffes, aus dem die Biesen und die Ärmel genäht sind.

Nein, es ist kein Fehlkauf gewesen. Das neue Sommerkleid steht ihr, es ist luftig, zart, auf elegante Art raffiniert, à la mode, aber von schlichter Eleganz, mit zwei Blusen. Sie kann das Oberteil wechseln, ohne das ganze Kleid waschen zu müssen. Nicht nur schön, rechtfertigt sie sich vor dem Spiegel, auch praktisch, und Sonja dreht sich und betrachtet ihre Rückseite, aber sie empfindet keine Freude. Ist es das Geld? Sie hat unverschämt viel Geld für den weißen Sommertraum ausgegeben. Reut sie die Lust, die sie bei der Anprobe empfunden hatte?

Nein. Das Kleid war herabgesetzt gewesen, eine Gelegenheit, hatte die Verkäuferin verschwörerisch gesagt, Sie werden den ganzen Sommer über Freude daran haben, und sogar mit Reißverschluss, sehen Sie nur, Fräulein, wie leicht das geht und wie geschmeidig! Mit diesen neuen Reißverschlüssen brauchen Sie kein Dienstmädchen mehr, Sie können sich allein ankleiden, diese vertrackten Häkchen und Ösen gehören nun der Vergangenheit an!

Als ob Sonja je ein Dienstmädchen beschäftigt hätte!

Sie dreht sich, das Kleid dreht sich mit ihr, schwungvoll weht der duftige Sommerrock über die Fesseln der zierlichen schwarzen Knöpfstiefel. Den ganzen Sommer über Freude ... wird es noch Anlässe geben, ein duftiges Sommerkleid zu tragen? Verkriechen, wenn der Krieg losbricht, verstecken in der kühlen Dunkelheit des Zimmers, Krieg ist keine Revolution, zum Krieg läuft man nicht auf die Gassen und errichtet Barrikaden, für den Krieg braucht sie kein weißes Kleid, höchstens eine weiße Fahne. Der Himmel prunkt in leuchtendem Blau über Münchens roten Dächern. Alle strömen hinaus, mit breitkrempigen Strohhüten oder kleinen Sonnenschirmchen, flanieren über die sandigen Wege des Hofgartens, sitzen in den Biergärten unter den flirrenden Schatten der Kastanien, machen Bootspartien auf dem Tegernsee, und sie?

Sonja fühlt sich entsetzlich einsam. Sie dreht dem Spiegel den Rücken zu und streift das Kleid ab. Allein, denkt sie, niemand teilt mit mir die Angst vor dem Krieg, nicht einmal Henryk, und es wird Krieg geben nach dem Attentat eines kleinen übereifrigen serbischen Nationalisten. Was sollen mir die fröhlichen Leute in ihren sommerlichen Gewändern, ich trage ein weißes Spitzenkleid und bin doch eine hässliche Krähe mit meinen rabenschwarzen Befürchtungen, eine Kassandra, der keiner glaubt. Verlegen wenden sich alle ab, so weit wird es nicht kommen, Serbien wird schon klein beigeben, Deutschland werde sich nicht einmischen in österreichische Angelegenheiten. Wenn aber Serbien nicht klein beigibt? Wenn Belgrad angegriffen wird? Gibt es dann noch den ›lieben Nicki‹, geehrter Gast in Friedberg, oder den bösen Russen, der vernichtet gehört? Nationalismus überall, ich gehöre nicht hierhin, aber auch nicht dorthin, und niemals wird sich das ändern. Ein schwarzer Abgrund gähnt vor ihr und wird sie verschlingen.

Friss mich, fordert sie ihn auf, schlag deine Zähne und Klauen in mich und verschling mich, aber der Abgrund leckt nur genüsslich die Lefzen, nicht sofort, er spielt mit ihr wie ein sibirischer Tiger mit seiner frosterstarrten Beute. Jeden Tag wird er sie ein winziges Stück näher zu sich ziehen, schauerlich langsam, und sie kann nichts dagegen tun, nichts, nicht einmal das duftigste zarteste Kleid verleiht ihr die Flügel, die sie braucht, um sich über den Abgrund zu erheben und in ein schwereloses Leben zu schweben.

Am Morgen des 9. März hatten die Schmerzen nachgelassen. Sonja betrat den Verhörraum mit der überwachen Klarsicht der Schlaflosen. Die Anwesenheit des dritten Mannes schlug ihr entgegen wie ein eiskalter Wind. Er sprach leise und energisch mit Schraub, als gebe er Anweisungen, die der Untersuchungsrichter diensteifrig zu befolgen versicherte. Der Mann war nicht jünger als Schraub, wirkte aber, mit extrem kurz geschnittenen Haaren und langem Hals, auf feindselige Art jung. Er trug die typischen Narben der Korporierten und fixierte Sonja durch ein Monokel. Nichts Menschliches lag in dem kalten Blick seines vergrößerten Auges, und sein ausgeprägtes Philtrum über vollen Lippen verhieß geradezu erotischen Genuss an Brutalität. Sonja fühlte sich wie die kleine Blume in ihrem Kinderbuch, die vom eisigen Stab des Väterchen Frost in weiße Starre versetzt wird.

Der Mann setzte sich schräg hinter sie, mit dem klaren Ziel, sie zu beobachten, ohne dass sie sich dagegen wehren konnte. Sie hätte sich umwenden müssen, um ihn zu sehen.

»Ich beginne mit der Versammlung der Kruppschen Arbeiter am Montag, dem 28.1., in der Schwabinger Brauerei«, begann Schraub. Er blickte streng, sprach lauter als am Vortag, hatte aber nur die Ausstrahlung eines strengen Lehrers. Die Blicke des Fremden dagegen spürte sie wie Eiszapfen zwischen ihren Rippen.

»Geben Sie mittlerweile zu, dass Sie die Arbeiter zum Streik aufgerufen haben?«

»Ich gebe zu, dass die Tendenz meiner Ausführungen dahin ging, Stimmung für deren Anschluss an den bereits in Norddeutschland ausgebrochenen Streik zu machen«, sagte Sonja versöhnlich.

»Sie sind bei dieser Versammlung erschienen, um aufhetzende Reden zu halten!«

Sonja erklärte, sie sei eingeladen worden.

»Von wem?«

»Unmittelbar nach der Versammlung im Kolosseum am Sonntag, dem 27.1., waren verschiedene Arbeiter der Kruppwerke, die auch dieser Versammlung beigewohnt hatten, darunter mehrere Vertrauensleute der Kruppschen Arbeiterschaft, an mich herangetreten. Sie hatten mir erklärt, dass am nächsten Tage bei ihnen in der Schwabinger Brauerei eine Versammlung stattfinde, und mich eingeladen, bei dieser Versammlung als Rednerin aufzutreten.«

»Wer waren diese Arbeiter?«

»Ich kenne ihre Namen nicht.«

»Was wollten diese Arbeiter von Ihnen?«

»Sie wünschten, ich solle in ihrer Versammlung über ›Das gegenwärtige politische Moment in Deutschland‹ sprechen.«

»Und was war Ihrer Ansicht nach das gegenwärtige politische Moment?«

»Ich hatte mir meine Ausführungen vorher nicht notiert, daher kann ich mich an den Wortlaut nicht erinnern. Ich weiß aber noch, dass ich zunächst über die Leiden des Krieges sprach und dann auf den österreichischen Streik zu sprechen kam. Sehen Sie, Herr Vorsitzender, der österreichische Streik war eine wirkungsvolle Friedensdemonstration und hat große Erfolge für die Arbeiterinnen und Arbeiter zur Folge gehabt.«

Schraub schlug erbost mit der flachen Hand auf den Tisch.

»Die Krupp-Arbeiter sollten sich also dem österreichischen Streik anschließen.«

»Es kann sein, dass ich beifügte, dass der österreichische Streik ein geeignetes Beispiel für den beabsichtigten Streik in Deutschland sei.«

Der schreckliche Mann im Hintergrund hatte Schraub offenbar ein Zeichen gemacht. Der Untersuchungsrichter unterbrach die Sitzung und ging zu dem Mann, der leise auf ihn einsprach. Fand er die Verhörmethode Schraubs zu wenig effektiv? Schraub kehrte zurück.

»Forderten Sie in Ihrer Rede die Arbeiter zum Streik auf?«

»Eine direkte Aufforderung an die Arbeiter, nunmehr auch in Deutschland den Streik zu beginnen, habe ich meines Erinnerns an die versammelten Arbeiter nicht gerichtet; dass aber in meiner Rede Sympathie für den Streik klang, will ich nicht in Abrede stellen. Näheres kann ich über diese Rede nicht angeben.«

»Von wem ging der Streik aus?«

»Die Kruppschen Arbeiter hatten mitgeteilt, dass sie sich dem norddeutschen Streike anschließen wollten, sobald er ausbrechen werde.«

»Wie sollte das vor sich gehen?«

»Herr Vorsitzender, über die innerbetrieblichen Abläufe bin ich nicht informiert. Ich hörte aber, dass ein Kruppscher Vertrauensmann bereits vom Direktor befragt worden sei. Er habe ihm erwidert, dass die Arbeiter streiken würden, sobald in Norddeutschland gestreikt würde.«

»Wann?«

»Es war noch nicht bestimmt worden, an welchem Tage. Ich sagte den Arbeitern mein Erscheinen in der Schwabinger Brauerei zu. In der Versammlung meldete ich mich, nachdem der Abgeordnete Franz Schmitt und Eisner gesprochen hatten, zu Wort.«

»Wo waren Sie am Mitttwoch, dem 30. Januar?«

»Ich wurde vormittags von Arbeitern der Rapp-Motorenwerke zur Teilnahme an der für Nachmittag beim Schusterwirt anberaumten Versammlung der Arbeiter der Rapp-Motorenwerke eingeladen.«

»Ah, eingeladen! Von wem?«

»Von Arbeitern, Herr Vorsitzender.«

Schraub lief rot an.

»Von wem?«, wiederholte er.

»Sie meinen, welche Arbeiter?« Er klopfte nur mit dem Stift auf den Tisch.

»Ich mache prinzipiell keine Angaben über Namen und Personen«, erklärte sie. Ein verstocktes Weib!

»Wo trafen Sie diese Arbeiter, die Sie angeblich einluden?«

»Auch darüber will ich keine Angaben machen.«

Schraub lehnte sich zurück und wechselte einen Blick mit dem Unheimlichen in ihrem Rücken.

»Vielleicht hätten Sie die Güte, den weiteren Verlauf dieses Tages zu schildern?«

»Gern, Herr Vorsitzender. Streik ist ja nicht verboten, nicht wahr? Als ich nachmittags zu der Wirtschaft kam, war die Versammlung schon im Gange. Ich hörte, als ich hinkam, einen Arbeiter sprechen ...« Sie unterbrach sich, sah ihn direkt an und betonte: »Einen mir unbekannten Arbeiter, und er sprach *gegen* den Streik.«

»Dann ergriffen *Sie* das Wort *für* den Streik?«

»Nein, erst nach einiger Zeit, denn ich wollte den Arbeitern keine Vorschriften machen. Es war schließlich Sache der Arbeiter selbst, sich über den Streik zu orientieren, nicht wahr?«

»Sie riefen also zum vereinten Streik auf?«

»Nein, ich wies darauf hin, dass die Arbeiter in Berlin bereits streikten, und riet ihnen, sie sollten sich nur dann anschließen, wenn sie einig seien und die Verantwortung für den Streik übernehmen wollten.«

»Dies ist eine direkte Aufforderung zum Streik.«

»Nein, eine direkte Aufforderung zu streiken, habe ich an die Arbeiter in keiner Weise gerichtet.«

»Aber es wurde doch beschlossen zu streiken!«

»Solange ich in der Versammlung anwesend war, fand keine Beschlussfassung über die Stellungnahme der Arbeiter zum Streike statt. Falls eine solche Beschlussfassung stattgefunden hat, müsste sie nach meiner Entfernung erfolgt sein.«

Wie schlau sie sich herausredete. Schraub war überzeugt, dass nur ihre und die Hetztiraden dieses Eisner zum Streik geführt hatten. Er würde ihr noch gewaltig auf den Zahn fühlen – ihm fiel ein, dass sie ja Zahnschmerzen hatte, und er lächelte zufrieden. Harmlos fuhr er fort:

»Wir kommen nun zum nächsten Tage, Donnerstag, den 31. Januar. Sie erfuhren, natürlich von einem unbekannten Arbeiter, dass ein Demonstrationszug von der Schwabinger Brauerei aus stattfinde. Nahmen Sie daran teil?«

Sonja überlegte, ob der Untersuchungsrichter unter dem Einfluss des entsetzlichen Philtrumgesichtes seine Strategie änderte und wie sie dem begegnen sollte.

»Ich nahm an dem Demonstrationszuge teil und zog mit den Demonstrierenden zum Wagnerbräusaale in der Sonnenstraße.«
»Dort hielten Sie eine Rede, die zum allgemeinen Streik aufforderte?«
»Nein. Während der Versammlung wurde ich von den leitenden Arbeitern aufgefordert zu sprechen. Ich sprach über die Presse, die behauptet hatte, der Streik sei von Hetzern hervorgerufen worden. So viel Einfluss, den Streik hervorzurufen, hat aber niemand, Herr Vorsitzender. Der Streik ist eine elementar ausgebrochene Bewegung der Arbeiterschaft selbst, eine Friedensdemonstration genau wie der österreichische Streik, und wir können hoffen, dass er uns klare Friedensziele und den Frieden selbst bringen werde. Am Schlusse sprach ich noch über den Standpunkt der Frauen. Gerade wir Frauen haben ein elementares Interesse an der Beendigung des Krieges, weil wir dadurch unseren Männern dienen – nicht indem wir ihnen Socken stricken und unseren Schmuck verkaufen.«

Sie hörte einen unverkennbar wütenden Zischlaut in ihrem Rücken.

»Geben Sie zu, dass Sie zur Beteiligung und zur Fortsetzung des Streiks, der nur für drei Tage geplant war, aufgefordert haben?«

»Ich kann nur zugeben, dass ich bei meiner Rede in der Schwabinger Brauerei Stimmung für den Streik gemacht habe, nicht aber in meinen sonstigen öffentlichen Reden. Aktiv beteiligt an der öffentlichen Bewegung habe ich mich einzig aus dem Grunde, weil ich eine begeisterte Friedensanhängerin bin. Der Streik ist als Friedenskundgebung das geeignetste Mittel zur Beschleunigung des Friedens. Der Demonstrationsstreik ist das einzige Mittel, um den Friedenswillen des Volkes zum Ausdruck zu bringen, denn wie Sie wissen, Herr Vorsitzender, ist die Versammlungsfreiheit für die Arbeiter beseitigt, während den Anhängern des Annexionismus und den Kriegsverlängerern ständig Versammlungsfreiheit gewährt wird ...«

Eine heftige Bewegung hinter ihrem Rücken ließ Sonja zusammenfahren.

Schraub hatte in seinen Unterlagen gekramt und drückte der Gerichtsschreiberin mehrere Seiten in die Hand.

»Kennen Sie dieses politische Flugblatt?«

Sonja betrachtete das Flugblatt von Trotzki, das Hammerl ihr vorhielt.

»Der Aufruf wurde mir während der Streikbewegung einmal vorgezeigt.«

»Von wem?«

»Kann mich nicht erinnern.«

»Wo?«

»Daran kann ich mich ebenfalls nicht erinnern.«

»Kennen Sie den Verfasser?«

»Nein.«

»Frau Dr. Lerch! Der Verfasser hat hier unterzeichnet: Leo Trotzki. Sie werden doch sicherlich Trotzki kennen?«

»Ich kenne Leo Trotzkis erste Frau. Sie stammt aus Nikolajew bei Odessa. Durch sie habe ich Trotzki im Jahre 1906 in Odessa als öffentlichen Redner gehört. Auch in Wien im Jahre 1909 und im Frühjahr 1911 im russischen Studentenverein in München, ich glaube, in der ›Blüte‹, hörte ich Vorträge von ihm.«

»Sind Sie von den Bolschewiki für Ihre Agitation bezahlt worden?« Die Frage kam laut und deutlich von hinten, näselnd und unangenehm. Sonjas Zahnnerv zuckte wie ein angeschossenes Tier, aber sie schwieg. Wer immer dieser Mensch war, es war nicht der Untersuchungsrichter.

»Antworten Sie dem Herrn Oberlandesgerichtsrat, Frau Lerch!«

Aha, dachte Sonja, der Herr Oberlandesgerichtsrat ist darauf aus, mich zu einem Berufsbolschewiken zu machen. Seine größte Lust wäre es, aus mir rauszuprügeln, dass ich von Stalins expropriertem Geld lebe oder von Krassins gefälschten Drei-Rubel-Scheinen! Sozialisten, Bankräuber und Geldfälscher!

Laut sagte sie: »Irgendeine Entlohnung für mein öffentliches Auftreten während der hiesigen Streikbewegung habe ich von keiner Seite erhalten. Ich habe lediglich aus Begeisterung für die Sache mitgewirkt.«

»Sind Sie mit Trotzki befreundet?«

Sie halten mich für Trotzkis Spionin, dachte Sonja, und dies ist einer der Momente, in denen ich wünschte, ich wäre es. Dann würde ich diesen näselnden Oberlandesgerichtsrat in die Schlüsselburg sperren lassen und ihn Parvus' Geist ausliefern, der ihm jede Nacht Geld anbietet.

»Ich kenne Trotzki nicht näher und habe niemals freundschaftliche Beziehungen zu ihm unterhalten.«

Schraub übernahm wieder, betont freundlich.

»Viele Russen mussten ja traurigerweise emigrieren. Daher unterhalten Sie sicherlich Beziehungen zu Freunden im Ausland?«

»Die einzige Beziehung zum Ausland, die ich im Laufe des Krieges unterhielt, bestand in der Korrespondenz mit meiner Schwester in der Schweiz.«

»Name, Adresse?«

Sonja nannte Rachels Adresse in Zürich.

»Kennen Sie diesen Brief?«

Sonja betrachtete den Brief, den Leviné ihr 1915 geschrieben hatte.

»Dieser Brief ist nicht aus dem Ausland, sondern aus Charlottenburg bei Berlin. Der Absender, Herr Dr. Eugen Leviné Goldberg, ist badischer Staatsbürger.«

»Es sieht so aus, als habe der Brief einer Sendung beigelegen.«

Sonja nahm den Brief in die Hand, als könne die Sendung herausfallen.

»Haben Sie diese Sendung bei der Haussuchung in meiner Wohnung gefunden?«

Sie hörte von schräg hinten ein erbostes Räuspern und wurde von stellvertetender Frau Gerichtsschreiber Hammerl ermahnt. Nicht sie, sondern der Herr Untersuchungsrichter stelle hier die Fragen. Es klang milde.

Schraub verkündete Mittagspause und ging mit dem Oberlandesgerichtsrat in den Paulaner.

Die Sendung, dachte Sonja, die könnt ihr lange suchen. Die ist längst bei einem verschwiegenen Drucker und wird euch hoffentlich bald den zufriedenen Kriegsschlaf rauben. Denn sie wird noch im März ganz Deutschland überschwemmen und alle von der Verlogenheit der deutschen Kriegsführer überzeugen. Leider vier Jahre zu spät.

Sie hat einen Vortrag für den ›Bund‹ gehalten in Heidelberg, wunderbare Gelegenheit, Eugen Leviné wiederzusehen, und sie freut sich, wie sie ihn antrifft: strahlend, schön, mit leuchtenden kaffeebraunen Augen. Er führt sie in eine der zahllosen Studentenkneipen, sie trinken eine Karaffe badischen Wein. Er lobt ihren Vortrag über die Ursachen der Pogrome in Russland, und sie lacht, beflügelt vom Erfolg des Abends, den die badische Sektion des ›Bund‹ sogar mit einem Honorar bedacht hat.

- Es wird Zeit, dass du bei uns mitarbeitest, Genja. Er zieht die makellosen schwarzen Augenbrauen hoch, was er beim Bund solle.

- Du bist jüdisch, du willst die Arbeiterbewegung, du willst den Sozialismus, zählt sie auf. Aber er schüttelt energisch den schwarz gelockten Kopf, er sei Sozialrevolutionär und kein Zionist, das sei der falsche Weg. Sonja zählt eifrig auf, warum sie beim ›Bund‹ alles andere als Zionisten seien, Doigkejt, das marxistische Programm, die Broschüre ›Weg mit den Rabbinern‹, die eine Genossin verfasst habe, und plötzlich lacht er auf, trinkt ihr zu und lobt sie als eine hervorragende Agitatorin. Selbstverständlich wisse er, dass die Bundisten keine Zionisten seien, und Feuerbach gelte auch für sie. Er habe sie ein bisschen provozieren wollen.

- Die Jiddntümelei, die ist nicht mein Ding.

- Aber wir *sind* Juden, sagt Sonja leise, selbst wenn wir es nur in den Augen der anderen sind.

Genja findet es wichtiger, Sozialist zu sein: Meinetwegen sozialistischer Jude, aber auf keinen Fall jüdischer Sozialist, da kann ich ja gleich zu den Kadetten gehen oder den Oktobristen.

Es ist lustig gemeint, aber sie schweigen plötzlich beide. Selbst die Partei der gemäßigten Kadetten ist ja mittlerweile ohne Einfluss, drei Dumas hat der Zar aufgelöst, die geplatzten Träume der Revolution hängen wie Zigarrendunst zwischen ihnen über dem Tisch. Und nun auch noch Krieg, seit fast einem Jahr.

Die Kellnerin fragt, ob sie etwas essen möchten, es gebe einen guten Eintopf, und Genja verneint hastig. Sie sieht:

Er hat weder Geld noch Marken. Sie hat Lebensmittelmarken mitgenommen, ignoriert seine Einwände und bestellt zweimal Eintopf, beobachtet, wie hungrig er isst.

Dann führt er sie durch die romantische Altstadt mit golden schimmernden Laternen zu seiner Wohnung und richtet ihr ein Bett auf dem Sofa.

- Lebst du nicht mehr mit deiner großen Liebe zusammen?

Genja lächelt schmerzlich. Seine große Liebe heißt Rosa Broido aus Vilna, und er will sie heiraten.

- Ah, nichts mehr mit der freien Liebe, lächelt Sonja, du willst unter die Haube wie ich, und es ist nicht das Schlechteste, sag ich dir!

- Ich muss sie aus dem Gefängnis holen, erklärt Genja, sie haben sie interniert, sie ist jetzt Feindin und zaristische Spionin. Schutzhaft nennen sie es. Sie kommt nur raus, wenn ich sie heirate.

Er breitet die Wolldecke sorgfältig auf das Sofa und lacht plötzlich. Er habe jetzt die badische Staatsbürgerschaft, da befände er sich in guter revolutionärer Gesellschaft. Und er erzählt ihr von Friedrich Hecker und der Freien Republik Baden, die blutig niedergeschlagen wurde.

- Die Zeit wird bald wieder reif sein für freie Republiken, befindet Sonja, gehst du nach Russland, wenn es so weit ist?

- Die Partei will mich hier haben, für die Internationale. Und du?

Sonja weiß es nicht. Es ist Krieg, und sie hat jetzt einen deutschen Ehemann. Leviné lacht und spottet über das Ende der freien Liebe. Aber dann sagt er sehr ernst: Rosa ist meine Genossin, klar, aber wenn ich mit ihr zusammen bin, ist mein Gefühl von Glück und Geborgenheit so stark, dass ich denke, dies ist schon die Erfüllung – und nicht die Revolution.

Er holt seinen prächtigen Pelzmantel und legt ihn auf die Wolldecke.

- Wie ist das bei euch?

Sonja spürt, dass es genau so gekommen ist mit dem Glück und der Geborgenheit, nichts für Revolutionäre. Zögernd zunächst, dann immer ausführlicher erzählt sie von Henryk, vom Glück, das sie mit ihm in der kleinen Schwabinger Dachwohnung teilt, von seiner Arbeit als Professor, ihren täglichen Sorgen, die seit dem Krieg das Leben bestimmen. Und weil Genja ein guter Zuhörer ist, erzählt sie ihm vom heftigen Streit wegen der Unterschrift der 93 Professoren.

- Dabei ist er Gelehrter und Pazifist, verstehst du? Ich kenn ihn nicht wieder, was macht der Krieg aus den Männern?

Genja vermutet, dass Sonjas Mann wohl nur ein gutes Argument gegen den Krieg braucht.

- Die meisten denken doch, dass Deutschland angegriffen wurde und sich verteidigen musste.

Sonjas heftige abwehrende Bewegung zeigt ihm, dass er sie nicht überzeugen muss. Er habe entdeckt, dass sogar der deutsche Botschafter gegen den Krieg gewesen sei. Ob sie von Fürst Lichnowsky gehört habe?

Er reicht ihr eine Abschrift des Memorandums.

Sie müsse dieses Dokument Henryk zeigen, dann sei er überzeugt, dann hätten sie die Revolution als gemeinsames Lebensziel. Sein Leben fürs Vaterland hingeben, diese Verirrung kann Leviné noch verstehen. Aber sein Leben einem riesigen mörderischen Betrug opfern? Nach einem solchen Betrug, der schon Tausende von Menschenleben gefordert hat, kann man nur noch die Waffen niederlegen, die Betrüger davonjagen und den Frieden in einer gerechten Gesellschaft leben.

Sonja liest Lichnowsky: Trotz früherer Irrungen war 1914 noch alles zu machen. Die Verständigung mit England war erreicht. Wir mussten einen wenigstens das Durchschnittsmaß politischer Befähigung erreichenden Vertreter nach Petersburg senden und Russland die Gewissheit geben, dass wir weder die Meerengen beherrschen noch die Serben erdrosseln wollten ... das ist ja unglaublich!

- Sieh, was er hier auflistet! Leviné blättert um:

Wir haben, wie aus allen amtlichen Veröffentlichungen hervorgeht und auch durch unser Weißbuch nicht widerlegt wird, das durch seine Dürftigkeit und Lückenhaftigkeit eine schwere Selbstanklage darstellt:

1. den Grafen Berchtold ermutigt, Serbien anzugreifen, obwohl kein deutsches Interesse vorlag und die Gefahr eines Weltkriegs bekannt sein musste – ob wir den Wortlaut des Ultimatums gekannt haben, ist völlig gleichgültig –;

2. in den Tagen zwischen dem 23. und 30. Juli 1914, als Herr Sasanow mit Nachdruck erklärte, einen Angriff auf Serbien nicht dulden zu können, die britischen Vermittelungsvorschläge abgelehnt, obwohl Serbien unter britischem und russischem Drucke nahezu das ganze Ultimatum angenommen hatte und obwohl eine Einigung über die beiden fraglichen Punkte leicht zu erreichen und Graf Berchtold sogar bereit war, sich mit der serbischen Antwort zu begnügen;

3. am 30. Juli, als Graf Berchtold einlenken wollte und ohne dass Österreich angegriffen war, auf die bloße Mobilmachung ein Ultimatum nach Petersburg geschickt

und am 31. Juli den Russen den Krieg erklärt, obwohl der Zar sein Wort verpfändete, solange noch unterhandelt wird, keinen Mann marschieren zu lassen, also die Möglichkeit einer friedlichen Beilegung geflissentlich vernichtet. ...

Sonja ist erschüttert. Dieses Memorandum muss sie nicht nur Henryk zeigen, auch die Münchner SPD muss es lesen. Leviné lacht sie aus. Diese Burgfrieden-Scheidemänner? Am deutschen Wesen soll die Welt genesen?

Er liest eine weitere Passage vor: Ist es nicht begreiflich, dass unsere Feinde erklären, nicht eher ruhen zu wollen, bis ein System vernichtet ist, das eine dauernde Bedrohung unserer Nachbarn darstellt? Haben diejenigen nicht recht behalten, die weissagten, dass der Geist Treitschkes und Bernhardis das deutsche Volk beherrschte, der den Krieg als Selbstzweck verherrlicht?

Nein, da braucht es solche Leute wie Rosa Luxemburg und Karl Liebknecht, aber die sind im Gefängnis. Wer die Wahrheit sagt, wird als Hochverräter weggesperrt. Sonja will die Schrift dennoch mitnehmen, Clara Zetkin wird zwar überwacht, will aber im März die internationale Frauenkonferenz in Bern einberufen, vielleicht ... Leviné grinst nur. Was sie glaube, von wem er das Dokument habe.

Sonja lacht befreit auf. Wenn die Genossen das Dokument kennen, ist es ein Leichtes, diesen Krieg zu beenden, und in München werden sich vernünftige Genossen finden, so wie sie sie in Frankfurt getroffen hat. Man muss es heimlich drucken und in Umlauf bringen.

Genja teilt ihren Idealismus. Aufklärung und Humanismus ist das Einzige, was gegen Krieg hilft. Wenn die Menschen erst ihre Lage erkannt haben, kann keiner sie mehr aufhalten, kein Kaiser, kein Militär.

Er will ihr das Manuskript nicht mitgeben: Ich schicke es dir mit der Post, verschlüsselt als Lasalle-Briefwechsel. In den Zügen wird kontrolliert, du wirst sofort verhaftet, wenn sie es finden.
— Wenn schon, zu Hause wartet ohnehin keiner auf mich, sagt Sonja desillusioniert, und der Freund nimmt sie in den Arm. Dein Henryk kehrt bald zurück, meint er aufmunternd, sie könne sich mit ihm, Genja, unter seinem Pelzmantel trösten. Aber Sonja will nicht.
— Henryk ist alles andere als ein Revolutionär. Gegen Rosa und dich sind wir geradezu Spießbürger. Aber ich hab einen Mann, der mich gerettet hat. Der ehrlich mit mir ist. Einen Charakter. Niemals würde er mich verraten. Das ist das Wichtigste.

Verdammte Dilettantin, jetzt hast du Leviné vermutlich Haussuchung und Verhör auf den Hals gehetzt! Sonja war wütend auf sich, dass sie den Brief nicht verbrannt hatte, wie sie stets ihre Korrespondenz verbrannte. Ob sie das mit Lasalle glauben würden? Der Lichnowsky-Text sollte seit Jahren gedruckt und verteilt werden, aber eine Gelegenheit hatte sich erst ergeben, als sie Eisner kennengelernt hatte. Mittlerweile, im vierten Kriegsjahr, hatte sie schon daran gezweifelt, dass es noch Sinn machen würde, Lichnowskys Aussagen zu verbreiten. Jeder wurde täglich mit den Schrecken des Krieges konfrontiert, inzwischen war es vielen einerlei, wer ihn begonnen hatte. Die anderen Länder waren auch keine Engel, der Virus des Nationalismus hatte inzwischen alle infiziert. Schuld traf jeden Politiker, der sich nicht für sofortigen Weltfrieden einsetzte.

Sonja zwang sich, die Mittagssuppe zu löffeln. Sie musste gestärkt und konzentriert in das weitere Verhör gehen. Diese Verstärkung, die der Untersuchungsrichter bekommen hatte, war gefährlich. Das war einer der Typen, die nichts untersuchten. Einer der abgefeimten wie Neidhardt, der sie in Odessa mit Wollust erschossen oder auf der Straße erschlagen hätte, um sie am nächsten Tag scheinheilig in der Öffentlichkeit zu betrauern. Mord war den Antisemiten hier in München nicht ohne Weiteres möglich, Gefängnis musste ausreichen, und das stand Juden und Sozialisten bevorzugt offen.

Plötzlich fiel ihr mit Schrecken ein, dass sie womöglich nicht nur Leviné, sondern auch diesen jungen Bäckergesellen, diesen Oskar Graf, und seinen Freund, den Maler Georg Schrimpf, in die Sache hineingezogen hatte. Unbedingt hatten sie die Lichnowsky-Dokumente drucken wollen, mit dem Eifer der nicht organisierten Jugend, diese Achtzehner vom ›Goldenen Anker‹.

Graf und Schrimpf waren keine erfahrenen Revolutionäre wie Leviné, den die Kosaken halb totgeschlagen hatten.

Genja kommt noch einmal, nachdem sie sich unter Decke und Pelzmantel gekuschelt hat. Er ist fast nackt, und sie erschrickt, als sie die tiefen Narben auf seinem Körper sieht.

- Minsk, sagt er. Denunziation brachte ihn 1907 ins Gefängnis. Die Polizisten traktierten ihn mit Faustschlägen, Gewehrkolben, Säbelhieben. Nicht einmal als er schon am Boden seiner Zelle lag, ließen sie von ihm ab,

eine Frau schrie, andere Gefangene versuchten, ihn zu schützen. Da zerschlugen sie das Fenster und ließen ihn in der eisigen Februarkälte liegen.
- Odessa, sagt sie, aber es gibt nichts zu zeigen. Ihre Narben von 1907 sind nicht sichtbar. Sie deutet auf ihren Kopf, und dann weint sie. Eine Weile sitzen sie eng umschlungen unter der Decke, sie weint, als könne sie nie wieder aufhören, und Leviné streichelt ihr Haar. Er erzählt, wie seine schöne, reiche Mutter ihn rettete, indem sie das Gefängnis mit ihrem Charme und Delikatessen regelrecht überschwemmte, alle verschwenderisch bestach und ihn und seine Genossen versorgte, bis sie ihn freiließen.

Sie bleiben zärtlich zueinander, mehr will Sonja nicht. Er lacht, sie seien wohl beide auf dem besten Wege, kleinbürgerliche Eheleute zu werden.

- Ist nichts mehr mit der freien Liebe, murmelt er sanft, aber oft sei es weniger um freie Liebe als um freien Sex gegangen.

- Ist ja auch eine Voraussetzung für das revolutionäre Bewusstsein, meint er und schläft ein.

Sonja brockte das Brot in die dünne Suppe und löffelte gierig die durchweichten Brocken. Henryk hatten die Lichnowsky-Dokumente nicht überzeugt!

Überrascht mich gar nicht, hatte er nur gesagt, als er auf Urlaub nach Hause kam, hab nichts anderes erwartet. Lass es doch endlich gut sein, Sonja, ich bin erschöpft. Ihr Frauen habt keine Ahnung, wie es an der Front zugeht. Gibt es nicht genügend soziale Betätigungen, wenn dir danach ist? Beim Roten Kreuz brauchen sie dringend helfende Hände, Verbände müssen genäht, Pakete gepackt werden, uneheliche Kinder brauchen Betreuung ...

Sie hatte sich die Ohren zugehalten. Caritative Betätigung gelangweilter Professorengattinnen verlängern den Krieg, hatte sie geschrien. Er hatte nicht begriffen, um was es ihr ging. Oder hatte er es ignoriert?

Fünf Wochen war sie nun in Neudeck gefangen, und er hatte sie nicht besucht. Rechtsanwalt Nussbaum hatte einen Brief von ihm überbracht. Einen Brief in fünf Wochen, in dieser Zeit hatte sie ihm schon zehn zärtliche Briefe geschrieben, er solle sich keine Sorgen um sie machen, solle mit den Klemperers ausgehen, Vossler besuchen, ins Theater gehen, nicht zu Hause einigeln.

Ein einziger Brief. Und dieser Brief war kein Liebesbrief gewesen. Warum sorgte sie sich um diesen Mann? Was tat er? Was ging hier vor?

Sie fühlte sich gestärkt. Beim kalten Hauch des Monokelträgers, der nach der Mittagspause mit Bierfahne seinen Platz wieder eingenommen hatte, atmete sie tief durch und erklärte ungefragt: »Der Brief vom 2. Februar 1915 von Dr. Eugen Leviné Goldberg betrifft in seinem ›P.S.‹ nicht etwa den Briefwechsel Lichnowskys, sondern den Briefwechsel Lasalles, 1905 erschienen. Lasalle stand in reger Korrespondenz mit Karl Marx und Friedrich ...«

Schraub klopfte auf den Tisch.

»Zur Sache.«

»Über den Briefwechsel Lichnowskys habe ich zwar gehört, habe aber nie ein Exemplar hiervon in Händen gehabt.«

Schraub glaubte ihr mal wieder kein Wort.

»Ist Ihnen inzwischen erinnerlich, wo Sie den Aufruf von Trotzki gesehen haben?«

Sonja betrachtete das Flugblatt, an dessen Übersetzung sie beteiligt gewesen war, drehte es umständlich auf die Rückseite und reichte es mit einem nachdenklichen Kopfschütteln zurück.

»Augenblicklich ist es mir nicht möglich, mich zu besinnen, Herr Vorsitzender. Vielleicht fällt mir später noch ein, wo ich den Aufruf gesehen habe.«

»Stellen Sie sich nicht dumm, Sie sind eine intelligente Frau! Wer hat Ihnen den Aufruf zur Verteilung übergeben?«

»Ich habe den Aufruf nicht verteilt, und über die Person, bei der ich den Aufruf gesehen habe, werde ich keine Auskunft geben«, erklärte Sonja entschieden.

Sie betrachtete das nächste Flugblatt mit der Überschrift ›Zeichnet die 8. Deutsche Kriegsanleihe???‹, das zum Boykott der geplanten 8. Kriegsanleihe aufrief.

Acht Kriegsanleihen, 80 Milliarden Mark, dachte Sonja, gewettet auf Mord, Oberste Heeresleitung geschmiert durch Banken, ermöglicht mit Hilfe der Sozialdemokraten. Ihr alle müsstet hier sitzen wegen Landesverrats, nicht ich. Aber einmal werden wir euch zur Verantwortung ziehen, ihr feigen Lumpen.

»Dieser Aufruf ist mir völlig unbekannt, Herr Vorsitzender. Ich sehe ihn heute zum ersten Male. Bitte zur Kenntnis zu nehmen, Herr Vorsitzender: Aufrufe habe ich während der Streikbewegung nicht herstellen lassen und auch nicht verbreitet.«

Schraub legte ihr weitere Broschüren vor, die die Polizisten bei der Haussuchung in der Clemensstraße beschlagnahmt hatten, und beobachtete sie. Es war nichts dabei, was nicht allgemein bekannt gewesen wäre, und das sagte sie auch. Liebknechts Prozess, Informationen zur Zensur des Gothaer Volksblattes, die Huschnusch ihr geschickt hatte, weil Düwell, ihr Mann, dort als Redakteur tätig war, und ein Entwurf zu einem Zeitungsartikel, den sie einmal unter dem Titel ›Durchhalten – oder Friedensaktion?‹ geschrieben hatte.

»Ich habe alle diese Broschüren vor längerer Zeit zugeschickt bekommen.«

»Von wem?«

»Das weiß ich nicht mehr, vermutlich von Parteifreunden. Es ist üblich, Broschüren, Mitgliedszeitungen und politische Informationen auszutauschen.«

Sie hatte sich innerlich gewappnet vor dem, was ihr am meisten schaden konnte, denn sie wusste, dass der Kriminaler einen Brief von Max Levien mitgenommen hatte. Der Brief war chiffriert, aber womöglich hatten sie ihn entziffert?

»Ist dieser Brief von einem Ihrer ausländischen Freunde?«, wollte Schraub wissen und legte ihr Leviens Brief vor. Sonja drehte den Umschlag um und deutete auf den Absender.

»Nein, Herr Vorsitzender. Dr. Max Levien ist preußischer Staatsbürger. Er ist Chemiker und zurzeit beim Militär – übrigens bei den bayerischen Leibern.«

Schraub staunte tatsächlich. Das hättest du aber herausfinden können, dachte Sonja.

»Levien lebt aber in Russland?«

Sonja betrachtete den Untersuchungsrichter mit gespieltem Erstaunen. »Wenn Sie die Ostfront als Ausland definieren – ja, Herr Vorsitzender. Er kämpft dort für Kaiser und Vaterland.«

Dass Max seit einem Jahr auf der anderen Seite für die russischen Revolutionäre kämpfte, konnte Schraub schwerlich herausfinden. Aber so wenig wie Sonja ahnte der Untersuchungsrichter, dass dieser Max Levien schon ein Jahr später sein Vorgesetzter im neu gegründeten Freistaat Bayern sein würde – wenn auch nur für sehr kurze Zeit.

Sonja bekam Gelegenheit, eine Erklärung abzugeben. Sie fragte, wann endlich die Verhandlung in Leipzig sei.
»Sie können mich nicht wochenlang in Untersuchungshaft halten!«
»Wir werden Sie so lange hierbehalten, bis die Ermittlungen abgeschlossen sind.«
»Gibt es denn keinen Gerichtstermin?«
»Ihr Rechtsanwalt wird über den Termin rechtzeitig informiert. Geben Sie jetzt Ihre Erklärung ab, sonst schließe ich das Protokoll.« Schraub konnte sehr kurz angebunden sein, vor allem in Gegenwart des Monokelträgers.

»Ich muss bestreiten, dass ich mich durch meine Tätigkeit, wie ich sie geschildert habe, des Landesverrates schuldig gemacht habe«, begann Sonja. »Ich dachte nicht daran, dass durch eine befristete Streikbewegung, wie ich sie im Auge hatte, die Landesverteidigung überhaupt geschädigt werden könne. Ich dachte, dass der Streik sicherlich in dergleichen ruhigen Weise wie in Österreich verlaufe und durch Verständigung der Arbeiter mit der Regierung sich erledigen werde. Wie ich wusste, war der Streik von Norddeutschland aus als dreitägiger Demonstrationsstreik gedacht. Ich glaube nicht, dass durch eine lediglich kurze Arbeitseinstellung die Produktion von Rüstungsmaterial überhaupt beeinträchtigt werden könne, zumal mir hiesige Arbeiter gesagt hatten, dass jetzt stille Zeit sei und dass sie ohnehin Feierschichten einlegen mussten.«

»Haben Sie in Ihren Reden davon gesprochen, dass der Krieg verlängert würde?«

Sonja verstand die Frage nicht.

»Wollten Sie mit dem Streik die Verlegung der Soldaten an die Westfront verhindern?«

Irgendjemand hat den Zusammenhang nicht verstanden, dachte Sonja, innerlich grinsend, wahrscheinlich der Stenograf, der seine eigenen Kürzel nicht mehr lesen konnte.

»Davon, dass der Streik auch als Mittel, die bevorstehende Offensive im Westen zu verhindern, geplant worden sei, ist mir überhaupt nichts bekannt«, log sie. »Ist mein Gesuch auf Haftverschonung bewilligt worden? Sie können mich nicht monatelang hier festhalten!«

Sie bekam keine Antwort.

Vor der Feldherrnhalle ist Beute ausgestellt. Französische Haubitzen stehen, mit Eichenlaubkränzen behangen, unter den triumphierenden Blicken Tillys und Wredes. Die steinernen Löwen schauen zahnlos und desinteressiert. Kanonenrohre drohen zum Siegestor. Ein Soldat mit Pickelhaube, Gewehr über der Schulter, bewacht die eroberten Waffen.

Wer soll sie stehlen?, denkt Sonja.

Männer in Zivil begutachten die Geschütze, schreiten gewichtigen Schrittes um sie herum wie steifbeinige Metzgershunde. Schnäuzer und Barttrachten aller Art, schwarze Hüte, Zylinder, Schirmmützen, Kappen, Trachtenhütl.

Sachkundigen Äußerungen folgen patriotische Bemerkungen. Ob das französische Gelump was tauge. Der Soldat gibt Auskunft, zeigt mal auf die Rohre, mal auf die Lafetten, erklärt die Mechanik, richtet die Eichenlaubgirlanden mit liebevoller Ungeschicklichkeit, erlaubt und verbietet das Anfassen, je nachdem. Ein geschäftstüchtiger Fotograf hat sein Stativ aufgebaut und fotografiert einen kleinen Jungen zwischen den Geschützen. Wann darf ich in den Krieg, fragt der Kleine. Die Leute lachen, die Mutter nicht.

Die Männer diskutieren den Frontverlauf und die Erfolge des Tages. Die Sachlichkeit erschreckt Sonja. Schreien müssten sie, die Haare raufen, ihre Mäntel zerreißen, die Bärte abrasieren und um Frieden flehen, wenigstens das, wenn sie schon nicht den Waffendienst verweigern, in Massenstreik treten oder in Scharen desertieren.

Henryk ist fort, an das, was sie Westfront nennen, nach Frankreich. Der große, kluge, nie um einen Witz verlegene Mann, aber so unbeholfen, was kann ihm alles geschehen, hätten sie mich an seiner Stelle genommen, denkt Sonja, ich kann wenigstens mit einem Browning umgehen.

Traurig trägt sie ihre Kostbarkeiten nach Hause, ein Tütchen Mehl, Kunsthonig, etwas Fett, und beginnt, einen Teig zu kneten. Das Mehl taugt nichts, das Fett kann die Butter nicht ersetzen, und ihre Tränen, die sie hineinweint, reichen nicht, den Teig mürb und locker zu machen.

Schließlich stellt Sonja den Napfkuchen auf den Tisch. Er ist nicht gut geworden. Aber sie hat ihn mit einer Schokoladenglasur verziert, einer Kriegsersatzglasur, und auf der Tortenplatte mit dem weißen Häkeldeckchen sieht er unangemessen festlich aus, denn zu feiern gibt es nichts.

Die Klemperers kommen, viele Menschen kennt sie nicht in München, sie ist froh, mal wieder Hausfrau spielen zu können in diesem Krieg, den sie befürchtete, nicht verhindern konnte und der sich zu einem mörderischen Weltkrieg aufgebläht hat.

Die Klimperin sieht natürlich, dass sie geweint hat. Sie sieht auch, dass Sonja aus Gewohnheit den Tisch für vier Personen gedeckt hat. Sie lächelt aufmunternd und überreicht ein spitzes braunes Tütchen mit köstlichem Geruch. Bohnenkaffee! Wo ist Lerch?

- Bei Jarny. Sonja dreht die Kaffeemühle heftig, um nicht wieder in Tränen auszubrechen.

- Mihielbogen, teilt Klemperer sachkundig mit und grinst plötzlich: beim alten Strantz, was?

Sonja lächelt, das hat Henryk auch geschnarrt: Halten wir, halten wir, eine Woche, dann ist Frankreich unser, zurück mit neuem Vorrat von Anekdoten.

Lerch habe klug gehandelt, sich als freiwilliger Sanitätskanzlist in die Etappe zu flüchten, meint Klemperer, er habe das auch getan, denn die Tauglichkeit auf J II könne bei Bedarf schnell zu JI avancieren, und dann seien Lerch und er sofort an der Front, nervöses Herz hin oder her! Aber vielleicht ist eh bald alles vorbei.

Vorbei? Sonja schüttelt den gemahlenen Kaffee vorsichtig in den Filter. Sie hat das Märchen vom Krieg als kurzen Spaziergang nie geglaubt. Die Kriegsbegeisterung ist nach den ersten militärischen Erfolgen ins Unerträgliche gestiegen. Sie deutet auf ein Buch: Thea von Harbou, Deutsche Frauen, Bilder stillen Heldentums.

- Sieh mal auf die Widmung, Eva: Frau Margarethe Krupp geb. Freiin von Ende in Verehrung und Dankbarkeit zugeeignet.

- Ein Buch für die dicke Berta, lacht Klemperer, aber Sonja fehlt der Humor. Schon die Widmung, unerträgliche Melange aus Junkertum, Kapital und Kriegstreiberei, und die Erzählungen, unsäglich.
- Wir Frauen bekommen seit Kriegsbeginn wieder die Rollen von früher zugewiesen: als stille Dulderinnen dürfen wir Kanonenfutter heranziehen. Sonja schlägt das Buch auf und liest pathetisch vor: Die Maria fühlt auch, dass sie nun eins geworden ist mit den andern Menschen, dass sie teil hat an der großen Gemeinschaft der großen Stunde. Ich will helfen, sagt die Maria. – Ende.

Zornig wirft Sonja das Buch auf den Boden.
- Dafür geben sich Autorinnen her! Da ist mir ja das Nesthäkchen lieber. Ärztinnen, Nationalökonominnen, Pianistinnen, Komponistinnen? Eva, diese Zeiten sind vorbei, bevor sie richtig begonnen haben. Es sei denn, du komponierst Märsche! In diesen Zeiten braucht der Kaiser demütige Soldatenfrauen, Verbandwicklerinnen und Munitionsarbeiterinnen! Auf in den nationalen Frauendienst!

Aber die Lyrik der Freiheitskriege habe auch nicht viel getaugt, meint Klemperer, der die Sache wie immer eher literarisch betrachtet.
- Es geht um Verherrlichung der Mordlust, nichts anderes, erklärt Sonja und zitiert böse: Ins Feld, ins Feld, die Rachegeister mahnen / Auf, deutsches Volk, zum Krieg / Ins Feld, ins Feld! Hoch flattern unsre Fahnen.

Schrecklich, Klemperer stimmt zu, aber er habe derzeit ein Lieblingsgedicht, neue Lyrik ohne Verherrlichung, sei gerade erst erschienen. Er zitiert aus dem Gedächtnis: Drüben am Wiesenrand / hocken zwei Dohlen / fall ich am Donaustrand / sterb ich in Polen / Was liegt daran

/ ehe sie meine Seele holen / kämpf ich als Reitersmann / Drüben am Ackerrain / schreien zwei Raben / werd ich der Erste sein / den sie begraben / Was ist dabei? / Viel hunderttausend traben / in Österreichs Reiterei / Drüben im Abendrot / fliegen zwei Krähen / Wann kommt der Schnitter Tod / um uns zu mähen? / Es ist nicht schad / Seh ich nur unsere Fahnen wehen /auf Belgerad.

- Hugo Zuckermann, sagt Sonja, der Mann ist längst tot.
Hugo, armer Kerl, Wiener Jurastudent, ein friedliebender Mensch in Herzls Studentenverbindung. Wäre er nach Palästina ausgewandert, würde er dort vermutlich hinterm ungewohnten Pflug friedlich eine Furche nach der anderen ziehen.
Klemperer ist neugierig. Sonja spürt, sie steigt in seiner Achtung, weil sie den Dichter gekannt hat.
- Hugo starb als einer der ersten in diesem Krieg, und nicht in tapferer Schlacht vor ›Belgerad‹, sondern in Eger an Typhus. Seine arme Frau hat dies alles nicht ausgehalten, sie fuhr nach Eger und erschoss sich an seinem Grab.
Stumm sitzen sie vor Kuchen und Kaffee. Eva will etwas Optimistisches sagen: Das Zimmerwalder Manifest, das gerade im ›Vorwärts‹ veröffentlicht wurde, ist doch ein guter Schritt in Richtung Frieden.
Sonja lacht bitter: Wollen die Sozialdemokraten damit ihre Bewilligung der Kriegskredite sühnen? Ein solches Verbrechen ist unsühnbar. Das Manifest ist nur eine Geste, eine Farce! Die deutschen Sozialdemokraten sind eben Deutsche, sie denken nicht international, sie sind genauso barbarisch wie die Konservativen. Schuld am Krieg und seinen Grausamkeiten sind allein die Deutschen. Du als Romanist, Victor: lies Romain Rolland!

- Und Russland?, fragt Klemperer herausfordernd.
- Der kriegführende Zarismus ist nicht das wahre und lebendige Russland. Das wartet auf seinen Augenblick!
- Auf den Augenblick der Revolution?

Sonja lächelt siegesgewiß. Die Revolution wird leider noch eine Weile warten müssen. Und wer weiß, wofür es gut ist? Dann muss sich das mörderische Deutschland an den russischen Millionenheeren verbluten.

Eva blickt schockiert, und Victor meint begütigend, Sonja sei doch sonst nicht so blutdürstig.

- Nein, nur wo es sich um Feinde der Menschheit handelt, sonst bin ich Pazifistin.

Klemperer findet sie maßlos ungerecht. Von einer alleinigen Kriegsschuld Deutschlands kann unmöglich die Rede sein ...

- Wer hat Fliedergas gegen die Russen eingesetzt?, fragt Sonja erregt.

- Ja, es gibt auch bei uns Entgleisungen und Hässliches, aber drüben auch und in ungleich höherem Maße.

Eva hasst Streit. Sie erinnert ihren Mann an die Siegesfeier vor ein paar Tagen vor dem Rathaus. Klemperer lacht plötzlich auf und erzählt. Sie sind mit der Musikkapelle vom Rathaus zum Wittelsbacher Palais gezogen. Auf dem Mittelbalkon über dem Portal war hinter der hohen erleuchteten Glastür Bewegung unkenntlicher Gestalten gewesen. In dem Gedränge hatte es Rufen, Singen, Hüte- und Tücherschwenken gegeben; dann war oben die Glastür geöffnet worden – Stille –, eine kleine gebückte Gestalt war an das Balkongitter getreten, hatte irgend etwas gesprochen und war langsam und gebückt wieder zurückgegangen. Da hatte ich heftig lachen müssen: Das Erscheinen des Königs hatte sich mir genauso dargestellt, als wenn im

Zoologischen Garten ein seltenes Tier für einen Augenblick aus seiner Höhle gelockt wird und gleich darauf uninteressiert und ziemlich verächtlich wieder zurücktrottet.

- Da war kein Funke mehr in uns von patriotischer Begeisterung, bestätigt Eva, die Ideale der Humanität und des Pazifismus stehen doch höher als jeder Nationalismus.

Es tut sicher gut, über die Machthaber zu lachen, es macht sie klein, denkt Sonja und lächelt höflich. Auch der Zar war ihr klein und unbedeutend erschienen in Friedberg, und doch haben die kleinen Despoten einen weltweiten Krieg entfacht mit Millionen Toten.

- Was wurde gefeiert?, fragt sie leise.
- Die Einnahme Lembergs.

Die Klemperers haben sich gerade verabschiedet, da rennt Sonja hinaus, in den Luitpoldpark, sie muss laufen, durchatmen, sich finden. Sie werden sie für eine russische Hetzerin halten, sie spürt das, sie hat Klemperer letztlich doch in seinem Nationalstolz getroffen. Vermutlich fragt er jetzt seine Eva, warum die Lerch so fanatisch, so verbohrt sei und dass sie nach Russland zurückkehren solle, wenn es ihr hier nicht passe. Er merkt es nicht mal, denkt sie, sie feiern die Besetzung meines Landes, und ich soll ihnen zustimmen. Erst Warschau, jetzt Lemberg, und ich soll mitfeiern.

Nein, so geht es nicht weiter. Sie muss handeln. Es gibt doch vernünftige Menschen, Mala, Huschnusch, Rosa Luxemburg, Clara Zetkin – sie kann nicht länger in der Clemensstraße unterm Dach sitzen und auf ihren Ehemann warten. Die SPD hat die Genossen rausgeworfen, die gegen die Kriegskredite gestimmt haben. Die wollen nun eine eigene unabhängige Partei gründen: Da gehört sie hin. Morgen wird sie zu diesem Kurt Eisner hinausfahren, nach Großhadern. Der weiß, dass es keine Unterschiede zwischen Franzosen, Briten und Österreichern, zwischen Russen und Deutschen gibt, die zum Krieg führen. Dass ein Krieg nicht von Nationen gemacht wird. Dass er hinwegtäuschen soll über den einzig wichtigen Gegensatz: den zwischen Arm und Reich.

13

DER 10. MÄRZ war ein Sonntag. Fritzi bekam eine Sprechkarte und traf eine ungewöhnlich gesprächige Genossin an. Sie habe das einjährige Jubiläum der wahren Revolution in Russland zu feiern, meinte sie.

»Während wir in München auf die Straße gingen, du erinnerst dich, gingen auch in Petrograd die Frauen auf die Straße an jenem denkwürdigen 23. Februar. Es waren die Arbeiterinnen von Wyborg, so groß wie Krupps Freimann und München zusammen, das Arbeiterviertel von Petrograd, in dem schon vor dem Krieg unbeschreibliche Zustände herrschten, enge, dunkle Wohnungen, keine Kanalisation, Krankheiten, die Kinder starben wie die Fliegen. Nun kamen der Hunger und der Zorn auf die miserable Wirtschaft hinzu. Am 15. Februar wurden nämlich die Lebensmittel so drastisch rationiert, dass zunächst alle Läden geplündert wurden, bis es nichts mehr zu plündern gab! Die Frauen zogen von Wyborg hinaus, sie wollten auf den Newskiprospekt, weißt du, das ist die Prachtallee von Petrograd.«

»So wie die Ludwigstraße?«

»Viel prächtiger, viel breiter, so etwas gibt es in München nicht. Eher wie die Champs-Élysées in Paris. Allein die Laternen! Und –«, Sonja lachte plötzlich auf, »sinnreicherweise verbindet es die Kirche, also ein Kloster, mit dem Militär, dem Admiralspalast! Dieser innigen Verbindung sollte kein Mensch ausweichen können. – Egal, die

Arbeiterinnen kamen von Wyborg und mussten zum Newskiprospekt über die Brücke der Newa. Von der anderen Seite wollten die bürgerlichen Frauen ebenfalls zum Newskiprospekt.«

»Warum?«, fragte Fritzi gespannt.

»Es war der Internationale Frauentag, der an diesem Tag in Russland begangen wurde, und die Frauen hatten sich vorgenommen, für ihr Wahlrecht und ihr Recht auf Studium und Gleichberechtigung zu demonstrieren. Mitten auf der Brücke trafen sie aufeinander.«

Ängstlich fragte Fritzi, was geschehen sei.

»Nichts«, lachte Sonja, »und doch alles! Die Frauen verschwesterten sich auf der engen Brücke! Gemeinsam zogen Tausende von Frauen vor den Winterpalast! Polizei und Kosaken waren verunsichert. Auf Frauen schießen? Das wagten sie nicht. Die Frauen hatten eine Lawine ausgelöst. Am nächsten Tag kamen sie wieder, und die Männer hatten sich ihnen angeschlossen. An diesem Tag hatten die Behörden die Brücke gesperrt, es war die einzige Brücke über die Newa.«

Fritzi lauschte mit der Spannung eines Kindes, dem man ein Märchen erzählt.

»Es waren 150.000 Menschen, und sie zogen in einem langen Zug über das Eis der Newa«, sagte Sonja feierlich, »es gab abergläubische Menschen am Ufer – viele einfache Russen sind sehr abergläubisch, weißt du –, die bekreuzigten sich und wurden zu Sozialisten, als sie sahen, dass das Eis nicht brach, sondern 150.000 Menschen gehen ließ. Sie waren überzeugt, dass Gott mit diesen Menschen war, dass sie nichts Unrechtes taten.«

»Das war *die* Chance, nicht wahr?«, sagte Fritzi mit leuchtenden Augen.

»Wenn sie ergriffen worden wäre! Zunächst war alles fantastisch! Die Menschen gingen auf den Newskiprospekt und sangen die Marseillaise. Sie riefen: Nieder mit der alten Macht! Nieder mit der Monarchie! Die Kosaken verweigerten den Gehorsam und verbrüderten sich mit der Menge. Aber die Polizei trieb die Menge auseinander. Es gab einige Tote, vor allem bei denen, die in Panik vor den Schüssen der Polizisten geflohen waren. Am Abend wurde ein Versammlungsverbot verhängt.«

»Und dann?«, hauchte Fritzi.

»Die Anschläge mit dem Verbot wurden abgerissen! In ganz Piter! Die Demonstranten kamen am 25. Februar wieder in die Stadt, wieder forderten sie den Sturz der Monarchie, wieder trieb die Polizei sie auseinander. Der Polizeipräsident wurde erschossen. Inzwischen waren nicht nur die Arbeiter auf den Straßen, auch die Bürger. Die Soldaten der Garnisonen verteilten Waffen an die Arbeiter, die die politischen Gefangenen befreiten. Auf dem Gefängnis wehte die rote Fahne! Nun verbot der Zar die Duma, wie er es stets tat. Aber dieses Mal beugten sich nicht einmal die konservativen Abgeordneten ihrer Auflösung! Sie beschlossen, eine provisorische Regierung zu bilden mit Kerenski an der Spitze, und solidarisierten sich mit den Räten, die in den Fabriken und Garnisonen gebildet wurden.«

»Welch eine Zeit! Da sind Sie sicher schnell nach Russland zurückgekehrt, Frau Doktor?«

Irritiert sah Sonja die Kleine an. Sie hatte sich in Feuer geredet, als sei sie selbst dabei gewesen, im Februar in Piter, kurz vor dem Sturz des Zaren. Sie blickte in den Besucherraum, sah die Menschen, die dort in leisem Gespräch beieinandersaßen, keine Politischen, blickte in hoffnungslose

Gesichter, hungrige Augen, tief hinuntergefallene Mundwinkel, Mutlosigkeit überall.

Ihr Blick wanderte wieder zum gespannten Gesichtsausdruck der jungen Frau mit dem weißen Kopftuch über den roten Haaren. Fritzi fehlte es nicht an Mut, obwohl sie jeden Tag zwölf Stunden schuftete.

Sonja senkte den Blick und betrachtete ihre Hände. Sie lagen so leblos in ihrem Schoß wie Fremdkörper, nichts war für sie zu tun in der Haft.

Mantel zugeknöpft, nach der Aktentasche gegriffen, flüchtiger Kuss auf die ernste glatte Frauenstirn, Griff nach dem Hut. Die Tür klappt, eilige Schritte auf der Stiege, Henryk ist fort, Montur zählen beim Roten Kreuz.

Sonja trägt das Geschirr in die Küche, stellt die Teller neben den Spülstein, das Brot in die runde Emailletrommel. Es gibt keine Essensreste, sie kocht stets so, dass er satt wird. Genjuscha hasst aufgewärmte Reste. Die Wohnung streckt sich gähnend in der Mittagsruhe. Sonja nimmt die weiße Decke vom Tisch, faltet sie sorgfältig zusammen und legt sie in den Schrank. Mit einem trockenen Lappen wischt sie die glatte Eichenholzfläche des Tisches sorgfältig ab. Sie ist stolz auf diesen Tisch, ein Geschenk ihrer Schwester Rosa zur Hochzeit. Sonja legt den schmalen bestickten Läufer über die Länge des Tisches. In die Mitte stellt sie den Krug mit den Blumen, fährt noch einmal mit der Hand über den Läufer und zieht ihn glatt.

Sie geht in die Küche, nimmt den Kessel mit dem angewärmten Wasser vom Ofen, gießt das Wasser in die braune Emailleschüssel, die im Spülstein steht, greift in die Dose

mit dem Soda und lässt eine Prise ins Wasser rieseln, bevor sie die Gläser hineinlegt und sorgfältig spült. Zwei Teller, Bestecke, Schüssel, Töpfe. Wasser ausleeren, Spülschüssel auswischen, auf das Gestell unter dem Spülstein legen. Gläser mit dem Leintuch trocknen, in den Schrank stellen, Öffnung nach unten. Teller daneben, Schüsseln und Topf darunter. Die Bestecke trägt sie, während sie sie abtrocknet, ins Wohnzimmer und ordnet sie in die Tischschublade ein. Messer links, Gabel rechts, Löffel dahinter.
Die Küche gähnt Sonja an, als sie zurückkehrt. Alles ist sauber, aufgeräumt, nicht einmal ein Glas oder eine Tasse steht auf der Anrichte, dennoch nimmt sie das Tuch und wischt alle Flächen ab, greift nach dem Besen und fegt mit sanften Strichen über den schwarz-weiß gefliesten Boden. Sie bückt sich, fegt die wenigen Krümel auf das Kehrblech, leert es über dem Abfallkübel aus, stellt Besen und Kehrblech zurück in den Besenschrank. Jeder Griff routiniert, jede Bewegung jahrhundertealtes Frauenritual.
Sonja blickt durch die Küche. Hätte Henryk ihren Blick gesehen, er hätte ihn für Zufriedenheit gehalten. Aber es ist ein Blick des Abschieds und der Trauer. Was nehme ich mit, wenn ich gehe, spielt Sonja das uralte Spiel. Alles ist frisch, aufgeräumt, ordentlich, ich brauche mich vor nichts und niemandem zu schämen. Jetzt packe ich ein und gehe. Sie öffnet die Tür zum Schlafzimmer.

Die Tagesdecke ist ordentlich über das ausgelüftete gewölbte Federbett gebreitet. Keine spitzenverzierten Paradekissen verdecken den hölzernen Kopfrahmen des solid gebauten Doppelbettes, das hatten sie spießig gefunden, gekichert bei dem Gedanken, nein, dies ist das Bett eines liebenden Paares. Oder? Sonja zupft eine imaginäre

Falte glatt und öffnet den Kleiderschrank. Geliebtes weißes Sommerkleid, kannst hängen bleiben. Die Unterwäsche, den schwarzen Rock zum Wechseln, die einfache Kattunbluse, die Mohairjacke aus Paris nehme ich mit. Die bourgeoise Seidenbluse bleibt hier, sonst brauche ich nichts in Russland, um den Sozialismus aufzubauen. Vor dem Baum am Fenster kreischt der Specht. Sie sieht hinaus, um sich den Blick zu merken, schließt die Augen. Ihr Dachjuchhe, die Baumwipfel, das Blumengärtchen, das Gemüsebeet der Schreinersfrau, die dicken Knospen an den kahlen Ästen des Fliederstrauches. Die Erinnerung an dessen Duft nimmt keinen Platz weg.

Sonja schließt die Schlafzimmertür und geht über den winzigen Flur ins Wohnzimmer. Nur meinen Pass, denkt sie, was brauche ich mehr? Auf dem Fensterbrett liegt ihre Dissertation. Zärtlich nimmt sie das Buch in die Hand, streichelt es zum Abschied. Dich brauch ich nicht mehr. Knechtschaft studiert, Expropriation agiert, mein Wissen und Trotzkis Empfehlung dürften ausreichen. Ausreichen. Reichen, reich werden, wie seltsam verdreht ist dieses Deutsche. Ich nehme jetzt dieses kleine Köfferchen und fahre in die Heimat.

Die Heimat. Mütterchen Russland. Einfach fort. Mit dem Köfferchen in der Hand. Die Tür sorgfältig abschließen und den Schlüssel in den Briefkasten werfen. Alles ist ordentlich und sauber ohne mich. Eigentlich bin ich es, die hier stört.

Aber er ist doch meine Heimat. Er. Henryk. Genjuscha. Er braucht sie doch. Sonja sinkt auf den Stuhl und spürt, wie die vertraute Lähmung ihren Körper packt und in den Schraubstock zwingt. Nicht einmal für den Gang zum Samowar reicht die Kraft, und er steht doch auf dem

Tischchen in der Ecke, der schöne silberne Samowar mit dem zierlichen Kännchen für die *sawarka* als Bekrönung. Glänzend wie ein Spiegelkabinett zeigt er ihr Abbild im Bodenlosen, ein surreales Labyrinth von Möbeln, die sich bedrohlich über ein Wesen mit hängenden Armen und grotesk langem Antlitz neigen. Den Samowar sollte ich mitnehmen, welch ein Unsinn, einen Samowar nach Russland schleppen. Ein kraftloses Lachen entflieht ihrer Kehle, es hört sich an wie das Krächzen einer missgelaunten Krähe. So ein Unsinn, die Tränen fließen über die Wangen, einen Samowar nach Russland tragen, ich bleibe einfach hier, überflüssiges Stück wie der Samowar, glänzend, in der Ecke, nutzlos für Nichtrussen.

»Würdest du mir frische Kleidung mitbringen für die Verhandlung in Leipzig?«

Sonja bemühte sich um Sachlichkeit, Fritzi merkte es wohl. Die Genossin war nicht dabei gewesen. Das war ihr wunder Punkt. Und über die Ereignisse von 1905 mochte sie nicht sprechen. War sie am Ende bei keiner Revolution gewesen? Fritzi hätte verstanden, wenn sie Angst gehabt hätte.

»Sie brauchen sich keine Vorwürfe zu machen, Frau Doktor! Nicht jeder Mensch ist für ein solches Chaos geschaffen.«

Da lachte Sonja auf.

»Als Chaos erscheint die Revolution nur denen, die sie wegfegt! Erinnere dich an unsere Versammlungen, an den Marsch vom Schwabingerbräu zum Mathäser, wie die Bürger da geschaut haben! Die sich nicht spontan angeschlossen haben, rannten schnell fort, sie dachten unzweifelhaft, der Umsturz sei da! Aber für uns war der Zug sehr geordnet, geradezu feierlich, und so entsteht inmitten der Unordnung der Revolution sofort eine neue Ordnung. Menschen und Gedanken ordnen sich um neue Achsen an.«

Der Schlüssel rasselte.

Schnell erklärte Sonja, was sie brauchte, und schloss: »Bitte, Friederike!«

Sie hatte sie zum ersten Mal nicht Knickserin genannt.

14

»Packen Sie Ihre Sachen zusammen, Sie werden verlegt.«
Sonja sprang erstaunt von ihrem Stuhl auf.
»Hier ist Ihre Tasche. Sie dürfen auch Ihre Bücher mitnehmen, ich binde sie Ihnen zusammen.«
»Wohin werde ich verlegt?«
»Nach Stadelheim«, lautete die betont gleichmütige Antwort.
Sonjas Augen weiteten sich vor Schreck. Sie versuchte, die Aufseherin aufzuhalten:
»Frau Wachtmeisterin, bitte! Ich bin nicht verurteilt!«
»Sie bleiben auch in Stadelheim Untersuchungsgefangene.«
Die Aufseherin wollte schnell die Tür schließen.
Sonja, die wusste, dass sie ihr in diesem Augenblick auf keinen Fall folgen durfte, rief nur laut: »Warum?«
»Das darf ich Ihnen nicht sagen.«
Wieder wollte sie die Tür schließen. Sonjas Herz pochte. Geh nicht, Schlüsselrasslerin, dachte sie flehentlich, geh nicht, sag mir, was hier geschieht. Schnell sagte sie, bemüht um einen Lehrerinnenauftritt, sachlich, energisch: »Die Gefängnisleitung darf mich nicht verlegen ohne Begründung. Ich packe jetzt nicht meine Sachen, sondern schreibe an den Herrn Direktor und bitte um ein Gespräch.«

»Sie werden nach Stadelheim verlegt, weil Sie nachts in Ihrer Zelle lärmen«, erklärte Bußmann, der Direktor.

»Herr Direktor, ich lärme nicht. Ich kann nicht schlafen, weil ich entsetzliche Zahnschmerzen habe. Sie wissen das, schon am 28. Februar habe ich Sie um einen Zahnarztbesuch gebeten.«

»Ihre Bitte wurde weitergeleitet.«

Sonja sah, dass der Leiter von Neudeck sich hinter seinem betont amtlichen Gehabe nicht wohlfühlte. Was war geschehen? Hatten sie ihr Morsen mit Betty abgehört? Aber das war stets in der Nacht, wenn sie sicher sein konnten, dass im Trakt alles schlief. Außerdem waren es harmlose Nachrichten gewesen.

»Haben Sie schon einmal zwei Wochen lang unter Zahnschmerzen gelitten, Herr Direktor?«

Es musste doch möglich sein, herauszufinden, welches Spiel hier gespielt wurde.

»An der Front leiden die Soldaten monatelang unter viel schlimmeren Schmerzen. Sie simulieren ja nur.«

Sonja wurde rot vor Ärger.

»Ich wollte nicht tatenlos hier im Gefängnis sitzen, sondern die Soldaten von ihrem Mordwerk befreien. Tausende haben für den Frieden ihre Arbeit niedergelegt und sind auf die Straße gegangen! Wären Sie mit den Arbeitern solidarisch gewesen, hätten wir jetzt Frieden!«

Der Direktor betrachtete die Frau.

»Wie ich sehe, geht es Ihnen glänzend, Sie agitieren auch mit Zahnschmerzen, also sind Sie eine Simulantin.«

»Wenn Sie unter Agitation meine geistige Auseinandersetzung mit der desolaten politischen Situation meinen, in der wir leben – ja, Herr Direktor, für den Weltfrieden setze ich mich auch unter großen Schmerzen ein. Ein Krüppel im Schützengraben muss ja auch weiterkämpfen. Der Gefängnisarzt hat bestätigt, dass ich nicht simuliere. Aber er kann mir nicht helfen. Ich bitte Sie, warum kann mich die Frau Wachtmeister nicht zum Zahnarzt begleiten?«

Eigentlich wollte der Direktor etwas Menschliches sagen, sie spürte es genau. Was hinderte ihn daran? Weisung von oben?

»Stadelheim hat eine bessere medizinische Versorgung als wir in Neudeck.«

»Gibt es dort einen Gefängniszahnarzt?«

Bußmann musste zugeben, dass dies nicht der Fall war.

»Ich brauche keine Verlegung, ich brauche einen Zahnarzt«, sagte Sonja.

Er wurde sauer: »Was Sie brauchen, steht nicht zur Disposition. Sie stören mit Ihrem nächtlichen Lärm die anderen Gefangenen.«

Das war eine glatte Lüge.

»Dann werde ich wohl auch in Stadelheim die anderen Gefangenen stören.«

»Sicher nicht, denn dort gibt es eine eigens eingerichtete Zelle für Fälle wie Sie.«

Eine Isolierzelle! Sonja wurde weißer als die schmutzig grau getünchte Wand.

»Fälle wie ich?«, flüsterte sie.

Der Direktor winkte der Aufseherin, die neben der Tür stehen geblieben war.

»Um 13 Uhr nach dem Mittagessen werden Sie nach Stadelheim verbracht. Sie dürfen Ihren persönlichen Besitz aus Ihrer Zelle mitnehmen. Packen Sie sorgfältig, für vergessene Dinge haftet die Gefängnisleitung nicht.«

»Sie wollen mich isolieren statt heilen. Was versprechen Sie sich davon?«

Er antwortete nicht.

»Ich will meinen Anwalt sprechen. Wir werden der Verlegung widersprechen.«

»Ihr Anwalt wird von der Verwaltung in Stadelheim informiert werden.«

»Sie dürfen mich nicht isolieren, ich bin Untersuchungsgefangene!«

»Dies gilt nicht bei Landesverrat.«

»*Verdacht* auf *versuchten* Landesverrat, Herr Direktor! Und Sie wissen, dass diese Anklage fallen gelassen wird. Streik ist kein Landesverrat.«

Bußmann war gewohnt, dass Verbrecher ständig ihre Unschuld beteuerten.

»Abführen!«

Sonja stolperte hinaus. Isolierzelle. Sie ahnte, was das bedeutete.

»Kann ich bitte meinen Spaziergang noch machen, Frau Wachtmeisterin? Ich habe sonst den ganzen Tag keine Bewegung.«

»Ausnahmsweise.« Die Schlüsselrasslerin führte sie zum Innenhof.

Erste Runde im Kreis.

Blick zu den vergitterten Zellenfenstern. Dort saßen sie, Kurt Eisner, Betty und Milli Landauer, ihr tapferer Freund Carl Kröpelin, der dem Militärgefängnis entronnen war, Hans Unterleitner, der biedere Schreinermeister Albert Winter, der um die Existenz seines Betriebes bangte und womöglich seinen Heißsporn von Sohn und sich selbst verfluchte, am Streik teilgenommen zu haben. Wo mochte der Student Ernst Toller sein, der so mutig den Zug zum Polizeipräsidium organisiert hatte? Was war aus dem armen Michler geworden, den eine Verschüttung zum Zitterer gemacht hatte? Diese Zelle war für ihn die reine Folter. Das Gefängnisgerücht wollte wissen, dass der gewiefte Fritz Schröder mit Richard Kämpfer geflohen war. Schröder schien Verbindungen in die Niederlande zu haben.

Zweite Runde im Kreis.

Die Arbeiter, die als Vertrauensleute gewählt worden waren, taten ihr unendlich leid. Sie saßen mit Sicherheit nicht hinter den Gitterstäben. Sie waren von dem brutalen System an die Front geschickt worden und würden für drei Streiktage mit körperlichen und seelischen Verkrüppelungen büßen, vielleicht mit ihrem Leben.

Dritte Runde im Kreis.

Isolierzelle. Die einen an die Front, die anderen ins Gefängnis, die Köpfe in Isolierzellen, um sie in den Wahnsinn oder den Tod zu treiben. Plötzlich wusste Sonja, warum der Direktor sich hinter Unfreundlichkeit und amtlichem Gesichtsausdruck verschanzt hatte wie in einem Verhau an der Front. Er hatte Angst.

Vierte Runde im Kreis.

Wovor hatte der Direktor Angst? Konnten auch Gefängnisdirektoren, die nicht spurten, an die Front geschickt werden?

Fünfte Runde im Kreis.

Am Freitag erst war ihr Verhör beendet worden. Heute war Mittwoch. Und war nicht gestern ihr Scheidungstermin beim Amtsgericht gewesen? Scheidung, Verhör, dieser schreckliche Oberlandesgerichtsrat mit dem Augenglas ... der Verhörstil hatte sich geändert ... Feinde! Sie war umringt von Feinden, die wollten sie nicht in die Öffentlichkeit lassen, kein Zahnarzt, kein Amtsgericht ... diese eigenartig platzierten Zeitungen! Wer hatte ihren Feind in ihre Zelle gelassen? Die Überraschung der Schlüsselrasslerin war echt gewesen, sie war nicht im Bunde. Wer immer es war: Er wollte sie demoralisieren. Sie zerstören. Sechste Runde im Kreis.

Henryk? Er mochte ein Karrierist und Feigling sein, die Erkenntnis, einen treulosen Gatten zu haben, war bitter genug. Aber ihr wahrer Feind war der, der die Zeitung in ihre Zelle gelegt hatte. Und er hatte Verbündete beim Personal, die ihm dabei halfen. Und sie war sich beinahe sicher, dass er hinter der Verlegung nach Stadelheim steckte. Hatte er Einfluss auf die Gefängnisleitung? Aber wer?

Sonja wurde schwarz vor Augen. Feinde, dachte sie noch, überall Feinde, dann brach sie zusammen.

»Frau Lerch! Frau Lerch, hören Sie mich!« Ein kalter nasser Lappen im Gesicht, ein unerträgliches Pochen im Zahn.

»Frau Lerch!« Jemand klopfte auf die schmerzende Wange. Mit einem Aufschrei fuhr Sonja hoch. Die erschrockene Aufseherin ließ den Lappen fahren.

»Ganz ruhig, Frau Lerch, ganz ruhig. Sie haben das Bewusstsein verloren.«

Sonja sank zurück auf die Pritsche, sie war in ›ihrer‹ Zelle, die nicht mehr ihre sein würde.

»Ich will nicht nach Stadelheim«, murmelte sie.

»Da hilft nun nichts.« Die Aufseherin wollte sich erheben. Da hilft nun nichts … wer hatte das gesagt? Und es war nicht hilfreich gewesen. Da hilft nun nichts … Sonja konnte sich nicht darauf besinnen. Langsam setzte sie sich auf.

»Möchten Sie die Blumen haben?«

Sie deutete auf den prächtigen Strauß, der vorgestern von Huschnusch gekommen war und die schäbige Zelle in einen Traum vom Frühjahr verwandelt hatte.

Die Aufseherin errötete vor Freude. »Aber nicht doch... das darf ich nicht annehmen.«

»Ich werde den Strauß einfach stehen lassen, dann können Sie ihn nehmen.«

»Da.« Die Aufseherin steckte ihr verstohlen ein winziges Tütchen zu. Es duftete stark. Fragend sah Sonja die Frau an.

»Nelken gegen Ihr Zahnweh, ein altes Hausmittel«, sagte die Aufseherin leise. Sonja kamen die Tränen, was war nur heute mit ihr los? Alles war zu viel, alles hatte sich gegen sie verschworen, und nun das ... unerwartete Freundlichkeit.

Sonja setzte sich auf und fragte leise: »Wer war das, beim Verhör? Wie heißt dieser Obergerichtsrat?«

Die Aufseherin wedelte mit dem Lappen, wich ihrem Blick aus. Angst! Auch sie hatte Angst!

»Es ist der, der mich nach Stadelheim schaffen lässt, nicht wahr?«

Die Aufseherin ging zur Tür.

»Vergessen Sie nicht zu packen. Nach dem Mittagessen ...«

»Nach dem Mittagessen, ich weiß.« Sonja wartete. Die Aufseherin blickte den Gang entlang, links, rechts, kam wieder hinein und flüsterte: »Alldeutscher Verband, Germanenorden, haben Sie davon gehört? Ernst Pöhner ist ihr Kopf! Ist als Direktor von Stadelheim vorgeschlagen, aber der ist ehrgeizig! Will Justizminister werden!«

Schnell ging sie, Schlüsselknirschen, Ruhe, Schmerzen.

In dieser Nacht hatte Sonja den schrecklichen Traum von Herzl. Er trug einen breitkrempigen Strohhut wie ein Pilger, und er stand vor den Juden wie damals in Basel auf dem Kongress, seine Augen glühten, und er sprach von Erez Israel, breitete die Arme aus, und sein schwarzer Bart wehte, er sah aus, wie sich alle immer den jungen Moses vorgestellt hatten, strahlend, kraftvoll und überzeugend, dabei versprach er nicht Milch und Honig, sondern verhieß harte Arbeit. Aber gerecht solle sie verteilt sein, für jeden nach seinen Fähigkeiten und alle für die Gemeinschaft, er sprach von dem auserwählten Volk, dem endlich Gerechtigkeit widerfahren müsse.

Gerechtigkeit!, rief er, die wolle und könne er versprechen. Gleichheit und Einigkeit aber müssten sie sich im Gelobten Land selbst erarbeiten. Und alle sahen auf ihn, freuten sich auf das Abenteuer, nahmen ihre Koffer und Säcke in die Hände, warfen Bündel und Rucksäcke über die Schultern.

- Geht, geht, rief Herzl, und sie wandten sich um und gingen. Herzl schien ihnen folgen zu wollen. Warum schreitet er nicht voran, dachte Sonja irritiert und beobachtete die Menschen, die auf sie zukamen. Grau, krank und abgezehrt waren die Gesichter, grau war die Gefängniskleidung, ähnlich wie sie in Neudeck und Stadelheim befohlen war. Alle trugen sie, aber die grauen Hosen und Jacken schlotterten um die dürren Körper, kaum konnten die Menschen ihre Lasten tragen, so schwach waren sie. Sonja sah gelbe und grüne Haare wie die der Munitionsarbeiterinnen, Typhuskranke, Verwundete, alle waren halb verhungert, ihre Schritte schleppend vor Schmerzen und Erschöpfung. Und Sonja sah mit Entsetzen, dass die Frauen in eine andere Richtung getrieben wurden als die Männer, ein Stacheldrahtzaun teilte plötzlich den Weg, aber sie schienen es nicht zu bemerken, stumpf gingen die

Frauen auf der rechten Seite weiter und die Männer auf der linken. Und der Stacheldraht wuchs wie eine Brombeerhecke, überragte die Menschen, die sich voranschleppten, wehrlos, erschöpft. Selbst die Kinder, die bei ihren Müttern blieben, liefen seltsam stumpf, mit ernsthaften Gesichtchen, wie uralte Greise. Dünn, mit aufgetriebenen Bäuchen unter grauen Kittelchen, schlichen sie dahin, während neben ihnen der Stacheldrahtzaun zu einem undurchdringlichen Verhau erwuchs. Sonja krampfte sich das Herz zusammen, sie sah zu Herzl, das konnte doch nicht seine Idee sein, und da sah sie, wie Herzl sich über das Gesicht fuhr, und als er die Hand wieder fortnahm, sah sie das grässliche Gesicht Achads. Nein, es war nicht Herzl, es war ein Dibbuk in der Gestalt Herzls, er hatte alle getäuscht, und plötzlich erschienen Tausende von Schwarzhundertern hinter ihm, die mit kalten Augen den fortziehenden Juden hinterherblickten.

Sonja schrie auf. Sie schrie und schrie, sie musste die Menschen warnen, sie liefen nicht nach Erez Israel, sie liefen in den Tod. Aber kein Laut kam aus ihrem Mund, stumm blieben ihre verzweifelten Schreie, keiner kehrte um. Sonja rannte auf den Schwarzhunderter zu und wollte ihn vernichten, aber da sah er ihr in die Augen, und es waren die grässlichen Augen dieses Oberlandesgerichtsrates, dieses Pöhner, hinter seinem Augenglas, und als sie auf ihn einschlug, tat er nur einen winzigen, tänzelnden Schritt zur Seite und zischte: Schlag nur, Judenhure, du bist die Letzte, dich heb ich mir auf bis zum Schluss, wenn ganz Europa entjudet ist.

Sonja schrie wieder, aber niemand kam zurück, ihr zu helfen, die graue Masse trottete unaufhörlich weiter, und plötzlich konnte sie schreien, plötzlich war ihre Brust frei, sie schrie, und der Schwarzhunderterrichter schien zurückzuweichen, das Licht ging an ...

»Ruhig! So seien Sie doch ruhig!«
Die Wachtmeisterin schüttelte Sonja, schluchzend kam sie zu sich.
»Stehen Sie auf!«
Wo war sie? Sonja erkannte, dass sie von der schmalen Pritsche gefallen war. Mühsam rappelte sie sich auf, blind vor Tränen, mit trockenem Hals vom Schreien.
»Sie wecken ja alle auf, seien Sie still, es ist Nachtruhe. Legen Sie sich nieder.«
»Ein Schlafmittel!«, krächzte Sonja benommen, und es war ihr nicht bewusst, dass sie es auf Polnisch forderte.
»Srodek, srodek«, krächzte sie, aber die Wachhabende war den Krach leid, sie legte die dünne Wolldecke über die Gefangene und löschte das Licht. Der Schlüssel knirschte im Schloss, es war dunkel, und Sonja fror und weinte und dachte, alles wird zu Ende sein, wenn ich nicht endlich hier rauskomme und für die armen Menschen kämpfen kann, wenn ich sie nicht bewahren kann vor ... vor was?
Sonja setzte sich auf und starrte auf die wenigen Sterne, die durch das vergitterte Fenster schienen.
Was hatte sie da geträumt? Das war kein Krieg gewesen, auch kein Pogrom, das war ein gewaltiger Vernichtungsfeldzug. Meine Träume sind schlimmer als die Schrecken des Krieges, dachte sie, welche Blasen schlägt mein Hirn in dieser Gefangenschaft. Kischinew, dachte sie, Odessa, und sie schauderte.
Nein, es war nicht ihr Hirn, nicht ihre überreizte Fantasie. Sie hatte nicht geträumt von der Straße in Kischinew,

von der Preobrashenskaja in Odessa, auf der die Ermordeten lagen, zwischen ihnen die stöhnenden Verwundeten in ihrem Blut, die um Hilfe flehten. Es gab noch Entsetzlicheres als Blut, eine graue, stumme Masse, wie Schlachtvieh, lautlos, weitab vom Leben. Sie hatte von der Zukunft geträumt, und sie würde vernichtend sein.

III

STADELHEIM

Fritzi musste sofort zu Sonja. Schollenbruchs Untersuchung hatte ergeben, dass die Tafel Schokolade Arsen enthielt. Sollte die Genossin vergiftet werden?

Schollenbruch wollte die Polizei informieren.

»Bitte nicht«, flehte Fritzi, »dann wird alles untersucht, und ich darf sie nicht mehr besuchen, und womöglich wird sie isoliert. Die Polizei ist sowieso gegen die Genossin Sonja voreingenommener als gegen jeden anderen.«

»Warum?«

»Sie halten sie für eine russische Spionin.«

Schollenbruch fragte, wie er helfen könne.

»Sie hat Zahnschmerzen, geben Sie mir ein Schmerzmittel«, meinte Fritzi, »mal sehen, ob ich es reinschmuggeln kann.«

Von Schollenbruchs Obergiesinger Praxis zum Mariahilfplatz waren es nur wenige Minuten. Fritzi überquerte die Tegernseer Landstraße und ging den Nockherberg hinunter. Als sie den Mühlbach überquerte, blickte sie sich nach allen Seiten um. Der Schokoladenmann war nirgendwo zu sehen. Ob er sich längst aus dem Staub gemacht hatte? Er musste ja davon ausgehen, dass sein Anschlag erfolgreich gewesen war und die Polizei nach ihm suchte. Falls aber nicht? Fritzi musste Sonja warnen. Eine Revolutionärin hatte viele Feinde, auch Feinde, von denen sie nichts ahnte.

Sie musste fast eine halbe Stunde um eine Sprechkarte anstehen und erfuhr zu ihrem Entsetzen, dass Sonja nach Stadelheim verlegt worden war.

»Aber die Frau Doktor ist doch Untersuchungsgefangene!«

»Das geht Sie nichts an!«, erwiderte der Wachtmeister unwirsch.

»Warum ist sie nach Stadelheim gekommen?«

Dieselbe Antwort.

»Kann ich eine Sprechkarte für Stadelheim bekommen?«

»Nein, die bekommen Sie nur in Stadelheim.«

»Wie sind dort die Sprechzeiten?«

Wenigstens darauf bekam sie Antwort. Aber keine gute, Fritzi erschrak: Die Besuchszeiten in Stadelheim waren viel kürzer als in Neudeck. Und es oblag der Gefängnisleitung, sie auf wenige Minuten zu kürzen, wenn es ›der Zustand der Gefangenen erforderte‹, was immer das heißen mochte. Langwierig, nach Stadelheim hinauszukommen, es ging keine Trambahn über Giesing hinaus, obwohl das Gefängnis bald zwanzig Jahre in Betrieb war. Man hatte in der Strafanstalt nicht gern Besuch. Für heute musste Fritzi ihr Vorhaben aufgeben.

Da schlug es sechs Schläge vom Turm der Mariahilfkirche. Fritzi entschloss sich, auf dem Heimweg in der Clemensstraße die Kleidung der Genossin zu holen.

Die Einsamkeit sah durch die Eisenstäbe. Sie rieb ihre gläsernen Flügel am Fenster mit schaurigem schrillen Ton. Ein Blitz zuckte und tauchte Sonjas dunkle Zelle für Sekunden in grelles Licht. Sie lag mit dem Kopf zum Fenster auf dem Bett und zählte. Nach fünfzehn Sekunden hörte sie den Donner herangrollen. Von fern? Oder durch die Isolierung nur gedämpft zu hören? Wie auch immer, sie war erleichtert. Von den Menschen könnt ihr mich isolieren, aber nicht von den Naturgewalten, dachte sie.

Wozu die Isolation, sie war auch so der einsamste Mensch. Hast du etwas dagegen, wenn ich nach Berlin fahre, meine kleine Schwester hat Konfirmation. Nach Berlin war Henryk gefahren, nicht nach Stadelheim. Er wusste nicht mal, dass sie in Stadelheim war, oder wusste er es, dann interessierte es ihn nicht. Fahre ruhig, Liebling, fahre nach Berlin. Fahre, mein Liebling, und grüße deine kleine Schwester von mir. Wozu fragte er sie, was sollte sie dagegen einwenden? Nichts verstand er, nichts, und das tat so weh. Soll ich die Möbel einlagern? Wann kehrst du nach Russland zurück?

So weit weg willst du mich haben. In Russland willst du mich wissen. Ist es möglich, dass alles zwischen uns begraben ist? Wissen will ich es, wissen, du sollst es mir ins Gesicht sagen. Vor Gericht werde ich dich fragen: Willst du mich so weit fort haben? Ist alles zwischen uns begraben?

»Diese Ehe ist längst unhaltbar geworden.« Wer sagt das? Sonja hielt sich die Ohren zu. Unhaltbar. Längst. Am längsten. Wann kehrst du nach Russland zurück? Wenn ich hier rauskomme. So weit weg will er mich haben, Herr Richter, in Russland, dabei bin ich in einem Münchner Gefängnis, sehr nahe bei ihm. Er wird eingezogen? Nein, Herr Vorsitzender, das glaube ich nicht, dieser Krieg ist beendet. Er ist an seiner Fettleibigkeit zugrunde gegangen. Doch, Herr Vorsitzender, das habe ich für ihn getan, für Genjuscha habe ich gestreikt, dass der Krieg ein Ende hat, das heißt für mich, meinem Mann die Treue halten. Treue.

Tugend der Beständigkeit im sittlichen Leben, der Zuverlässigkeit und des Festhaltens an einer eingegangenen, in Klammern versprochenen Bindung. Steht im Brockhaus zwischen Treuchtlingen und Treuebruch. Wo steh ich im Lexikon, Sarah, Mutter des Isaak? Nach Sarah-Kali, die ist mir lieber als die grässlich immertreue, die verstoßene, die Gebärerin. Sara-Kali, die Schöpferin, Bewahrerin und Zerstörerin, welche Macht, wie die Baba Jaga. Der Sand der Wahrheit wird mich auf das Bett der Erde legen, aus der ich kam. Ich bin die Göttin des Himmels und der Erde. Bring mir rote Gewänder, Knickserin, auf dass ich diese Erde zerstöre, denn sie ist es nicht wert, gerettet zu werden, ich werde eine neue erschaffen, eine bessere ... Herr Vorsitzender, bin ich als Geschiedene wieder Russin? Werden Sie mich in ein Gefangenenlager stecken, Herr Richter? Als ausländische Spionin? Er könnte mich retten? Nein, Herr Richter, er will Ordinarius werden, eine Sara-Kali als Gattin, untragbar. Das verstehen Sie nicht? Gut, dann werde ich die Scheidung vollziehen. Gründlich. Er wird sich meiner nicht schämen müssen. So weit weg will er mich haben ... Komm, Einsamkeit, kriech aus deiner Ecke, wir zerstören alles auf Erden und ich erschaffe Neues. Nichts Altes mag ich sehen, denn der Tod wohnt in mir, ich gebäre alles auf Erden, denn ich bin das Leben selbst, meine Weisheit ist Zerstörung, meine Weisheit bringt neues Leben.

Tätige Hilfe. Die deutsche Frau im Weltkrieg. Gut, kriegt Henryk, was er will, denkt sie und beteiligt sich bei der Friedensgesellschaft, Betreuung französischer und russischer Kriegsgefangener. Jemand hat heimlich Fotos vom Kriegsgefangenenlager in Puchheim gemacht, nur wenige Meilen vor Münchens Toren, in dem an die 20.000 Gefangene interniert sind. Die Zustände in den Lagerbaracken schockieren die Damen.

Der Vorsitzende Ludwig Quidde, ein universell gebildeter Naturwissenschaftler, ruft zur Hilfe auf, appelliert an Pazifismus und tätige Nächstenliebe und ist glücklich, dass er mit Sonja eine Sprachkundige hat. ›Liebespakete‹, nennt er die Gaben, die sie an die Gefangenen ins Lager Puchheim und seine 37 Außenstellen und Depots senden wollen. Perversität des Krieges, dass Gefangene die Landwirtschaft verrichten, während die Bauern im Feld stehen.

Sonja packt. Die meisten russischen Soldaten sind froh, in der Armee von ›Väterchen Zar‹ eine Montur und ein Paar Stiefel zu bekommen, statt mit ihren Familien in Holzhütten oder Erdhöhlen zu erfrieren oder zu verhungern. Auf bayerischen Höfen kriegen sie vermutlich besser zu essen als jemals zuvor, denkt Sonja.

Was soll's, warum nicht Sinnvolles tun, in warmen Räumen mit freundlichen Menschen Pakete packen und plaudern. Es gibt sogar Tee. Zu ihrer Überraschung spricht Quidde sie konspirativ an.

Es gebe Soldaten, die zurück nach Russland wollten, ob sie dabei helfen könne. Zurück nach Russland? Ausgerechnet jetzt, mitten im Krieg? Wollen sie sich von General Brussilow verheizen lassen, haben sie es hier nicht ungleich besser?

Quidde lächelt. Gefangenschaft ist nie besser als Freiheit. Wem sagt er das!

Nur eine Übernachtung. Ihre Aufgabe wird sein, den Soldaten am vereinbarten Treffpunkt abzuholen und am

nächsten Morgen sehr früh zu einem zuverlässigen Mittelsmann zu bringen. Der sorge dann für den weiteren Transport. Übernachtung! Sonja erschrickt, das kann sie Henryk nicht zumuten ... Henryk ist nicht da. Henryk ist an der Front, in Frankreich. Sonjas Herz krampft sich zusammen. Quidde greift nach ihrem Arm, stützt sie besorgt. Wenn es ihr zu viel werde ...
Alles sei in Ordnung, lächelt Sonja, soweit in diesen Zeiten des Chaos etwas in Ordnung sein kann. Sie treffe den Russen beim Marstall, er habe dort Remonten abzugeben.
- Remonten?, fragt Sonja verständnislos.

Der Kriegsgefangene bringe Kavalleriepferde vom Gestüt Schwaiganger zur Reitschule, erklärt Quidde geduldig, und da er Tierfreund und Gegner der Vivisektion ist, fügt er bitter hinzu: sanfte, unschuldige Tiere, nichts als Kanonenfutter. Wer zählt da die Millionen Opfer?

Er nennt ihr Treffpunkt und Codewort, und am nächsten Tag steht Sonja früh auf, backt einen Mürbkuchen und geht eilig zum Viktualienmarkt, um etwas Anständiges für einen hungrigen russischen Soldaten zu ergattern. Nun geht sie durch die Dienerstraße am Neuen Rathaus vorbei zur Hauptpost. Vom Frauendom schlägt es neun Schläge. Sie wird viel zu früh am Treffpunkt sein. Da hört sie Wiehern und Hufgetrappel. Eine Kavalkade aufgeregter Pferde, die sich offenbar zum ersten Mal im städtischen Verkehr bewegen, kreuzt ihren Weg vom Bahnhof kommend über den Marienhof. Zwanzig Pferde zählt sie, geführt von Reitern in Uniformen und Uniformierten zu Fuß.

Sonja beobachtet sie. Einer von diesen ist ›ihr‹ Russe. Um zehn Uhr wird er zum Eingang der prächtigen Hauptpost kommen, um 10.07 Uhr werden sie in die Tram steigen. Treffpunkt und Uhrzeit sind gut gewählt: Am späteren Vormittag ist zwischen Hauptpost, Oper und Residenz viel Betrieb, da fällt ein Bereiter im Mantel des königlichen Gestüts, der sich auf Urlaub mit seiner Freundin trifft, nicht weiter auf.

Sonja spaziert zu den Kammerspielen und betrachtet die Fotos der Schauspieler, augenrollende Mimik und für den Fotografen gestellte dramatische Posen. Mal wieder ins Theater oder ins Lichtspielhaus, denkt sie, aber ohne Henryk macht das alles keinen Spaß. Dann lieber zu Eisners Montagsdebatten in den ›Goldenen Anker‹, auch wenn sie sich zwischen den jungen Menschen fühlt wie eine alte Tante, und Liebespakete packen bei Quidde, wo die Blicke der feinen Damen so mitleidig sind, dass sie stets das Gefühl hat, man will ihr die Liebesgabe zustecken.

Zwischen allen Stühlen, mein selbst gewähltes Leben, denkt sie und geht langsam die Maximilianstraße zurück zur Post vor die Säule. Wenn der Mann pünktlich ist, wird alles nach Plan verlaufen. In ihrer Manteltasche klimpern 20 Pfennige für zwei Fahrkarten, im Korb liegen Kartoffeln, ein Weißkohl, rote Bete und ein Rindsknochen, das wird einen halbwegs anständigen Borschtsch geben.

- Fräulein Schmidt?, hört sie die verabredete Anrede. Der russische Akzent ist nicht zu überhören. Sie will wie verabredet sagen, wie schön, dass Sie gesund zurück sind, Herr Meier. Sie dreht sich um, sieht direkt in ein Paar vertraute braune Augen, Augen, die so spöttisch lächeln können, und bringt kein Wort heraus. Vor ihr steht Jankele.

Es kann nicht sein, dass ich unter Millionen Menschen ausgerechnet Jankele treffe, hier an der Münchner Hauptpost, denkt sie.

Es kann nicht sein, dass ausgerechnet meine Cousine mich rettet, denkt er, und sie starren einander an, wollen sich in die Arme fallen, aber das geht nicht, und da rumpelt die Tram heran, und Sonja nimmt Jakuw Rashkes sacht beim Arm und führt ihn in die Tram, kauft die Fahrkarten und stellt sich hinten auf den Plafond zwischen die Menschen, bloß nicht ins Gesicht blicken, dann würde sie ihm entweder um den Hals fallen oder weinen oder hysterisch lachen, jedenfalls würde sie etwas tun, was ihnen schaden würde, und das empfindet er offenbar genauso, denn er hält einen Abstand wie zu seinen Pferden und sieht starr auf die Straße wie sie, und ihre Herzen rasen so, dass sie glauben, sie werden gleich deswegen verhaftet.

Sie steigen am Stachus um, ohne sich anzusehen, im Abstand gegnerischer Wölfe, nach einer Ewigkeit hält die Tram an der Belgradstraße, nach einer weiteren Ewigkeit haben sie endlich die Clemensstraße erreicht, sind die Stiege hinauf, mit zittrigen Fingern hat Sonja die Wohnungstüre aufgesperrt und endlich, endlich, nun können sie sprechen. Aber sie sprechen nicht, schon im Korridor fallen sie übereinander her, nicht einmal für einen langen Kuss ist Zeit, sie reißen sich die Kleider vom Leib, sie gelangen irgendwie ins Wohnzimmer, da ist Sonjas Chaiselongue, die sie sich vor dem Krieg vom Munde abgespart hat. Wie gut es tut, keine Ausdünstung nach Blut, Schändung und Mord, kein Geruch von schwarz geronnenem Hirn und ausgestochenen Augen und erschlagenen Kindern, kein Gestank nach der Bestie Mensch, nein, diesmal riecht Jankele gut nach sanften Heuzupfern, nach Fell, Stall und frisch aufgeschüttetem Stroh. Und er küsst ihre Brüste, liebkost ihren Bauch, leckt ihre Achseln, öffnet zart ihre Lippen, und als sie bereit ist für ihn, dreht er sie sanft um, und sie spürt endlich seine Stöße. Das Zimmer kreist in wildem Wirbel, die Möbel fliegen im Sog um sie herum und reißen alles mit, den überflüssigen Tand, Kissen, Tischdecken, alberne Souvenirs, alles saugt und zieht und bebt, bis die Lust aus ihr herausbricht und sie stöhnend in das Kissen beißt, um nicht laut zu schreien.

Sie liegen nackt auf dem Sofa, kaum zehn Minuten sind vergangen, und sie ist eigentlich enttäuscht, diese Männer sind so schnell, aber er hört nicht auf, ihr Lust zu bereiten, bis sie wieder fortgetragen wird, von keinem wilden Sog, sondern einer sanften Welle, wie sie an den Strand der Weichsel glucksen. Das macht ihm Freude, und er bemerkt, dass die Remonten im Frühsommer besonders lüstern seien, und, ihre Empörung und einen Klaps erwartend, schwingt er sich wieder auf sie, Himmel, denkt sie, was sind die Soldaten ausgehungert, und sie genießt seinen mageren Körper, streichelt jede einzelne seiner hervorstehenden Rippen, und es ist, als wären sie ewig zusammen und gleichzeitig ein Liebespaar, das just im Liebestaumel ein verschwiegenes Hotelzimmer belebt. Dabei sind sie doch bloß Cousin und Cousine in einer Dachzimmerwohnung, in der winzigen Dachzimmerwohnung eines verheirateten Paares, Sonja erschrickt und fühlt sich wie Lady Chatterly oder Madame Bovary, Himmel, nicht einmal diese verworfenen Damen haben ihre Liebhaber in der eigenen Wohnung empfangen, wenn jetzt ... sie springt auf, aber wohin? Zwei Schritte weit, da ist die Tür, und jetzt?

Der nackte Mann auf dem Sofa beobachtet sie, drahtig und aufmerksam wie ein Terrier. Schön sieht er aus, ihr Cousin, viel zu mager, die Knochen stehen an den Hüften hervor, die Rippen zeichnen sich deutlich ab, und wo

Henryk einen Bauchansatz hat, ist bei Jankele eine Höhle. Er ist muskulös, seine Hände müssen Pferde striegeln, seine Arme Mistgabeln bewegen, seine Oberschenkel sind die eines Reiters, und ... hat er jemanden erschossen? Viele?

Jankele zieht die Augenbrauen nach oben. Sie müsse doch wissen, dass der klügste Zar aller Reußen und seine Generäle Feuerwaffen als gefährlichen Irrweg und Eisenbahnen als Luxusgüter privater Investoren betrachten.

- Er lässt sie mit gezogenen Säbeln auf die Gewehre der Deutschen losreiten oder laufen, Nachschub kommt sechs Monate später, wenn überhaupt. Warum, denkst du, stehen die Deutschen vor Wilna.

Er klopft lässig auf den Platz neben sich, betrachtet eingehend das Wohnzimmer, hier wohnst du also, Sore. Dann entdeckt er die Vitrine, Sonjas ganzen Stolz, und lacht auf.

- Mammes Chanukkaleuchter im Schrank, aber keine Mesusa an der Tür, was ist das? Ein sozialistischer Haushalt?

Er habe gehört, dass sie einen Goj geheiratet habe.

Na toll, wie hört man das in einer Kommune in Amerika?

Ach, Soremädchen. Sie fläzen nackt auf Sonjas Chaiselongue und reden, und die aus den Fugen geratene Welt ist freundlicherweise einen Wimpernschlag im unendlichen Universum stehen geblieben. Der Borschtsch wird durch ein Stückchen Pferdefleisch, das Jankele aus der Tasche zieht, zu einer unerwarteten Köstlichkeit, und mit der roten Bete lässt sich ein Kopfverband mit prächtigem Blutfleck zaubern. Ein Auge verdeckt, ein Arm in der Schlinge, so können sie hinaus, der Mann wird verrückt in der Stube wie ein Tiger.

- Alte Gefängniskrankheit, sagt er, die Pferde helfen.
- Ansteckend, grinst Sonja. Ihr hilft das Laufen, jeden Tag läuft sie gegen den Koller an. Noch ein alter Mantel, fertig ist die Maskerade, so ziehen sie als Kriegsliebespaar in den Englischen Garten und genießen die Sonnenstrahlen dieses zweiten Kriegssommers. Sonja schiebt den Gedanken an Henryk von sich wie ein Kind mit klebrigen Fingern. Wie kann ich wegen ihm ein schlechtes Gewissen haben, während Tausende im Giftgas krepieren, beruhigt sie sich.

Überflüssig sei er sich vorgekommen in Griechenland, erzählt Jankele, Amerika, dieser ferne Traum, hat doch nie gereicht, Sore. Mit dem Krieg müsse die Revolution kommen, habe er gedacht, schrecklicher Irrtum. Aber ausgewiesen hätten sie ihn sowieso, also ist er zurück, freiwillig, und die Agitation unter den Soldaten hat schlecht funktioniert. Plötzlich waren die Deutschen die Feinde, nicht der Zar, nicht die Großgrundbesitzer. Nicht mal Pogrome gab's, jüdisch oder nicht, alle gleich im entsetzlichen Mütterchen-Russland-Taumel.

- Ich kenne keine Parteien, nur Marmelade, sagt Sonja, und Jankele will sich wegwerfen, das ist so einer von Henryks Sprüchen. Nützt nichts, flotte Sprüche haben viele, die den Krieg nicht verhindert haben, und das klingt so bitter, dass Jankele schaut, aber da kommen Gendarmen, und sie packt ihn und küsst ihn lange und innig. Die Kontrolle unterbleibt.

Jankele schüttelt sich nach dem Kuss wie ein nasser Hund, was ist los, Sore, bist du verliebt?
- Nej, nur Gendarmen. Da lacht er wieder, und dann küsst er sie, dass ihr die Luft wegbleibt.

Der Kuss und die Gefahr bringen sie wieder nach

Hause, schon steht die Sonne dieses köstlichen geraubten Tages tief, auf dem Samowar steht der Tee und der Mürbkuchen auf dem Tisch, und die Lust überfällt sie wieder wie ein ausgehungertes Tier. Das Schlafzimmer, denkt Sonja plötzlich, er kann doch nicht im Ehebett übernachten, wäre das nicht Verrat? Aber das Lager, das sie dem Soldaten auf dem Sofa bereiten wollte, geht nun wirklich nicht?

Überflüssige Gedanken, die Nacht ist nicht zum Schlafen da, unerschöpflich ist ihre Lust, den Mann zu streicheln, in sich aufzunehmen, seine knochigen Lenden zu streicheln und sein Geschlecht, wenn er ihre Hand dorthin führt, um neue Lust anzufachen.

Nur diese Nacht, wir haben nur diese eine Nacht, Sore, dann muss ich heim, das wird ein Flächenbrand, du wirst ihn hier entfachen, ich daheim, und dann wird Frieden sein und ein einiges sozialistisches Europa. Sie weint, und er hebt ihren Kopf, Soremädchen, Sonjetschka, Cousinchen, nicht weinen! Fröhlich soll der Sozialismus sein. Und er beißt mit Genuss in ihren armseligen Mürbkuchen.

Sie will ihm so gern glauben, aber sie hat sich doch von allem zurückgezogen, als Ehefrau muss sie Essen heranschaffen, putzen, waschen, kochen ...

Er besieht die Vitrine, die Nähmaschine, die bestickte Tischdecke, das Bücherregal, die Gardinen vor den Fenstern.

- Das Heim der Sonja Sheferowna, spottet er, weißt du eigentlich, warum das Heimchen in Gefangenschaft schöner zirpt als in Freiheit? Aus purer Not und Angst.
- Es ist sicher mit Henryk, er ist ehrlich. Er ist ein Charakter.

Niemand weiß besser als Jankele, wie sie von diesem ...

- Nenn den Namen des *swolotsch* nicht!
Er ist einer der Gründe, weshalb Jankele zurückkehrt. Auch er ist von diesem Hundsfott betrogen worden. Nicht fliehen, stellen muss man Verräter.
- Das Gift der Vergangenheit lässt dich nicht zur Ruhe kommen.
- Willst du Ruhe, Sarah? Du bist Bundistin! Kämpfe!
- Ich arbeite hier für den Bund. Ich halte Vorträge, und in der SPD bin ich auch …
- Liebst du ihn? Oder das hier, diesen Plüsch im Oberstübchen?

Um fünf Uhr in der Frühe müssen sie am verabredeten Ort sein. Jäh wird die Wärme der Körper auseinandergerissen, fröstelnd und schweigend gehen sie die Clemensstraße entlang zum Schwabingerbräu.

Der Gewährsmann kommt, das Codewort stimmt, Jankele umarmt Sonja.

- Sicherheit ist niemals Freiheit, flüstert er an ihrem Ohr, die Voraussetzung ist stets Gleichheit.

Fort, im langen Mantel, verschluckt vom Morgennebel.

Sonja geht heim und backt einen Mürbkuchen.

»Wenn du in mein Haus kommst, bitte nimm meinen grünen Seidenmantel mit«, hatte die Frau Doktor sie gebeten. Sie brauchte etwas fürs Gericht, zunächst fürs Amtsgericht, dann für Leipzig. Fritzi wusste, dass mit ›Amtsgericht‹ der Termin für die Ehescheidung gemeint war, und sie fragte mit angeborenem Takt nicht nach. Wenn die bewunderte Agitatorin darüber nicht sprechen wollte, würde sie das Thema nicht berühren.

Männer schlugen Frauen, Fritzi wusste das, erst betranken sie sich, dann wurden sie zu brutalen Ungeheuern. Aber eine so kluge und selbstbewusste Frau wie die Genossin Sonja? Vielleicht haben gerade kluge Frauen Pech mit Männern, dachte Fritzi und suchte die Hausnummern der Clemensstraße nach der Nummer 76 ab. Es war Frühling geworden, letzte schmutzige Schneereste schmolzen im Rinnstein, die Straßenbäume hatten dicke Knospen, und die Amseln begleiteten Fritzis Weg mit vielstimmigem Abendflöten.

»Ich habe hier lauter Wintersachen und alles schon so schmutzig.«

Die Genossin hatte gelächelt, als Fritzi diensteifrig angeboten hatte, die Sachen zu waschen und ihr wiederzubringen.

»Die dunklen alten Wintersachen? Knickserin, du willst wohl, dass ich den nächsten Winter auch noch in diesem Verlies zubringe?«

Das wollte Fritzi auf keinen Fall! Die Frau Doktor habe keinen Landesverrat begangen.

Da hatte sich die verehrte Genossin ein wenig über den Tisch gebeugt und gegrinst wie eine Katze und gesagt: »Das wird der Herr Reichsstaatsanwalt in Leipzig auch zugeben müssen. Und dafür brauch ich den grünseidenen Mantel, darin seh ich nicht aus wie eine Petroleuse auf den Barrikaden. – Ach ja, und auch eine dunkelblaue seidene Bluse, die ist mit rot geputzt.«

Fritzi hatte keine Ahnung, was ›mit rot geputzt‹ bedeutete, aber sie würde die Kleider schon finden, der Herr Professor könne ihr sonst helfen. Und da hatte Sonja wieder gegrinst und gemeint, ihr Kleiderschrank sei keine Bibliothek.

»Aber wenn du einmal da bist ...«

Fritzi hatte eine Liste dabei, eine gewisse Reyseife, Zahnseife, Haarnadeln, Lanolin, Schuhriemen, diese Dinge würde sie in der Waschkommode finden. »So viel wie möglich, brauche ich alles für Leipzig, bitte, Friederike!«

Sie hatte sie zum ersten Mal beim Namen genannt, in voller Länge, nur ihre Mutter hatte Fritzi so genannt. Sonjas Dankbarkeit machte Fritzi verlegen. Diesen kleinen Gang konnte sie doch für die bewunderungswürdige Frau tun. Nachdenklich machte Fritzi nur, dass die Genossin mit einem langen Aufenthalt in Leipzig rechnete. Bisher reichten die Beweise offenbar nicht aus, denn alle Streikführer saßen seit fünf Wochen im Untersuchungsgefängnis, alle Haftbeschwerden waren verworfen, niemand war auf Kaution entlassen worden. Vielleicht liegt es aber am Geld, dachte Fritzi und sah einem mageren Gaul vor einem Kohlekarren hinterher, das Gericht wird die Kaution so hoch festlegen, dass arme Leute sie nicht bezahlen können.

Ein Mann, der mit Pfeife vor einem Haus stand, blies weiße Wolken in die Luft und grinste Fritzi an. Sie stellte fest, dass sie auf der Seite mit den ungeraden Zahlen suchte, überquerte die Clemensstraße und klingelte. Es dämmerte, Sonja hatte gesagt, ihr Mann sei um diese Zeit daheim. Eigentlich hatte sie sagen wollen ›vom Dienst zurück‹, aber dann war ihr eingefallen, dass er den Dienst beim Roten Kreuz hatte aufgeben müssen und dass dies ihre Schuld war. Wenn er seine Gewohnheiten nicht geändert hatte, dann kehrte er gegen sechs Uhr aus der Bibliothek heim.

Fritzi ging durch das Treppenhaus nach oben. Wie gepflegt es war, hier wurde sicherlich jeden Tag gewischt und die Haustüre jeden Abend sorgfältig abgeschlossen.

Eine Frau öffnete. Darauf war Fritzi nicht gefasst. Sie stotterte, sie wolle Kleider für Frau Dr. Lerch holen, ob

der Herr Professor da sei. Die Frau blickte sie prüfend an und schloss die Tür wieder.
Fritzi hatte nicht damit gerechnet, hereingebeten zu werden, aber die Frau irritierte sie. Von einer Zugehfrau oder einer Haushälterin hatte die Genossin nichts gesagt, im Gegenteil, sie habe kein Dienstmädchen, hatte sie Fritzi anvertraut, nicht unter den Bedingungen, unter denen Dienstmädchen arbeiten mussten, und gerecht könne sie nicht bezahlen, also mache sie den Haushalt lieber selbst, obwohl sie sehr unpraktisch sei.
Die Tür öffnete sich einen Spaltbreit. Ein großer Mann mit Brille sah Fritzi fragend an.
»Wie kann ich Ihnen helfen?«
Fritzi wiederholte ihr Sprüchlein.
»Sie kommen von meiner Frau?« Die Tür öffnete sich. Der Mann betrachtete Fritzi, als habe sie gewagt, in die Höhle des Löwen zu gehen, und sei wider Erwarten heil zurückgekehrt.
»Kommen Sie herein.«
Fritzi betrat den Flur.
»Bitte warten Sie hier, ich werde sehen, ob ich die Sachen finde.«
Die Frau kam aus der Küche, umweht von Kohlgeruch, nickte Fritzi flüchtig zu und folgte dem Professor ins Schlafzimmer. Fritzi hörte Gemurmel, Schranktüren wurden geöffnet, Schubladen aufgezogen, der Mann schien sich zu ärgern, sie hörte seine gereizte Stimme: »Hör auf, Anna, ich weiß besser, wo Sonja ihre Sachen hat.«
Fritzi betrachtete den Flur. Er sah aus wie bei Herrschaften, aber alles etwas verkommen. Ein Stapel verstaubter Bücher lag auf einem Schränkchen, der Herrenhut lag daneben, Schuhe, auch Damenstiefel, waren

unordentlich aufeinandergestapelt. An einer Garderobe hingen zwei Frauenmäntel auf einem Bügel, ein Herrenmantel am Haken. Die Garderobe war schick, nach der neuesten Mode mit feinen geschwungenen Linien, und sie hatte einen Spiegel. Fritzi konnte der Versuchung, sich zu betrachten, nicht widerstehen. Sie stellte fest, dass ihre Wange verschmutzt war, obwohl sie sich nach der Arbeit gewaschen hatte, und rieb sich mit dem Schürzenzipfel das Gesicht sauber. Dann löste sie das weiße Kopftuch und schüttelte die roten Haare. Was sie sah, gefiel ihr nicht schlecht. Sie zupfte die Haare zurecht, wagte aber nicht, die Bürste zu benutzen, die auf der Ablage vor dem Spiegel lag. Ich sollte mich endlich trauen, meine Haare zu zeigen, egal was die Leute sagen, dachte sie, die Zeiten, wo Rothaarige verbrannt wurden, sind vorbei, und auf dumme Sprüche wird mir schon was einfallen.

Diese Garderobe war etwas Feines, auch das Schränkchen und der kleine Tisch aus geflochtenem Rohr. Hatte die Genossin das eingerichtet? Wie seltsam, dass eine Revolutionärin einen so bürgerlichen Geschmack hatte. Aber es war sicher anstrengend, ständig zu kämpfen, da brauchte eine Frau ein Heim mit Behaglichkeit, in das sie sich zurückziehen konnte.

Eine Tür klappte. Fritzi zuckte zusammen und trat schnell vom Spiegel weg. Es war die Frau. Mit einem verlegenen Lächeln eilte sie in die Küche zurück. Sie trug Hausschuhe.

Der Mann kam aus dem Schlafzimmer, über dem Arm einen Mantel, auf einem Bügel eine Bluse.

»Ich vermute, sie meint diese«, erklärte er, und Fritzi faltete die dunkelblaue Bluse mit der rot unterlegten Stickerei sorgfältig zusammen und legte sie in ihren Korb.

Nun wusste sie, was rot geputzt bedeutete. Sie griff nach dem Mantel, der ihr sehr kostbar erschien. Im dämmrigen Licht des Flurs schimmerte die Seide wie die Robe der Königin. Der Mann beobachtete mit einer Männern eigenen Hilflosigkeit, wie Fritzi die Kleidungsstücke zusammenlegte und verstaute. Seine Arme hingen an seinem Körper herab, als gehörten sie nicht zu ihm. Er räusperte sich und murmelte etwas von diesem Kleinkram, dass sie vielleicht ... »Anna, hast du ...«, er verbesserte sich sofort, »haben Sie eine Tüte? – Meine Sekretärin wird Ihnen helfen, die Seife und das andere zu verstauen«, sagte er und verschwand hinter einer dritten Tür, als sei ihm dies alles sehr unangenehm.

Die Sekretärin Anna kam mit einem Leinenbeutel und packte Seife, Haarnadeln und Zahnseife, auch eine frische Zahnbürste ein. Dann suchte sie im Flurschränkchen und fand Schnürsenkel, die sie ebenfalls in den Beutel packte.

Eigentlich wollte Fritzi sich verabschieden, aber seltsam schien es doch. Daher fragte sie die Frau: »Möchte der Herr Professor noch einen Brief schreiben? Oder mir etwas auftragen für die Frau Doktor, ich kann's ausrichten?«

Die Frau verschwand in dem Zimmer, in das der Professor gegangen war. Fritzi erblickte für Sekunden ein behagliches Wohnzimmer mit ebenso schönen modernen Möbeln wie auf dem Flur. Topfpflanzen zierten die Fensterbank, Kissen lagen auf den Stühlen. Alles war freundlich, hell und – teuer. Ja, diese Einrichtung musste teuer gewesen sein.

Die Frau kam zurück, schloss wieder die Tür sorgfältig hinter sich und erklärte, der Herr Professor sei zu angegriffen, jetzt zu schreiben. Sie solle die Gattin von ihm grüßen, man sehe sich am 8. April.

Am 8. April ist doch der Scheidungstermin, dachte Fritzi. Wollte der Professor seine Frau nicht vorher besuchen? Hatte er sie überhaupt schon mal besucht? Die Genossin war mit den Sprechzeiten so großzügig, als hätte sie sonst keinen Besuch. Plötzlich schämte sich Fritzi. Eine Sekretärin in Hausschuhen ... dieser Professor, dachte Fritzi, hat längst eine andere Frau.

Dreckiger Schwarzhunderter! Sonja packt das Kind auf ihre Arme und flieht über die Prochorowskaja, schnell durch eine schmale Seitengasse, durch zwei geheime Hinterhöfe, sie rennt und rennt vor dem Abgrund des Verrats davon, der sich auftut wie eine Erdspalte bei einem Erdbeben. Diesen Mann hat sie geliebt, und sie hat geglaubt, dass er sie liebt, und er ... geglaubt, nicht gedacht, das kommt davon, du dumme Henne, und denke nicht ausgerechnet jetzt, sondern lauf! Lauf, befiehlt sie sich.

Sie rennt durch die Gassen, an der Ecke der Hospitalnaja gibt es in einer Seitengasse einen versteckten Eingang. Sie schiebt den Holzlattenrost vor dem Keller zur Seite, sie weiß, dass die Ketten nur vorgeben, er sei fest verschlossen, stellt den Lattenrost wieder davor und flieht, das Kind fest im Arm, durch den Kellergang. Dunkelheit empfängt sie, kühle, wohltuende Dunkelheit ist ihre Verbündete, der modrige Geruch des Kellers verheißt Sicherheit. Die Gänge teilen sich, und Sonja läuft, ohne nachzudenken, in den linken. Zwei Gassen hat sie nun unterquert, genau sieht sie vor ihrem geistigen Auge, wo sie unterhalb der Moldawanka in der Nähe des Güterbahnhofs im Gewirr der kleinen Krämer und Hafenhändler herauskommen wird.

Wieder teilt sich der Gang, schmaler und enger wird er, doch Sonja rennt, ohne zu zögern, in den dunkleren, engeren, der aussieht, als würden die Holzbalken über ihr zusammenbrechen, so durchgebogen sind sie, und an einigen Stellen liegt der herausgerieselte Putz auf dem festgestampften Mörtelboden. Noch einige Minuten, kurz hält Sonja inne und lauscht. Das Kind in ihren Armen ist leblos, schwer, aber darum kann sie sich jetzt nicht kümmern. Verfolgt er sie? Sonja lauscht angestrengt ins Dunkle. Aber alles bleibt still. Sie atmet erleichtert auf, packt das Kind fester und eilt weiter.

Im unterirdischen Gang riecht es nun nach eingelegten Fischen, Pökelfleisch und Bier, Holzfässer versperren den Weg. Sonja zwängt sich an ihnen vorbei, dann sieht sie erleichtert das Licht, das den Gang erhellt. Schnell, nur schnell hinaus, Luft, Sonne, tief atmet sie ein. Morgendlicher Betrieb, Fischmarkt, Geflügel, Taumanufakturen, Petroleum und stockige Kleider aus zweiter Hand. Alles wird hier am Güterbahnhof verladen. Niemand achtet auf eine Frau mit einem Kind. Sonja tritt ins Licht und besieht zum ersten Mal das reglose Kind in ihren Armen.

Es ist kein jüdisches Kind, natürlich nicht, für seinen widerlichen Plan musste der Schwarzhunderter ein russisches Kind nehmen. Der kleine Junge ist blond, er trägt ärmliche, geflickte Kleidung, ist schmutzig und sein Mund ist verschmiert von Schokolade, seine Augen sind geschlossen. Sie horcht angstvoll an seinem Herzen. Es schlägt! Dankbar küsst sie das klebrige Gesichtchen, drückt ihn an sich, lässt ihn wieder los, und fährt ihm durch die verstruwwelten Haare. Da reißt das Kind die Augen auf, stößt einen Schrei aus, fährt ihr mit beiden Händen ins Gesicht und kratzt. Überrascht vor Schmerz, lässt Sonja den Kleinen los und er tritt noch einmal heftig nach ihr, erwischt schmerzlich ihr Schienbein und rennt davon, flink wie einer dieser verwahrlosten jungen Hunde, die sich um die Fischreste balgen.

- So ein kleines Biest! Hat er Sie verletzt, Fräulein? Eine Frau mit einem Karren bleibt neben ihr stehen und sieht verwundert in Sonjas glückliches Gesicht. Ist es zum Lächeln, dass ein Kind nach seiner Mutter tritt und kratzt?

- Nein, er ist ein lieber Junge, versichert Sonja und steht einen Moment wie erstarrt. Das Kind lebt, das hat sie erreicht, aber welch ein Abgrund tut sich vor ihr auf! Welch ein ungeheuerlicher Verrat, welcher Dibbuk hat ihr die Sinne vernebelt, ihr Liebe vorgegaukelt? Aber nicht nur ihr, allen Genossen auch, sie sind betrogen und verraten, alle. Sonja keucht vor Entsetzen, und dann rennt sie davon, zu Jankele, sie muss ihn warnen. Sie muss alle warnen. Und wenn sie zu spät kommt? Sonja hetzt durch den morgendlichen Betrieb, umfangen vom geliebten Geruch der Moldawanka nach Fischen, Hanftauen, Maschinenöl und trocknendem Möwenkot, sie läuft, stolpert, fängt sich wieder.

Jankele ist schon im Stall, natürlich wohnt auch er in der Moldawanka, es ist Ehrensache für einen Bundisten, in diesem Viertel der ärmsten Juden, der Taglöhner, Kleinkrämer und Hafenarbeiter zu wohnen. Jankele wohnt auf der Chularskaja, bei den Fuhrleuten, für die er nicht nur Hufschmied, sondern geachteter Fachmann in Sachen Pferdeverstand ist.

Da steht er, begutachtet ein Gespann drahtiger grauer Panjepferdchen. Als sie ihn sieht, ist es mit ihrer Tapferkeit zu Ende, sie sinkt dem Cousin in die Arme und schluchzt hemmungslos. Die Fuhrleute grinsen, hauen den Panjes anzüglich auf die Kruppen und kauen auf ihren Pfeifen.

Jankele hakt Sonja unter und führt sie zu seiner Wohnung, aber über die Schulter sagt er noch, der mittlere Konik sei ein fauler Hund, die rechte Stute solle das Mittelzugpferd sein, macht zwei Kopeken, und den Fuhrleuten fällt das Grinsen aus dem Gesicht.

Sie schrecken Feigl in der Küche auf, die eben den Samowar zum Summen gebracht hat. Der Verrat, die Gemeinheit, die mörderischen Pläne dieses Verräters Achad, alles bricht aus Sonja heraus in abgerissenen Sätzen, in wildem Gemisch aus Russisch und Jiddisch und Deutsch.

Feigl, gar nicht wild, sondern plötzlich sehr praktisch, verriegelt die Tür, bereitet einen besonders starken Tee, rührt einen Löffel Honig hinein und reicht Sonja das dampfende Getränk.

Und als sie die ganze Sache verstanden hat, sieht Feigl aus dem Fenster und sagt überraschend klarsichtig: Wenn die Schwarzhemden einen Ritualmord inszenieren, sind sie ihrer Sache nicht sicher.

Jankele und Sonja blicken sie fragend an.

- Klar, dass wir Sozialisten den Rückhalt in der Bevölkerung haben, oder? Sonst müssten die, die sich ›echte Russen‹ nennen, nicht an die niederen antisemitischen Gefühle anknüpfen, um das Volk auf ihre Seite zu ziehen. Es gebe doch wahrhaftig genügend Juden, Griechen, Polen, Italiener in Odessa, geachtete Kaufleute, Menschen mit einiger Bildung, denen man nicht jeden Unsinn verkaufen könne.

- Die Revolution in Judenblut ersaufen, murmelt Sonja, nippt vorsichtig an ihrem Tee und erinnert sich an die Tage nach dem Oktobermanifest im letzten Jahr. Ungebremst wütete der Mob auf den Straßen Odessas, hinter einem Bild des Zaren, begleitet von einer Militärkapelle, die Gouverneur Kaulbars leutselig zur Verfügung stellte. Sonja hat gesehen, wozu Menschen fähig sind. Unter Tränen macht sie sich die bittersten Vorwürfe, wie sie auf einen solchen Menschen – sie wird seinen Namen nicht mehr nennen, nie mehr – hat hereinfallen können. Jankele streichelt ihre Schultern und meint betreten, es sei seine Schuld. Er hat Achad in den Bund eingeführt, er hätte misstrauischer sein müssen.

- Sprich seinen Namen nicht aus! Verräter haben keine Namen!, schreit Sonja und hält sich die Ohren zu.

Feigl fordert ein Ende der Selbstbezichtigungen, das lähme die Kraft. Sonja kann auf keinen Fall nach Hause, sie werden ihr dort auflauern. So verabreden sie wie immer die Laufkette für ein geheimes Treffen der Deputierten. Sonja wird Richtung Osten laufen, Jankele Richtung Westen, so kürzen sie das Verfahren ab. In zwei Stunden werden sie sich im Saal der Universität treffen.

Sonja läuft los, dankbar für die Bewegung, die sie vom Denken ablenkt. Sie kann nicht nach Hause, er könnte ihr dort auflauern, und sie kann nicht in Jankeles Küche sitzen, ohne wahnsinnig zu werden.

Alle Deputierten sind im Saal der Universität versammelt. Es sind 180 Menschen, die ihre Arbeit verlassen haben und zur Versammlung geeilt sind. Normalerweise treffen sie sich an den Abenden. Fragend blicken sie auf Sonja. Was ist geschehen? Sonja wartet auf Jankele, auch Feigl ist noch nicht da. Die Sache eilt, womöglich sind die Kosaken schon alarmiert. Sonja entschließt sich zu berichten, was ihr heute Morgen widerfahren ist. Dass die Schwarzhunderter ein Pogrom inszenieren wollten. Den Juden den Mord an einem Kind anhängen. Ein Mord an einem Christenkind, dessen Blut sie für ihre rituellen Zwecke benutzen wollten, der alte Aberglaube, der Judenverfolgungen provoziert und von den wahren Problemen der zaristischen Gesellschaft ablenkt. Dass sie das genaue Ausmaß nicht kennt, aber nun die Tragweite erahnt, welche Verbindungen von den Schwarzhundertern zur Ochrana, dem zaristischen Geheimdienst, bestehen. Und vor allem: dass Achad ein Spion ist, ein Spion der Schwarzhunderter oder der Ochrana.

Sie sieht in überraschte, sogar manche ungläubige Gesichter. Die Deputierten blicken einander an. Sie tuscheln. Wieder wird Sonja bewusst: Sie ist nur eine Frau, eine Lehrerin, eine studierte Jüdin, die mancher Genosse, auch im ›Bund‹, durchaus skeptisch betrachtet. Wer kennt sie schon? Sie ist erst seit wenigen Monaten in Odessa. Wo bleibt Jankele nur?

Sie versucht, ihren Verdacht in andere Worte zu kleiden, wirbt um Vertrauen, sagt, was ihrer Meinung nach geschehen soll. Die Tür öffnet sich, sie sieht erleichtert hinüber, Jankele, endlich, er kann besser mit ihnen reden.

Aber es ist Achad, der den Saal betritt. Und er ist nicht allein. Hinter ihm kommt seine Miliz und verteilt sich unauffällig an den beiden Saaleingängen. Es trifft Sonja wie ein Faustschlag in den Magen, ihr wird übel. Achad lächelt, ein kleines gemeines Lächeln, das Sonja gestern noch charmant und bezaubernd fand, es zeigt die kleine Primatenlücke zwischen seinen Schneidezähnen, die sie so geliebt hat.

Er führt einen kleinen Jungen an der Hand und geht zu ihr aufs Podium, durch das Getuschel und Geraune hindurch, die Delegierten wissen nicht, was sie davon halten sollen. Es gelingt Sonja, einem Genossen zuzuzischeln, er solle sofort zu Jankele laufen.

Achad lässt das Kind los und breitet die Arme aus, als er auf Sonja zukommt. Wagt er es tatsächlich, sie zu umarmen, dieser Judas? Er wagt es, obwohl ihr Körper kalt und weiß wird wie die Eisbohlen morgens vor den Haustüren, und er zischt in ihr Ohr, er habe Jankele. Wenn sie ihren Cousin retten wolle, halte sie ihre hübsche Schnute. Dann wendet er sich an die Deputiertenversammlung, breitet die Arme aus und sagt mit großer Geste: Ein Missverständnis, Genossen, verzeiht mir und der Genossin Rabinowitz.

Sonja glaubt, sie muss sich übergeben. Es würgt sie. Sie hält die Hand vor den Mund und kämpft verzweifelt gegen die Übelkeit an. Aber es hilft nichts, sie muss hinaus zum Abtritt. Da sie nur Tee getrunken und noch nichts gegessen hat, stülpt sich ihr Magen um, sie speit bittere gelbe Galle, immer wieder. Jankele. Erschöpft schüttet sie sich kaltes Wasser ins Gesicht und kehrt zum Podium zurück. Sie fühlt sich beschmutzt, gedemütigt, unterworfen: Was kann sie tun? Wie kann sie Jankele retten?

Achad scheint sich zu freuen, sie zu sehen. Der kleine Junge geht zu ihr, gibt ihr brav die Hand, macht eine ordentliche Verbeugung und wünscht ihr, der Frau Lehrerin, einen guten Tag. Was hat dieses Untier dem Kind versprochen?

Wieder redet Achad, das Missverständnis habe er nun hoffentlich aufgeklärt, hier sei seiner Schwester Sohn, mit dem er heute früh unterwegs war. Sie seien vom Observatorium zurückgekommen, den Sonnenaufgang zu beobachten, noch vor der Schule, das habe er dem Kleinen schon lange versprochen.

Sonja denkt an Jankele, betrachtet die Genossen, und es dreht ihr wieder den Magen um, sie würgt. Was zählt mehr, die Genossen zu retten oder Jankele, alle oder einen, sie muss jetzt und hier die Wahrheit sagen. Schon holt sie Luft, schon will sie klar und deutlich sagen, dass dieser Junge nicht das Kind ist, das sie aus Achads Fängen gerettet hat, schon will sie ihn als Schwarzhunderter dekouvrieren, da verstummt sie beim Blick ins Plenum. Sie hat Achad unterschätzt. Er steht noch über Jankele in dieser unausgesprochenen Männerhierarchie, in der eben nicht alle so gleich sind, wie sie zu sein vorgeben. Achad ist ihr Anführer. Sie sind Genossen, ja, aber sie ist eine der wenigen Genossinnen, und der Blick, mit dem sie Achad betrachten, zeigt ihr: Sie glauben ihm. Ihre Erklärung würde wie das wirre Geschwätz einer Hysterikerin klingen, Frauen sind hysterisch, das neue Modewort für unverheiratete Lehrerinnen, Opfer einer verklemmten Sexualmoral, und da steht es doch, das Kind, gesund und unversehrt, nicht wahr? Wer soll ihr glauben, wenn sie jetzt deutlich sagt: Das ist nicht das Kind, das aufgeschlitzt werden sollte. Sie schüttelt die Kinderhand ab, die immer noch wie ein ekliger Wurm in ihrer Hand liegt. Kinder lügen nicht, sie könnte den Jungen überführen. Sonja weiß, wie man Kinder befragt.

Schon öffnet sie den Mund, da spricht Achad Jankeles Namen aus. Ganz frech, einfach so. Jakuw?, fragt er und schaut in den Saal, als suche er ihn, dann zu ihr. Keiner nimmt die tödliche Drohung wahr, die in seinem Blick liegt. Die Genossen wissen nicht, wo Jakuw ist, einer erbietet sich, ihn zu suchen. Achad nickt gnädig. Es ist der

Genosse, den Sonja schicken wollte. Er ist sitzen geblieben, erst jetzt, für den Anführer, springt er diensteifrig auf. Sonja durchfährt hilflos die Erkenntnis, dass Revolution Männersache ist. Der Mann hört nicht auf sie, er gehorcht seinem Führer. Es wird Achad ein Leichtes sein, Jankele als Verräter hinzustellen, wie kann sie ihn nur retten? Wo ist Feigl? Was haben sie mit der tapferen Feigl gemacht?

Sonja erkennt, dass sie schweigen muss. Sie kann Jankeles und Feigls Leben nicht riskieren. Selbst wenn es ihr gelänge, die Deputierten zu überzeugen, dass sie Achad packen und in den Karzer sperren, es hilft nichts, weil er womöglich Jankele schon ... Vor Sonja dreht sich alles, dann sinkt sie in eine Ohnmacht.

»Du musst immer als Frau kämpfen, Knickserin. Denk nie, du bist eine von ihnen.«

Hatte sie das laut gesagt? Sonja riss die Augen auf und starrte auf die fleckige Wand. Ach, Fritzi war nicht da, und sie war doch so neugierig gewesen auf die Fünferrevolution. Nun wird sie nicht erfahren, warum ich keine wahre Revolutionärin war, dachte Sonja, nicht aufgepasst, den falschen Mann erwischt. Keine Besuche mehr, bald geschieden, völlig isoliert, lebendig begraben. Die Einsamkeit hatte sich in der Ecke ausgebreitet. Unter ihrem zerfetzten grauen Gewand kratzten ihre Arme und Beine unablässig über den Putz. Aus winzigen liderlosen Schabenäuglein belauerte sie jede Bewegung der Gefangenen. Sonja hielt sich die Ohren zu und bewegte den Kopf hin und her, hin und her, wie die angekettete alte Elefantin im Zoo.

»Besuch!«

Tatsächlich, auch in diesem Stadelheim gab es Besuch. Sonja folgte dem schnurrbärtigen Wachtmeister die Korridore entlang, aus der isolierten Zelle im dritten Stock ins Erdgeschoss in den Sprechraum. Es war eher eine Sprechzelle, nur für zwei Personen, der Wachtmeister blieb dicht hinter Sonja stehen. Hinter dem dicken Gitter saß, wer sollte es anders sein, Fritzi.

»Wie gut du aussiehst, Friederike! Dass du deine schönen Haare nicht mehr unter dem Tuch versteckst! Das gefällt mir!«

Fritzi nickte erschrocken. Sie hätte der Genossin das Kompliment gern zurückgegeben, aber Sonja sah sehr schlecht aus. Die Besuchssituation war entsetzlich entmutigend. Nur fünf Minuten durfte sie Sonja sprechen, durch das dicke Gitter. Das Kleiderpaket hatte man ihr abgenommen und peinlich genau untersucht, sogar die Nähte des kostbaren Mantels waren aufgetrennt worden. Da half auch kein höflicher Knicks. Wie schrecklich! Die Frau Doktor sei doch keine Schwerverbrecherin, sagte sie.

»Sind Sie eine Verwandte?«

Nein, das war Fritzi nicht, und so konnte sie nichts erwidern.

Sonja bat um Zeitungen, aber bevor Fritzi antworten konnte, beschied der Aufseher barsch, Zeitungen seien der Gefangenen verboten.

»Untersuchungsgefangenen!«, berichtigte Sonja, aber es klang kraftlos.

»Ich mache mir solche Sorgen um meine Wohnung!«, flüsterte Sonja. »Mein Mann soll am 1. Mai eingezogen werden, wohin mit den Möbeln?«

»Bis dahin sind Sie längst wieder draußen, Frau Doktor!«, sagte Fritzi zuversichtlich. Nach bald zwei Monaten musste es doch nun endlich zur Verhandlung kommen.

»Meinst du?« Sonjas große dunkle Augen flehten.

»Aber ja!« Es ging nicht um die Möbel, auch wenn sie sehr schön waren. Fritzi verstand. Es ging um die Zukunft. Sie versprach, sich um Sonjas Sachen zu kümmern, mit den Genossinnen, keine Sorge. Sie habe auch gehört, dass Hugo Haase kommen wolle.

»Tatsächlich?« Sonja sah hoffnungsvoll aus. Einen zusätzlichen Verteidiger konnte sie brauchen, und Hugo Haase, der Vorsitzende der USPD hatte Einfluss. Er konnte vielleicht endlich einen Gerichtstermin in Leipzig erwirken.

»Ich habe gehört, dass er Kurt Eisner und Ernst Toller verteidigen wird. Die Genossen wollen Haase auch zu Ihnen schicken.«

»Jeder Brief muss hier erst dem Untersuchungsrichter vorgelegt werden«, sagte Sonja, »das macht die Dinge langwierig und kompliziert.«

»Ich kümmere mich darum,« versprach Fritzi. Sie hatte keine Ahnung wie, aber sie wollte, sie musste Hoffnung verbreiten. Tatsächlich lächelte Sonja.

»Ich habe Ihren grünen Mantel und die Bluse mitgebracht«, sagte Fritzi, »und frische Wäsche. Sie wird untersucht und dann zu Ihnen gebracht.«

Sonja bedankte sich, und dann war die Sprechzeit schon beendet.

»Ich kann nicht schlafen«, murmelte Sonja noch, »die ganze Nacht lieg ich wach, es ist schrecklich.«

Jemine, und sie hatte nichts vom Schokoladenmann erzählt – Fritzi fand sich so schnell vor den Türen Stadelheims wieder, dass sie kaum Luft geholt hatte.

Nun, vielleicht war es gut so. Sie hätte die Genossin nur beunruhigt, und sie schien unruhig genug. Hinter diesen Mauern war die Genossin zwar unglücklich, aber auch vor dem Schokoladenmann sicher. Der kommt hier nicht hinein, dachte Fritzi. Vielleicht konnte sie die Genossin beim nächsten Mal schon wieder in Neudeck besuchen. Das Schmerzpulver würde Sonja vermutlich auch nicht bekommen. Fritzi hatte es in die Tasche des Mantels getan, aber nicht besonders versteckt.

Sie musste mit dem Dr. Schollenbruch sprechen. Der war eine Respektsperson und konnte sicher etwas erreichen. Für Sonja musste etwas getan werden.

Warum hatten sie sie in diese Zelle gebracht? Wegen der Zahnschmerzen, hatte der Stadelheimer Schlüsselrassler gesagt, Ihr Zahnarzt wird Sie in diesem Raum behandeln. Ging fort, ritsch – Riegel oben, ratsch – Riegel unten, knarz – Schlüssel Mitte.

Tatsächlich? Sollte das noch wahr werden mit dem Zahnarzt? Vier Wochen ist das her, dachte Sonja, vor vier Wochen wühlte der Schmerz in diesem Molar, dass ich schier die Wände hätte hochgehen können. Genau vier Wochen und einen Tag, wenn sie es genau nahm, und Sonja nahm es genau. Jeder Tag hatte mit Schmerzen begonnen und mit einer schlaflosen Nacht geendet. Dreißig Tage Zahnschmerzen. Am 28. Februar habe ich eine halbe Seite meines kostbaren Schreibpapiers für die Eingabe geopfert, dachte sie, und heute ist der 29. März. Sie hatte die vorgeschriebene schriftliche Eingabe an den Gefängnisdirektor gerichtet. Statt einer medizinischen hatte sie eine bürokratische Konsultation ohnegleichen in Gang gesetzt. Ob die Bitte unbillig war oder gewährt wurde, ob sie zum Zahnarzt durfte oder der Zahnarzt ins Gefängnis kam, ob die Behandlung überhaupt angezeigt war oder nur der Trick einer gefährlichen Anarchistin, die die Praxis zur Flucht benutzen wollte. Vermutlich war ihr bedauernswerter Zahnarzt Graser überprüft worden, ob er ein polizeibekannter Anarchist war, in dessen Praxis konspirative Versammlungen abgehalten und Bomben gebaut wurden. Dann ging es hin und her, ob er zu ihr oder sie in die Praxis komme und wer die Kosten übernähme, dies alles hatte sich vier Wochen hingezogen, und darüber waren die Schmerzen nicht besser geworden. Die Nelken der Neudecker Schlüsselrasslerin hatte sie sorgfältig eingeteilt und nur gekaut, wenn der Schmerz sich in sie hineinwühlte und ihr beinahe die Besinnung raubte. Sie hatten nur wenig geholfen. Wie ausgeliefert war der Mensch dem Schmerz, wenn er sich mit nichts ablenken konnte.

Wo Dr. Graser blieb?

Sie sah erwartungsvoll zur Tür. Ein vertrautes Gesicht. Jetzt freu ich mich schon auf den Zahnarzt, dachte Sonja, wie das Gefängnis einen verwirrt, sonst habe ich mich vor dem Zahnarztbesuch gegrault. Abwechslung, egal wie schmerzhaft sie ist, und danach hoffentlich ein Ende dieser Schmerzwellen, die ihre Gedanken verwirrten. Dr. Graser, ein freundlicher Mensch, ein Zahnarzt mit ruhigen, behutsamen Händen, stets freundlich und umsichtig, von Tabakgeruch umweht.

Wieder blickte sie zur Tür. Gleich würde er kommen, mit einem Köfferchen vermutlich, es war ihr ein Rätsel, wie er sie hier behandeln sollte, er brauchte doch seine Gerätschaften, seine Luftspritze, die er mit dem Fuß bediente, den Behandlungsstuhl, die Lampe. Sie betrachtete den einfachen Holzstuhl. Sogar eine Blechkanne mit Wasser und ein Becher standen auf dem Tisch. Warum hatte Graser nicht darauf bestanden, dass sie zu ihm in die Praxis gebracht wurde? Wie sollte die Behandlung eigentlich vor sich gehen?

Sie sah zur Klappe in der Türe. Wurde sie beobachtet? Sei nicht so nervös, Sonja, die Klappe ist geschlossen. Du würdest hören, wenn einer die Klappe beiseiteschiebt. In Stadelheim sahen die Klappen anders aus als im Gerichtsgefängnis, sie waren kleiner, unauffälliger, aber auch hier nicht völlig lautlos. Oder war es in dieser Zelle anders?

Sonja betrachtete die in deprimierendem Giftgasgelb gestrichenen Wände, das runde, grau lackierte Heizungsrohr, das vom Boden bis zur Decke reichte und die gesamte Ecke füllte.

Eine Besucherzelle? Speziell für Arztbesuche hergerichtet? Diese Zelle ist größer und heller als meine, dachte sie und lachte plötzlich laut auf. Meine! Meine Zelle! Possessivpronomen – eher gehöre ich der Zelle als die Zelle mir. Aber ich bin ja auch »umgezogen«, von Neudeck nach Stadelheim. Ein großartiger Umzug, mit grauem vergittertem Wagen den Nockherberg hinauf und die Tegernseer Landstraße durch Giesing hinaus nach Stadelheim, das sie Sankt Adelsheim nennen. Worüber ich mich amüsiere, lieber Himmel, ich verblöde zwischen giftig getünchten Mauern und eisernen Gitterstäben, zwischen grauen Heizungsrohren und ramponierten Holzmöbeln. Hier sitze ich auf einem Holzstuhl in einer Zelle, nicht einmal zehn Schritt lang und keine fünf breit, im Gefängnis, auf der Stadelheimer Straße, in München, in Bayern, in Europa, auf der Erde, einem blauen Planeten im Sonnensystem, zwi-

schen Millionen von Asteroiden, im Planetensystem, in der unendlichen schwarzen Weite des Weltalls, in der alles umeinanderkreist. Wie unbedeutend du bist mit deinen Zahnschmerzen, Sarah, wie schmerzvoll ist der Erde Lauf, wie schmerzlich die Ungerechtigkeit, die auf ihr herrscht.
Hörte sie Schritte auf dem Gang? Wieder sah Sonja zur Tür. Aber sie blieb geschlossen, und die Klappe auch. Sie setzte sich auf den Stuhl. Auf den Tisch hatte sie ihr Schreibzeug gelegt, den schönen Block, den Huschnusch ihr geschickt hatte, ihren Füller in Tates abgeschabtem Lederetui, einen Bleistift, falls die Tinte zu Ende ging. Sie solle es mitnehmen, hatte die Aufseherin gesagt. Schreibzeug zur Zahnarztvisite! Eigenartig. Sollte sie sich die Zeit vertreiben, bis der Zahnarzt kam?

Unruhig sprang sie wieder auf, beleidigt kreischte der Stuhl hinter ihr über den Boden, und trat ans Fenster. Es war auf Augenhöhe, eine Wohltat nach zwei Monaten In-die-Höhe-Starren, nur um ein wenig Licht und ein Stückchen Himmel zu erhaschen. Sie sah auf den Innenhof hinaus, vergitterte Zellenfenster starrten sie aus hässlichem Gefängnisgelb an. In Wien war das Gelb die hochherrschaftliche Farbe gewesen, die das Schloss erhaben einhüllte wie ein königlicher Mantel. Hier wurde diese Nicht-Farbe auf ihre mythologische Bedeutung zurückgeführt: Unfreiheit, Neid, Hinterlist und Hass. Wer saß unter diesen Fensterluken gegenüber und blickte auf ein gerahmtes vergittertes Himmelsrechteck? Wer hatte Hoffnung, wer nicht? Wer war ein zu Recht verurteilter Mörder, wer ein verzweifelter Anarchist, wer ein politischer Kopf, den es wegzusperren galt? War Eisner auch bereits unrechtmäßig nach Stadelheim weggesperrt worden?

Im Innenhof erblickte sie zum ersten Mal die Kirche in der Mitte des Gefängnishofes. Sie hatte einen Turm an der Vorderseite, dessen Höhe die Mauern um einige Meter überragte, und einen Renaissancegiebel an der Rückseite, fünf romanisch angehauchte Fenster, und war reichlich mit Kreuzen versehen, auf dem Turm, dem Giebel und über dem Vorbau des Einganges. Dort gingen sie also hin, am Sonntag, die katholisch waren und ›allein in ihrer Sach‹, und sie dürften dort reichlich Platz haben.

Jeden Morgen kam ein Kalfaktor, ein Gefangener, der für seine Handlangerdienste vermutlich Hafterleichterungen bekam, schüttete das schmutzige Wasser in einen Bottich und schöpfte frisches in die Waschschale. Allerdings nicht am sonntäglichen Morgen. Stattdessen war sie in der Frühe zusammengezuckt vom scheppernden Klang einer Handglocke und dem lauten Ruf:»Wer katholisch und allein ist in seiner Sach, fertig machen zum Gottesdienst!«

Mussten auch die Katholiken ungewaschen vor ihren Herrgott treten? Ob am Freitagnachmittag der Ruf erschallen würde:»Wer jüdisch ist und allein in seiner Sach, antreten zum Sabbath!«? Sicher nicht, so wenig wie die Evangelischen aufgefordert waren. Die und wir sind Menschen, deren Sach ohnehin verloren ist, dachte Sonja, wie können Protestanten und Juden zum ewigen Seelenheil finden, jedenfalls nicht in einem bayerischen Gefängnis. Wie eigenartig, dass nur diejenigen Katholiken aufgefordert waren, die ›allein in ihrer Sach‹ waren? Was hatte das zu bedeuten? Ob es einem katholischen Mörder besser ging, weil er zur Beichte gehen durfte?

Sie wandte sich zur Tür. Gleich würde er kommen, der Dr. Graser. Seltsam, dass sie nicht ihn zuerst in die Zelle geführt hatten und dann sie zu ihm. Sie wandte den Blick wieder auf den Gefängnishof mit seinen schäbigen nackten Büschen. Es war schon Ende März, aber in dieser Umgebung sahen sie aus, als wollten sie nie wieder ein grünes Blättchen tragen. Grau und weiß war der Hof, gescheckt mit schmutzigen Schneehügeln. Stacheldraht blühte auf der fünf Meter hohen Mauer, und Sonja dachte, wer hier zu fliehen versucht, muss so verzweifelt sein, dass er hofft, erschossen zu werden, bevor er sich im Drahtverhau verfängt und elendig stirbt wie die Soldaten an der Marne.

Plötzlich begann die Glocke misstönend zu schlagen. Gefangene in brauner Anstaltskleidung schlurften zur Kirche. Sonja starrte die armseligen Gestalten an. Es war doch erst Freitag, nicht Sonntag. Und dann fiel es ihr ein: Der 29. März war Karfreitag. Heute würde Dr. Graser gewiss nicht kommen. Sie war in eine Falle gelaufen. Am Karfreitag im Morgengrauen spätestens vernagelten und verrammelten die Juden ihre Türen, und die über Nacht vorgelegten Fensterläden blieben geschlossen. Am Karfreitag verkrochen sich die jüdischen Familien, und die politischen bewaffneten sich. Am Karfreitag begannen die Pogrome, weil die Juden Christus ans Kreuz genagelt hatten. Panisch blickte Sonja zur Tür, sprang auf, hielt sich die Ohren zu, sank wieder auf den Stuhl, klammerte sich an der Tischkante fest. Du bist in Deutschland, hämmerte sie sich ein, in Bayern, seit zehn Jahren, nicht in Russland. Oder?

Karfreitag. Am Karfreitag konnte eine Jüdin gut zu Schaden kommen, vor allem in einem bayerischen Gefängnis.

Sie sprang wieder auf, ging ans Fenster. Ihr Atem flog. Sie blickte auf die hohe Gefängnismauer, das Einzige, was sie auch beim Hofrundgang erblickte. Der schmutziggelbe Putz war an vielen Stellen abgebröckelt und ließ roten Backstein sehen, zwischen dessen Ritzen sich einige zähe Farne angesiedelt hatten, die nun entdeckt hatten, dass kein Krümelchen Erde sie dort halten würde. Sonja betrachtete die winzigen Pflänzchen und begriff plötzlich: Ihre Zeit war zu Ende, noch bevor sie begonnen hatte.

Ihr Vorhaben, ihr großer, die ganze Erde umspannender Plan von Gerechtigkeit war gescheitert, bevor er begonnen hatte.

Sie erinnerte sich an Eisners Blick, als sie ihm in Neudeck beim Hofgang begegnet war, ungewohnt durch die fehlende Brille, seine plötzlich kleinen Augen, die sonst durch den Kneifer groß und beruhigend gewirkt hatten, an seinen Blick, der ihr Mut hatte zulächeln wollen. Sie hatte das Erstarrte seiner Falten gesehen. Er hatte den Mut nicht verloren, das war ja das Erstaunliche: Nicht nur die kräftigen Arbeiter mit ihren schwieligen Pranken und die Matrosen mit den breit ausladenden Schritten waren mutig und entschlossen, sondern auch dieser Kurt Eisner, der die fünfzig schon überschritten hatte. Er hatte den Glauben an eine bessere, gerechtere Welt nie aufgegeben. Dass gerade dieser kleine jüdische Journalist so zäh und beharrlich, so voller Mut war, sich der Gewalt entgegenzustellen. Aber sein Lächeln hatte etwas Verzweifeltes gehabt, als brauche er allen Mut für sich und könne seinen Mitstreitern nichts abgeben, um nicht selbst unterzugehen.

Sonja betrachtete die Mauer und ertrug den Gedanken nicht, dass ein Mann wie Eisner sagen würde, Mädchen, Sonja, die reißen wir auch noch ein, du warst doch bei der russischen Revolution, was soll dir eine so lächerliche Mauer. Nein, sie konnte nicht zwischen den Ritzen der Spalten vegetieren wie dieser Farn. Ihre Zeit, die niemals angebrochen war, war schon wieder vorbei.

Sie roch das Blut der Niederkartätschten, hörte das Wiehern der Pferde, das Donnern der Kanonen vor der Stadt, die Nagelschuhe der Werdenfelser auf dem Kopfsteinpflaster, sah die lässig neben den Lederhosen baumelnden Gewehrkolben, die entschlossenen Bauernburschengesichter, die schmissetragenden Studenten des Alldeutschen Verbandes, das arrogante Philtrum dieses Pöhner. Sie würden sich in mörderische Fratzen verwandeln und alles morden, was sich ihnen in den Weg stellte. Wie damals. Tauroggen, Warschau, Kischinew, Odessa: Bauernburschen in roten Hemden, Soldaten, Kosaken, Schwarzhunderter, die ›echten‹ Russen. Greift euch die Juden, sie sind Anarchisten und Mörder. Auch der zweite Versuch in einem anderen Land war gescheitert.

Sonja schloss die Augen, um die Tränen zu unterdrücken, aber sie quollen unter ihren geschlossenen Lidern hervor und suchten sich den Weg zu ihren Mundwinkeln. Sie sah nicht die Furchen, die sie durch ihr schmutziges Gesicht zogen, warm spürte sie die Tränen, öffnete den Mund, um das Salz zu schmecken.

Menschen wie Henryk konnten dies alles unbeschadet überstehen, unbeirrt gingen sie ihren Weg der Wissenschaft, die angeblich nur dem Menschen diente. Aber ihre Erkenntnisse dienten in Wahrheit nur den Herrschenden und halfen ihnen, ihr gnadenloses Unterdrückungswerk fortzusetzen. Professoren wie Foerster, der sein Werk in den Dienst der Friedensforschung stellte, wurden geächtet, Frauen ausgesperrt, von sozialistischen Erkenntnissen war diese Wissenschaft weiter entfernt als die antiken Philosophen.

Was hatte Vossler geschrieben? Foerster sei in der Welt der Universität ohne Einfluss, ohne Reputation. Henryk interessierte der Frieden nur, damit er sich ungestört seiner Syntax widmen konnte. Darin war er ganz Vosslers Schüler: Er wollte diesen riesigen Elfenbeinturm, in dem er sich gut bezahlt einer immer unethischeren Wissenschaft widmen konnte. Er ignorierte, dass der filigrane Elfenbeinturm bereits ein Turm zu Babel geworden war. Was immer an diesem Karfreitag geschehen würde, sie musste etwas klarstellen. Das Leben konnte zu Ende sein oder weitergehen, aber ohne Verräter.

Sie setzte sich an den Tisch, ihr Atem ging nun sehr ruhig. Zärtlich schraubte sie Tates alten Füller auf und schrieb an Henryk, sachlich, kurz. Sie gebe ihn frei, er sei ihrer nicht würdig, sie habe kostbare Jahre mit ihm vertan, das begreife sie endlich. Es falle ihm sicherlich leicht, sich zu trösten. In seiner Welt der Syntax sei er stets Hauptsatz und Anna und sie Nebensätze gewesen, nur sei sie von ihrer heimeligen Boheme unter dem Dach verblendet gewesen. Das wahre Leben sei Kampf und freie Liebe. Sie werde nach Russland gehen, wie es ihre Pflicht sei, sobald sie den unsinnigen Prozess hinter sich habe.

Sonja sah durch die Mauer hindurch, hörte Henryks warme, tönende Stimme, die in entsetzlichem Widerspruch zu seinem fischigen Blick stand, und spürte: Dieses Leben ging ohne sie weiter, und nicht nur ohne sie, sondern auch ohne Eisners Intelligenz, ohne den Idealismus des Studenten Toller, ohne die tapferen Landauerschwestern. Sie alle würden sterben, bevor sie ihr Werk auch nur richtig begonnen hatten. Wir Revolutionäre sind nur Tote auf Urlaub, hatte Genja gesagt, Genja Leviné mit der schönen jüdischen Ramsnase und den warmen braunen Augen, dem romantischen Blick auf die glasklaren Vorstellungen von der zukünftigen sozialistischen Welt, und er hatte es fröhlich gesagt. Die erste Generation geht eben drauf, sie können uns erschlagen, aber nicht unsere Gedanken. Fröhlich soll unser Sozialismus sein. Es war vorbei.

Nichts ist vorbei, sagte Jankele, sieh genau hin, Soremädchen, der Farn treibt aus, es ist Frühjahr, und die Mauern hindern ihn an nichts. Sie hörte ihn sehr deutlich, sah die Falten in seinem gealterten Gesicht und die Fältchen um seine jung gebliebenen Augen. Er trug eine Arbeitermütze, ein Gewehr über der Schulter und führte einen struppigen mausgrauen Konik am Zügel. Streifen von Sonnenlicht fielen durch einen der hölzernen Laubengänge der Moldawanka auf ihn und das Pferd, das mit gespitzten Ohren neben ihm trottete.

Du bist immer noch nicht in der neuen Welt, Jankele?

Ach, Odessa.

Du hast mich angelogen.

Nein, ich hab's mir anders überlegt. Unsere Welt ist so schön, sie ist es wert, dass wir um sie kämpfen. Der Respekt, weißt du. Erst wenn der Respekt vor der Erde wieder erwacht, werden wir wissen, dass die Erde ohne Sozialismus unbewohnbar wird.

Sonja beobachtete eine winzige Motte, die wagemutig durch die kalte Märzluft gaukelte, ein silbriges flirrendes Aufleuchten, und dachte, diese Sekunde ein Leben. Sie lächelte. Alles, worauf es ankam, war richtig. Sogar die Liebe war richtig. Sie hatte ihre Liebe nichtswürdigen Männern geschenkt, die sie verraten hatten. Der Liebe hatte es nicht geschadet, ihre Liebe war zu groß, zu mächtig, um von denen beschädigt zu werden. Das war nun vorbei. Alles beginnt, auch der winzige Farn treibt seine

Wurzeln zwischen die Backsteine und bringt die Gefängnismauer zum Einsturz, irgendwann.

Sie war nicht einmal überrascht, als sie das Lied hörte, so sehr waren ihre Gedanken bei Jankele, in Odessa, in der Moldawanka. Dieses Lied gehörte in die Moldawanka, das Akkordeon hatte sie geschluchzt, und die Luft war eine Melodie aus Meer und trocknendem Fisch und überreifen Melonen gewesen. Sie hörte das Lied, ein falsches Pfeifen wie eine mörderische Parodie, so falsch wie seine Liebe. Er hatte sie also gefunden. Er konnte ihr nichts mehr anhaben. Angst tötet, und sie hatte keine Angst mehr. Ein Lämmchen, ein Lämmchen. Diese Haggada ein Leben. Die Liebe, das war immer Jankele gewesen. Fröhlich muss der Sozialismus sein. Mehr konnte sie nicht erreichen.

Sie stellte den Fuß auf den Stuhl und zog das Messer aus dem Schaft des Stiefels. Sie fühlte den Holzgriff des Klappmessers in ihrer Hand. Dieses eine konnte sie noch tun, und wie leicht es ihr fiel. Fällt, berichtigte sie sich.

Der Schlüssel kreischte im Schloss.

Langsam drehte sie sich um.

NACHBEMERKUNG UND DANKSAGUNG

Leserin und Leser haben ein Recht zu erfahren, dass in der frei erfundenen Handlung dieses Romans Dokumente verwendet wurden.

So sind die zitierten Flugblätter tatsächlich seit 1915 in München heimlich verteilt worden, und einige der politischen Äußerungen Sarah Sonja Lerchs finden sich in ihren Briefen an Mala Rudolph im Bundesarchiv und in den Tagebüchern von Victor Klemperer.

Sonjas Rede vor den Arbeitern ist allerdings frei erfunden, da keiner der Polizeispitzel es für nötig hielt, ihre Reden zu protokollieren und bisher keine Schriften von ihr aufgefunden werden konnten. Die Rede wurde u.a. inspiriert durch Rosa Luxemburgs Artikel im »Spartacus«.

Den kurzen Briefwechsel zwischen Prof. Vossler und Sarah Sonja Lerch sowie Lerchs Tätigkeit für das Rote Kreuz fand ich im Nachlass Vosslers in der Münchner Staatsbibliothek. Die Verhöre folgen den Verhörprotokollen, die ich im Bundesarchiv aufspürte und veröffentlichte in: Steckbriefe. Gegen Eisner, Kurt u. Genossen wegen Landesverrats; Hg. Günther Gerstenberg und Cornelia Naumann, Lich 2017.

Mein Dank gilt unzähligen Stadt-, Staats- und Universitätsarchiven, die meine Fragen bereitwillig beantworteten.

Mein besonderer Dank gilt Dr. Andreas Horn vom Bundesarchiv, Lutz Schneider vom Stadtarchiv Friedberg, Daniela Burk vom Stadtarchiv Gießen, Herrn Röth vom Stadtarchiv München und Frau Beck vom Stadtarchiv Zürich.

Vor allem danke ich Dr. Matthias Schmidt, der Briefe der Familie Rabinowitz aus dem CAHJ nicht nur in wochenlanger Arbeit zutage förderte, sondern einige aus dem Hebräischen übersetzte, sowie Eugenia Naef, die andere aus diesem Konvolut aus dem Russischen übertrug.

Hans-Jürgen Bracker verdanke ich die unveröffentlichten Erinnerungen Ernst Müllers, viele wertvolle Hinweise und ein wundervolles Foto von Sarah Sonja Rabinowitz, das ich sonst niemals gefunden hätte.

Wolfram Kastner verdanke ich die Anregung, das Thema weiter zu verfolgen und mich nicht durch die schlechte Quellenlage entmutigen zu lassen.

Herrn Modinger und Herrn Strodel, evangelische Gefängnisseelsorge, danke ich für den berührenden Einblick in den Alltag von Gefangenen.

Günther Gerstenberg danke ich für zweijährige gemeinsame Forschungsarbeit und lange intensive Diskussionen.

Meinen Erstlesern Dr. Rebekka Denz, Ruth Frankenthal und Günther Gerstenberg danke ich für ihre Sorgfalt und ermutigende Hinweise, und dies gilt natürlich auch für meine Lektorin Claudia Senghaas, die mich klug und sorgfältig vor Fehlern bewahrte.

Das Neueste aus der Gmeiner-Bibliothek

Unser Lesermagazin

Bestellen Sie das kostenlose Krimi-Journal in Ihrer Buchhandlung oder unter www.gmeiner-verlag.de

Informieren Sie sich ...

www ... auf unserer Homepage:
www.gmeiner-verlag.de

@ ... über unseren Newsletter:
Melden Sie sich für unseren Newsletter an unter www.gmeiner-verlag.de/newsletter

f ... werden Sie Fan auf Facebook:
www.facebook.com/gmeiner.verlag

Mitmachen und gewinnen!

Schicken Sie uns Ihre Meinung zu unseren Büchern per Mail an gewinnspiel@gmeiner-verlag.de und nehmen Sie automatisch an unserem Jahresgewinnspiel mit »mörderisch guten« Preisen teil!

WWW.GMEINER-VERLAG.D
Wir machen's spannen